群像短篇名作選
1946〜1969

gunzō henshūbu
群像編集部 編

講談社文芸文庫

JN184587

目次

群像短篇名作選　1946〜1969

岬にての物語

三島由紀夫

その性向は乾燥し寿《いのち》衰えつつも、今なお根強く残っているが、幼年期から少年期にかけての私は、夢想のために永の一日を費すことをも惜しまぬような性質《たち》であった。夢想がその内実全てに影響を及ぼしている特殊な生活を、体験したことのない人にとっては、それは危険以外の何物ともみえないから、祖母や父は私の将来を憂え、その上私の本来の智能を買いかぶっていたらしいので、それを覚醒させるためには、若い蜻蛉の翼を縛り放置《お》っておけばはては蜻蛉を死に至らしめるやもしれぬ蜘蛛の網《い》を払い去って、私の本来のものなる飛翔を自由にせねばならないと考えたのであった。彼等は私のまわりから異常なもの凡てを除《の》けて了った。第一の愛読の書であった千夜一夜譚（之は尤もアラヂンの不思議なランプやシンドバッドの航海などによってでなく、シャーリヤル帝妃の不埒をえがいた近東風の一場面や黒島の王の物語の憂鬱な美によって少年を魅したのであるが）をはじめ、グリムの野卑な童話集、南洋の怪奇な小魔神像、よく私が小さな人形をそれに収めて柩に見立て従妹と葬列を真似て遊んだ黒檀の宝石函、等々大人の目からは少くとも不健康とみえる愛蔵品が残らず没収されたのである。しかし考えてみるのに、健康や正常さの動かぬ基準とは何であろうか。大人にとってノルマルであるものが、子供にとってもノルマルでなければならぬのだろうか。一方子供の心に真にノルマルなものが、大人の目にも必ずノルマルに映る道理があろうか。こうした大人と子供とを対立させた考え方は、ある人々の誤解を招き易い。然り、誤解――あくまで誤解である。彼等のさような非難は、大人に依る子供の宇宙の支配を前提としているのだから。祖母も父も（ひとり母のみが私の理解者であったが）陥らざるを得なかった同じような誤りは、私を誤診し、療法を誤ったものといえる。夢想は私の飛翔を、一度だって妨げはしなかった。私は夙に、彼等が考えるのと別種の飛翔を飛翔していた。その夢想に沈んでいる外見から見て、内部のいかに広潤な天空を、星座へと経廻《へめぐ》りつつ、私が翼をひろげて飛んでいるか、知るすべもなかった彼等は、私にからまっているキラキラした蜘蛛の網を無理強いにとり去ったけれど、蜘蛛の網とみえたのは実はかげろうのそれのような脆美な私の翼であった。私の本来のものなる飛翔を妨げたのは、彼等自身に他ならなかった。しかし行為の失敗は屢〻その目的のよさによって償われる。私の場合にも効用はあったのだ。即ち今まで受身一点張であった夢想からぬけ出して、私は夢想への勇気を教わった。千夜一夜譚は与えられた書物に俟つべくもなく、私自身の手で書かれるべきであった。夢想への耽溺から夢想への勇気へ私は来た。……とまれ耽溺という過程を経なければ獲得できない或る種の勇気があるものである。

房総半島の一角に鷺浦（もはやその名が示す鷺の群棲は見られないが）というあまり名の知られぬ海岸がある。類いない岬の風光、優雅な海岸線、窄《せま》いがいいしれぬ余韻をもった湾口の眺め、たたなわる岬のかずかず、殆んど非の打ち処のない風景を持ちながら、その頃までに喧伝されて来た多くの海岸の名声に比べると、不当なほど不遇にみえる鷺浦は、少数の画家や静寧の美を愛する一部の人士の間にのみ知られていて、その誰にとっても、不遇なままの鷺浦が愛の対象であったので、世に紹介する労をとる人はなく、又知人にさえ洩らすまいと力めている人さえあった。だが鷺浦が世に知られぬ理由は、美を保護せんとするこの種の人々の秘密結社《フリー・メーソン》的な態度にのみあるのではなく、ここの風景そのものに一種隠逸の美、世の盛りにあって明媚な風光をば酒宴の屛風代りに使おうと探している人人の目には何か容易に肯んじ難いものを与える美が、潜在する点にあったのではなかろうか。

十一歳の夏を私は母と妹とでそこで過した。老成《ませ》てはいても病弱で発育の遅れた私は七歳位いにしかみえなかった。私は自分がいつまでも子供であることを気に病みながらそれに甘えてもいた。――この年の鷺浦行には、行き馴れた山間の避暑地をはなれて、これを好《よ》いしおに私に泳ぎを覚えさせようという目的があった。永いこと医者は私が海浜の劇烈な日光に当ることを禁じて来たが、父はもうその禁に従ってはいられないと云うのだった。泳ぎの教師には書生の小此木（彼を私はオコタンとよんでいた）が漁村の出であったので事欠かなかった。七月の半ば頃私共は東京を発った。

出来もせぬ乗馬とか提琴とかが、夢のなかで容易《たやす》く可能になるあの放胆な歓びで、私は海へ立向おうとしていたし、泳げるようになるという過程の怖ろしさを飛び越えた泳げた刹那の物狂おしい歓びが思われて、私もやはり鷺浦行を待ち兼ねていた一人だった。生れてはじめて見た海ではなかったが、山とちがって海から私は永く惹かれて求めえなかったものの源を、見出だしたように感じた。それが私を恐怖させ拒み苛立たせるばかりに、却って私は魅わされ誘われた。あんなに沸《たぎ》り立ち溢れ充満している可能性の只中へ身を躍らす勇気が私にはない。それはかの青き可能性への冒瀆としか思われない。泳ぎを習うことを懸命に避ける一方、海をただ眺めあかす毎日は無上の倖せと思われた。永劫の弥撒《ミサ》を歌いつづけている波濤の響は、海から程遠い山沿いの別墅の夜々の枕をもゆるがすのみか、夢の中では、知らぬ間に音もなく溢れ出した海が縁先まで寄せていて、水に侵された庭の松葉牡丹の上をちいさな赤い鯛の群がすぎてゆくさまなどがえがき出された。家からは浜はみえず沖と空と岬がはるばるのぞまれ、湾口の上ではいつも幾片かのちぎれ雲がそのあてもない旅路のひとときをしずかに光りながら憩《やす》んでいた。岬の平凡な緑でさえ時間の加減で微妙に色を変えた。日中《にっちゅう》の緑は却って沈静な藍色を凝らしていたが、日が傾きかけて、湾全体に露わな寂しい光輝が張る時、その緑は若々しく冱《さ》えた。――私はここへ来てすでに一と月、意外な私の頑なさにオコタンが水泳教授をあきらめ埋合せの心算か私の夏休の課業に専念するようになって来たのに気をよくしながら、その日も母や妹や傘負うたオコタン共々、朝早くから浜へ出た。残暑は今をさかりであった。一旦町へ下りるためには、草いきれのはげしい小径を下りてゆかねばならなかった。しとどな朝の露にも不拘、勢《きお》い立った夏草の茂みは、そこに咲く鬼百合の虹のような毒気と共に、私たちの背にはや汗をにじませた。今日も亦赫奕《かくやく》たる日照りが土用波の高鳴る海に訪れるのである。

鄙《ひな》びた漁師町——その一角には「たばこ」と三字を白く抜いた赤い琺瑯《ほうろう》引の小看板が低く暗い軒にかかって彼方の海の紺碧を区切っていたがそのあたりから磯の香は胸を打ち、砕けなんとする波濤の白い花を、(風にゆられている白薔薇が垣越しにちらちらとみえるように)、私たちは瞥見した。橋を渡り、汚れた河口に鷗たちがむらがるのを見た。私は渚へ駈け寄った。「ああ危ない危ない」と母が風のなかから連呼した。波濤は忽ち燦然と崩れかかった。そして奇妙に素速い忍び足で、蟹や藻の虫などを追いまわしながらひろがった。……水はさて私のまわりに退《ひ》いている。茫然とその水をみつめていると快い虚脱が心に来た。

波をみていない時は私は傘の下で書物をよんでいた。硅石質のよく光る砂が紙面に飛び散り、石で翻る頁をおさえて読みあかす「宝島」の物語は、えもいわれず面白かった。母はそういう私を憂えてしずかに手をのばして本を伏せる。私は食物をとられた犬のように恨めしそうに母を見上げる。母の目が海辺へと教えている。私は仕方なしに立上った。苺のようなあの海水帽は妹だ。小さい妹は浮袋をオコタンに引張って貰って、波の間をげんごろうむしのように辷ってゆく。こちらをみて機嫌よく笑ったが、眩しい海風のために、みえるのは笑いばかりだ。私は臆病そうに波を避け、年下の子供たちと砂のお城を作るのに没頭していた。構築された物見の塔が乾きかけ、沙漠地方の城塞のように見え出すと、私は頭を地につけ目を細めて、その背景に沖合なる雲の峰を透視した。その時城塞の天辺からは劉喨《りゅうりょう》たる喇叭の音が響きそめるようであった。

お昼ごろだった。傘の下で私たち四人はサンドイッチのお午をたべていた。「あら、初ではなくって」振返った母が綺麗な声でそう云った。オコタンは「はい初です、初でございます」とサンドイッチに口をもごもごさせながら答えた。鄙びた日傘を傾けて留守番の初が橋を渡ってくるのだった。

初はやっと探し当てて私たちの傘まで来ると、妹をみて「まあお嬢さま、おいしそうでございますわねえ」と大声で云ったが、母は笑わないで「何の用なの」と問いかえした。「はい……あの高樹町の大奥様がお見えになりまして……只今おやすみになっていらっしゃいますが……」「ああそう」と母はふと雲のかがやく空を見上げて思案した。別にこれという表情もあらわれない刹那の母の美しさであったが、その耳隠しのあたりの頰や襟元の天祢の白さは、私の目には眩ゆくも嬉しく見えた。微妙に色をかえている青い海の反映が、母に紫陽花の精の幻影を与えるのである。彼女は私へ向って云った。「晃《あき》ちゃん、伯母さまがいらしたんですって、お家へかえらない？」私は咄嗟に思い浮べた。訪問好きの年老いた肥った未亡人。自分に孫がなく私を姉である祖母と張り合って溺愛しその愛で私を困らせる気のよい老婦人。就中相手の話をとって了い自分の話をとられぬためにひっきりなしに用いるあの夥しい感嘆詞――あの、まあねえ、へーえ、ははあ、ふん、えええええ、おや等々――を。彼女に当然随伴している沢山のお菓子や果物類の魅惑にも不拘、築きかけの城塞の方へより多く私の気持が惹かれるのも理《ことわり》だった。私はその拒否の言い訳にせい一杯の嫌悪を顔に示しながら、「いや、僕、あのお城をつくってから帰るの」――母は熟練によって私の我儘に、母が抑える必要のある種類とない種類との区別を弁えていたのであるが、今は「そう」と軽くうべない「じゃあとでおかえり。なるたけ早くね。……伯母様はお泊りになると思うけれど」母はそれからオコタンにくどくど私の番を頼み乍ら妹や初をつれてかえって行った。私は母の日傘が時々母の肩に軽い音を立ててまわされるのを知っていた。考え事をしながら歩く時、母は傘の柄を少女のように両手でまわす癖があった。五六歩行って美しい傘がひらりと一つまわるのを見た。もう一度まわれ！　私は砂に腹這いになって祈った。しかしまわらぬままに傘は橋を渡って紛れて了った。「何をしてらっしゃるんです」とオコタンが呆れて大声で言った。「お友達が呼んでますよ」……成程きこえるその声の方へ、私は子供らしい義務のためにだけ駈けた。やがて傘にひとりオコタンを残したまま、私は砂の城の構築に余念がなかった。海は中天の陽の下で藍壺のように濃厚にかがやきゆれていた。波の崩れるあたりの前後に、人々は祭のように入り乱れ遊び笑い叫んでいた。それは波の響きにまぎれて、ともすると、悲痛な叫びが入り交るようにきこえた。私は何度となく城作る頭を上げて、あの悲鳴は人の溺れる声ではないかと色とりどりな波のあたりを見廻すのだった。――泳ぎたさに傘の下でうずうずしているらしいオコタンの姿を遠望すると、又しても切ない義務のような子供らしい親切心に耐えかねて、彼のところへとんで行った。「オコタン！　オコタン」と私は息せき切って云うのであった。「君泳ぎたいんじゃないの？　泳いで来てもいいんだよ。僕お留守番してあげるから。ご本をよんでるから」「本当ですか」と彼は嬉しそうに立上り、「じゃ、どこにもお出でにならないで下さい。お母様に叱られますから。お菓子はその罐の中に入ってます。全部召上っちゃいけませんよ」「……

あ、僕洋服きかえる」思いついたように私が云った。かくて傘のかげで私の身体から丁寧に砂を拭い去り素速く洋服をきせてくれると、オコタンは砂の熱さに跳ね乍ら波打際へと走って行き、その黒い背は忽ち水平線の下へ沈んでゆくのがみられた。

残された私は寝転がって、潮風がゆるがす傘の頂きの明るさと、そこに折々翳を落す雲の高さとを仰いだが、それは恰かも小さな伽藍のようであった。潮風のなかには草花の種子のような硅石質の砂がたくさんきらきらと混っており、それが豊饒な香りと共に人の頬へと吹付けた。それは人に彼を誘《いざな》うものの力を教える。私は今は本などよんでいられなかった。雑沓の中に一人でいるというこの虚しい心のときめきを、私は誘う者への憧憬と取違えたのではあるまいか。何れにもせよ、多くの書物が私に与えて来た有害な冒険心（目の前に横たえられた書物も偶こ「豹《ジャガー》の眼」という波瀾を極めた妖美な冒険譚であった！）が、私を今日に限ってこのように促しはじめたのは、私の守護神の突然の気まぐれな出帆を意味するものであったろうか。

私は傘を出た。そして東をめざして何ともなく歩き出した。傘の群を離れた頃、今更に磯の香が烈しく、芥の揺られている河口の橋を、私はいつか渡りそめていたが、橋下の濁江《にごりえ》からそむけて見上げた目に、美しい岬がかがやいているのを見た。それは遠くからきこえる、蟬の声のなかで燦爛と眠っていた。

岬の登り口までは思いの外に遠かった。砂丘は次第に玫瑰《はまなす》の咲いているあたりから漁夫の家の唐突な高い板塀、その中に海風に抗して奮い立っている向日葵のあるところで石垣によって拒まれていた。そして岬に通ずる道はその石垣の上から俄かに峻しくなり、草いきれを貫く石階が中腹の弁財天の境内へ通うていた。社は殊更に鬱々たる木立に囲まれ木洩れ陽のために緑の室《むろ》のようにみえたが、社殿のうしろを通って岬の頂へ出る隠れ路《じ》は、それを知る人には何よりも愛すべく、丁度緑の苔や羊歯の生い繁る井戸をよじ上りつつ、四角く切り抜かれた鮮やかな青空を見るような気が、そこを上って来る時はするのであった。恰かもそれは清麗な常秋の国から掘られて灼熱の常夏の国に通ずる掘抜き井戸を思わせ、上り切ると砂に灼かれる颯颯たる海風は「寒い」という錯覚さえ与えかねない、松の疎らな頂きへ出るのであった。

あれ以上に憂愁のこもった典雅な風光を人は想像することができようか。そこには処々《しょしょ》に松や灌木の小聚落を見るのみだった。夥しい小さな起伏がその頂きの至る処に通ずる小径を羊腸たるものにしていたが、起伏の各ゝの杜や巌の間に隠見している、前庭の花園の花の小門を持った色さまざまな小別荘の、数を数え上げることは不可能であるに相違なかった。なぜならその門に立つ時見渡す限り草叢と巌と遠い森影のみを周囲に持ち他の家一軒すら認めえない甲別荘から、僅か一町ほどの乙別荘の門に立てば、もはや甲別荘の影はどこにもなく、四周にはただ草と花と突兀《とっこつ》たる巌と遠い海光とを望むばかりであった故。さような微妙な地勢の秘密は、この美しい岬の風光に益ゝ神秘と隠逸の美を副えるように思われた。甲別荘の住人はいつかしら我家の周囲数里に亙って家もなく人もない境涯に住む如く錯覚しつつ、ある日偶ゝした散歩の途次、思わぬ近くに目のさめるような美しい薔薇園と小館とを認めて、我が目を疑うに違いない。触れてみるとしっとりとした薔薇色の弾力といい、緑の葉の上に落したあざやかな翳といい、現《うつつ》の薔薇であることはまぎれもないのに愕く折、つとその上へ、蝶番の軋りと共に、あけられた鎧扉《よろいど》の影が走って、その窓から別荘の住人が気軽な挨拶などを投げかける、……こんな場合には不思議の感が極まりもしよう。人はこの岬上では僅々十分や二十分の散歩で、メルヘンランドへ往きまた還るのである。

扨《さ》て私は蟬の諸声《もろごえ》に耳を重たくされつつ、好きな弁天裏の石階を昇り、杜の中の急坂を通って岬の頂きへ出たのだった。豊かな海風がその頂きを満たしていた。私は杜に沿うて、巌と草叢の烈しい斜面をそろそろと海の方へ下りて行った。草からつき出た兜のような一つの巌に身は凭《もた》れ、海をながめ耳傾けた。遥か遥か下方の巌根に打寄せる波濤の響は、その遠く美しい風景からは抽象されて、全く別箇の音楽となり、かすかに轟く遠雷のようになって天の一角からきこえて来るので、めくるめく断崖の下に白い扇をひらいたりとざしたりしている波濤のさま、巌にとびちる飛沫、一瞬巌の上で烈々とかがやく水、それら凡ては無音の、不気味なほど謐《しず》かな眺望として映るのであった。——私はそこに潮《うしお》のさし引きする洞穴があるのを知っていた。そこは漁師たちの生簀《いけす》になっていた。無数の小穴のあいた平滑な巌の上を、幻の虫たちのように船虫が行き交うていた。一日、轟く飛沫に足を濡らして、私は自分の幼ない頭脳のありたけで、海に立ち向おうとしていた。支えきれない海を支えようとしていた。かかる時こそ、何ものかがあそこで求め誘《いざな》い呼ばわっていると私は真率に感ずるのだった。それに存分に応えることは何か極めて美しいこと然し人間のしてはならないことだと思われた。……——私は夢想から醒めた。私は周囲を見廻した。丈高い薊《あざみ》を風がわたっていた。私は今し身を凭《よ》せていた巌の背後遠く、一つの荒廃した小さな洋館が、半ば草に埋まり白い剝げかけた瀝青《チャン》もほのかな緑色に反映し、家のぐるりに牧場のような白い柵をめぐらしているのを見た。私の見ていない間に、それは突然妖精の手が、それをふとそこに置いたかのようであった。歪んでみえる暗い窓の下方、奇妙に私の目を射たのは、簇生《そうせい》している夏萩らしい赤いものであった。風がそこを絶えず渡ってゆくらしく、夏萩の叢は群がる紅紫色の鳥のように揺れており、その各〻の翼が飛立っては止り、あるいは羽搏き、あるいは羽交《が》いし、そのあたりに入り乱れて生々《いき〳〵》と動き乍ら喧騒に歌い交わしているような感じを与えた。——何か私は音を聞いているのだった。その家を発見した刹那から、或いはその前から、きいていたものに相違なかった。音楽と云おうにはあまりに断続的で仄かであり、方角は分明《ぶんみょう》でなかったが、しかし偶然の連想がそれを鳥の声だと考えた時、今度はたしかにその音があの見知らぬ家の方角、その歪んだ窓の方角からのものだと聞き定められたのである。

　私は意味もなく立上り、草叢の処々に露呈している平たい巌の上を歩きながら、先刻来た小径を探しあてたが、それはあの家とまるで別な方向へ走っており、小径のゆくてには今し白い魚のような雲の一ト片が浮んでいるきりだった。私は廃屋めざしてまっすぐに草叢をかきわけた。多くの野茨や盗人萩がひきとめるのに任せながら。ある地点まで来ると気付いた。忽ち断崖があらわれて、向うの別荘との間に深く切り込んだ海の峡谷を示していたのだ。しかしそこに立って呆然とした私の耳は、風に乗って来る先程の音を明瞭に聞き分けはじめた。——オルガンだった。私はたまらない気持に襲われ、その峡谷を跳越えたいとさえ思った。

目で道を求めると、あのまるで別方向へ向かうかにみえた小径は、峡谷の鋭角に沿うて曲りながら、目の前の別荘へとゆるやかな迂路をえがいているのが発見された。

夢中で小径を駈けた私は今やその廃屋の前に達した。目に立つ木立は門のそばの老いた楡のみで、今までみえなかった側の屋根はあらかた瓦を喪い、その下から白い花を鋭く天へ向けて野菊が生い出ており、家の周囲にはわけても紅紫色の夏萩の草叢が多かったが、よくみれば手入れをせぬために貧しい花の幾つかをしかつけなくなった葉のみ夥しい薔薇の一群も門から戸口への径の側にあった。湿って重い玄関の樫扉が半ば開いているのを私は知った。オルガンの音《ね》はそこから物織る糸のように忍び出て、野の花々（鬼百合も）に蜘蛛や蜜蜂や黄金虫《こんじき》が死んだように身を休め、しばし凪に楡の樹の梢も鳴らさぬ午後の謐《しず》けさすべてが金色のままに翳なくそれがそのまま真夜中を思わせるような夏の午後の謐けさを、そのオルガンの音楽はさまざまな縫取りで重たくするかのようであった。剰えオルガンの音には低吟する秋の蝶のような歌声が交っていた。それは音楽の流れの中を、ひらりひらりと光る鰭《ひれ》をみせてすぎる鮎のようで、一語一句はききとれなかったが、大層美しいかわいい女《ひと》がうたっている声に相違なかった。私は足音しのばせて室内へ入った。そこは奥へ通ずる二つの扉をもった客間のあとと思《おぼ》しく、毀れた二、三の椅子にも干われた大円卓にも埃が一杯つもっていたが、私はその椅子の一つに出来る限りそっと腰掛けると、一向今までのような動悸が激しく来ない私の大胆に寂しくなった。私は耳をすましました。オルガンは奥の部屋からきこえるのだが、或る音が不思議な軋りを立て或る音が全くきこえないオルガンはこわれているらしかったが、それがその音楽に云おうようない神秘な感じを与えるのだった。歌声は次第に耳に馴れた。澄明な夏の小川の底にすれあってサラサラ音立てる小石の数々がみえそめるように……。

……夏の名残の薔薇だにも
はつかに秋は生くべきを
けふ知りそめし幸《さち》ゆゑに
朽ちなむ身こそはかなけれ

それは憂愁のこもったなつかしい歌声であった。私の周囲を美しい世界が独楽のようにまわりはじめた。私は目を落した。そして干われた卓の上に小さな二、三の環《たまき》を見た。それはすぎし春、子供たちが野から摘んで来て置き忘れたであろうれんげ草の花の環であった。押花のような枯色は花の潤いをもはや失い、蜻蛉の羽根のようにカサカサしていて、手に弄ぶと、花粉のように埃が散りかかった。……

……夏の名残の薔薇だにも
はつかに秋は生くべきを……

歌はなおも声低《こえびく》に人待ち顔にくりかえされた。急にある言いがたいさびしさから私が椅子を坐り直した時、椅子は奇矯な叫びを挙げたのである。オルガンの音《ね》がハタと止んだ。――靴音が閑雅に床を鳴らした。ドアがあけられた。私は叱責を待つ子供のようにその方を見ないで、懸命に卓上の花環をみつめていた。その人はしずかに私のそばの椅子にかけた。薔薇の薫りが流れ近寄った。「まあ、どこの坊ちゃん？」その声が咎め立てする調子ではなくいかにも優雅なやさしさに溢れていたので私は思わず顔を上げた。美しい人がほほえみながら私の顔をみていた。私の目には眩ゆいほど美しくみえたその人は屹度二十《はたち》を超えていなかったが、遠い未来に私を訪れる花嫁はそういう人でなければならないと、心にいつしか描き定めた面立ちによく似ていた。古風な笹縁をつけた薔薇色のリネンの洋服に、首飾りをかけているのが仰がれた、「お家はどこ」はにかんで私は答えた。「鷺山」「そんなに遠くから？　あなたひとりで」「ええ」「まあ道に迷ったのではなくて？」私は頰笑んで女の子のように首を振った。私の頰笑みは美しい人の絶え間ない漣のような頰笑みが反映したのであるらしい。ただその人の微笑の意味を私の幼なさは本能的になぞっているだけだったが、もし成長した直観力が私に与えられているだけだとすれば、一見翳りのないその微笑に、名状し難い悲劇的なものを読まずにいられた筈があろうか。しかし悲劇的な微笑とそれを名付けうるなら、そこに漂うこの上もない晴れやかさを、何と名付けたらよかろうか。

「僕……散歩していたの。そうしたら……あの……オルガンがきこえたの」「あらそう」彼女は何故か上の空で返事をした。「あんなこわれたオルガンでよろしければ、いつでも弾いてあげますわ」私は「すぐ！」と云いそうにしながら口をつぐまねばならなかった。彼女は立上ったのである。海とは反対の窓へ歩み寄ると、眩ゆい外光のなかをみつめていた。髪に手をやって、重い花束をもちあげるようにして。

私の目の前の美しい人のこと、その身の上、その運命、その身にやがて起るべきこと、それからあの晴れやかすぎる笑い声（後年考えると孕んだ婦人は往々あんな悲しいほど澄み切った笑い声を立てるものだが）についてしつこく考えを追うていた。その時美しい人は窓を背にして振向いた。逆光がその顔をソロモンが愛したエチオピヤの乙女のように黒くした。「あなた岬の一番さきまで行ったことがあって？」「いいえ」「あとで散歩につれて行ってあげましょう。それは景色がいいのよ」

私はその刹那不思議なほど幸福であったので、黙って真赤になって枯れた花環をいじっていた。その時だった。彼女も亦、小鳥の本能に似た敏感さで窓へと振向き、そして何かあるものを認めると、身を翻えして戸口へ走り寄った。彼女は戸外へ駈け去った。刹那、私は説明しようのない昂奮のために身がすくんだ。彼女の仕草には麝香《じゃこう》の移り香をのこして風のように森かげにかくれる牝鹿の身振があったのである。私は彼女を鹿の精ではないかと疑った。

しばらく徐《ゆる》やかな時間が流れた。遠い下方で潮が臼をまわしていた。蟬の声が遠く近くそれにまじって、やがて来る驟雨のようにひびき合うていた。私は又しても自分が深夜にいるような錯覚——寝覚めにもどかしく流れ出す真夜中の時間のようなものを感じたのである。

急に扉があいた。一人の青年が入って来た。不審そうに私がみつめると頰あからめて振返ったが、すぐ後《あと》から入って来たかの人は、私に笑いかけながら、「ああ、お友達なの、さっき御知合になったばかりの」「君はよく友達を作るね」青年は投げやりなしかし品のよい調子でそう言い捨てると、一寸立止って私を見て、頰笑み出しながら、さっさと奥の部屋へ入って行ったが、かの人は美しい裳裾を引いてその後《あと》から入りしなに、私に笑顔を向けながら、「待っていて頂戴ね」と言い残して戸を閉めたのであった。私は子供心に愕かされた。青年と少女の頬笑みに甚《いた》く相似たものがあった。成長した私であったら、それをただ「悲劇的」という言葉で包括したであろう。それにしても、竜胆と露草とに相似た紫色を発見することと同様、それは何ら愕くに足りぬことではあるまいか。――青年と少女は眼の涼しさを争っていた。青年の年は二十か二十一であろう。仏蘭西風の灰色の背広に地味なネクタイをしめていたが、少女と等しく調《ととの》った(何やらそれは儀式のためのようであったが)みなりをしていたのである。それにも何処となしに古風ななつかしい感じを伴っていた。

私は待っていなければならぬ義務を覚えた。海に向う窓をとおして、私の目には、不当に広い夏空と、黄なる花をつけた灌木林の微細な間隙を雲母《きらら》で埋めている湾の一部とが映った。波濤は彼方で、海の巨大な象《ぞう》の群が歌うかのように歌っていた。それは「運命」の歌声を思わせた。

――奥の部屋からふと洩れた忍び泣きのようなものは、あれは耳のせいであったのか。間もなく出て来た二人の顔は、むしろ若々しく輝やかしいものであった。「ではすぐ?」と青年は深い睫を伏せて優しく問うた。「ええすぐ」と少女は晴れやかに答えた。そして私の手をとって「散歩に行きましょうね」と云った。私にはその手が燃えているのが感じられた。不意と思い出した私は言ったのである。「あ、オルガンは弾かないの?」美しい人はその約束を思い浮べたための頬笑みを、青年の目へ投げながら、「又今度ね」と云った。なぜか面映ゆいほどに私は素直だった。

あの散歩の楽しかったことを何に譬えよう。私の年頃であったら母との散歩にまして嬉しいものはない筈なのに、あの一瞬一瞬には母のことも家のことも忘れている喜びがあり、その喜びはどこか人に隠れてしていると謂った不正な後ろめたい楽しさがあり、幼年期の堪えがたい単調さから、ふとすくい上げられたような安堵と愕きがあったのである。二人の美しい同伴者の前では、加之、しじゅう幼年を脅やかしている年齢の圧力が感ぜられず、私も諸共に、何か年齢をこえた永遠のもの、不老不死と謂った力によって包まれているように感ぜられた。私たちは廃屋を出て岬の先端へ通う小径を歩きはじめた。前にも云うように、小径は昇り降りしながら、羊腸として続いていた。それはこよない散歩路であった。目に見えるものは唯夏草と白い浮雲の去来とのみで、風は落着なくそれらの葉末を戦《そよ》がせていた。しかしある凹みへ径が下りると、そこには花と花とがひしめき合うような白百合の群生が見られたのである。亭々たる松が一ト本その百合の原に影を落しており、あたりは蜂の羽音で一杯であった。人目にさらされぬこの場所で、花々は虔《つつ》ましい祈禱のために打ち集うていたのだと思われた。彼女は身をかがめて次々に百合を摘んだが、左手で支えるのが難しくなると、それを胸におしつけるようにして束ねて行くのを、私は妙に息苦しくながめていた。彼女は立上ると上気していた。百合に曙が射したかのように。笑いながら彼女はその一輪を青年の襟にさした。笑いながら私の片手に持たせた。それから彼女は百合で冠を編みながら歩きはじめた。青年は終始無口であった。それは何か思い悩んでいると謂った風ではなく、心に豊かなものが籠って、そのために口に出さないでもその倖せを確信できるという風にみえた。（人は自分の幸福を少しでも確信したさに対話をはじめるのではなかろうか。）百合の谷を出ると道は爪先上りになり、それ自身一つの大きな巌から成ったとも思われる小高い円丘へさしかかった。丘のこちらのかげには白い平屋の洋館があって窓毎に白い帷《とばり》が焰のようにちらついていた。山羊が丈高い夏草に溺れて鳴いていたが、家の内外に人影はみえなかった。「華頂さんのお家ですわ」と冠を編むためにうつむいて歩きながら少女が言った。「そうかい」と青年は興なげに答えた。それはあの悲劇の美しい主人公たる高名な歌人、類いない美貌にも不拘《かかわらず》夫に叛かれつづけた人の隠れ家であった。急に夏草のなかから大きな犬が跳び出して吠えかかった。少女と私とは叫び声をあげた。ところが犬はわたし達の間を過ぎると、円丘の上へまっしぐらに駈けた。円丘の上は半ば芒に蔽われていたが、犬が駈け上るとゆっくりと身を起す黒い影が芒の中から現われた。それは照る日のために輪郭だけがくっきりとみえ、のろのろと起した身は猫背でうつむき勝ちに、雲と青空を背景とする気味のわるい巨人の幻を思わせたが、犬が吠えつくことができずに、物狂おしくそのまわりをとびまわっている間《ま》に、影絵の男は鈍重な調子で芒をかきわけ乍ら丘の側面へ下りて行った。「何でしょう」と少女は問うた。「乞食だろう」と答えた青年の目には緊張の色があった。私はおびえて百合も捨て少女の裾につかまって涙をこらえていた。だがこの瞬間、ふと私は、自分たちが物語のなかの人物であると感じたのである。

空には滑らかに輝く雲が殖えはじめた。遠くの森にさやいでいた蟬の声は、近くの木立に移って喧《かしま》しくなり、雲が過ぎるや真鍮を磨き立てたように強烈に反射する地面や草原を、地鳴りかと疑われる潮騒が遥かに伝わって来るのをきいた。私たちは円丘の上に立った。乞食の影はもはやどこにも見えなかった。芒が秋の気配を感じさせた。「あそこだよ」と青年が指さした処は、先刻少女が云った岬の先端であろう、傘形《からかさなり》の松が一本あるばかりで、露出した巌床とその間をめぐっている草叢の、可成潤い競技場のような趣を呈している場所が見られた。その周囲には目を遮るものがなく、先端とすれすれに濃紺の水平線さえ望まれた。「あそこまでは」と少女が言った。「見かけよりもずっと遠いのよ」成程その広場は孤立していて、ただ一本の小径が眼下の灌木林をめぐった果てに、せまい地峡を通ってそこへ達するのであった。私は言問うように美しい人を見上げた。すると彼女が編み上げた百合の冠を豊かな髪の上に戴いているのが目に映ったので、「ああ、きれいね」と歎声を発せずにはいられなかった。彼女はこの無邪気な歎声に会うと、真赧になって冠を脱いだ。青年は笑って見ていた。

円丘を下りて岬の先端に近づくと、草叢のなかには夥しい紅白の花らしいものが見えはじめ、それが巌床を縫って石の間からも咲いているのが知られた時、もうそれは撫子の花にちがいないとわかった。この岬には何かの加減で、或る花の聚落が一トところに固まってみられるのである。岬の先端へ近づくにつれ、あたりは明るくてきまりがわるいように思われた。私たちは黙って撫子の花間を歩み、空に接する最後の巌床へと達した。私の足はわなわな慄えた。青年と美しい人はなにかひそひそと立話をしていたが、私は巌床に跪き遥か深い奈落の底にあるかのような海をみようと試みた。少女は走り寄って私を支え、「危いわ、私が摑まえててあげるから」と云いつつ私の腕を強く握り、自分も共に断崖の下に視線を投げた。私は少女の体の匂いやかな重さと熱さのために却ってめくるめく思いをしたのである。——断崖の遥か下方に、不思議なほど沈静な渚がみえた。それを渚と呼ぼうか。参差たる巌に打ちかかる波の砕けるその白さと、青い海が一際色濃く沸り立っている断崖の下方が、その彼方一面に展がる謐かな漠たる海面よりも、一層沈静にみえるのは、先刻経験したのと同じ作用で、音が全く捨象されている故《せい》であろう。細かに明瞭に映された小型写真のように、その情景はあまりに小さいので、別世界の絵のようにみえたのである。その時私を支えている彼女の動悸が激しくなった。それは揺籃の如く私を揺ぶり、不吉な予感で私を充たした。私は問いたげに彼女を見上げたが、彼女はそれ以上見ることを欲せぬらしく、私を抱き起して立上ると目は彼方の沖へと走らせて目ばたきした。沖を今し白い汽船が通るのであった。私たち三人は声もなく、その快活な汽船を望んだ。夏の紺青の沖合を、稀い煙を引いて遠ざかるその汽船は、多彩な雲の峰を反映して薔薇色の貝殻のようにみえたが、禁断された希望をそのままに、それはあまりに活々と美しく二人の目には映じたに相違ない。心なしか、青年の睫にはじめて光るものがあったからである。幼ない私には涙の意味がわからなかった。

この不可解なしかし真実のこもった沈黙の翳が私にまで落ちかかるのを避けようとてか、(大人は子供に対して物事の真実がもつ価値を知らすことを吝しむものだが)、彼女が急に彼女にふさわしからぬ陽気さで、提案するのを私はきいた。「隠れんぼしないこと。……ねえ、私が先に鬼になるわ」気が乗らない隠れん坊であったのに、いそいで「隠れんぼしよう隠れんぼしよう」と同意するお行儀を私は知っていたから、子供めいた苛立たしさで「鬼はどこで待ってるの。鬼は幾つまで数えるの」などと矢継早に問いかけた。彼女は考えるふりをして一寸間自分の放心をかくしていたし青年は撫子の傍らに腰を下ろして、船の去った沖合に、雲が音なく崩れてゆくのを、色蒼褪めて見ていた。軈て彼女が言った。「あの松の樹の下で、向うを向いてね……百まで数えるのよ」私は青年に手をひかれて彼女と共に一ト本高く繁った松の木蔭へ来た。「いいこと」艶やかに笑いつつ少女は樹へ向い、面《おもて》を固く両手で覆うて、松の幹へ凭りかかった。青年は私に目で合図した。そして断崖からはますます離れる方角へ私の手を引いて駈けつづけた。しかしあたりは広濶で身を隠すに足る杜や家居もなく、芒がまばらに連なっている円丘まで行ってみても仕様がなかったので、私たちは巌の間に繁り立った躑躅科らしい緑の灌木のかげに身をひそめる外はなかった。青年は目で私に笑いかけたが、私はこれではすぐ見つけられるという心配のために、胸を轟かせるばかりであった。彼女は松のかげから現われた。彼女は額に手をかざして四囲をみまわした。その姿は無人の野に下り立った白鷺の起居を思わせ、秘密な見てはならないものを見ているような歓びさえあった。彼女は当然、唯一の目立つ目標であるこの繁みに目をつけた。白い猟犬のように彼女は裾を乱して駈けて来るのであった。青年は何ゆえか頰赤らめ、葉叢のかげに身をひそめ瞳をかがやかせた。少女が駈け寄ったのと、青年がそれを迎えて繁みを跳び出したのとは殆ど時を同じゅうしていたが、私はそれでもまだ隠れ了《おお》せる気で、針鼠のように小さくなって身を丸めている内に、青年と少女はキラキラ葉の揺れる繁みのあちらの、夏草の上に倒れ合って、何か声高に笑いかわしている様子が聞かれた。ふと静かな一瞬が落ちて来た。蟬時雨が耳に高まった。私はもう我慢がしきれなくなって、勢いつけて二人の方へ跳び出したので「あら見付けた」と少女は面映ゆそうに大仰に言った。

私たちはじゃんけんをした。鬼は私であった。此の場合、いつもながらの私の子供らしい偏狭な義務観念を、ある種の好奇心が弱めこそすれ、強めるべき何ものもなかった筈なのに、それが強められるとも意識されずに、ついぞない頑なさを示したのは、無意識裡に私の心が、事の厳粛さと神聖と、それへの本能的な尊敬の義務とを直覚したからではあるまいか。私は松の幹へ面《おもて》を伏せた。彼女のしなやかな手が、私の両手の指先を、軽くもちあげて、私の瞼へあてがった。それには清浄な儀式を思わせるものがあった。早くも暗い松やにの匂いと夏の一ト日を燃え旺る松葉の下に、籠る熱気とが感ぜられた。私は人目には歔欷《きょき》しているとみえるまでに、深く面《おもて》を掌に埋め、目を固く閉じても洩れ入る明るい午後の日ざしを遮ろうと、ますます指は頑なに瞼を抑えた。そのため数をかぞえることすら忘れていたくらいであった。私は数えはじめた。しかもゆっくりと。立去る時に跫音は軽くあるかなきかに忍ばせて、清らかな移り香を残して行ったその人が、私の裸かの膝に、つと涼しい裳裾をさやらせて行った事を、執拗に思いかえしては、またその数を半ばから忘れた。私はもう数えまいと思った。出来るだけ遅ければよい。……私はふと羞らいに頰を染めた。この気持こそはあの人への好意、すなわち出来るだけ見つけにくい所へまであの人を逃がしてやるという、今の私にできるあの人への唯一の助力を、意図するものではなかったであろうか。

しかし私の耳ははっきりときいていた。下草を風がわたるのを。梢高く松笠がすれ合うのを。それらの底に意識するたびに高まるような気のする深い潮騒を。彼等の跫音も笑い声もたえてきこえることはなかった。沈痛な蟬の声が遠く耳にとどくばかりだった。こうした刹那刹那が何事もなくすぎたあと、（確かに何事もなく、だが、一枚一枚と紙を剝ぎとるようなおそろしい緊張にみちて経過した時）、突然私は鳥の声に似たものをきいたのである。すぐそれは鳥の声ではないと訂正された。鳥の声ではない！　あの断崖の方角、いや断崖が指さしている空間、どうしてもそこと思える方角にあたって、刹那悲鳴に似た短い叫びがきかれたのである。私は悲鳴というものをきいたことがなかったが、それがもし（甚だ微かで耳のせいではないかと疑われる程だが）本当の悲鳴であったなら、悲鳴とはあのように荘厳な美しい声にはふさわしくない呼び名と思われる。それは人の発する声にしてはあまり純一で曇りなく、瞬時にして消えてしまったので、何か高貴な鳥の呼び声としか思われなかった。私はふと思い出した。あの海岸の人々の喜びに充ちたざわめきを、何かにつけて物思いがちな私の耳が悲鳴ときちがえたように、今のそれも悲鳴ではなくて咄嗟の笑い声ではなかったのか。海の色を思わせるような一瞬の遥かな物声は、尊貴比ぶる方なき笑い声であったに相違ない。するとあれは神々が笑いたもうた御声であったか。

　これらの思考が数十秒のうちになされたであろう。私は由なしごとを思いめぐらして、百をとうに超えてしまっていること、むしろ測りがたい長い時間を経過しているように思われること、を感じた。もはや遊戯の感興は私から失せていた。私は力なく両手を外した。あたりは寂《せき》としてしばしは聾したように物音がしなかった。かなたに白くギラギラと反射している平たい巌が蒼ざめたのは、一ちぎれの雲が通ったのだ。天と地との間に自分が唯一人であるように感じる時、私の幼なさは、何かに向って倒れかからずにはいられない。倒れるために私は駈る。私がふいに倒れたようにみえても、そのために私は駈けたにすぎない。先ずあの灌木の繁みへ、二度と同じ場所へかくれることはないと思いながらも、盲目的に駈けはじめた私は、さっきと違って夏草の穂が、意地悪く私の脛を傷つけるのに苦しめられた。ようやくそこへ着きそうになると、なげやりな気持になっていた私は、頑なにも彼等がそこにいると自分の心に信じこませた。勢い込んで私は繁みのうしろへとび込んだ。二人はいなかった。ただ先刻身を伏せていたために折り敷かれた哀れな夏草が点々とした野苺と共に目に映った。私は今更のように自分の身が疲れているのに苛立ちながら、丈の高い草の間から、——それでは見える由もなかったので、攀じ上った大石の上から、外《ほか》の隠れ場所を探し求めたけれど空しかった。私は子供の頭で出来る限りの推理を試みた。由なしごとに妨げられて百あまりと思っているあの時間は案外二百や三百に相当する時間ではなかったのか。だがそれも訝かしい。百かぞえる内に駈けられる範囲を知っている青年が、なぜそのように遠くを志す筈があろう。私は考えながらいつか芒の丘へ登る小径を辿っていた。そして丘の頂きに立って長い散歩に経て来た道をながめた。すぐ下方に閑雅な華頂家の屋根がみえた。山羊の鳴音がしびれるような静寂のなかを震えて来た。私はふと幻を見た。丘の麓の方を黒い影が通ったのである。外ならぬ先刻の丈高い浮浪人の影ではなかったか。恐怖が、ともすれば私の中に頭を擡げようとしていた強く鋭い悲哀の念に火を点じたので、私は激しく泣き出さずにはいられなかったが、それには心細さや不安や故しれぬ同情が入りまじり、母に甘えて泣くときのわがままな胸のすく泣き方とはちがって、自分で自分をもてあます切なさであった。もはや遠い一本松を私は望んだ。泣き濡れた日のなかに、雨に濡れそぼったようにその松がみえた。母や父や妹や、誰にまれ家人が一人も加担していない涕泣は、私にとっておそらくはじめてのものであろう。常のごとく無意味な子供の涙でありながら、その一部分にはある真面目な事実に際会して成人も亦滾《こぼ》すであろう涙が、混ってるように思われた。それが又しても私を、この隠れんぼという遊戯が促すきびしい義務へと鞭打ったのである。――おいおい泣き乍ら私はとってかえした。自分でもどう駈けたかわからずに、はや松の近くへ来ていた。松の根方に坐って見まわすと私はずいぶん撫子を踏み躙《にじ》っていたのであった。今はさがすべき処がどこにあろう。しずかな叢、露わな岩床、見えるものは、空がその夥しい部分を占め、今し浮き雲のふえた空には、それらの雲が優雅な唐草模様を組んだりほぐしたりしていた。湾をへだてる彼方の岬はうっとりと日にかがやいていた。岬のまわりの海はその端《はじ》までゆかねばみえず仄かな海光が反映して来るばかりであったから、ここにいる身は天上にあるかのようであった。私は呆んやり立上って最後の試みの目をあたりへ投げた。私には自分の目が大人のさびしい目のように感ぜられた。

私はむしろ嘗てないほど烈しく愛した人に叛かれた悲しみのために何も考えない目差を岬の先端へと移した。断崖ははるかに水平線を超えて空を限り、今去りゆく雲のために白い岩床を眩しく刃のように輝やかせていた。私は疲れた足をひきずってやがてその先端に立った。沖は続く紺青がそこへ近づくに従って色濃く、そこから截然と明るい雲の峰が立ち昇る美しい境界をみせて、やがて没せんとして傾きかけた太陽の、雲の間《ま》から目じらせする赫奕たる瞳に応えていた。沖に帆影はみられなかったが、一艘あたかも私を指して進んでくる帆舟は、どこへ還るのかとゆかしくて、私は思わず目を下へやった。すると体全体がぐらぐらし、足がとめどもなく慄えた。その深淵へその奈落の美しい海へ、いきなり磁力に似た力が私を引き寄せるようであった。私は努めて後ずさりすると身を伏せ胸のときめきを抑えながら、深淵の底をのぞき込んだ。再び覗いたそこに私は何を見たか。何も見なかったと云った方がよい。私はたださっきと同じものを見たのだから。そこには明るい松のながめと巌と小さな入江があり白い躍動して止まぬ濤とがあった。それは同じ無音の光景であった。私の目にはただ、不思議なほど沈静な渚がみえたのだ。私はふと神の笑いに似たものの意味を考えた。それは今の私には考え及ばぬほど大きな事、たとしえもない大きな事と思われた。目がくらみながら私は巌角にひしとしがみついていたが、そこから身を離して起き上ることのできたのはしばらくたった後であった。

弁財天の境内へ下りて来たとき私は石のベンチに腰かけて呆んやりしているオコタンを見た。彼は私を見ると一寸の間胡散くさそうにじろじろと私をながめまわした。それから跳び上って私へ駈けよるといきなり抱き上げて、「まあ一体どうしたのです、どうしたのです」と汗にぬれた腕で私を振りまわすようにした。ついぞないオコタンのこの激情にぶつかると私の激情もまた忽ちよびさまされた。わっと泣き出して私はオコタンの首にしがみついた。「迷児になったんですね。仕様がありませんねえ」とオコタンは慰める調子だったが、やがて手をひいて歩きにくい砂の道を家へかえる道すがら、彼と私とめぐりあうまでの彼の苦心について話し、家へかえってから彼も私も叱られないで済む術策をさずけ、それが一応すむと綿々として尽きない非難の調子になった。彼は私がいつになく黙って何も逆らわないのを気味悪がって、時々「気持がおわるいんじゃありませんか。熱があるのではないですか」と云うのであったが、私が首を振るとすぐまた尽きない非難をつづけた。彼は途中で思いかえして私の手を引いておそろしい速足で海岸のお茶屋をめざした。そこへ彼は傘と荷物をあずけて来たのであった。お茶屋の主婦は、「あら、さっき女中さんが持ってかえられました。坊ちゃんが迷児になったと大さわぎであなたが探しにおいでになったたって申しましたら、びっくりしておかえりなさいましたよ」と言った。オコタンはすっかり蒼くなってしまった。「さあ大変だ。いつですか。いつごろ来ましたか」と息せき切って聞いた。「今さっきです。二、三十分前ですかしら」「帰りましょう！」オコタンは私の手を引くと物も言わずに駈け出した。

　私は心のなかで一つの解けない質問を繰り返していた。親には何も隠してはいけないとは私が守り又守ることに喜びを感じてきた道徳であり、それを守るなという内心の声を嘗て聞いたことがなかった。だがどうしたことであろう。何ゆえか此度の事ばかりは、私には親のみか私以外の人に決して語ってはならず、又それを語らざることに喜びと勇気をもてと、黙契に似た無言のやさしさで教えるように思われた。――しかしいざ母に向った時どこまで言わずにいられるかという危惧がたえず私を迷わせたが、帰宅後も、更に東京の家へかえった後も、それが言わずにすまされたという事実で以て、私の不安と良心の責苦とを永久に取り除いてくれたのであった。

想像通り高樹町の伯母は狂乱の態だった。それをなだめるために、母は自分の抑えようのない心配も抑えて（却って母の方が気が違いそうであったのに）、目を真赤にし乍ら努めて安心しているようにみせていた。それが帰って来た私の顔をみるや、悲痛な喜びを挙げて私を抱いたのは伯母よりも先に母であった。私は一時間の余も泣きつづけた。

オコタンと家へかえったころは秋近くつるべ落しといいたいような素速い落日が家々の裾を染め、ひぐらしがさわやかに鳴いていた。母の私とオコタンへのお叱りは暗くなるまで続いた。

明る日私は発熱した。医者は私が東京の宅へかえって気永に養生することを奨めたので、慌しく荷物をまとめて私たち一家は汽車に乗った。私は毛布に包まれ嬰児のようにオコタンに負われた。駅や汽車のなかの大勢の人々の憐憫の目に射すくめられて、私はむしろ王子のように矜高くすることであろう！

東京の市街に汽車が入ると、街は今暮れぬさきからともす灯《ひ》に、時めいている時刻であった。今点じたばかりであろう大橋の灯の下を、人々がきょうも彼等の求めうるかぎりのたのしみへと急ぎながら、織るように往来《ゆきき》するさまが見られた。——とその時、橋の袂にある銀行の窓が一せいに青い灯《ひ》をともした。

私は父が、この夏水泳どころか浮身さえ覚えて来なかったことで、私を叱りはせぬかと考えて恐怖にかられた。しかし最早私には動かすことのできない不思議な満足があった。水泳は覚えずかえって来てしまったものの、人間が容易に人に伝え得ないあの一つの真実、後年私がそれを求めてさすらい、おそらくそれとひきかえでなら、命さえ惜しまぬであろう一つの真実を、私は覚えて来たからである。

（「群像」一九四六年十一月号）

トカトントン

太宰　治

拝啓。

一つだけ教えて下さい。困っているのです。

私はことし二十六歳です。生れたところは、青森市の寺町です。たぶんご存じないでしょうが、寺町の清華寺の隣りに、トモヤという小さい花屋がありました。私はそのトモヤの次男として生れたのです。青森の中学校を出て、それから横浜の或る軍需工場の事務員になって、三年勤め、それから軍隊で四年間暮し、無条件降伏と同時に、生れた土地へ帰って来ましたが、既に家は焼かれ、父と兄と嫂《あによめ》と三人、その焼跡にあわれな小屋を建てて暮していました。母は、私の中学四年の時に死んだのです。

さすがに私は、その焼跡の小さい住宅にもぐり込むのは、父にも兄夫婦にも気の毒で、父や兄とも相談の上、このAという青森市から二里ほど離れた海岸の部落の三等郵便局に勤める事になったのです。この郵便局は、死んだ母の実家で、局長さんは母の兄に当っているのです。

ここに勤めてから、もうかれこれ一箇年以上になりますが、日ましに自分がくだらないものになって行くような気がして、実に困っているのです。

私があなたの小説を読みはじめたのは、横浜の軍需工場で事務員をしていた時でした。「文体」という雑誌に載っていたあなたの短い小説を読んでから、それから、あなたの作品を捜して読む癖がついて、いろいろ読んでいるうちに、あなたが私の中学校の先輩であり、またあなたは中学時代に青森の寺町の豊田さんのお宅にいらしたのだという事を知り、胸のつぶれる思いをしました。呉服屋の豊田さんなら、私の家と同じ町内でしたから、私はよく知っているのです。先代の太左衛門さんは、ふとっていらっしゃいましたから、太左衛門というお名前もよく似合っていましたが、当代の太左衛門さんは、痩せてそうしてイキでいらっしゃるから、羽左衛門さんとでもお呼びしたいようでした。でも、皆さんがいいお方のようですね。こんどの空襲で豊田さんも全焼し、それに土蔵まで焼け落ちたようで、お気の毒です。私はあなたが、あの豊田さんのお家にいらした事があるのだという事を知り、よっぽど当代の太左衛門さんにお願いして紹介状を書いていただき、あなたをおたずねしようかと思いましたが、小心者ですから、ただそれを空想してみるばかりで、実行の勇気はありませんでした。

そのうちに私は兵隊になって、千葉県の海岸の防備にまわされ、終戦までただもう毎日毎日、穴掘りばかりやらされていましたが、それでもたまに半日でも休暇があると町へ出て、あなたの作品を捜して読みました。そうして、あなたに手紙を差上げたくて、ペンを執ってみた事が何度あったか知れません。けれども、拝啓、と書いて、それから、何と書いていいのやら、別段用事は無いのだし、それに私はあなたにとってはまるで赤の他人なのだし、ペンを持ったままひとりで当惑するばかりなのです。やがて、日本は無条件降伏という事になり、私も故郷にかえり、Aの郵便局に勤めましたが、こないだ青森へ行ったついでに、青森の本屋をのぞき、あなたの作品を捜して、そうしてあなたも罹災して生れた土地の金木町に来ているという事を、あなたの作品に依って知り、再び胸のつぶれる思いが致しました。それでも私は、あなたの御生家に突然たずねて行く勇気は無く、いろいろ考えた末、とにかく手紙を、書きしためる事にしたのです。こんどは私も、拝啓、と書いただけで途方にくれるような事はないのです。なぜなら、これは用事の手紙ですから。しかも火急の用事です。

教えていただきたい事があるのです。本当に、困っているのです。しかもこれは、私ひとりの問題でなく、他にもこれと似たような思いで悩んでいるひとがあるような気がしますから、私たちのために教えて下さい。横浜の工場にいた時も、また軍隊にいた時も、あなたに手紙を出したい出したいと思い続け、いまやっとあなたに手紙を差上げる、その最初の手紙が、このようなよろこびの少い内容のものになろうとは、まったく、思いも寄らない事でありました。

昭和二十年八月十五日正午に、私たちは兵舎の前の広場に整列させられて、そうして陛下みずからの御放送だという、ほとんど雑音に消されて何一つ聞きとれなかったラジオを聞かされ、そうして、それから、若い中尉がつかつかと壇上に駈けあがって、

「聞いたか。わかったか。日本はポツダム宣言を受諾し、降参をしたのだ。しかし、それは政治上の事だ。われわれ軍人は、あく迄も抗戦をつづけ、最後には皆ひとり残らず自決して、以

て大君におわびを申し上げる。自分はもとよりそのつもりでいるのだから、皆もその覚悟をして居れ。いいか。よし。解散。」

そう言って、その若い中尉は壇から降りて眼鏡をはずし、歩きながらぽたぽた涙を落しました。厳粛とは、あのような感じを言うのでしょうか。私はつっ立ったまま、あたりがもやもやと暗くなり、どこからともなく、つめたい風が吹いて来て、そうして私のからだが自然に地の底へ沈んで行くように感じました。

死のうと思いました。死ぬのが本当だ、と思いました。前方の森がいやにひっそりして、漆黒に見えて、そのてっぺんから一むれの小鳥が一つまみの胡麻粒を空中に投げたように、音もなく飛び立ちました。

ああ、その時です。背後の兵舎のほうから、誰やら金槌で釘を打つ音が、幽《かす》かに、トカトントンと聞えました。それを聞いたとたんに、眼から鱗《うろこ》が落ちるとはあんな時の感じを言うのでしょうか、悲壮も厳粛も一瞬のうちに消え、私は憑《つ》きものから離れたように、きょろりとなり、なんともどうにも白々しい気持で、夏の真昼の砂原を眺め見渡し、私には如何なる感慨も、何も一つも有りませんでした。

そうして私は、リュックサックにたくさんのものをつめ込んで、ぼんやり故郷に帰還しました。

あの、遠くから聞えて来た幽かな、金槌の音が、不思議なくらい綺麗に私からミリタリズムの幻影を剝ぎとってくれて、もう再び、あの悲壮らしい厳粛らしい悪夢に酔わされるなんて事は絶対に無くなったようですが、しかしその小さい音は、私の脳髄の金的《きんてき》を射貫いてしまったものか、それ以後げんざいまで続いて、私は実に異様な、いまわしい癲癇持ちみたいな男になりました。

と言っても決して、兇暴な発作などを起すというわけではありません。その反対です。何か物事に感激し、奮い立とうとすると、どこからとも無く、幽かに、トカトントンとあの金槌の音が聞えて来て、とたんに私はきょろりとなり、眼前の風景がまるでもう一変してしまって、映写がふっと中絶してあとにはただ純白のスクリンだけが残り、それをまじまじと眺めているような、何ともはかない、ばからしい気持になるのです。

さいしょ、私は、この郵便局に来て、さあこれからは、何でも自由に好きな勉強ができるのだ、まず一つ小説でも書いて、そうしてあなたのところへ送って読んでいただこうと思い、郵便局の仕事のひまひまに、軍隊生活の追憶を書いてみたのですが、大いに努力して百枚ちかく書きすすめて、いよいよ今明日のうちに完成だという秋の夕暮、局の仕事もすんで、銭湯へ行き、お湯にあたたまりながら、今夜これから最後の章を書くにあたり、オネーギンの終章のような、あんなふうの華やかな悲しみの結び方にしようか、それともゴーゴリの「喧嘩噺」式の絶望の終局にしようか、などひどい興奮でわくわくしながら、銭湯の高い天井からぶらさがっている裸電球の光を見上げた時、トカトントン、と遠くからあの金槌の音が聞えたのです。とたんに、さっと浪がひいて、私はただ薄暗い湯槽の隅で、じゃぼじゃぼお湯を掻きまわして動いている一個の裸形の男に過ぎなくなりました。

まことにつまらない思いで、湯槽から這い上って、足の裏の垢など落して、銭湯の他の客たちの配給の話などに耳を傾けていました。プウシキンもゴーゴリも、それはまるで外国製の歯ブラシの名前みたいな、味気ないものに思われました。銭湯を出て、橋を渡り、家へ帰って黙々とめしを食い、それから自分の部屋に引き上げて、机の上の百枚ちかくの原稿をぱらぱらとめくって見て、あまりのばかばかしさに呆れ、うんざりして、破る気力も無く、それ以後の毎日の鼻紙に致しました。それ以来、私はきょうまで、小説らしいものは一行も書きません。伯父のところに、わずかながら蔵書がありますので、時たま明治大正の傑作小説集など借りて読み、感心したり、感心しなかったり、甚だふまじめな態度で吹雪の夜は早寝という事になり、まったく「精神的」でない生活をして、そのうちに、世界美術全集などを見て、以前あんなに好きだったフランスの印象派の画には、さほど感心せず、このたびは日本の元禄時代の尾形光琳と尾形乾山と二人の仕事に一ばん眼をみはりました。光琳の躑躅《つつじ》などは、セザンヌ、モネー、ゴーギャン、誰の画よりも、すぐれていると思われました。こうしてまた、だんだん私の所謂《いわゆる》精神生活が、息を吹きかえして来たようで、けれどもさすがに自分が光琳、乾山のような名家になろうなどという大それた野心を起す事はなく、まあ片田舎のディレッタント、そうして自分に出来る精一ぱいの仕事は、朝から晩まで郵便局の窓口に坐って、他人の紙幣をかぞえている事、せいぜいそれくらいのところだが、私のような無能無学の人間には、そんな生活だって、あながち堕落の生活ではあるまい。謙譲の王冠というものも、有るかも知れぬ。平凡な日々の業務に精励するという事こそ最も高尚な精神生活かも知れない。などと少しずつ自分の日々の暮しにプライドを持ちはじめて、その頃ちょうど円貨の切り換えがあり、こんな片田舎の三等郵便局でも、いやいや、小さい郵便局ほど人手不足でかえって、てんてこ舞いのいそがしさだったようで、あの頃は私たちは毎日早朝から預金の申告受附けだの、旧円の証紙張りだの、へとへとになっても休む事が出来ず、殊にも私は、伯父の居候の身分ですから御恩返しはこの時とばかりに、両手がまるで鉄の手袋でもはめているように重くて、少しも自分の手の感じがしなくなったほどに働きました。

そんなに働いて、死んだように眠って、そうして翌る朝は枕元の眼ざまし時計の鳴ると同時にはね起き、すぐ局へ出て大掃除をはじめます。掃除などは、女の局員がする事になっていたのですが、その円貨切り換えの大騒ぎがはじまって以来、私の働き振りに異様なハズミがついて、何でもかでも滅茶苦茶に働きたくなって、きのうよりは今日、きょうよりは明日と物凄い加速度を以て、ほとんど半狂乱みたいな獅子奮迅をつづけ、いよいよ切り換えの騒ぎも、きょうでおしまいという日に、私はやはり薄暗いうちから起きて局の掃除を大車輪でやって、全部きちんとすましてから私の受持の窓口のところに腰かけて、ちょうど朝日が私の顔にまっすぐにさして来て、私は寝不足の眼を細くして、それでも何だかひどく得意な満足の気持で、労働は神聖なり、という言葉などを思い出し、ほっと溜息をついた時に、トカトントンとあの音が遠くから幽かに聞えたような気がして、もうそれっきり、何もかも一瞬のうちに馬鹿らしくなり、私は立って自分の部屋に行き、蒲団をかぶって寝てしまいました。ごはんの知らせが来ても、私は、からだ工合が悪いから、きょうは起きない、とぶっきらぼうに言い、その日は局でも一ばんいそがしかったようで、最も優秀な働き手の私に寝込まれて実にみんな困った様子でしたが、私は終日うつらうつら眠っていました。伯父への御恩返しも、こんな私の我儘のために、かえってマイナスになったようでしたが、もはや、私には精魂こめて働く気などは少しもなく、その翌る日には、ひどく朝寝坊をして、そうしてぼんやり私の受持の窓口に坐り、あくびばかりして、たいていの仕事は、隣りの女の局員にまかせきりにしていました。そうしてその翌日も、翌々日も、私は甚だ気力の無いのろのろしていて不機嫌な、つまり普通の、あの窓口局員になりました。

「まだお前は、どこか、からだ工合がわるいのか。」

と伯父の局長に聞かれても薄笑いして、

「どこも悪くない。神経衰弱かも知れん。」

と答えます。

「そうだ、そうだ。」と伯父は得意そうに、「俺もそうにらんでいた。お前は頭が悪いくせに、むずかしい本を読むからそうなる。俺やお前のように、頭の悪い男は、むずかしい事を考えないようにするのがいいのだ。」と言って笑い、私も苦笑しました。

この伯父は専門学校を出た筈の男ですが、さっぱりどこにもインテリらしい面影が無いんです。

そうしてそれから、（私の文章には、ずいぶん、そうして、それから、が多いでしょう？　これもやはり頭の悪い男の文章の特色でしょうかしら。自分でも大いに気になるのですが、でも、つい自然に出てしまうので、泣寝入りです）そうしてそれから、私は、コイをはじめたのです。お笑いになってはいけません。いや、笑われたって、どう仕様も無いんです。金魚鉢のメダカが、鉢の底から二寸くらいの個所にうかんで、じっと静止して、そうしておのずから身ごもっているように、私も、ぼんやり暮しながら、いつとはなしに、どうやら、羞ずかしい恋をはじめていたのでした。

恋をはじめると、とても音楽が身にしみて来ますね。あれがコイのヤマイの一ばんたしかな兆候だと思います。

片恋なんです。でも私は、その女のひとを好きで好きで仕方が無いんです。そのひとは、この海岸の部落にたった一軒しかない小さい旅館の、女中さんなのです。まだ、はたち前のようです。伯父の局長は酒飲みですから、何か部落の宴会が、その旅館の奥座敷でひらかれたりするたびごとに、きっと欠かさず出かけますので、伯父とその女中さんとはお互い心易い様子で、女中さんが貯金だの保険だのの用事で郵便局の窓口の向う側にあらわれると、伯父はかならず、可笑しくもない陳腐な冗談を言ってその女中さんをからかうのです。

「このごろはお前も景気がいいと見えて、なかなか貯金にも精が出るのう。感心かんしん。いい旦那でも、ついたかな？」

「つまらない。」

と言います。そうして、じっさい、つまらなそうな顔をして言います。ヴァン・ダイクの画の、女の顔でなく、貴公子の顔に似た顔をしています。時田花江という名前です。貯金帳にそう書いてあるんです。以前は、宮城県にいたようで、貯金帳の住所欄には、以前のその宮城県の住所も書かれていて、そうして赤線で消されて、その傍にここの新しい住所が書き込まれています。女の局員たちの噂では、なんでも、宮城県のほうで戦災に遭って、無条件降伏直前に、この部落へひょっこりやって来た女で、あの旅館のおかみさんの遠い血筋のものだとか、そうして身持ちがよろしくないようで、まだ子供のくせに、なかなかの凄腕だとかいう事でしたが、疎開して来たひとで、その土地の者たちの評判のいいひとなんて、ひとりもありません。私はそんな、凄腕などという事は少しも信じませんでしたが、しかし、花江さんの貯金も決して乏しいものではありませんでした。郵便局の局員が、こんな事を公表してはいけない事になっているのですけど、とにかく花江さんは、局長にからかわれながらも、一週間にいちどくらいは二百円か三百円の新円を貯金しに来て、総額がぐんぐん殖えているんです。まさか、いい旦那がついたから、とも思いませんが、私は花江さんの通帳に弐百円とか参百円とかのハンコを押すたんびに、なんだか胸がどきどきして顔があからむのです。

そうして次第に私は苦しくなりました。花江さんは決して凄腕なんかじゃないんだけれども、しかし、この部落の人たちはみんな花江さんをねらって、お金なんかをやって、そうして、花江さんをダメにしてしまうのではなかろうか。きっとそうだ、と思うと、ぎょっとして夜中に床からむっくり起き上った事さえありました。

けれども花江さんは、やっぱり一週間にいちどくらいの割で、平気でお金を持って来ます。いまはもう、胸がどきどきして顔が赤らむどころか、あんまり苦しくて顔が蒼くなり額に油汗のにじみ出るような気持で、花江さんの取り澄まして差出す証紙を貼った汚い十円紙幣を一枚二枚と数えながら、矢庭に全部ひき裂いてしまいたい発作に襲われた事が何度あったか知れません。そうして私は、花江さんに一こと言ってやりたかった。あの、れいの鏡花の小説に出て来る有名な、せりふ、「死んでも、ひとのおもちゃになるな！」と、キザもキザ、それに私のような野暮な田舎者には、とても言い出し得ない台詞ですが、でも私は大まじめに、その一言を言ってやりたくて仕方が無かったんです。死んでも、ひとのおもちゃになるな、物質がなんだ、金銭がなんだ、と。

思えば思われるという事は、やっぱり有るものでしょうか。あれは五月の、なかば過ぎの頃でした。花江さんは、れいの如く、澄まして局の窓口の向う側にあらわれ、どうぞと言ってお金と通帳を私に差出します。私は溜息をついてそれを受取り、悲しい気持で汚い紙幣を一枚二枚とかぞえます。そうして通帳に金額を記入して、黙って花江さんに返してやります。

「五時頃、おひまですか？」

私は、自分の耳を疑いました。春の風にたぶらかされているのではないかと思いました。それほど低く素早い言葉でした。

「おひまでしたら、橋にいらして。」

そう言って、かすかに笑い、すぐにまた澄まして花江さんは立ち去りました。

私は時計を見ました。二時すこし過ぎでした。それから五時まで、だらしない話ですが、私は何をしていたか、いまどうしても思い出す事が出来ないのです。きっと、何やら深刻な顔をして、うろうろして、突然となりの女の局員に、きょうはいいお天気だ、なんて曇っている日なのに、大声で言って、相手がおどろくと、ぎょろりと睨んでやって、立ち上って便所へ行ったり、まるで阿呆みたいになっていたのでしょう。五時、七、八分まえに私は、家を出ました。途中、自分の両手の指の爪がのびているのを発見して、それがなぜだか、実に泣きたいくらい気になったのを、いまでも覚えています。

橋のたもとに、花江さんが立っていました。スカートが短かすぎるように思われました。長いはだかの脚をちらと見て、私は眼を伏せました。

「海のほうへ行きましょう。」

花江さんは、落ちついてそう言いました。

花江さんがさきに、それから五、六歩はなれて私が、ゆっくり海のほうへ歩いて行きました。そうして、それくらい離れて歩いているのに、二人の歩調が、いつのまにか、ぴったり合ってしまって、困りました。曇天で、風が少しあって、海岸には砂ほこりが立っていました。

「ここが、いいわ。」

岸にあがっている大きい漁船と漁船のあいだに花江さんは、はいって行って、そうして砂地に腰をおろしました。

「いらっしゃい。坐ると風が当らなくて、あたたかいわ。」

私は花江さんが両脚を前に投げ出して坐っている個所から、二メートルくらい離れたところに腰をおろしました。

「呼び出したりして、ごめんなさいね。でも、あたし、あなたに一こと言わずには居られないのよ。あたしの貯金の事、ね、へんに思っていらっしゃるんでしょう？」

私も、ここだと思い、しゃがれた声で答えました。

「へんに、思っています。」

「そう思うのが当然ね。」と言って花江さんは、うつむき、はだかの脚に砂を掬って振りかけながら、「あれはね、あたしのお金じゃないのよ。あたしのお金だったら、貯金なんかしやしないわ。いちいち貯金なんて、めんどうくさい。」

成る程と思い、私は黙ってうなずきました。

「そうでしょう？　あの通帳はね、おかみさんのものなのよ。でも、それは絶対に秘密よ。あなた、誰にも言っちゃだめよ。おかみさんが、なぜそんな事をするのか、あたしには、ぼんやりわかっているんだけど、でも、それはとても複雑している事なんですから、言いたくないわ。つらいのよ、あたしは。信じて下さる？」

すこし笑って花江さんの眼が妙に光って来たと思ったら、それは涙でした。

私は花江さんにキスしてやりたくて、仕様がありませんでした。花江さんとなら、どんな苦労をしてもいいと思いました。

「この辺のひとたちは、みんな駄目ねえ。あたし、あなたに、誤解されてやしないかと思って、あなたに一こと言いたくって、それできょうね、思い切って。」

その時、実際ちかくの小屋から、トカトントンという釘打つ音が聞えたのです。この時の音は、私の幻聴ではなかったのです。海岸の佐々木さんの納屋で、事実、音高く釘を打ちはじめたのです。トカトントン、トントントカトントン、とさかんに打ちます。私は、身ぶるいして立ち上りました。

「わかりました。誰にも言いません。」花江さんのすぐうしろに、かなり多量の犬の糞があるのをそのとき見つけて、よっぽどそれを花江さんに注意してやろうかと思いました。

波は、だるそうにうねって、きたない帆をかけた船が、岸のすぐ近くをよろよろと、とおって行きます。

「それじゃ、失敬。」

空々漠々たるものでした。貯金がどうだって、俺の知った事か。もともと他人なんだ。ひとのおもちゃになったって、どうなったって、ちっともそれは俺に関係した事じゃない。ばかばかしい。腹がへった。

それからも、花江さんは相変らず、一週間か十日目くらいに、お金を持って来て貯金して、もういまでは何千円かの額になっていますが、私には少しも興味がありません。花江さんの言ったように、それはおかみさんのお金なのか、または、やっぱり花江さんのお金なのか、どっちにしたって、それは全く私には関係の無い事ですもの。

そうして、いったいこれは、どちらが失恋したという事になるのかと言えば、私には、どうしても、失恋したのは私のほうだというような気がしているのですけれども、しかし、失恋して別段かなしい気も致しませんから、これはよっぽど変った失恋の仕方だと思っています。そうして私は、またもや、ぼんやりした普通の局員になったのです。

六月にはいってから、私は用事があって青森へ行き、偶然、労働者のデモを見ました。それまでの私は社会運動または政治運動というようなものには、あまり興味が無い、というよりは、絶望に似たものを感じていたのです。誰がやったって、同じ様なものなんだ。また自分が、どのような運動に参加したって、所詮はその指導者たちの、名誉慾か権勢慾の乗りかかった船の、犠牲になるだけの事だ。何の疑うところも無く堂々と所信を述べ、わが言に従えば必ずや汝自身ならびに汝の家庭、汝の村、汝の国、否全世界が救われるであろうと、大見得を切って、救われないのは汝等がわが言に従わないからだとうそぶき、そうして一人のおいらんに、振られて振られて振られとおして、やけになって公娼廃止を叫び、憤然として美男の同志を殴り、あばれて、うるさがられて、たまたま勲章をもらい、沖天《ちゅうてん》の意気を以てわが家に駈け込み、かあちゃんこれだ、と得意満面、その勲章の小箱をそっとあけて女房に見せると、女房は冷たく、あら、勲五等じゃないの、せめて勲二等くらいでなくちゃねえ、と言い、亭主がっかり、などという何が何やらまるで半気狂いのような男が、その政治運動だの社会運動だのに没頭しているものとばかり思い込んでいたのです。それですから、ことしの四月の総選挙も、民主主義とか何とか言って騒ぎ立てても、私には一向にその人たちを信用する気が起らず、自由党、進歩党は、相変らずの古くさい人たちばかりのようでまるで問題にならず、また社会党、共産党は、いやに調子づいてはしゃいでいるけれども、これはまた敗戦便乗とでもいうのでしょうか、無条件降伏の屍にわいた蛆虫のような不潔な印象を消す事が出来ず、四月十日の投票日にも私は、伯父の局長から自由党の加藤さんに入れるようにと言われていたのですが、はいはいと言って家を出て海岸を散歩して、それだけで帰宅しました。社会問題や政治問題に就いてどれだけ言い立てても、私たちの日々の暮しの憂鬱は解決されるものではないと思っていたのですが、しかし、私はあの日、青森で偶然、労働者のデモを見て、私の今までの考えは全部間違っていた事に気がつきました。

生々潑剌、とでも言ったらいいのでしょうか。なんとまあ、楽しそうな行進なのでしょう。憂鬱の影も卑屈の皺も、私は一つも見出す事が出来ませんでした。伸びて行く活力だけです。若い女のひとたちも、手に旗を持って労働歌を歌い、私は胸が一ぱいになり、涙が出ました。ああ、日本が戦争に負けて、よかったのだと思いました。生れてはじめて、真の自由というものの姿を見た、と思いました。もしこれが、政治運動や社会運動から生れた子だとしたなら、人間はまず政治思想、社会思想をこそ第一に学ぶべきだと思いました。

なおも行進を見ているうちに、自分の行くべき一条の光りの路がいよいよ間違い無しに触知せられたような大歓喜の気分になり、涙が気持よく頬を流れて、そうして水にもぐって眼をひらいてみた時のように、あたりの風景がぼんやり緑色に烟って、そうしてその薄明の漾々《ようよう》と動いている中を、真紅の旗が燃えている有様を、ああその色を、私はめそめそ泣きながら、死んでも忘れまいと思ったら、トカトントンと遠く幽かに聞えて、もうそれっきりになりました。

いったい、あの音はなんでしょう。虚無《ニヒル》などと簡単に片づけられそうもないんです。あのトカトントンの幻聴は、虚無《ニヒル》をさえ打ちこわしてしまうのです。

夏になると、この地方の青年たちの間で、にわかにスポーツ熱がさかんになりました。私には多少、年寄りくさい実利主義的な傾向もあるのでしょうか、何の意味も無くまっぱだかになって角力をとり、投げられて大怪我をしたり、顔つきをかえて走って誰よりも誰が早いとか、どうせ百メートル二十秒の組でどんぐりの背ならべなのに、ばかばかしい、というような気がして、青年たちのそんなスポーツに参加しようと思った事はいちども無かったのです。けれども、ことしの八月に、この海岸線の各部落を縫って走破する駅伝競走というものがあって、この郡の青年たちが大勢参加し、このAの郵便局も、その競走の中継所という事になり、青森を出発した選手が、ここで次の選手と交代になるのだそうで、午前十時少し過ぎ、そろそろ青森を出発した選手たちがここへ到着する頃だというので、局の者たちは皆、外へ見物に出て、私と局長だけ局に残って簡易保険の整理をしていましたが、やがて、来た、来た、というどよめきが聞え、私は立って窓から見ていましたら、それがすなわちラストヘビーというもののつもりなのでしょう、両手の指の股を蛙の手のようにひろげ、空気を掻き分けて進むというような奇妙な腕の振り工合で、そうしてまっぱだかにパンツ一つ、もちろん裸足で、大きい胸を高く突き上げ、苦悶の表情よろしく首をそらして左右にうごかし、よたよたと走って局の前まで来て、ううんと一声唸って倒れ、

「ようし！　頑張ったぞ！」と附添の者が叫んで、それを抱き上げ、私の見ている窓の下に連れて来て、用意の手桶の水を、ざぶりとその選手にぶっかけ、選手はほとんど半死半生の危険な状態のようにも見え、顔は真蒼でぐたりとなって寝ている、その姿を眺めて私は、実に異様

な感激に襲われたのです。

可憐、などと二十六歳の私が言うのも思い上っているようですが、いじらしさ、と言えばいいか、とにかく、力の浪費もここまで来ると、見事なものだと思いました。このひとたちが、一等をとったって二等をとったって、世間はそれにほとんど興味を感じないのに、それでも生命懸けで、ラストヘビーなんかやっているのです。別に、この駅伝競走に依って、所謂文化国家を建設しようという理想を持っているわけでもないでしょうし、また、理想も何も無いのに、それでも、おていさいから、そんな理想を口にして走って、以て世間の人たちにほめられようなどとも思っていないでしょう。また、将来大マラソン家になろうという野心も無く、どうせ田舎の駈けっくらで、タイムも何も問題にならん事は、よく知っているでしょうし、家へ帰っても、その家族の者たちに手柄話などする気もなく、かえってお父さんに叱られはせぬかと心配して、けれども、それでも走りたいのです。いのちがけで、やってみたいのです。誰にほめられなくてもいいんです。ただ、走ってみたいのです。無報酬の行為です。幼時の危い木登りには、まだ柿の実を取って食おうという慾がありましたが、このいのちがけのマラソンには、それさえありません。ほとんど虚無の情熱だと思いました。それが、その時の私の空虚な気分にぴったり合ってしまったのです。

私は局員たちを相手にキャッチボールをはじめました。へとへとになるまで続けると、何か脱皮に似た爽やかさが感ぜられ、これだと思ったとたんに、やはりあのトカトントンが聞えるのです。あのトカトントンの音は、虚無の情熱をさえ打ち倒します。

もう、この頃では、あのトカトントンが、いよいよ頻繁に聞え、新聞をひろげて、新憲法を一条一条熟読しようとすると、トカトントン、局の人事に就いて伯父から相談を掛けられ、名案がふっと胸に浮んでも、トカトントン、あなたの小説を読もうとしても、トカトントン、こないだこの部落に火事があって起きて火事場に駈けつけようとして、トカトントン、伯父のお相手で、晩ごはんの時お酒を飲んで、も少し飲んでみようかと思って、トカトントン、もう気が狂ってしまっているのではなかろうかと思って、これもトカトントン、自殺を考え、トカトントン。

「人生というのは、一口に言ったら、なんですか。」

と私は昨夜、伯父の晩酌の相手をしながら、ふざけた口調で尋ねてみました。

「人生、それはわからん。しかし、世の中は、色と慾さ。」

案外の名答だと思いました。そうして、ふっと私は、闇屋になろうかしらと思いました。しかし、闇屋になって一万円もうけた時の事を考えたら、すぐトカトントンが聞えて来ました。

教えて下さい。この音は、なんでしょう。そうして、この音からのがれるには、どうしたらいいのでしょう。私はいま、実際、この音のために身動きが出来なくなっています。どうか、ご返事を下さい。

なお最後にもう一言つけ加えさせていただくなら、私はこの手紙を半分も書かぬうちに、もう、トカトントンが、さかんに聞えて来ていたのです。こんな手紙を書く、つまらなさ。それでも、我慢してとにかく、これだけ書きました。そうして、あんまりつまらないから、やけになって、ウソばっかり書いたような気がします。花江さんなんて女もいないし、デモも見たのじゃないんです。その他の事も、たいがいウソのようです。

しかし、トカトントンだけは、ウソでないようです。読みかえさず、このままお送り致します。敬具。

この奇異なる手紙を受け取った某作家は、むざんにも無学無思想の男であったが、次の如き返答を与えた。

拝復。気取った苦悩ですね。僕は、あまり同情してはいないんですよ。十指の指差すところ、十目の見るところの、いかなる弁明も成立しない醜態を、君はまだ避けているようですね。真の思想は、叡智よりも勇気を必要とするものです。マタイ十章、二八、「身を殺して霊魂《たましい》をころし得ぬ者どもを懼《おそ》るな、身と霊魂《たましい》とをゲヘナにて滅《ほろぼ》し得る者をおそれよ。」この場合の「懼る」は、「畏敬」の意にちかいようです。このイエスの言に、霹靂を感ずる事が出来たら、君の幻聴は止む筈です。不尽。

（「群像」一九四七年一月号）

鎮魂歌

原 民喜

美しい言葉や念想が殆ど絶え間なく流れてゆく。深い空の雲のきれ目から湧いて出てこちらに飛込んでゆく。僕はもう何年間眠らなかったのかしら。僕の眼は突張って僕の唇は乾いている。息をするのもひだるいような、このふらふらの空間は、ここもたしかに宇宙のなかなのだろうか。かすかに僕のなかには宇宙に存在するものなら大概ありそうな気がしてくる。だから僕が何年間も眠らないでいることも宇宙に存在するかすかな出来事のような気がする。僕は人間というものをどのように考えているのかそんなことをあんまり考えているうちに僕はとうとう眠れなくなったようだ。僕の眼は突張って僕の唇は乾いている、息をするのもひだるいような、このふらふらの空間は……。

僕は気をはっきりと持ちたい。僕は僕をはっきりとたしかめたい。僕の胃袋に一粒の米粒もなかったとき、僕の胃袋は透きとおって、青葉の坂路を歩くひょろひょろの僕が見えていた。あのとき僕はあれを人間だとおもった。自分のために生きるな、死んだ人たちの嘆きのためにだけ生きよ、僕は自分に繰返し繰返し云いきかせた。それは僕の息づかいや涙と同じようになっていた。僕の眼の奥に涙が溜ったとき焼跡は優しくふるえて霧に覆われた。僕は霧の彼方の空にお前を見たとおもった。僕は歩いた。僕の足は僕を支えた。人間の足。驚くべきは人間の足なのだ。廃墟にむかって、ぞろぞろと人間の足は歩いた。その足は人間を支えて、人間はたえず何かを持運んだ。少しずつ、少しずつ人間は人間の家を建てて行った。

人間の足。僕はあのとき傷ついた兵隊を肩に支えて歩いた。兵隊の足はもう一歩も歩けないから捨てて行ってくれと僕に訴えた。疲れはてた朝だった。橋の上を生存者のリヤカーがいくつも威勢よく通っていた。世の中にまだ朝が存在しているのを僕は知った。僕は兵隊をそこに残して歩いて行った。僕の足。突然頭上に暗黒が滑り墜ちた瞬間、僕の足はよろめきながら、僕を支えてくれた。僕の足。僕の足。僕のこの足。恐しい日々だった。滅茶苦茶の時だった。僕の足は火の上を走り廻った。水際を走りまわった。悲しい路を歩きつづけた。ひだるい長い路を歩きつづけた。真暗な長いひだるい悲しい夜の路を歩きとおした。生きるために歩きつづけた。生きてゆくことができるのかしらと僕は星空にむかって訊ねてみた。自分のために生きるな、死んだ人たちの嘆きのためにだけ生きよ。僕を生かしておいてくれるのはお前たちの嘆きだ。僕を歩かせてゆくのも死んだ人たちの嘆きだ。お前たちは星だった。お前たちは花だった。久しい久しい昔から僕が知っているものだった。僕は歩いた。僕の足は僕を支えた。僕の眼の奥に涙が溜るとき、僕は人間の眼がこちらを見るのを感じる。

人間の眼。あのとき、細い細い糸のように細い眼が僕を見た。まっ黒にまっ黒にふくれ上った顔に眼は絹糸のように細かった。河原にずらりと並んでいる異形の重傷者の眼が、傷ついていない人間を不思議そうに振りむいて眺めた。不思議そうに、不思議そうに、何もかも不思議そうな、ふらふらの、揺れかえる、揺れかえった後の、また揺れかえりの、おそろしいものに視入っている眼だ。水のなかに浸って死んでいる子供の眼はガラス玉のようにパッと水のなかで見ひらいていた。両手も両足もパッと水のなかに拡げて、大きな頭の大きな顔の悲しげな子供だった。まるでそこへ捨てられた死の標本のように子供は河淵に横わっていた。それから死の標本はいたるところに現れて来た。

人間の死体。あれはほんとうに人間の死骸だったのだろうか。むくむくと動きだしそうになる手足や、絶対者にむかって投げ出された胴、痙攣して天を摑もうとする指……。光線に突刺された首や、喰いしばって白くのぞく歯や、盛りあがって喰みだす内臓や……。一瞬に引裂かれ、一瞬にむかって挑もうとする無数のリズム……。うつ伏せに溝に墜ちたものや、横むきにあおのけに、焼け爛れた奈落の底に、墜ちて来た奈落の深みに、それらは悲しげにみんな天を眺めているのだった。

人間の屍体。それは生存者の足もとにごろごろと現れて来た。それらは僕の足に絡みつくようだった。僕は歩くたびに、もはやからみつくものから離れられなかった。僕は焼けのこった東京の街の爽やかな鈴懸の朝の鋪道を歩いた。鈴懸は朝ごとに僕の眼をみどりに染め、僕の眼は涼しげなひとの眼にそそいだ。僕の眼は朝ごとに花の咲く野山のけはいをおもい、僕の耳は朝ごとにうれしげな小鳥の声にゆれた。自分のために生きるな、死んだ人たちの嘆きのためにだけ生きよ。僕を生かして僕を感動させるものがあるなら、それはみなお前たちの嘆きのせいだ。僕のなかで鳴りひびく鈴、僕は鈴の音にききとれていたのだが……。

　だが、このふらふらの揺れかえる、揺れかえった後の、また揺れかえりの、ふらふらの、今もふらふらと揺れかえる、この空間は僕にとって何だったのか。めらめらと燃えあがり、燃え畢った後の、また燃えなおしの、めらめらの、今も僕を追ってくる、この執拗な焔は僕にとって何だったのか。僕は汽車から振落されそうになる。僕は電車のなかで押つぶされそうになる。僕は部屋を持たない。部屋は僕を拒む。僕は押されて振落されて、さまよっている。さまよっている。さまよっているのが人間なのか。人間の観念と一緒に僕はさまよっている。

　人間の観念。それが僕を振落し僕を拒み僕を押つぶし僕をさまよわし僕に喰らいつく。僕が昔僕であったとき、僕がこれから僕であろうとするとき、僕は僕にピシピシと叩かれる。僕のなかにある僕の装置。人間のなかにある不可知の装置。人間の核心。人間の観念。観念の人間。洪水のように汎濫する言葉と人間。群衆のように雑沓する言葉と人間。言葉。言葉。言葉。僕は僕のなかにある ESSAY ON MAN の言葉をふりかえる。

死について　死は僕を生長させた
愛について　愛は僕を持続させた
孤独について　孤独は僕を僕にした
狂気について　狂気は僕を苦しめた

情欲について　情欲は僕を眩惑させた
バランスについて　僕の聖女はバランスだ
夢について　夢は僕の一切だ
神について　神は僕を沈黙させる
役人について　役人は僕を憂鬱にした
花について　花は僕の姉妹たち
涙について　涙は僕を呼びもどす
笑について　僕はみごとな笑がもちたい
戦争について　ああ戦争は人間を破滅させる

殆ど絶え間なしに妖しげな言葉や念想が流れてゆく。僕は流されて、押し流されてへとへとになっているらしい。息をするのもひだるいような、このふらふらの空間に……。ふと、揺れている空間に白堊の大きな殿堂が見えて来る。僕はふらふらと近づいてゆく。まるで天空のなかをくぐっているように……。大きな白堊の殿堂が僕に近づく。僕は殿堂の門に近づく。天空のなかから浮き出てくるように、殿堂の門が僕に近づく。僕はオベリスクに刻られた文字を眺める。僕は驚く。僕は呟く。

原子爆弾記念館

僕はふらふら階段を昇ってゆく。僕は驚く。僕は呟く。僕は訝《いぶか》る。階段は一歩一歩僕を誘い、廊下はひっそりと僕を内側へ導く。ここは、これは、ここは、これは……僕はふと空漠としたものに戸惑っている。コトコトと靴音がして案内人が現れる。彼は黙って扉を押すと、僕を一室に導く。僕は黙って彼の後についてゆく。ガラス張りの大きな函の前に彼は立留る。函の中には何も存在していない。僕は眼鏡と聴音器の連結された奇妙なマスクを頭から被せられる。彼は函の側にあるスイッチを静かに捻る。……突然、原爆直前の広島市の全景が見えて来た。

……突然、すべてが実際の現象として僕に迫って来た。これはもう函の中に存在する出来事ではなさそうだった。僕は青ざめる。飛行機はもう来ていた。見えている。雲のなかにかすかな爆音がする。僕は僕を探す。僕はいた。僕はあの家のあそこに……。あのときと同じように僕はいた。僕の眼は街の中の、屋根の下の、路の上の、あらゆる人々の、あの時の位置をことごとく走り廻る。僕は叫ぶ。（厭らしい装置だ。あらゆる空間的角度からあらゆる空間現象を透視し、あらゆる時間的速度であらゆる時間的進行を展開さす呪うべき装置だ。恥ずべき詭計だ。何のために、何のために、僕にあれをもう一度叩きつけようとするのだ！）

僕は叫ぶ。僕の眼に広島上空に閃く光が見える。光はゆるゆると夢のように悠然と伸び拡る。あッと思うと光はさッと速度を増している。が、再び瞬間が細分割されるように光はゆるゆるとためらいがちに進んでゆく。突然、光はさッと地上に飛びつく。地上の一切がさッと変形される。街は変形された。が、今、家屋の倒壊がゆるゆると再びある夢のような速度で進行を繰返している。僕は僕を探す。僕はいた。あそこに……。僕は僕に動顚する。僕は僕に叫ぶ。（虚妄だ。妄想だ。僕はここにいる。僕はあち側にいない。僕はここにいる。僕はあちら側にはいない。）僕は苦しさにバタバタし、顔のマスクを捥ぎとろうとする。と、あのとき僕の頭上に墜ちて来た真暗な塊りのなかの藻掻《もが》きが僕の捥ぎとろうとするマスクと同じだ。僕はうめく。僕はよろよろと倒れそうになる。倒れまいとする。と、真暗な塊りのなかで、うめく僕と倒れまいとする僕と……。僕はマスクを捥ぎとろうとする。バタバタとあばれまわる。……スイッチはとめられた。やがて案内人は僕の顔からマスクをはずしてくれる。僕は打ちのめされたようにぐったりしている。案内人は僕をソファのところへ連れて行ってくれる。僕はソファの上にぐったり横わる。

〈ソファの上での思考と回想〉

僕はここにいる。僕はあちら側にはいない。ここにいる。ここにいる。ここにいる。ここにいるのだ。ここにいるのが僕だ。ああ、しかし、どうして、僕は僕にそれを叫ばねばならないのか。今、僕の横わっているソファは少しずつ僕を慰め、僕にとって、ふと安らかな思考のソファとなってくる。……僕はここにいる。僕は向側にはいない。僕はここにいる。ああ、しかし、どうしてまだ僕はそれを叫びたくなるのか。

……ふと、僕はK病院のソファに横わってガラス窓の向うに見える楓の若葉を見たときのことをおもいだす。あのとき僕は病気だと云われたら無一文の僕は自殺するよりほかに方法はなかったのだが……。あのとき僕は窓ガラスの向側の美しく戦く若葉のなかに、僕はいたのではなかったかしら。その若葉のなかには死んだお前の目なざしや嘆きがまざまざと残っているようにおもえた。……僕はもっとはっきりおもいだす。ある日、お前が眺めていた庭の若竹の陽ざしのゆらぎや、僕が眺めていたお前のかおつきを……。僕は僕の向側にもいる。僕は僕の向側にもいる。お前は生きていた。アパートの狭い一室で僕はお前の側にぼんやり坐っていた。美しい五月の静かな昼だった。鏡があった。お前の側には鏡があった。鏡に窓の外の若葉が少し映っていた。僕は鏡に映っている窓の外のほんの少しばかし見える青葉に、ふと、制し難い郷愁が湧いた。「もっともっと青葉が一ぱい一ぱい見える世界に行ってみないか。今すぐ、今すぐに」お前は僕の突飛すぎる調子に微笑した。が、もうお前もすぐキラキラした迸《ほとばし》るばかりのものに誘われていた。軽い浮々したあふるるばかりのものが湧いた。一人の人間に一つの調子が湧くとき、すぐもう一人の人間にその調子がひびいてゆくこと、僕がふと考えているのはこのことなのだろうか。

僕はもっとはっきり思い出せそうだ。僕は僕の向側にいる。鏡があった。あれは僕が僕というものに気づきだした最初のことかもしれなかった。僕は鏡のなかにいた。僕の顔は鏡のなかにあった。鏡のなかには僕の後の若葉があった。ふと僕は鏡の奥の奥のその奥にある空間に迷い込んでゆくような疼きをおぼえた。あれは迷い子の郷愁なのだろうか。僕は地上の迷い子だったのだろうか。そうだ、僕はもっとはっきり思い出せそうだ。

僕は僕の向側にいた。子供の僕ははっきりと、それに気づいたのではなかった。が、子供の僕は、しかしやはり振り墜されている人間ではなかったのだろうか。安らかな、穏やかな、殆ど何の脅迫の光線も届かぬ場所に安置されている僕がふとどうにもならぬ不安に駆りたたれていた。そこから奈落はすぐ足もとにあった。無限の墜落感が……。あんな子供のときから僕の核心にあったもの、……僕がしきりと考えているのはこのことだろうか。僕はもっとはっきり思い出せそうだ。

僕は僕の向側にいる。樹木があった。僕は樹木の側に立って向側を眺めていた。向側にも樹木があった。あれは僕が僕というものの向側を眺めようとしだす最初の頃かもしれなかった。少年の僕は向側にある樹木の向側に幻の人間を見た。今にも嵐になりそうな空の下を悲痛に叩きつけられた巨人が歩いていた。その人の額には人類のすべての不幸、人間のすべての悲惨が刻みつけられていたが、その人はなお昂然と歩いていた。獅子の鬣《たてがみ》のように怒った髪、鷲の眼のように鋭い目、その人は昂然と歩いていた。少年の僕は幻の人間を仰ぎ見ては訴えていた。僕は弱い、僕は弱い、僕は僕はこんなに弱いと。そうだ、僕はもっとはっきり思い出さなければならない。僕は弱い、僕は弱い、僕は弱いという声がするようだ。今も僕のなかで、僕のなかで、その声が……。自分のために生きるな、死んだ人たちの嘆きのためにだけ生きよ。僕のなかでまたもう一つの声がきこえてくる。

僕はソファを立上る。僕は歩きだす。案内人は何処へ行ったのかもう姿が見えない。僕はひとりで、陳列戸棚の前を茫然と歩いている。僕はもうこの記念館のなかの陳列戸棚を好奇心で覗き見る気は起らない。僕の想像を絶したものが既に発明され此処に陳列してあるとしても、はたしてこれは僕の想像を絶したものであろうか。そのものが既に発明されて此処に陳列してあること、陳列されてあること、陳列してあるということ、そのことだけが僕の想像を絶したことなのだ。僕は憂鬱になる。僕は悲惨になる。自分で自分を処理できない狂気のように、それらは僕を苦しめる。僕はひとり暗然と歩き廻って、自分の独白にきき入る。泉。泉。泉こそは……

そうだ、泉こそはかすかに、かすかな救いだったのかもしれない。重傷者の来て呑む泉。つぎつぎに火傷者の来て呑む泉。僕はあの泉あるため、あの凄惨な時間のなかにも、かすかな救いがあったのではないか。泉。泉。泉こそは……。その救いの幻想はやがて僕に飢餓が迫って来たとき、天上の泉に投影された。僕はくらくらと目くるめきそうなとき、空の彼方にある、とわの泉が見えて来たようだ。それから夜……宿なしの僕はかくれたところにあって湧きやめない、とわの泉のありかをおもった。泉。泉。泉こそは……。

僕はいつのまにか記念館の外に出て、ふらふら歩き廻っている。群衆は僕の眼の前をぞろぞろと歩いているのだ。群衆はあのときから絶えず地上に汎濫しているようだ。僕は雑沓のなかをふらふら歩いて行く。僕はふらふら歩き廻っている。僕にとって、僕のまわりを通りこす人々はまるで纏りのない僕の念想のようだ。僕の頭のなか、僕の習癖のなか、いつのまにか、纏りのない群衆が汎濫している。僕はふと群衆のなかに伊作の顔を見つけて呼びとめようとする。だが伊作は群衆のなかに消え失せてしまう。ふと、僕の眼にお絹の顔が見えてくる。僕が声をかけようとしていると彼女もまた群衆のなかに紛れ失せている。僕は茫然とする。そうだ、僕はもっとはっきり思い出したい。あれは群衆なのだろうか。僕の念想なのだろうか。ふと声がする。

〈僕の頭の軟弱地帯〉僕は書物を読む。書物の言葉は群衆のように僕のなかに汎濫してゆく。僕は小説を考える。小説の人間は群衆のように僕のなかに汎濫してゆく。僕は人間と出逢う。実在の人間が小説のようにしか僕のものと連結されない。無数の人間の思考・習癖・表情それらが群衆のようにぞろぞろと歩き廻る。バラバラの地帯は崩れ墜ちそうだ。

〈僕の頭の湿地帯〉僕は寝そびれて鶏の声に脅迫されている。魂の疵《きず》を搔きむしり、搔きむしり、僕は僕に呻吟してゆく。この仮想は僕なのだろうか。この罪ははたして僕なのだろうか。僕は空転する。僕の核心は青ざめる。めそめそとしたものが、割りきれないものが、皮膚と神経に滲みだす。空間は張り裂けそうになる。僕はたまらなくなる。どうしても僕はこの世には生存してゆけそうにない。逃げ出したいのだ。何処かへ、何処か山の奥に隠れて、ひとりで泣き暮したいのだ。ひとりで、死ぬる日まで、死ぬる日まで。

〈僕の頭の高原地帯〉僕は突然、生存の歓喜にうち顫える。生きること、生きていること、小鳥が毎朝、泉で水を浴びて甦るように、僕のなかの単純なもの、素朴なもの、それだけが、ただ、僕を爽やかにしてくれる。

〈僕の頭の……〉

〈僕の頭の……〉

〈僕の頭の……〉

僕には僕の歌声があるようだ。だが、僕は伊作を探しているのだ。伊作も僕を探しているのだ。それから僕はお絹を探しているのだ。お絹も僕を探そうとする。僕は伊作を知っている。僕はお絹を知っている。しかし伊作もお絹も僕の幻想、僕の乱れがちのイメージ、僕の向側にあるもの、僕のこちら側にあるもの……。ふと声がしだした。伊作の声が僕にきこえた。

〈伊作の声〉

世界は割れていた。僕は探していた。何かをいつも探していたのだ。廃墟の上にはぞろぞろと人間が毎日歩き廻った。人間はぞろぞろと歩き廻って何かを探していたのだろうか。新しく截りとられた宇宙の傷口のように、廃墟はギラギラ光っていた。巨きな虚無の痙攣は停止したまま空間に残っていた。崩壊した物質の堆積の下や、割れたコンクリートの窪みには死の異臭が罩《こも》っていた。真昼は底ぬけに明るくて悲しかった。白い大きな雲がキラキラと光って漾《ただよ》った。朝は静けさゆえに恐しくて悲しかった。その廃墟を遠くからとりまく山脈や島山がぼんやりと目ざめていた。夕方は迫ってくるもののために佗しく底冷えていた。夜は茫々として苦悩する夢魔の姿だった。人肉を啖《くら》いはじめた犬や、新しい狂人や、疵だらけの人間たちが夢魔に似て彷徨していた。すべてが新しい夢魔に似た現象なのだろうか。廃墟の上には毎日人間がぞろぞろと歩き廻った。人間が歩き廻ることによって、そこは少しずつ人間の足あとと祈りが印されて行くのだろうか。僕も群衆のなかを歩き廻っていたのだ。復員して戻ったばかりの僕は惨劇の日をこの目で見たのではなかった。だが、惨劇の跡の人々からきく悲話や、戦慄すべき現象はまだそこここに残っていた。一瞬の閃光で激変する人間、宇宙の深底に潜む不可知なもの……僕に迫って来るものははてしなく巨大なもののようだった。だが、僕は揺すぶられ、鞭打たれ、燃え上り、塞《せ》きとめられていた。家は焼け失せていたが、父母と弟たちは廃墟の外にある小さな町に移住していた。復員して戻ったばかりの僕は、父母の許で、何か忽ち塞きとめられている自分を見つけた。今は人間が烈しく喰いちがうことによって、すべてが塞きとめられている時なのだろうか。だが、僕は昔から、殆ども心ついたばかりの頃から、揺すぶられ、鞭打たれ、燃え上り、塞きとめられていたような記憶がする。僕は突抜けてゆきたくなるのだ。僕は廃墟の方をうろうろ歩く。僕の顔は何かわからぬものを嚇と内側に叩きつけている顔になっている。人間の眼はどぎつく空間を撲りつける眼になっている。のぞみのない人間と人間の反射が、ますますその眼つきを荒っぽくさせているのだろうか。めらめらの火や、噴きあげる血や、捩がれた腕や、死狂う唇や、糜爛《びらん》の死体や、それらはあった、それらはあった、人々の眼のなかにまだ消え失せてはいなかった。鉄筋の残骸や崩れ墜ちた煉瓦や無数の破片や焼け残って天を引裂こうとする樹木は僕のすぐ眼の前にあった。世界は割れていた。割れていた、恐しく割れていた。だが、僕は探していたのだ。何かはっきりしないものを探していた。どこか遠くにあって、かすかに僕を慰めていたようなもの、何だかわからないとらえどころのないもの、消えてしまって記憶の内側にしかないもの、しかし空間から再びふと浮び出しそうなもの、記憶の内側にさえないが、嘗てたしかにあったとおもえるもの、僕はぼんやり考えていた。

　世界は割れていた。恐しく割れていた。だが、まだ僕の世界は割れてはいなかったのだ。まだ僕は一瞬の閃光を見たのではなかった。僕はまだ一瞬の閃光に打たれたのではなかった。だが、とうとう僕の世界にも一瞬の大混乱がやって来た。そのときまで僕は何にも知らなかった。その時から僕の過去は転覆してしまった。その時から僕の記憶は曖昧になった。その時から僕の思考は錯乱して行った。知らないでもいいことを知ってしまったのだ。僕は知らなかった僕に驚き、僕は知ってしまった僕に引裂かれる。僕は知ってしまったのだ。僕は知ってしまったのだ。僕の母が僕を生んだ母とは異っていたことを……。突然、知らされてしまったのだ。突然？　……だが、その時まで僕はやはりぼんやり探していたのかもしれなかった。叔父の葬式のときだった。壁の落ち柱の歪んだ家にみんなは集っていた。そのなかに僕は人懐こそうな婦人をみつけた。前に一度、僕が兵隊に行くとき駅までやって来て黙ったまま見送ってくれた婦人だった。僕は何となく惹きつけられていた。叔父の死骸が戸板に乗せられて焼場へ運ばれて行く時だった。僕はその婦人とその婦人の夫と三人で人々から遅れがちに歩いていた。その婦人も婦人の夫も僕は何となく心惹かれたが、僕は何となく遠い親戚だろう位に思っていた。突然、婦人の夫が僕に云った。

「君ももう知っているのだね、お母さんの異うことを」

　不思議なこととは思ったが、僕は何気なく頷いた。何気なく頷いたが、僕は閃光に打たれてしまっていたのだ。それから僕はザワザワした。揺れうごくものがもう鎮まらなかった。それから間もなく僕の探求が始った。僕はその人たちの家をはじめてこっそり訪ねて行った。山の麓にその人たちの仮寓はあった。それから僕は全部わかった。あの婦人は僕の伯母、死んだ僕の母の姉だったのだ。僕の母は僕が三つの時死んでいる。僕の父は僕の母を死ぬる前に離婚している。事情はこみ入っていたのだが、そのため僕には全部今迄隠されていた。僕は死んだ母の写真を見せてもらった。僕には記憶がなかったが……。僕の父もその母と一緒に僕と三人で撮っている。僕には記憶はなかったが……。僕は目かくしされて、ぐるぐるぐる廻されていたのだった。長い間、あまりに長い間、僕ひとり、僕ひとり……。僕の目かくしはとれた。こんどは僕のまわりがぐるぐる廻った。僕もぐるぐる廻りだした。

僕のなかには大きな風穴が開いて何かがぐるぐると廻転して行った。何かわけのわからぬものが僕のなかで僕を廻転させて行った。僕は廃墟の上を歩きながら、これは僕ではないと思う。だが、廃墟の上を歩いている僕は、これが僕だ、これが僕だと僕に押しつけてくる。僕はここではじめて廃墟の上でたった今生れた人間のような気がしてくる。僕は吹き晒しだ。吹き晒しの裸身が僕だったのか。わかるか、わかるかと僕に押しつけてくる。それで、僕はわかるような気がする。子供のとき僕は何かのはずみですとんと真暗な底へ突落されている。何かのはずみで僕は全世界が僕の前から消え失せている。ガタガタと僕の核心は青ざめて、僕は真赤な号泣をつづける。だが、誰も救ってはくれないのだ。僕はつらかった。僕は悲しかった、死よりも堪えがたい時間だった。僕は真暗な底から自分で這い上らねばならない。僕は這い上った。そして、もう堕ちたくはなかった。だが、そこへ僕をまた突落そうとする何かのはずみはいつも僕のすぐ眼の前にチラついて見えた。僕はそわそわして落着がなかった。いつも誰かの顔色をうかがった。いつも誰かから突落されそうな気がした。突落されたくなかった。堕ちたくなかった。僕は人の顔を人の顔ばかりをよく眺めた。彼等は僕を受け容れ、拒み、僕を隔てていた。人間の顔面に張られている一枚の精巧複雑透明な硝子……あれは僕には僕なりにわかっていたつもりなのだが。

おお、一枚の精巧複雑透明な硝子よ。あれは僕と僕の父の間に、僕と僕の継母の間に、それから、すべての親戚と僕との間に、すべての世間と僕との間に、張られていた人間関係だったのか。人間関係のすべての瞬間に潜んでいる怪物、僕はそれが怕くなったのだろうか。僕はそれが口惜しくなったのだろうか。僕にはよくわからない。僕はもっともっと怕くなるのだ。すべての瞬間に破滅の装塡されている宇宙、すべての瞬間に戦慄が潜んでいる宇宙、ジーンとしてそれに耳を澄ませている人間の顔を僕は夢にみたような気がする。僕にとって怕いのは、もう人間関係だけではない。僕を呑もうとするもの、僕を嚙もうとするもの、僕にとってあまりに巨大な不可知なものたち。不可知なものは、それは僕が歩いている廃墟のなかにもある。僕はおもいだす、はじめてこの廃墟を見たとき、あの駅の広場を通り抜けて橋のところまで来て立ちどまったとき、そこから殆ど廃墟の全景が展望されたが、ぺちゃんこにされた廃墟の静けさのなかから、ふと向うから何かわけのわからぬものが叫びだすと、つづいてまた何かわけのわからないものが泣きわめきながら僕の頰へ押しよせて来た。あのわけのわからないものたちは僕を僕を僕のなかでぐるぐると廻転さす。

僕は僕のなかをぐるぐる探し廻る。そうすると、いろんな時のいろんな人間の顔が見えて来る。僕にむかって微笑みかけてくれる顔、僕をちょっと眺める顔、僕に無関心の顔、厚意ある顔、敵意を持つ顔、……だが、それらの顔はすべて僕のなかに日蔭や日向のある、とにかく調和ある静かな田園風景となっている。僕はとにかく、いろんなものと、いろんな糸で結びつけられている。僕はとにかく安定した世界にいるのだ。

ジーンと鋭い耳を刺すような響がする。僕のいる世界は引裂かれてゆく。それらはない、それらはない！　と僕は叫びつづける。それらはみんな飛散ってゆく。破片の速度だけが僕の眼の前にある。それらはない！　それらはない！　僕は叫びつづける。……と、僕を地上に結びつけていた糸がプツリと切れる。こんどは僕が破片になって飛散ってゆく。くらくらとする断崖、感動の底にある谷間、キラキラと燃える樹木、それらは飛散ってゆく僕に青い青い流れとして映る。僕はない！　僕はない！　僕は叫びつづける。……僕は夢をみているのだろうか。

僕は僕のなかをぐるぐるともっと強烈に探し廻る。突然、僕のなかに無限の青空が見えてくる。それはまるで僕の胸のようにおもえる。僕は昔から眼を見はって僕の前にある青空を眺めなかったか。昔、僕の胸はあの青空を吸収してまだ幼かった。今、僕の胸は固く非常に健やかになっているようだ。たしかに僕の胸は無限の青空のようだ。たしかに僕の胸は無限に突進んで行けそうだ。僕をとりまく世界が割れていて、僕のいる世界が悲惨で、僕を圧倒し僕を破滅に導こうとしても、僕は……。僕は生きて行きたい。僕は生きて行けそうだ。僕は……。そうだ、僕はなりたい、もっともっと違うものに、もっともっと大きなものに……。巨大に巨大に宇宙は膨れ上る。巨大に巨大に……。僕はその巨大な宇宙に飛びついてやりたい。僕の眼のなかには願望が燃え狂う。僕の眼のなかに一切が燃え狂う。

それから僕は恋をしだしたのだろうか。僕は廃墟の片方の入口から片一方の出口まで長い長い広い広いところを歩いて行く。空漠たる沙漠を隔てて、その両側に僕はいる。僕の父母の仮りの宿と僕の伯母の仮りの家と……。伯母の家の方向へ僕が歩いてゆくとき、僕の足どりは軽くなる。僕の眼には何かちらと昔みたことのある美しい着物の模様や、何でもないのにふと僕を悦ばしてくれた小さな品物や、そんなものがふと浮んでくる。そんなものが浮んでくると僕は僕が懐しくなる。伯母とあうたびに、もっと懐しげなものが僕につけ加わってゆく。伯母の云ってくれることなら、伯母の言葉ならみんな僕にとって懐しいのだ。僕は伯母の顔の向側に母をみつけようとしているのかしら。だが、死んだ母の向側には何があるのか。向側よ、向側よ、……ふと何かが僕のなかで鳴りひびきだす。僕は軽くなる。僕は柔かにふくれあがる。涙もろくなる。嘆きやすくなる。嘆き？　今まで知らなかったとても美しい嘆きのようなものが僕を抱き締める。それから何も彼もが美しく見えてくる。嘆き？　靄にふるえる廃墟まで美しく嘆く。あ、あれは死んだ人たちの嘆きと僕たちの嘆きがひびきあうからだろうか。嘆き？　嘆き？　僕の人生でたった一つ美しかったのは嘆きなのだろうか？　わからない、僕は若いのだ。僕の人生はまだ始ったばかりなのだ。僕はもっと探してみたい。嘆き？　人生でたった一つ美しいのは嘆きなのだろうか。

それから僕は彷徨《さまよ》って行った。僕はやっぱし何かを探しているのだ。僕が死んだ母のことを知ってしまったことは僕の父に知られてしまった。それから間もなく僕は東京へやられた。それから僕は東京を彷徨って行った。東京は僕を彷徨わせて行った。(僕のなかできこえる僕の雑音……。ライターが毀れてしまった。石鹼がない。靴の踵がとれた。時計が狂った。書物が欲しい。ノートがくしゃくしゃだ。僕はくしゃくしゃだ。僕はバラバラだ。書物は僕を理解しない。僕も書物を理解できない。僕は気にかかる。何もかも気にかかる。くだらないものが一杯充満して散乱する僕の全存在、それが一つ一つ気にかかる。教室で誰かが誰かと話をしている。人は僕のことを喋っているのかしら。向側の鋪道を人間が歩いている。あれは僕なのかしら。音楽がきこえてくる。僕は音楽にされてしまっている。下宿の窓の下を下駄の音が走る。走っているのは僕だ。以前のことを思っては駄目だ、こちらは日毎に苦しくなって行く……父の手紙。父の手紙は僕を揺るがす。伊作さん立派になって下さい立派に、……伯母の声だ。その声も僕を揺るがす。みんなどうして生きて行っているのかまるで僕には見当がつかない。みんな人間は木端微塵にされたガラスのようだ。世界は割れている。人類よ、人類よ、人類よ。僕は理解できない。僕は結びつけない。僕は揺れている。人類よ、人類よ、僕は理解したい。僕は結びつきたい。僕は生きて行きたい。揺れているのは僕だけなのかしら。いつも僕のなかで何か爆発する音響がする。いつも何かが僕を追かけてくる。僕は揺すぶられ、鞭打たれ、燃え上り、塞きとめられている。僕はつき抜けて行きたい。どこかへ、どこかへ)それから僕は東京と広島の間を時々往復しているが、僕の混乱と僕の雑音は増えてゆくばかりなのだ。僕の中学時代からの親しい友人が僕に何にも言わないで、ぷつりと自殺した。僕の世界はまた割れて行った。僕のなかにはまた風穴ができたようだ。風のなかに揺らぐ破片、僕の雑音、雑音の僕。僕の人生ははじまったばっかしなのだ。ああ、僕は雑音のかなたに一つの澄みきった歌ごえがききとりたいのだが……。

伊作の声がぷつりと消えた。雑音のなかに一つの澄みきったうたごえ……それをききとりたいと云って伊作の声が消えた。僕はふらふらと歩いている。僕のまわりがふらふらと歩いてくる。群衆のざわめきのなかに、低い、低い、しかし、絶えまなくきこえてくる、悲しい、やわらかい、静かな、嘆くように美しい、小さな小さな囁き、僕もその囁きにきき入りたいのだが……。やっぱし僕のまわりはざわざわ揺れている。揺れているなかから、ふと声がしだした。お絹の声が僕にきこえた。

〈お絹の声〉

わたしはあの時から何年間夢中で走りつづけていたのかしら。あの時わたしの夫は死んだ。わたしの家は光線で歪んだ。火は近くまで燃えていた。わたしの夫が死んだのを知ったのは三日目のことだった。わたしの息子はわたしと一緒に壕に隠れた。わたしは何が終ったのやら何が始ったのやらわからなかった。火は消えたらしかった。二日目に息子が外の様子を見て戻って来た。ふらふらの青い顔で蹲《うずくま》った。何か嘔吐していた。あんまりひどいので口がきけなくなっていたのだ。翌日も息子はまた外に出て街のありさまをたしかめて来た。夫のいた場所では誰も助かっていなかった。あの時からわたしは夢中で走りださねば助からなかった。水道は壊れていた。電灯はつかなかった。雨が、風が吹きまくった。わたしはパタンと倒れそうになる。足が、足が、足が、倒れそうになるわたしを追越してゆく。息子は父のネクタイを闇市に持って行って金にかえてもどる。わたしは逢う人ごとに泣ごとを云っておどおどしていた。だがわたしは泣いてはいられなかった。泣いている暇はなかった。おどおどしてはいられなかった。走りつづけなければ、走りつづけなければ……。わたしはせっせとミシンを踏んだ。ありとあらゆる生活の工夫をつづけた。わたしが着想することはわたしにさえ微笑されたが、それでもどうにか通用していた。中学生の息子はわたしを励まし、わたしの助手になってくれた。走りつづけなければ、走りつづけなければ……。わたしは夢のなかでさえそう叫びつづけた。

突然、パタンとわたしは倒れた。わたしはそれからだんだん工夫がきかなくなった。わたしはわたしに迷わされて行った。青い三日月が焼跡の新しい街の上に閃いている夕方だった。わたしがミシン仕事の仕上りをデパートに届けに行く途中だった。わたしは雑沓のなかでわたしの昔の愛人の後姿を見た。そんなはずはなかった。愛人は昔もう死んでいたから。だけどわたしの目に見えるその後姿はわたしの目を離れなかった。わたしはこっそり後からついて歩いた。どこまでも、どこまでも、この世の果ての果てまでも見失うまいとする熱望が突然わたしになにか囁きかけた。そんなはずはなかった。わたしは昔それほど熱狂したおぼえはなかった。わたしはわたしが怕くなりかかった。突然、その後姿がわたしの方を振向いていた。突き刺すような眼なざしで、……ハッと思う瞬間、それはわたしの夫だった。そんなはずはなかった。夫はあのとき死んでしまったのだから。突き刺すような眼なざしに、わたしはざくりと突き刺されてしまっていた。熱い熱いものが背筋を走ると足はワナワナ震え戦いた。人ちがいだ、人ちがいだ、とパッと叫んでわたしは逃げだしたくなる。わたしはそれでも気をとりなおした。わたしを突き刺した眼なざしの男は、次の瞬間、人混みの青い闇に紛れ去っていた。後姿はまだチラついたが……。

人ちがいだ、人ちがいだった、わたしはわたしに安心させようとした。後姿はまだチラついたが……わたしはわたしの眼を信じようとした。わたしはハッキリ眼をあけていたかった。水晶のように澄みわたって見える、そんな視覚をとりもどしたかった。澄みきった水の底に泳ぐ魚の見える、そんな感覚をよびもどしたかった。だけど、わたしはがっかりしたのか、ひどく視力がゆるんでしまった。怕《おそろ》しい怕しいことに出喰わした後の、ゆるんだ視覚がわたしらしかった。わたしはまわりの人混みのゆるい流れにもたれかかるようにして歩いた。後姿はまだチラついたが……。

わたしはそれでも気をとりなおした。人混みのゆるい流れにもたれかかるようにして歩いて、何処へ行くのか迷ってはいなかった。いつものようにデパートの裏口から階段を昇り、そこまで行ったが、ときどき何かがっかりしたものが、わたしのまわりをザラザラ流れる。品物を渡して金を受取ろうとすると、わたしは突然泣けそうになった。金を受取るという、この世間並の、あたりまえの、何でもない行為が、突然わたしを罪人のような気持にさせた。そんな気持になってはいけない、今はよほどどうかしている。わたしはわたしを支えようとした。今はよほどどうかしている、しっかりしていないと、何だか空間がパチンと張裂けてしまう。何気なく礼を云ってその金を受取ると、わたしは一つの危機を脱したような気がしたものだ。それからわたしは急いで歩いた。急がなければ、急がなければ、後から何かが追かけてくる。わたしは急いで歩いているはずだったが、ときどきぼんやり立どまりそうになった。後姿はまだチラついた。

家に戻っても落着けなかった。わたしはよほどどうかしている。わたしはよほどどうかしている。今すぐ今すぐしっかりしないと大変なことになりそうだった。わたしはわたしを支えようとした。わたしはわたしに凭《もた》れかかった。ゆるくゆるくゆるんで行く睡い瞼《まぶた》のすぐまのあたりを凄い稲妻がサッと流れた。わたしはうとうと睡りかかるとハッとわたしは弾きかえされた。後姿がまだチラついた。青いわたしの脊髄の闇に……。

わたしはわたしに迷わされているらしい。わたしはわたしに脅えだしたらしい。何でもないのだ、何でもないのだ、わたしなんかありはしない。昔から昔からわたしはわたしをわたしだと思ったことなんかありはしない。お盆の上にこぼれていた水、あの水の方がわたしらしかった。水、……水、……水、……わたしは水になりたいとおもった。青い蓮の葉の上でコロコロ転んでいる水銀の玉、蜘蛛の巣をつたって走る一滴の水玉、そんな優しい小さなものに、そんな美しい小さなものに、わたしはなれないのかしら。わたしはわたしを宥《なだ》めようとおもうと、静かな水が眼の前をながれた。わたしはながれる。小川の水が静かに流れる。あっちからもこっちからも川が流れる。静かな水は苔の上をながれる。白帆が見える、燕が飛んだ。川の水はうれしげに海にむかって走った。海はたっぷりふくらんでいた。たのしかった。うれしそうだった。懐しかった。鷗がヒラヒラ閃いていた。海はひろびろと夢をみているようだった。夢がだんだん仄暗くなったとき、突然、海の上を光線が走った。海は真暗に割れて裂けた。わたしはわたしに弾きかえされた。わたしはわたしにいらだちだした。わたしはわたしだ、どうしてもわたしだ。わたしのほかにわたしなんかありはしない。わたしはわたしに獅噛《しが》みつこうとした。わたしは縮んで固くなっていた。小さく小さく出来るだけ小さく、もうこれ以上は小さくなれなかった。もうこれ以上は固まれそうになかった。わたしはわたしだ、どうしてもわたしだ。小さな殻の固いかたまり、わたしはわたしを大丈夫だとおもった。とおもった瞬間また光線が来た。わたしは真二つに割られていたようだ。それから後はいろいろのことが前後左右縦横に入乱れて襲って来た。わたしは苦しかった。わたしは悶えた。

　地球の裂け目が見えて来た。それは紅海と印度洋の水が結び衝突し渦巻いている海底だった。ギシギシと海底が割れてゆくのに、陸地の方では何にも知らない。世界はひっそり静まっていた。ヒマラヤ山のお花畑に青い花が月光を吸っていた。そんなに地球は静かだったが、海底の渦はキリキリ舞った。大変なことになる大変なことになったとわたしは叫んだ。わたしの額のなかにギシギシと厭な音がきこえた。わたしは鋏だけでも持って逃げようかとおもった。わたしは予感で張裂けそうだ。それから地球は割れてしまった。濛々と煙が立騰るばかりで、わたしのまわりはひっそりとしていた。煙の隙間に見えて来た空間は鏡のように静かだった。と何か遠くからザワザワと潮騒のようなものが押よせてくる。騒ぎはだんだん近づいて来た。

と目の前にわたしは無数の人間の渦を見た。忽ち渦の両側に絶壁がそそり立った。すると青空は無限の彼方にあった。「世なおしだ！　世なおしだ！」と人間の渦は苦しげに叫びあって押合い犇《ひし》めいている。人間の渦は藻掻きあいながら、みんな天の方へ絶壁を這いのぼろうとする。わたしは絶壁の硬い底の窪みの方にくっついていた。そこにおれば大丈夫だとおもった。が、人間の渦の騒ぎはわたしの方へ拡《ひろが》ってしまった。わたしは押されて押し潰されそうになった。わたしはガクガク動いてゆくものに押されて歩いた。後から後からわたしを小衝いてくるもの、ギシギシギシギシ動いてゆくものに押されて歩いているうち、わたしの硬かった足のうらがふわふわと柔かくなっていた。わたしはふわふわ歩いて行くうちに、ふと気がつくと沙漠のようなところに来ていた。いたるところに水溜りがあった。水溜りは夕方の空の血のような雲を映して燃えていた。やっぱし地球は割れてしまっているのがわかる。水溜りは焼け残った樹木の歯車のような影を映して怒っていた。大きな大きな蝙蝠が悲しげに鳴叫んだ。わたしもだんだん悲しくなった。わたしはだんだん透きとおって来るような気がした。透きとおってゆくような気がするのだけれど、足もとも眼の前も心細く薄暗くなってゆく。どうも、わたしはもう還ってゆくところを失った人間らしかった。わたしは水溜りのほとりに蹲ってしまった。両方の掌で頰をだきしめると、やがて頭をたれて、ひとり静かに泣き耽った。ひっそりと、うっとりと、まるで一生涯の涙があふれ出るように泣いていたのだ。ふと気がつくと、あっちの水溜りでも、こちらの水溜りでも、いたるところの水溜りにひとりずつ誰かが蹲っている。ひっそりと蹲って泣いている。では、あの人たちももう還ってゆくところを失った人間なのかしら、ああ、では、やっぱし地球は裂けて割れてしまったのだ。ふと気がつくと、わたしの水溜りのすぐ真下に階段が見えて来た。ずっと下に降りて行けるらしい階段をわたしはふらふら歩いて行った。仄暗い廊下のようなところに突然、目がくらむような隙間があった。その隙間から薄荷の香りのような微風が吹いてわたしの頬にあたった。見ると、向うには真青な空と赤い煉瓦の塀があった。夾竹桃の花が咲いている。あの塀に添ってわたしは昔わたしの愛人と歩いていたのだ。では、あの学校の建ものはまだ残っていたのかしら。……そんな筈はなかった、あそこらもあの時ちゃんと焼けてしまったのだから。わたしのそばでギザギザと鋏のような声がした。その声でわたしはびっくりして、またふらふら歩いて行った。また隙間が見えて来た。わたしの生れた家の庭さきの井戸が、山吹の花が明るい昼の光に揺れて。……そんな筈はなかった、あそこはすっかり焼けてしまったのだから。またギザギザの鋏の声でわたしはびっくりしていた。また隙間が見えて来る。仄暗い廊下のようなところははてしなくつづいた。……それからわたしはまたぞろぞろ動くものに押されて歩いていた。わたしは腰を下ろしたかった。腰を下ろして何か食べようとしていた。すると急に何かぱたんとわたしのなかで滑り墜ちるものがあった。わたしは素直に立上って、ぞろぞろ動くものに随いておとなしく歩いた。そうしていれば、そうしていれば、わたしはどうにかわたしにもどって来そうだった。みんな人間はぞろぞろ動いてゆくようだった。その足音がわたしの耳には絶え間なしにきこえる。無数に交錯する足音についてわたしの耳はぼんやり歩き廻る。足音、足音、どうしてわたしは足音ばかりがそんなに懐しいのか。人がざわざわ歩き廻って人が一ぱい群れ集っている場所の無数の足音が、わたしそのもののようにおもえてきた。わたしの眼には人間の姿は殆ど見えなくなった。影のようなものばかりが動いているのだ。影のようなものばかりのなかに、無数の足音が、……それだけがわたしをぞくぞくさせる。足音、足音、どうしてもわたしは足音が恋しくてならない。わたしはぞろぞろ動くものについて歩いた。そうしていると、そうしているうちに、わたしはわたしにもどって来そうだった。ある日わたしはぼんやりわたしにもどって来かかった。わたしの息子がスケッチを見せてくれた。息子が描いた川の上流のスケッチだった。わたしはわたしに息子がいたのをふと気がついた。わたしはわたしに迷わされてはいけなかったのだ。わたしにはまだ息子がいたのだ。突然わたしは不思議におもえた。ほんとに息子は生きているのかしら。あれもやっぱし影ではないのか。わたしはハッと逃げ出したくなった。わたしは跣で歩き廻った。ぞろぞろ動くものに押されて、ザワザワ揺れるものに揺られて、影のようなものばかりが動いているなかをひとりふらふら歩き廻った。そうしていれば、そうしている方がやっぱしわたしはわたしらしかった。わたしの袖を息子がとらえた。「お母さん帰りましょう、家へ」……家へ？　まだ還るところがあったのかしら。わたしはそれでも素直になった。わたしはわたしに迷わされまい。わたしにはまだ息子がいるのだ。それだのに何かパタンとわたしのなかに滑り墜ちるものがある。と、すぐわたしはまた歩きたくなるのだ。足音、足音、……無数にきこえる足音がわたしを誘った。わたしはそのなかに何かやさしげな低い歌ごえをきく。わたしはそのなかを歩き廻っている。そうしていると足音がわたしのなかを歩き廻る。わたしはときどき立どまる。わたしにはまだ息子があるのだ。わたしにはまだわたしがあるのだ。それからまたふらふら歩きまわる。わたしにはもうわたしはない、歩いている、歩いている、歩いているものばっかしだ。

お絹の声がぷつりと消えた。僕はふらふら歩き廻っている。僕のまわりを通り越す群衆が僕には僕の影のようにおもえる。僕は僕を探しまわっているのか。僕は僕に迷わされているのか。僕は伊作ではない。僕はお絹ではない。僕ではない。伊作もお絹も突離された人間なのか。伊作の人生はまだこれから始ったばかりなのだ。お絹にはまだ息子があるのだ。そして僕には、僕には既に何もないのだろうか。僕は僕のなかに何を探し何を迷おうとするのか。

地球の割れ目か、夢の裂け目なのだろうか。夢の裂け目？　……そうだ。僕はたしかにおもい出せる。僕のなかに浮んで来て僕を引裂きそうな、あの不思議な割れ目を。僕は惨劇の後、何度かあの夢をみている。崩れた庭に残っている青い水を湛えた池の底なしの貌つきを。それは僕のなかにあるような気がする。僕がそのなかにあるような気もする。それから突然ギョッとしてしまう、骨身に沁みるばかりの冷やりとしたものに……。僕は還るところを失ってしまった人間なのだろうか。……自分のために生きるな、死んだ人たちの嘆きのために生きよ。僕は僕のなかに嘆きを生きるのか。

隣人よ、隣人よ、死んでしまった隣人たちよ。僕はあの時満潮の水に押流されてゆく人の叫声をきいた。僕は水に飛込んで一人は救いあげることができた。青ざめた唇の脅えきった少女は微かに僕に礼を云って立去った。押流されている人々の叫びはまだまだ僕の耳にきこえた。僕はしかしもうあのとき水に飛込んで行くことができなかった。……隣人よ、隣人よ。そうだ、君もまた僕にとって数時間の隣人だった。片手片足を光線で捥がれ、もがきもがき土の上に横わっていた男よ。僕が僕の指で君の唇に胡瓜《きゅうり》の一片を差あたえたとき、君の唇のわななきは、あんな悲しいわななきがこの世にあるのか。……ある。たしかにある。……隣人よ、隣人よ、黒くふくれ上り、赤くひき裂かれた隣人たちよ、そのわななきよ。死悶えて行った無数の隣人たちよ。おんみたちの無数の知られざる死は、おんみたちの無限の嘆きは、天にとどいて行ったのだろうか。わからない、わからない、僕にはそれがまだはっきりとわからないのだ。僕にわかるのは僕がおんみたちの無数の死を目の前に見る前に、既に、その一年前に、一つの死をはっきり見ていたことだ。

その一つの死は天にとどいて行ったのだろうか。わからない、わからない、それも僕にはわからないのだ。僕にはっきりわかるのは、僕がその一つの嘆きにつらぬかれていたことだけだ。そして僕は生き残った。お前は僕の声をきくか。

僕をつらぬくものは僕をつらぬけ。僕をつらぬくものは僕をつらぬけ。一つの嘆きよ、僕をつらぬけ。無数の嘆きよ、僕をつらぬけ。僕はここにいる。僕はこちら側にいる。僕はここにいない。僕は向側にいる。僕は僕の嘆きを生きる。僕は突離された人間だ。僕は歩いている。僕は還るところを失った人間だ。僕のまわりを歩いている人間……あれは僕　で　は　な　い。

僕はお前と死別れたとき、これから既に僕の苦役が始ると知っていた。僕は家を畳んだ。広島へ戻った。あの惨劇がやって来た。飢餓がつづいた。東京へ出て来た。再び飢餓がつづいた。生存は拒まれつづけた。苦役ははてしなかった。何のために何のための苦役なのか。わからない、僕にはわからない、僕にはわからないのだ。だが、僕のなかで一つの声がこう叫びまわる。
僕は堪えよ、堪えてゆくことばかりに堪えよ。僕を引裂くすべてのものに、身の毛のよ立つものに、死の叫びに堪えよ。それからもっともっと堪えてゆけよ、フラフラの病いに、飢えのうめきに、魔のごとく忍びよる霧に、涙をそそのかすすべての優しげな予感に、すべての還って来ない幻たちに……。僕は堪えよ、堪えてゆくことばかりに堪えよ、最後まで堪えよ、身と自らを引裂く錯乱に、骨身を突刺す寂寥に、まさに死のごとき消滅感にも……。それからもっともっと堪えてゆけよ、一つの瞬間のなかに閃く永遠のイメージにも、雲のかなたの美しき嘆きにも……。
お前の死は僕を震駭させた。病苦はあのとき家の棟をゆすぶった。お前の堪えていたものの巨きさが僕の胸を押潰した。
おんみたちの死は僕を戦慄させた。死狂う声と声とはふるさとの夜の河原に木霊しあった。
真夏ノ夜ノ
河原ノミズガ
血ニ染メラレテ　ミチアフレ
声ノカギリヲ
チカラノアリッタケヲ
オ母サン　オカアサン
断末魔ノカミツク声

ソノ声ガ
コチラノ堤ヲノボロウトシテ
ムコウノ岸ニ　ニゲウセテユキ
それらの声はどこへ逃げうせて行っただろうか。おんみたちの背負されていたギリギリの苦悩は消えうせたのだろうか。僕はふらふら歩き廻っている。僕のまわりを歩き廻っている無数の群衆は……僕ではない。僕ではない。僕ではない。僕ではなかったそれらの声はほんとうに消え失せて行ったのか。それらの声は戻ってくる。僕に戻ってくる。それらの声が担っていたものの荘厳さが僕の胸を押潰す。戻ってくる、戻ってくる、いろんな声が僕の耳に戻ってくる。

アア　オ母サン　オ父サン　早ク夜ガアケナイノカシラ

窪地で死悶えていた女学生の祈りが僕に戻ってくる。

兵隊サン　兵隊サン　助ケテ

鳥居の下で反転している火傷娘の真赤な泣声が僕に戻ってくる。

アア　誰カ僕ヲ助ケテ下サイ　看護婦サン　先生

真黒な口をひらいて、きれぎれに弱々しく訴えている青年の声が僕に戻ってくる、戻ってくる、戻ってくる、さまざまの嘆きの声のなかから、

ああ、つらい　つらい

と、お前の最後の声が僕のなかできこえてくる。そうだ、僕は今漸くわかりかけて来た。僕がいつ頃から眠れなくなったのか、何年間僕が眠らないでいるのか。……あの頃から僕は人間の

声の何ごともない音色のなかにも、ふと断末魔の音色がきこえた。面白そうに笑いあっている人間の声の下から、ジーンと胸を潰すものがひびいて来た。何ごともない普通の人間の顔の単純な姿のなかにも、すぐ死の痙攣や生の割れ目が見えだして来た。いたるところに、あらゆる瞬間にそれらはあった。人間一人一人の核心のなかに灼きつけられていた。人間の一人一人からいつでも無数の危機や魂の惨劇が飛出しそうになった。それらはあった。それらはあった。それらはあった。それらはあった。それらはきびしく僕に立ちむかって来た。僕はそのために圧潰されそうになっているのだ。僕は僕に訊ねる。救いはないのか、救いはないのか。だが、僕にはわからないのだ。僕は僕の眼を捥ぎとりたい。僕は僕の耳を截り捨てたい。だが、それらはあった、それらはあった、僕は錯乱しているのだろうか。僕のまわりをぞろぞろ歩き廻っている人間……あれは僕ではない。僕ではない。だが、それらはあった。それらはあった。僕の頭のなかを歩き廻っている群衆……あれは僕ではない。僕ではない。だが、それらはあった、それらはあった。

　それらはあった。それらはあった。と、ふと僕のなかで、お前の声がきこえてくる。昔から昔から、それらはあった、と……。そうだ、僕はもっともっとはっきり憶い出せて来た。お前は僕のなかに、それらを視つめていたのか。僕もお前のなかに、それらを視ていたのではなかったか。救いはないのか、救いはないのか、と僕たちは昔から叫びあっていたのだろうか。それだけが、僕たちの生きていた記憶ではなかったのか。だが救いは。僕にはやはりわからないのだ。お前は救われたのだろうか。僕にはわからない。僕にわかるのは救いを求める嘆きのなかに僕たちがいたということだけだ。そして僕はいる、今もいる、その嘆きのなかにつらぬかれて生き残っている。そしてお前はいる、今もいる、恐らくはその嘆きのかなたに……。

救いはない、救いはない、と、ふと僕のなかで誰かの声がする。僕はおどろく。その声は君か。友よ、友よ、遠方の友よ、その声は君なのか。忽ち僕の眼のまえに若い日の君のイメージは甦る。交響楽を、交響楽を、人類の大シンフォニーを夢みていた友よ。人間が人間とぴたりと結びつき、魂が魂と抱きあい、歓喜が歓喜を煽りかえす日を夢みていた友よ。あの人類の大劇場の昂まりゆく波のイメージは……。だが（救いはない、救いはない）と友は僕に呼びつづける。（沈んでゆく、沈んでゆく、一切は地下に沈んでゆく。それすら無感覚のわれわれに今救いはないのだ。一つの魂を救済することは一つの全生涯を破滅させても今は出来ない。奈落だ、奈落だ、今はすべてが奈落なのだ。今はこの奈落の底を見とどけることに僕は僕の眼を磨《と》ぐばかりだ。）友よ、友よ、遠方の友よ、かなしい友よ、不思議な友よ。堪えて、堪えて、堪え抜いている友よ。救いはないのか、救いはないのか。……僕はふらふら歩き廻る。やっぱし歩き廻っているのか。僕のまわりを歩きまわっている群衆。僕の頭のなかの群衆。やっぱし僕は雑沓のなかをふらふら歩いているのか。雑沓のなかから、また一つの声がきこえてくる。ゆるいゆるい声が僕に話しかける。

〈ゆるいゆるい声〉

……僕はあのときパッと剝ぎとられたと思った。それからのこのこと外へ出て行ったが、剝ぎとられた後がザワザワ揺れていた。いろんな部分から火や血や人間の屍が噴き出ていて、僕をびっくりさせたが、僕は剝ぎとられたほかの部分から何か爽やかなものや新しい芽が吹き出しそうな気がした。僕は医やされそうな気がした。僕は僕のなかに開かれたものを持って生きて行けそうだった。それで僕はそこを離れると遠い他国へ出かけて行った。ところが僕を見る他国の人間の眼は僕のなかに生き残りの人間しか見てくれなかった。まるで僕は地獄から脱走した男だったのだろうか。人は僕のなかに死にわめく人間の姿をしか見てくれなかった。「生き残り、生き残り」と人々は僕のことを罵《ののし》った。まるで何かわるい病気を背負っているものを見るような眼つきで。このことにばかり興味をもって見られる男でしかないかのように。それから僕の窮乏は底をついて行った。他国の掟はきびしすぎた。不幸な人間に爽やかな予感は許されないのだろうか……。だが、僕のなかの爽やかな予感はどうなったのか。僕はそれが無性に気にかかる。毎日毎日が重く僕にのしかかり、僕のまわりはだらだらと過ぎて行くばかりだった。僕は僕のなかから突然爽やかなものが跳ねだしそうになる。だが、だらだらと日はすぎてゆく……。僕のなかの爽やかなものは、……だが、だらだらと日はすぎてゆく。僕のなかの、だが、だらだらと、僕の背は僕の背負っているものでだんだん屈められてゆく。

〈またもう一つのゆるい声が〉

……僕はあれを悪夢にたとえていたが、時間がたつに随って、僕が実際みる夢の方は何だかひどく気の抜けたもののようになっていた。たとえば夢ではあのときの街の屋根がゆるいゆるい速度で傾いて崩れてゆくのだ。空には青い青い茫とした光線がある。この妖しげな夢の風景には恐怖などと云うより、もっともっとどうにもならぬ郷愁が喰らいついてしまっているようなのだ。それから、あの日あの河原にずらりと並んでいた物凄い重傷者の裸体群像にしたところで、まるで小さな洞窟のなかにぎっしり詰め込められている不思議と可憐な粘土細工か何かのように夢のなかでは現れてくる。その無気味な粘土細工は蠟人形のように色彩まである。そして、時々、無感動に蠢めいている。あれはもう脅迫などではなさそうだ。もっともっとどうにもならぬ無限の距離から、こちら側へ静かにゆるやかに匍《は》い寄ってくる憂愁に似ている。それから、あの焼け失せてしまった家の夢にしたところで、僕の夢のなかでは僕の坐っていた畳のところとか、僕の腰かけていた窓側とかいうものはちょっとも現れて来ず、雨に濡れた庭石の一つとか、縁側の曲り角の朽ちそうになっていた柱とか、もっともっとどうにもならぬ侘しげなものばかりが、ふわふわと地霊のようにしのび寄ってくる。僕と夢とあの惨劇を結びつけているものが、こんなに茫々として気が抜けたものになっているのは、どうしたことなのだろうか。

〈更にもう一つの声がゆるやかに〉

……わたしはたった一人生き残ってアフリカの海岸にたどりついた。わたしひとりが人類の最後の生き残りかとおもうと、わたしの軀はぶるぶると震え、わたしの吐く息の一つ一つがわたしに別れを告げているのがわかる。わたしの視ている刹那刹那がすべてのものの終末かとおもうと、わたしは気が遠くなってゆく。なにものももうわたしで終り、なにものももうわたしから始らないのかとおもうと、わたしのなかにすべての慟哭《どうこく》がむらがってくる。わたしの視ている碧い碧い波……あんなに碧い波も、ああ、昔、昔、……人間が視ては何かを感じ何かを考え何かを描いていたのだろうに、……その碧い碧い波ももうわたしの……わたし以前のしのびなきにすぎない。死・愛・孤独・夢……そうした抽象観念ももはやわたしにとって何になろう。わたしの吐く息の一つ一つにすべての記憶はこぼれ墜ち、記号はもはや貯えおくべき場を喪ってゆく。ああ、生命《いのち》……生命……これが生命あるものの最後の足掻《あがき》なのだろうか。ああ、生命、生命、……人類の最後の一人が息をひきとるときがこんなに速くこんなに速くもやってきたのかとおもうと、わたしのなかにすべての悔恨がふきあがってくる。なぜに人間は……なぜに人間は……なぜ人間は……ああ、しかし、もうなにもかもとりかえしのつかなくなってしまったことなのだ。わたしひとりではもはやどうにもならない。わたしひとりではもはやどうしようもない。わたしはわたしの吐く息の一つ一つにはっきりとわたしを刻みつけ、まだわたしの生きていることをたしかめているのだろうか。わたしはわたしの吐く息の一つ一つに吸い込まれ、わたしの無くなってゆくことをはっきりとあきらめているのだろうか。ああ、しかし、もうどちらにしても同じことのようだ。

〈更にもう一つの声が〉

……わたしはあのとき殺されかかったのだが、ふと奇蹟的に助かって、ふとリズムを発見したような気がした。リズムはわたしのなかから湧きだすと、わたしの外にあるものがすべてリズムに化してゆくので、わたしは一秒ごとに熱狂しながら、一秒ごとに冷却してゆくような装置になった。わたしは地上に落ちていたヴァイオリンを拾いあげると、それを弾きながら歩いてみたが、わたしの霊感は緊張しながら遅緩し、痙攣しながら流動し、どこへどう伸びてゆくのかわからなくなる。わたしは詩のことも考えてみる。わたしにとって詩は、(詩はわななく指で　みだれ　みだれ　細い文字の　こころのうずき)だが、わたしにとって詩は、(詩は情緒のなかへ崩れ墜ちることではない、きびしい稜角をよじのぼろうとする意志だ)わたしは人波のなかをはてしなくはてしなくさまよっているようだ。わたしが発見したとおもったのは衝動だったのかしら、わたしをさまよわせているのは痙攣なのだろうか。まだわたしは原始時代の無数の痕跡のなかで迷い歩いているようだった。

〈更にもう一つの声が〉

……わたしはあのとき死んでしまったが、ふとどうしたはずみか、また地上によびもどされているようだ。あれから長い長い年月が流れたかとおもうと、青い青い風の外套、白い白い雨の靴……。帽子? 帽子はわたしには似合わなかった。生き残った人間はまたぞろぞろと歩いていた。長い長い年月が流れたかとおもったのに。街の鈴懸は夏らしく輝き、人の装いはいじらしくなっていた。ある日、突然、わたしの歩いている街角でパチンと音と光が炸裂した。雷鳴なのだ。忽ち雨と風がアスファルトの上をザザザと走りまわった。走り狂う白い烈しい雨脚を美しいなとおもってわたしはみとれた。みとれているうちに泣きたくなるほど烈しいものを感じだした。あのなかにこそ、あのなかにこそ、とわたしはあのなかに飛込んでしまいたかった。だが、わたしは雨やどりのため、時計店のなかに這入って行った。ガラスの筒のなかに奇妙な置時計があった。時計の上にくっついている小さな鳥の玩具が一秒毎に向を変えて動いている。わたしはその鳥をぼんやり眺めていると、ふと、望みにやぶれた青年のことがおもいうかんだ。人の世の望みに破れて、こうして、くるくると動く小鳥の玩具をひとりぼんやり眺めている青年のことが……。だが、わたしはどうしてそんなことを考えているのか。わたしも望みに破れた人間らしい。わたしには息子はない、妻もない。わたしは白髪の老教師なのだが。もしわたしに息子があるとすれば、それは沙漠に生き残っている一匹の蜥蜴《とかげ》らしい。わたしはその息子のために、あの置時計を購ってやりたかった。息子がそいつをパタンと地上に叩きつける姿が見たかったのだ。

…………………

声はつぎつぎに僕に話しかける。雑沓のなかから、群衆のなかから、頭のなかから、僕のなかから。どの声もどの声も僕のまわりを歩きまわる。どの声もどの声も救いはないのか、救いはないのかと繰返している。その声は低くゆるく群盲のように僕を押してくる。押してくる。押してくる。そうだ、僕は何年間押されとおしているのか。僕は僕をもっとはっきりたしかめたい。しかし、僕はもう僕を何度も何度もたしかめたはずだ。今の今、僕のなかには何があるのか。救いか？　救いはないのか救いはないのかと僕は僕に回転しているのか。回転して押されているのか。それが僕の救いか。違う。絶対に違う。僕は僕にきっぱりと今云う。僕は僕に飛びついても云う。

……救いはない。

僕は突離された人間だ。還るところを失った人間だ。突離された人間に救いはない。還るところを失った人間に救いはない。

では、僕はこれで全部終ったのか。僕のなかにはもう何もないのか。僕は回転しなくてもいいのか。僕は存在しなくてもいいのか。違う。それも違う。僕は僕に飛びついても云う。

……僕にはある。

僕にはある。僕にはある。僕にはある。僕にはまだ嘆きがあるのだ。僕にはある。僕にはある。僕には一つの嘆きがある。僕にはある。僕にはある。僕には無数の嘆きがある。

一つの嘆きは無数の嘆きと結びつく。無数の嘆きは一つの嘆きと鳴りひびく。僕は僕に鳴りひびく。鳴りひびく。嘆きは僕と結びつく。僕は結びつく。僕は無数と結びつく。鳴りひびく。無数の嘆きは鳴りひびく。鳴りひびく。一つの嘆きは鳴りひびく。鳴りひびく。一つの嘆きは無数のように。結びつく、一つの嘆きは無数のように。一つのように、無数のように。鳴りひびく。結びつく。嘆きは嘆きに鳴りひびく。嘆きのかなた、嘆きのかなた、嘆きのかなたまで、鳴りひびき、結びつき、一つのように、無数のように……。

一つの嘆きよ、僕をつらぬけ。無数の嘆きよ、僕をつらぬけ。僕をつらぬくものは僕をつらぬけ。僕をつらぬくものは僕をつらぬけ。嘆きよ、嘆きよ、僕をつらぬけ。……戻って来た、

戻って来た、僕の歌ごえが僕にまた戻って来た。これは僕の錯乱だろうか。これは僕の無限回転だろうか。だが、戻って来るようだ、戻ってくるようだ。何かが今しきりに戻って来るようだ。僕のなかに僕のすべてが……。僕はだんだん爽やかに人心地がついてくるようだ。僕が生活している場がどうやらわかってくるようだ。僕は群衆のなかをさまよい歩いてばかりいるのではないようだ。僕は頭のなかをうろつき歩いてばかりいるのでもないようだ。久しい以前から僕は踏みはずした、ふらふらの宇宙にばかりいるのでもないようだ。久しい以前から、既に久しい以前から、鎮魂歌を書こうと思っているようなのだ。鎮魂歌を、鎮魂歌を、僕のなかに戻ってくる鎮魂歌を……。

　僕は街角の煙草屋で煙草を買う。僕は突離された人間だ。だが殆ど毎朝のようにここで煙草を買う。僕は煙草をポケットに入れてロータリを渡る。鋪道を歩いて行く。鋪道にあふれる朝の鎮魂歌……。僕がいつも行く外食食堂の前にはいつものように靴磨屋がいる。鋪道の細い空地には鶏を入れた箱、箱のなかで鶏が動いている。いつものように何もかもある。電車が、自動車が、さまざまの音響が、屋根の上を横切る燕が、通行人が、商店が、いつものように何もかも存在する。僕は還るところを失った人間。だが僕の嘆きは透明になっている。何も彼も存在する。僕でないものの存在が僕のなかに透明に映ってくる。それは僕のなかを突抜けて向側へ翻って行く。向側へ、向側へ、無限の彼方へ……、流れてゆく。なにもかも流れてゆく。素直に静かに、流れてゆくことを気づかないで、いつもいつも流れてゆく。僕のまわりにある無数の雑音、無数の物象、めまぐるしく、めまぐるしく、動きまわるものたち、それらは静かに、それらは素直に、無限のかなたで、ひびきあい、結びつき、流れてゆくことを気づかないで、いつもいつも流れてゆく。書店の飾窓の新刊書、カバンを提げた男、店頭に置かれている鉢植の酸漿《ほおずき》、……あらゆるものが無限のかなたで、ひびきあい、結びつき、ひそかに、ひそかに、もっとも美しい、もっとも優しい囁きのように。僕はいつも行く喫茶店に入り椅子に腰を下ろす。いつもいる少女は、いつものように僕が黙っていても珈琲を運んでくる。僕は剝ぎとられた世界の人間。だが、僕はゆっくり煙草を吸い珈琲を飲む。僕のテーブルの上の花瓶に活けられている白百合の花。僕のまわりの世界は剝ぎとられてはいない。僕のまわりのテーブルの見知らぬ人たちの話声、店の片隅のレコードの音、僕が腰を下ろしている椅子のすぐ後の扉を通過する往来の雑音。自転車のベルの音。剝ぎとられていない懐しい世界が音と形に充満している。それらは僕の方へ流れてくる。僕を突抜けて向側へ移ってゆく。透明な無限の速度で向側へ向側へ向側へ無限のかなたへ。剝ぎとられていない世界は生活意欲に充満している。人間のいとなみ、日ごとのいとなみ、いとなみの存在、……それらは音と形に還元されていつも僕のなかを透明に横切る。それらは無限の速度で、静かに素直に、無限のかなたで、ひびきあい、むすびつき、流れてゆく、憧れのようにもっとも激しい憧れのように、祈りのように、もっとも切なる祈りのように。

それから、交叉点にあふれる夕の鎮魂歌……。僕はいつものように濠端を散歩して、静かな、かなしい物語を夢想している。静かな、かなしい物語は靴音のように僕を散歩させてゆく。それから僕はいつものように雑沓の交叉点に出ている。いつものように無数の人間がそわそわ動き廻っている。いつものようにそこには電車を待つ群衆が溢れている。彼等は帰って行くのだ。みんなそれぞれ帰ってゆくらしいのだ。一つの物語を持って。一つ一つ何か懐しいものを持って。僕は還るところを失った人間、剝ぎとられた世界の人間。だが僕は彼等のために祈ることだってできる。僕は祈る。（彼等の死が成長であることを。その愛が持続であることを。彼等が孤独ならぬことを。情欲が眩惑でなく、狂気であまり烈しからぬことを。バランスと夢に恵まれることを。神に見捨てられざることを。彼等の役人が穏かなることを。花に涙ぐむことを。彼等がよく笑いあう日を。戦争の絶滅を。）彼等はみんな僕の眼の前を通り過ぎる。彼等はみんな僕のなかを横切ってゆく。四つ角の破れた立看板の紙が風にくるくる舞っている。それも横切ってゆく。僕のなかを。透明のなかを。無限の速度で、憧れのように、祈りのように、静かに、素直に、無限のかなたで、ひびきあうため、結びつくため……。

　それから夜。僕のなかでなりひびく夜の歌。

　生の深みに、……僕は死の重みを背負いながら生の深みに……。死者よ、死者よ、僕をこの生の深みに沈め導いて行ってくれるのは、おんみたちの嘆きのせいだ。日が日に積み重なり時間が時間と隔たってゆき、遥かなるものは、もう、もの音もしないが、ああ、この生の深みより、あおぎ見る、空間の荘厳さ。幻たちはいる。幻たちは幻たちは嘗て最もあざやかに僕を惹きつけた面影となって僕の祈願にいる。父よ、あなたはいる、縁側の安楽椅子に。母よ、あなたはいる、庭さきの柘榴《ざくろ》のほとりに。姉よ、あなたはいる、葡萄棚の下のしたたる朝露のもとに。あんなに美しかった束の間に嘗ての姿をとりもどすかのように、みんな初々しく。

友よ、友よ、君たちはいる、にこやかに新しい書物を抱えながら、涼しい風の電車の吊革にぶらさがりながら、たのしそうに、そんなに爽やかな姿で。

隣人よ、隣人よ、君たちはいる、ゆきずりに僕を一瞬感動させた不動の姿で、そんなに悲しく。

そして、妻よ、お前はいる、殆ど僕の見わたすところに、最も近く最も遥かなところまで、最も切なる祈りのように。

死者よ、死者よ、僕を生の深みに沈めてくれるのは……ああ、この生の深みより仰ぎ見るおんみたちの静けさ。

僕は堪えよ、静けさに堪えよ。幻に堪えよ。生の深みに堪えよ。堪えて堪えて堪えてゆくことに堪えよ。一つの嘆きに堪えよ。無数の嘆きに堪えよ。嘆きよ、嘆きよ、僕をつらぬけ。還るところを失った僕をつらぬけ。突き離された世界の僕をつらぬけ。

明日、太陽は再びのぼり花々は地に咲きあふれ、明日、小鳥たちは晴れやかに囀るだろう。

地よ、地よ、つねに美しく感動に満ちあふれよ。明日、僕は感動をもってそこを通りすぎるだろう。

（「群像」一九四九年八月号）

ユー・アー・ヘヴィ

大岡昇平

私の比島敗戦の経験は、千枚以上書いて、底の底までさらってしまったはずなのだが――俘虜になるまでの二十四時間を書いた最初の百枚が、二十三年二月の雑誌に発表になった時、或る友達がいった。

「この頃の俘虜の話は、型がきまってるな。つかまるまでは、いやに詳しい。ところがつかまってからは、すぽっと、あとがねえんだ」

「しようがねえよ」と私は答えた。「あとを書けば、のっけてくれねえもの」

当時はまだ「敵」という字を文中に使えなかった。「敵を愛せよ」など、聖書にある文句は見逃してくれたが、聯合軍を指して「敵」と呼ぶことは許されなかった。止むを得ず、「相手」としたが、「敵中」を「相手の中」では、文章にならない。

「何故私がこの時自分が殺されると思い込んでしまったかはいい難い」

と私は書いた。私を見つけた動哨?.は親切だったが、衛兵?.に引き渡されると、取扱いが、荒くなった。

上衣は乱暴にはぎ取られ、ポケットの中身は引き出された。内地から肌身離さず持っていた子供の写真が、土の上へ落ちた。米兵の一人はそれを拾って、すばやく自分のポケットへ入れた。

「ギブ・バック（返して下さい）」

と私はいった。

映画でギャングの下っ端に出て来そうな顔付の若い米兵であった。彼は私の子供の写真をズボンのポケットへ突込み、二、三歩退いて、団栗眼で睨んだ。

彼の無言の表情を、強いて解釈すれば、

「よくないのは知ってるが、お前は俘虜で俺はアメリカの兵隊だぞ。取ったら、それがどうしたんだ」

といっているように見えた。彼は御多分に洩れず、スーヴニヤ蒐集癖を持っていたのであろう。

私の体から大事な子供の写真が無造作に取り去られたことは、私が近くこの世から消滅する運命にあるのではないかと考えさせた。

上半身は裸にされ、別の米兵が私の手を握って頭上に高くあげさせた。

「ユー・シュッド・ウォーク・イン・ジス・ポーズ（お前はこの姿勢で歩くんだ）」

「アイ・キャント・ウォーク（歩けません）」

「ウォーク、ウォーク（歩け、歩け）」

銃の台尻で、尾骶骨をガンとなぐられて、私は思わず前へ飛び出した。立ち止る隙もなく、次の一撃が来て、また前へ飛び出す。そこで私は歩き出した。

こういう心理状態で、私は自分が殺されると確信した。訊問が終って、隊長が、

「ユール・ハヴ・チャウ。サムタイム・ユール・ゴー・ホーム（食物をあげる。お前はいつか国へ帰れるだろう）」

といった時、私は自分の耳が信じられなかったものである。

隊長は鄭重だったが、私が答えを渋ると、隊長はいった。

「ドント・ライ。アイヴ・ミーンズ・ツー・メイク・ユー・テル・トルース（嘘をいうな。ほんとをいわせる手があるぞ）」

隊長の後に立った一人の米兵の手に握られているのは、一本の鞭のようであった。（もっとも、こんな山の中へ討伐に来た米軍が、鞭を用意していたとは、少しおかしいから、これは私のマラリヤと恐怖が生んだ幻想に違いない）

全然トルースをかくす気はないのだから、これは余計な御世話みたいなものである。私は私の知っていることなぞ、米軍はとっくに知ってると思っていた。ただもっと山の奥に引込んでいた別の部隊の兵力は、半分ぐらいにいった。少なくいえば、米軍も少ない兵力で行き、敗残兵は追及されないだろうという、咄嗟の機転である。

私は真面目な顔をつくり、相手の眼の中をじっと見詰めた。私が嘘をいう時の常套手段であ

る。

「アイヴ・ノー・リーズン・ツー・ライ。ユー・キャン・ジャッジ・フラム・ザ・ホール・ストーリイ（嘘をいうわけはありません。全部きいていただけばわかります）」

一九二九年にジュネーヴで調印された「俘虜ノ待遇ニ関スル条約」によると、俘虜は氏名及び階級は実を以て答えなければならないが、所属軍に関する情報は拒絶することが出来ることになっている。隊長が私を脅迫したのは違法である。

俘虜取扱の教育を欠いたのは、多くのB級戦犯を生んだが、米軍も日本兵の無智は最大限に利用していたらしい。結局こういう協定は、末端では厳密には遵守されない。

翌朝、私は、ブラカオという海岸の町まで、連行されることになった。約十町、うち二町は山道である。

四、五人の兵士が護衛につけられた。隊長はいった。

「ウイ・キャント・キャリー・ユー・オン・ザ・ストレッチャー・イン・デス・スケープ・スロープ。キャン・ユー・ウォーク（坂が急で担架へ乗せてあげられない。歩けるか）」

「アイル・トライ（歩いて見ます）」

上衣は比島人の持物のレインコートをくれたが、帽子がない。歩きながら頭をたたいて、

「ハット、ハット」

というと、護衛の一人が、そこらに落ちていた友軍の軍帽を拾い、星の徽章をもぎ取って、私の頭にのせてくれた。

二町ばかり草の中を歩くと、森に入り、急な下りとなる。木の根が自然の段々を作っている。二人の米兵が両側から私の腋の下に腕を入れて支えてくれる。殆んどぶら下がって歩く。狭い道で、米兵は大変だったろうと思うが、護衛の任務は、前線から離れられるのだから、悪い役目ではないはずである。

木の枝の段が尽き、赤土の崖をめぐった道をすぎ、また森に入り、私はだんだん胸が苦しくなって来た。私は十日以上マラリヤで寝た後である。ぶら下げられても、足がだんだん進まなくなった。

「プリーズ・ギブ・ミー・ア・レスト（ちょっと休ませてくれ）」

「アー。テイク・ア・ブレイク」

ブレイクが正しい兵隊の言葉らしかった。

私は道傍の木蔭に、横になる。日本軍の水筒も与えられた。水は、歩きながら飲んでしまっている。米兵が自分の水筒から分けてくれる。

「ギヴ・ア・シガレット（たばこやろうか）」

私はたばこなんかほしくない。手を振って、

「プリーズ・キャリー・ミー（運んでくれないか）」

「ウイ・ア・ソーリー。ウィル・キャリー・ユー・ウェン・ウイ・ゲット・ツー・ザ・フート（山は気の毒だが、麓へ着いたら、乗せてやる）」

我々は出発するが、胸はますます苦しく、一町も行かずに、

「プリーズ・ア・ブレイク」となる。

草原が傾いていた。三町ばかり下に森が見える。そこから平地なのは、幾度もこの道を通った私は知っている。

「ナウ・ウイ・ゲット・ツー・ザ・フート（麓についた）」

「ワ（何だって）」

「ビヨンド・ザ・トリーズ・オヴァーゼヤ。ザ・リズ・ア・ストリーム。フラム・ゼヤ・プレーン（あそこの林の向うに川がある。そこから平地だ）」

「オーケー。ゲッタップ・エンド・ウォーク（わかった。じゃ、立って歩け）」

しかし私はその蔭のない草原を一気に突切ることは出来ない。

「テイク・ア・ブレーク」

と膝をついてしまう。どうしようもなく、苦しい胸である。灼けた草の上を、喚きながら五つ六つ転げ廻った。叫ぶ。

「キル・ミー、キル・ミー、アイ・ウォント・ツー・ビー・キルド・ザン・ウォーク（殺してくれ。歩くより殺された方がましだ）」

仰向いて、眩しい空をやけに眺める。護衛の長らしい鼻の下にチョビ髭を生やした下士官が、のぞき込む。

「ウェン・ウイ・ゲット・ツー・ザ・ストリーム・ウィル・キャリー・ユー。ゼン・スタンダップ・エンド・ウォーク（川に着いたら、担架に乗せてやるから、立って歩け）」

翌日サンホセの野戦病院で、担当の軍医に私が山から歩いて降りたというと軍医は気の毒そうに私を見ていった。

「アー。ザッツ・ゼヤ・ドーイングズ（奴等はいつもそうさ）」

と呟いた。

希望を得て、私は立ち上る。二人の米兵にかかえられて森についたが、そこで私はまた進めなくなる。この木立を越せば川がある、つまり担架があると、わかっていても、その短い距離が越え切れない。また休みを要求する。

「ハヴ・ア・シガレット」

奴等はどうしてこう、おれのいらないものばかりくれたがるんだ。

便意を催して来た。木蔭へ行って、しゃがみ込む。下痢しているから、便意があるだけで、いくらも出ない。そこらに落ちてる枯葉で、あとを拭こうとすると、

「ペーパー」

と米兵が、白い紙を、持って来てくれた。しかし彼等は担架へ乗せようとはいってくれない。

遂に流れの岸へ出た。我々のブララカオ出張の途中では、ここが大抵、最初の休憩場所であった。私等が何度も飯盒をかけたかまどが、そのままに残っている。

米兵も水のそばへ来て、やれやれ一ぷくという形である。私の方も、

「ナウ・ユー・ウィル・キャリー・ミー（乗っけてくれるんですね）」

「イエス・ウイ・ウィル（ああ、乗せてやるとも）」

やれやれと思ってるが、一行はあまり担架を用意する気配がない。

やがて、

「スタンダップ・エンド・ウォーク」と来た。

「ノー・アイ・キャント・ウォーク」

「ウォーク、ウォーク」

二人の米兵が、乱暴に私の体を持ち上げて、流れの方へ引張って行った。

「ノー・ノー。ユー・セッド、ユー・キャリー・ミー（乗せてくれるっていったじゃないか）」

「ウェン・ウイ・ゲット・オーヴァ、ウィル・キャリー・ユー（向う岸から乗せてやる）」

膝までつかって、よくすべる石を踏み、その十間ばかりの流れを渡った。しかし両側から私をぶら下げた米兵は、どんどん歩き続ける。

「アイ・キャント・ウォーク」

米兵は黙って、私を拉致し続ける。もう歩けない。

「ハヴ・ア・ブレーク」

と膝を突いてしまう。米兵は四、五間先にかたまって、いまいましそうに私を見ている。そばにいる髭の下士官に私はいった。

「アイ・テル・ユー・シーリヤスリイ。イフ・ユー・ウィル・メイク・ミー・モア・ウォーク、プリーズ・キル・ミー。タッチ・マイ・パルス（私は真剣にあなたに告げる。もっと歩かせるつもりなら、殺して貰いたい。この脈を見ろ）」

下士官は私の手首を握る。私の感じでは、脈は百五十ぐらい打っている。

下士官も流石に考え込んでいた。向うへ行って暫く同僚と相談していたが、やがて引き返して来た。

「ユー・ウィン（お前の勝だ）」

折角隊長が「いつか国へ帰れるだろう」といってくれたのに、無論死にたくはない。しかし今この苦しさから逃れられるなら、死んでもいいと思った。そう思ってしまえば、大抵何とかなるのも、私は知っている。

やがて担架が作られて来た。型通り前と後、二人でさげて行く。ようやく人心地がついた。頭の方を持っている兵士に、お愛想をいった。

「ソーリイ・アイム・ソー・ヘヴィ。アイ・ウェイ・アバウト・フィフティエイト・キログラム（重くてすまない。五八キロぐらいある）」

「シャッタップ（うるさい）」

と兵士はいった。

五町ばかり行ってまた一つのもっと大きな川に出る。担架の前を持った兵士は、川中の石で滑り、何か呶鳴った。

下士官が私の顔をのぞき込んでいった。

「キャント・ユー・ウォーク・ザ・リヴァ（川の中だけでも、歩けないか）」

「アイ・シンク・アイ・キャント（歩けそうもない）」

「ガデム（畜生）」

川を越したところに、比島人の小屋が二、三軒かたまっている。

最初我々はここに分哨をおいていた。そこでこんどは米兵の休憩になる。

突然一人の米兵が、我々が今来た向う岸めがけて発砲した。二発、三発。

「ドー・ユー・ファインド・ジャパニーズ（日本兵がいたのか）」

「イット・ダズ・ナッシング・ウィズ・ユー（お前の知ったこっちゃない）」

綺麗な光の中を平らな道がそこから続いてる。米兵はまた歩けといった。私は抗議に疲れていた。山の上で隊長がいくら「麓から担架へ乗せてやる」といったところで、出先の兵隊が守るとはかぎらないのは、日本の軍隊にも始終あることである。私は諦めてしまった。

平地なので、米兵も支えてくれない。芝生に細く掘った道を、平行棒を渡るような気持で、ふらふら歩いて行った。

そこに十人ばかり比島人が群れていた。子供も二人ばかりいる。好奇心に充ちたにやにや笑いである。

或る者は、鳥が翼をひろげるように、両肱を後にあげて見せた。そんな風にぶら下げられるぞ、という意味らしい。別の者は、手刀で喉首を切る恰好をして見せた。これは斬首の真似であろう。

比島人達は予め私のためにここに呼ばれていたのかどうか、私にはわからない。とにかく米兵はそこで、比島人に私を担架で運ぶことを命じた。

ここのところは「俘虜記」では次のように美しく表現されている。

「彼等は担架を肩に担いだので、仰臥した私の眼に入るのは、眩しい空と道を縁取る樹々の梢のみとなった。その美しい緑が担架が進むにつれて後へ後へと流れるのを見ながら、私は初めて私が『助かった』こと、私の命がずっと不定の未来まで延ばされたことを感じる余裕を持った」

これは全くの嘘ではない。ただ少しあとがある。

樹が切れると、私の顔に太陽が照りつける。まぶしく暑い。私は星章を失った戦闘帽を、顔の方へ引き下げた。比島人は四人でかついでいた。私の右肩の棒を担当しているのは、四十すぎの男であった。短く刈った白髪が、ぼつぼつ突立っている。その男が空いている右手を延ばして、私の帽子をもとの頭の方へずらしたのである。

この行為は或いは帽子をそのあるべき場所に直してくれた親切と取るべきである。私は自分がふしだらからそうしているわけではないことを示すために、荘重な動作で再びそれを眼上まで下げた。すると男はまた手を延ばして、ひょいとどける。

三度同じことを繰り返した後、私は遂に彼の動機が、私の顔をわざと日にさらすことにあるのを了解した。戦勝国の同盟者である彼が頭を日にさらして労働しているのに、俘虜たる私がのうのうと寝そべって、しかも顔を日から隠しているのが癪なのである。

私はこういう場合、どう呶鳴っていいか、英語もタガログ語も知らぬ。

「うるせえな」

と日本語でいって、帽子を眼の上に引いた。それを比島人も意地になったのであろうか。またどけた。私は右手を延ばして、丁度手頃な位置にある彼の頭のてっぺんに、げんこつの一撃を加えた。

男は何かいったようであった。しかし結局その位置を放棄して、私を路上に放り出すこともせず、黙って担ぎ続けた。いたずらもそれきりしなかった。

彼等は米軍から公けに、或いは護衛隊の長の下士官から、個人的な、報酬を受けていたのかも知れぬ。

とにかく私は大いに満足した。

また河を渡ることになって、私は担架から下ろされた。私の腋を支えた比島の少年は、少しも力を入れず、むしろ私の体に重みをかけるようにして来た。私はその少年に低くいった。

「ホールド・ミー・ファスト。ユー・ドント・ホールド、ユー・リーン（しっかり支えろ。お前のは支えるんじゃない、よっかかるんだ）」

我々はミンドロ島には、半年のお馴染であるが、召集間もない補充兵だけに、戦争初期の日本兵のような滅茶は、やらなかったつもりである。ブラカオ駐屯部隊が、住民と仲よく、よく野球なんかして遊んだ。

彼等に迷惑をかけたのは、ルソン島の大隊本部から斬込隊が来るというので、二、三度出迎えに出張して、空屋から塩や砂糖を持って帰ったくらいのものである。私は彼等から怨みを受ける覚えはないのである。

十人ばかりが、四人交替で行くのだから、八粁の道はどんどんはかどって、いよいよブララカオの町の背後の、森にかかった。森の中は一町ばかり道が悪いところがある。岩が道に露出して、刃のようにとがった層理が平行に突出している。軍靴でも歩きにくいのだから、裸足で担架をかついで渡るのは、よほど痛いに違いない。

担架は地上におかれた。比島人が米軍の下士官に何か訴えている。下士官は私の傍へ来ていった。

「キャント・ユー・ウォーク・サム・ヤーズ。ゼイ・セイ・ザ・ロード・イズ・ツー・バッド(数ヤード歩けないか。道がとても悪いそうだ)」

担架で運ばれて胸の苦しさはなくなっていたが、私は意地になっていた。

「ノー・アイ・キャント」

「ウォーク」

下士官は剣を抜き、私の胸に擬した。短いが両刃の短い剣で、日本軍の片刃の奴より、よほど効果的に見える。しかし下士官のチョビ髭の口元は、笑いを含んでいるから、私はちっともこわくない。

「アイ・ウォント・ツー・ビー・キルド・ザン・ツー・ウォーク。キル・ミー(歩くより殺された方がましだ。殺してくれ)」

と、きまり文句を繰り返すだけで、比島人は結局私を担がされた。尖った岩を渡るごとに、足の裏が痛いのであろう。「キャッ、キャッ」とか「ヒャッ、ヒャッ」とか、猿のような叫び声をあげた。私はますます満足した。

森を出るとすぐブラカオの町に入る。立ち並んだニッパーハウスが、仰向いた私の両側に流れて行く。ガヤガヤ声が起り、人が駈け出して来る気配である。

前に私がこの町へ入った時、これらの家はいつも無人であった。私はいつもそこから、今にも敵が現われるかと、怖れ警戒しながら、軒から軒を渡って行ったものである。

俘虜として運ばれ入って行く今、私の眼に映ったそれらの家の景観は、タクシーから眺める銀座の町並のような、華やかで美しい表情を持っていた。

私は頭のてっぺんにげんこつの一撃を喰った。白髪の比島人に、復讐を受けたのである。

「ユー・アー・ヘヴィ」と彼はいった。

(「群像」一九五三年五月号)

悪い仲間

安岡章太郎

シナ大陸での事変が日常生活の退屈な一齣《こま》になろうとしているころ、ようやく僕らの顔からは中学生じみたニキビがひっこみはじめていた。大学部の予科に進んで最初の夏休みのことだ。北海道の実家へ遊びに行く同級生倉田真悟の、いっしょに行かないかという誘いをことわって、僕はどこへ旅行するわけでもなく、ひまつぶし半分に神田のフランス語の講習会へかよっていた。

その日、教室へはいると、僕がいつも坐る最前列の椅子が誰かの荷物でふさがっていた。別段それは僕専用の机ではなかったが、僕は荷物を横へうつしてその椅子に坐った。それから夕バコをすうために廊下へ出た。教師がやってきたので教室へもどったが、見ると僕の席には、青いシャツをきた小さな男が坐っている。頸がほそくてだぶついたシャツのカラーがエプロンのようにみえる、一見弱々しい感じなのだが、そんな外観のために彼の中身は一層ずうずうしいものに思われた。僕は近よって机の上のテキストをわざと引ッたくるように取ってみたが一向に何の効果もなく、しらじらしく正面を向いた横顔の、鼻の不様に大きいことが僕をイラ立たせるばかりだった。僕は腹を立てながら、すぐそばに席が空いていたにもかかわらず、一番遠い椅子へ行って腰をおろした。やがて教師が出席をとりはじめる。名を呼ばれた生徒は、「プレザン」とこたえるのである。

金髪の、瘦せたマドモアゼル・ルフォルッカー先生が眼鏡ごしに生徒たちをみながら、「ムッシュウ・フジイ」と呼んだ。すると例の青シャツの男がいきなり立ち上って、

「ジウ、ヴウ、ルッポン！」

と、かん高い、間のびのしたアクセントで叫ぶように云ったかと思うと、婦人のようなシナをつくりながら坐った。……この変な返辞のためにいつもの教場にある調和がうしなわれた。小男は両耳のウラを真赤にして、トマリ木でおびえる小鳥のように背をまるめて顔をふせている。

（まぬけ野郎！）と僕は心でつぶやいた。

藤井高麗彦は後日、そのときのことをマドモアゼル・ルフォルッカーにモーションをかけるつもりだったのだと語った。僕はおどろいた。ルフォルッカー嬢という人は三十五六歳の、醜い、意地悪な女だった。

偶然、ある日の帰りの電車で、僕は藤井と一緒になった。あきれたことに彼は、僕を認めるとニコニコしながら近づいて僕のとなりに腰をかけた。すると異様な臭いが僕の鼻を撲った。

いやに人なつっこい調子で彼は話しかけてきたが、それがまた大層な身ぶりで、調子づくと両手を羽撃《はばた》くようにふりまわし、そのたびに手首からのぞくシャツの袖口は見たこともないほど黒くて、臭気がまた一そう強く漂った。僕はいつになったら彼がはなれてくれるのかと思いながら、

「君の家はどこですか。」ときいた。

「下北沢ですよ。」

運悪くも、それは僕のおりる駅のすぐ一つ手前だった。彼は自分の郷里が朝鮮の新義州であること、いまは休暇で帰省中の医科大学生の兄貴のアパートに一人で住んでいること、東京へ出てきたのはこんどが初めてで、現在京都の高等学校へ行っていること、などをいくらでもながながと話し、ちょっとでも僕があい槌を打つと、膝をのり出して腿をすりつけるようにするので、そのたびにあの腐った玉ネギの臭いがプンと鼻についた。……僕はすでに先日教場で椅子を占領されたときの敵意は忘れて、いまはただ臭気のためにこの男を避けたかった。ちょうど次で下北沢というとき彼は話題をかえて、

「クルト・ワイルって、どういう人ですか?」ときいた。僕はちょっと、くすぐったい思いがした。当時この種の質問ほど僕を得意がらせるものはなかった。即座に僕はこの『三文オペラ』の作曲者について説明した。はじめて聞き手の方にまわった彼の身ぶりは、またしても大袈裟なものだった。首をふってひと言ひと言に大きくウナずきながら、まるで僕の口に耳を圧しつけそうにするのだ。もっとも今度は、僕も閉口はしながら避けたい一方の気持ではなかっ

蒐集しているプログラム、ブロマイドのたぐいも自慢したくて、駅に下りようとする彼に、家へ遊びにこないかと誘った。すると彼は意外な返答をした。

「……恥ずかしいよ、君の家へ行くのは。」と眼ブタと頬を赤くして、気の弱い笑い方をするのである。そして、

「それよりか僕のところへこないか。あれだ。」と、窓から見えるアパートを指さして云った。僕は、そんな彼の態度にいささか面くらいながら、あとで遊びに行くと約束した。

彼との約束を、僕はそれ程重要なものだとは思っていなかった。……家にかえると田園調布に住んでいる従妹がきていた。最近婚約者のできた彼女は以前とちがって、めったにやってこないのだった。そして、そうなってからの彼女がようやく僕に女らしく見えはじめていた。僕は、彼女のために、婚約者のO君の東北なまりを口真似してきかせたり、その他彼のご飯の食べ方や挨拶のし方など、いろいろのことを彼女のいやがるように描写してやった。彼女が困った顔をすればする程、それが何のためだか解らないままに、たまらなく僕には愉快であった。

翌日、教室へ出ると、いきなり藤井が僕のそばへ駈けよってきた。彼は、

「どうして昨日、来なかったんだ?」と訊いた。僕はだまっていた。すると、「リンゴとバナナを買って待っていたんだぜ。」と僕の顔を、じっと見上げるのである。それは何だか滑稽だった。だが僕は、笑おうとして笑えなくなった。彼の眼つきにはこれまで僕の知らなかったもの、気のつかなかった何かがあった。

「………」ナマ返辞しながら僕は、このときになってはじめて、女の子のために友達との約束を果さなかったのだと思った。それで僕は、「おふくろが病気で行けなかったんだ。」と言った。

嘘をついたやましさからか、その日僕は、学校のかえりに直接、彼のアパートへ行った。不思議なことにその日から、あんなに物凄かった彼の臭気は一向感じられなくなった。

一度つきあうと高麗彦との間柄は、急に親しくなりはじめた。父が留守でいない僕の家庭は、彼にそれほど窮屈な思いをさせないらしかった。また、僕にとっては、一部屋の中に、インキ壺や学生帽や書籍といっしょにフライパンやコーヒー沸しを並べて、一人でくらしている藤井の生活に興味があった。……朝はやくアパートへ行くと、高麗彦はベッドの上で、くしゃくしゃになったシーツの間から腕を延ばしてタバコをせがむ。タバコとマッチを手わたしてやると、腫《は》れ上った眼ぶたの目を細くあけて僕をみて笑う。そんなとき知らずに僕は、映画や小説のラヴ・シーンを模倣していた。小柄な彼は、鼻が大きすぎることを除けば、眼のパッチリした美貌といえる顔立ちであった。と云って僕は彼を弱者とみなしたわけではない。彼には、やはり僕にない一種のふてぶてしさがあり、アパートの管理人や隣近所の人と口をきいているときなどに、それを感じさせた。また彼は、汚らしい一膳めし屋で蝿の何疋もたかった魚を平気で、むしろウマそうに食べることが出来たのである。……もっとも、そんなことに、まだ僕はそれほど感心させられているわけではなかった。

ついに僕は驚かなければならなくなった。あるとき街を歩きながら二人は、どちらからともなく、腹がへったと言いだした。友情というものにつきまといがちな、ある架空な気分から僕らは食い逃げの相談をした。

「やっちまおうか……。」

横丁をまがった、あるレストランの扉を押しながら高麗彦がそう言ったとき、僕は全然本気にしていなかった。本当をいうと僕には、「食い逃げ」どころか家以外の場所で食事すること自体が、まだ一つの冒険に数えられるくらいなのだ。しかも、こんな本式のレストランでは、ナプキンをヨダレ掛け式に結ぶべきか、膝にたらすべきかの問題で、はやくも僕の魂は宙に浮いてしまうのであった。……店の中はかなり立て混んでいた。ボーイたちは急ぎ足に、しかし歩調正しく、白い蝶の飛ぶように動きまわっていた。毛のふさふさと生えた大きなシュロの樹の植木鉢のかげになったテーブルをえらんで、われわれは二皿ばかり注文して食べた。食べおわったとき藤井は笑いながら、「いいか?」と言った。ぼんやりしたまま僕はただ「ああ。」と答えた。すると彼はシュロの毛を一本引っぱってマッチの火を点した。

突然、眼の前が明るくなった。あッという間にシュロの幹が火の柱になった。ものすごい混乱だった。まわり中の客が総立ちになると、あたりは忽ち火事場さながらの光景になった。……茫然としていた僕は椅子を蹴飛ばされると同時に、耳もとに藤井の何か言う言葉が、コップの破れる音といっしょに聞えて、気をとりなおすと、出口に向って突進する高麗彦のあとを一目散に追いかけた。

　こんな大仰なことになろうとは、まるで空想のなかの出来事としか思えないほどだった。だが、僕を一層おどろかせたのは、混み合った裏通りの小路を逃げながら二人がおたがいの姿を見失ってはなればなれになってからだった。一人になると恐怖心が急にハッキリ頭をもたげて、それに興奮していることと、走ったこととで胸はおそろしく高鳴った。高麗彦を探そうと思いながら、すぐまた逃げたい心持になり、僕は何をしてよいのかわからず、せかせかと当てどもなく歩きまわった。コンクリートの舗道がまぶしく光り、背中にも胸にも汗が流れているのに、軀は寒かった。不安と後悔とに追いつめられて、ほとんど罪悪感の虜になりかけたとき、ようやく僕は、例の青いだぶだぶのシャツを着た高麗彦が日を浴びながら大通りを歩いてくるのをみつけた。……その瞬間、僕の心は一転してヒロイックな悲愴感に満ちた。

「おお」と僕は思わず彼に抱きつきたい程の気持だった。

「おお」と彼も声を上げげた。

　感激して僕は、いきおいこんで逃げた径路の顚末を話しかけたが、そのときふと彼の片手に奇妙な大きい紙包みがぶら下っているのが目について、「何だ。」と訊いた。すると彼はつまらなそうに、ぼそぼそと、「ミソと、ニボシと、……。」とこたえはじめた。僕はあきれた。あんなに恐ろしいことをやった直後に、彼は乾物屋で晩御飯のおかずを買い集めていたというのだ。僕は劇的な気分をすっかり台なしにさせられた。僕にとっては、もっぱら冒険のタネであったものが、彼にとっては多分に実用的な価値もあるものであった。

この事件のおかげで、それまで意地悪いエチケットの監視人だとばかり思いこんでいた食堂の給仕人たちが、サアヴィスを強いられるあまりに恨みッぽくなった人々として僕の眼に映るようになった。

夏休みも終りちかくなったある日、藤井のアパートへ行くと、針金やペンチや釘をその辺に散らばせて、彼は窓に向って熱心に作業していた。ヒゲ剃り用の手鏡をあっち、こっちと動かしながら、彼はペリスコープの作用によって斜め向いの家の浴室の内部を観察するのだと言った。そのあまりにも素晴しい思い付きに、僕は大声を発した。彼は僕をたしなめた。そして、

「君のところには、もうすこし大きな鏡がなかったかな。」と言った。

「あるとも。」僕は勇み立って部屋をとび出した。ところがせっかく、その大きな鏡をもってもどってみると、部屋には針金もペンチもなく、すっかり片付いて、藤井自身も何かとりすました様子だ。……僕はしかたなく一人で反射装置をこしらえはじめた。

「やったってムダだぜ。どうせもう暗くて何も見えやしないよ。」

そういう藤井の声の調子に冷淡なところがあって、僕はききとがめた。(まアいい、それなら自分一人でやってみせる)僕はそう思いながら仕事を黙ってつづけた。しかし、だんだん日が沈みはじめるにつれて鏡の中の光は一層弱まり、電灯のついた風呂場もうす暗くて、ようやく中に人がいることが分る程度にすぎなかった。それでも僕は鏡をやめるわけに行かず、つづけていると、藤井は寝ころびながら、からかうように言った。

「そんなに見たいのか。」

「お前の方こそ、どうなんだ。」と僕は言いかえした。

「オレか……」と藤井は言いかけて、だまってニヤニヤ笑った。僕は追求した。彼は、

「……二三日まえまで、真向いの家の風呂場がまる見えだったんだけどなア。もう窓を閉めちゃったからダメさ。」

僕は本当に腹が立った。

「なぜ言わなかったんだ、早く。」

するとと藤井は寝ころんだまま、僕の方へ向けて投げ出していた足を組み合せながら、ふッと、ある気の弱そうな笑いをうかべて、「……言えないよ、君みたいな人には。」

ある直観で、そのとき僕は、彼が女を知っているんだ、と悟った。そのとたんから、僕のもっていた高麗彦のイメージが、まるきり変ってしまった。彼のなかにある或る隠されたもの、眼にみえないほど広大な秘密の領分が、僕の前に立ちはだかった。僕は知らずによその家へ迷いこんだような気恥しさで、それっきり黙りこんだ。

僕が絶えず女のことを考えていたのは本当だ。漠然と未来を考える、つまり自分のなりたいと思う役割に僕自身をあてはめてみる、そんなとき、空想中の人物「僕」の傍には必ず女がいたし、またセクシュアルな女の妄想をいろいろ頭に描くこともあった。そのくせ、女そのものを現実に考えたことは一度もなかった。つまり僕にとっては、女は遠すぎて妄想の対象にしかならないものだった。何人かの従姉妹たちは女のなかには入らない種類の何かであったし、い

わば僕にはあらゆる女が、バスや電車で行きあい擦れちがう間柄にひとしい、見えながら隔てられているものだったのだ。……いまや僕は、そばに寝ころんでいる藤井と自分との間にハッキリした相違を感じた。彼は未知の国からやってきた人だった。

家へ帰ってその夜、ひと晩中、僕はそのことばかりを考えた。この夏休みの短い期間に接した高麗彦に僕は、これまで経験したことのない強い魅力を覚えていた。しかし、そのことを悟ったのはその夜だった。彼のよく行く一膳メシ屋へ僕が入れないのは、栄養や衛生のことを気にするからではなく、その店の陰惨なジメジメしたものが端的に僕を怖れさせるからなのだが、同様に売笑婦も病気や道徳の問題よりも、もっと越えにくい或るもののために僕は行くことを考えることさえ避けてきた。ところがいまや、そんな避けたがっていたものこそ愛さなくてはならないものだ、という風に思われるのだ。恋すると女が神秘的に見えはじめるように、僕は高麗彦を不思議な力をもった男だと思いだした。彼の生活のディテールが一つ一つ、これまでと異って輝しいものに見えてきた。子供が蓄音機の中に小人の楽隊を想像するのと同じ考え方で、僕は彼の中に「女」を見た。

あくる日から僕は何かにつけて、カマをかけて女のことをきき出そうとしたが、藤井はそのたびにハグラかすので、ますます迷いこむ一方だった。と云って、いまとなっては彼を強制する力はなかった。いよいよ彼が京都へ帰るという前日、夜の道を歩きながら、僕はやっときかせてもらった。

「案外つまらないものだぜ。失望するにきまっているから、よした方がいいよ。」と高麗彦は訓戒をあたえた。そのくせ彼は東京へ出てからも、もう数回僕の知らない間に遊びにでかけていた。

秋になった。

新学期がはじまって、北海道の実家からかえってきた倉田真悟は、僕をみておどろいた。話の内容も言葉も、その他いろいろのシグサや身ぶりも、いちいち彼には勝手がちがうらしかった。一方僕もまた、この仲のいい同級生を、ただ一匹の馬であるかのように感じた。……僕はもう、倉田とレコードの音楽をきいてウナずきあったり、彼のテニスの自慢ばなしをきかされたりするのが、ばかばかしくて退屈だった。長い頸をふりながら熱心に話しかける彼の言葉を、ほとんど僕はウワの空でききき流した。

「…………」

ふと、トンチンカンな僕の返辞に、倉田は日焼けした細長い顔を僕の方へぴたりと向けた。急に話が途切れて彼は口をモグモグさせた。僕もだまっていた。すると彼の半袖シャツの袖口から、ぷウんと飼葉《かいば》の枯れ草みたいな甘いにおいが臭ってきた。僕は思った、これが童貞のにおいであるかもしれない、そして藤井に最初に傍へよってこられたときの臭いが、あれが非童貞の臭いかもしれない、と。それなら僕はいま、どっちの臭いがするだろう。僕は藤井と別れた翌日、河向うの私娼窟を描いた有名な小説の著者の地誌をたよりに、一人でそこへ行ってきたのだ。

僕が高麗彦からうけた驚きを、こんどは倉田が受けとる番であった。僕は半ば無意識で、半ば意識して、夏休に藤井がやったコースをたどってみた。食い逃げ、盗み、のぞき見……。ただ、僕のやることは、どこか仕返えしじみたところ、倉田の心を無理矢理動揺させなければ気のすまないところがあった。たとえば食い逃げするにしても、僕は彼に相談ぬきでダマシ打ちで、いきなり駈け出させるやり方だった。僕が完全な成功を収めたことがあるとすれば、銀座の表通りのある食堂からスプーンを盗み出したのが唯一の例だ。この時は倉田の方から進んで感心した。

その店のティー・スプーンは直線と球型とを組合せた独特のデザインで僕は気に入った。それで帰りがけにポケットの中へ入れた。ところが出ようとするとボーイが後から追いかけてきた。

「もしもし、スプーンをお持ちのようですが……。」

僕は、ゆっくりと振り向いた。そして、

「いけませんか、これ、もらっては。」と匙をとり出して見せた。……ボーイは狼狽した。彼は顔を赤らめて手をふりながら、「いいえ、どうぞ。」と言って、さながら客に忘れ物でもとどけたようにニコニコしながら引きあげた。……気が付くと、肩をならべていたはずの倉田が、いつの間に飛びのいたのか、七メートル程も離れたところから眼を丸くして僕を見ていた。店を出ると、彼は告白でもする人のようなタメ息をついて、「すげえなア、君は。」と僕の沈着ぶりをほめた。僕ははじめて倉田を計略なしで驚かすことが出来たわけだ。倉田がどんなに感服したかは、次の日早速学校の近所の食堂で同じことを彼がやったことによって知られる。そのとき彼は力演がすぎて、女の給仕から庖丁位大きいカツレツ用のナイフまでもあたえられた。この無闇に大きな好意のしるしはポケットにも入らず、道ばたに棄てることもできなかった。

どっちにしても倉田もまた、こうした冒険にわけの分らない魅力を感じだしたにちがいなかった。ところで、何といっても最も重大なのは僕が河向うの町へ行ったことであるはずだ。しかしこのこととなると、吹聴してしまいたい気持と、彼をしばらく謎の網のなかでマゴつかせたい気持とがこんぐらがッていて、倉田の顔をみるたびに僕の方こそ、どうにも解けないジレンマに陥入ってしまう。……河向うから帰ってきて僕は、高麗彦の云ったとおり失望したのかもしれない。けれども高麗彦の云う「失望」なら、むしろ僕は失望しに出掛けたのだ。僕が何かしら、ある拍子ぬけがするのは、そんなことじゃない。それどころか、あのことなら豊富すぎて、行ってから二三日は女のひとを見るたびに、ある滑稽さに襲われて困ったくらいだ。だが、僕のねがっていたのは、そんなことではない。僕が欲しかったのは一個の徽章《きしょう》だ。他人には見えないが自分にはそれと分る徽章をもらえるものだと思っていた。ところがそれは、もらえたにしても背中か耳の裏にでもぶら下っているものにちがいない。僕は藤井のやったコースをたどりながら、どうもタヨリなかった。

「そんなに見たいかネ。」——浅草のレビュウ館のかぶりつきに坐って、僕はとなりの倉田にそう言ってやるつもりだった。だが、いざ言おうとすると見たがっているのは、どうやら僕自身であるらしく思えてくるのだ。……こんな場合、藤井なら一体どうするだろう? 僕はあの時の彼と同じような調子を出そうと思いながら、彼の眼差しや、あらゆるシグサを頭の中で復習してみる。けれども、どうやってみてもあんな風には行きそうもない。……その結果、僕はイライラして、言ってしまうことになる。

「つまらねえなア、出ようよ。」

入るときは、あんなに熱心に誘ったくせに、見はじめるといくらもたたないうちに何故こんなことを言うのか、と倉田は腹を立てながら、それでも「もっと見ていたい。」とも言いかねて、しかたなく僕のあとをついて出てくる。そして、そんなマゴつかされてふくれッ面をしている倉田を、何くれと慰めてやることによって、ようやく僕の方はホガラカになる。

要するに僕は、倉田と遊びながら藤井のことばかり考えていた。馬のように見えていた倉田が、だんだん普通にみえはじめるにつれて、僕の方はそれだけ自分が高麗彦にちかくなってきているのだと思った。それで僕は倉田を馬並みに扱わないように注意するようになった。……しかしまた僕はときおり、倉田がいつの間にか京都にいるはずの高麗彦と知り合いになっているのじゃないかという危惧になやまされた。もし、そんなことになったら、せっかく倉田にあたえた僕のイリュージョンはどうなることだろう?

ところで、ある朝、女中に起されて玄関へ降りて行ってみると驚いたことに、そこに倉田と藤井とが一しょに立っていた。彼等は偶然同じ電車にのり合せたのだった。藤井は荷物もなに

も持たず、シャツの上にレーンコートを引ッ掛けただけの恰好で、

「京都にいるのがつくづくウンザリしたのでちょっと出てきたところだよ。」と言った。

この不意打ちはしかし、まえに漠然と考えていたようなものではなく、思いがけない楽しさとしてやってきた。ウキウキした空気がながれ、僕ら三人は昔からの友達のような気になった。本当に不思議なことだが、ふだんは内気で初対面の人にはろくに口もきかない倉田が、もう以前から藤井を知っているように振舞った。彼はすでに僕の中にあるもう一人の藤井と親しい友になっていたわけだ。

三人の会話は、勢いよくハズんだ。本物の藤井が現れたために、倉田の眼からみて、やっぱり僕は影のウスイ存在になってしまった。すると僕は藤井にもとり入ろうとする一方、倉田に対しては出来るだけ僕の中にある高麗彦のイメージを保存させるよう努力しなければならなくなった。そして二人から競争して話しかけられると、藤井は両方の友を失うまいとして普段の倍以上しゃべらなければならないのである。こうしてお互いに取り入りたい一心で、三人の虚勢はみるみるうちに増大して行った。僕はついに倉田をオミットするために、河向うへ出掛けることを提案した。

倉田の動揺を狙った僕のモクロミは見事にはずれてしまった。顔色をかえて一応は考えこむだろうと思っていた彼が、忽ち賛成したのである。考えてみれば、こんな馬鹿なやり方はなかった。火事場で発揮するバカ力のような気力で倉田は、越え難いものを何の苦もなく越えられたのだ。僕は貴重な切り札をムザムザと棄てた。しかも行き先きは一層面白くなかった。つま

り三人は向うへ着くと分れ分れに行動をとったのだが、僕は歩き出すやいなや不良少年係の刑事に捕獲されてしまった。せめて倉田の手前、古参者らしい風格を示そうと思っていたのに。三時間ばかり後やっとポリス・ボックスから釈放されて、急ぎ足に道路をこえ、隠れる様に暗い曲り角へかかろうとした時、

「よう。」

と声をかけられた。倉田と藤井だった。仲間にめぐりあえたよろこびは束の間にすぎなかった。彼等は道ばたのヤキトリ屋の天幕のかげから、僕が数人の巡査にとりかこまれてお辞儀している様や、殴られそうになって手をあげて哀願している様を、一時間以上にわたってすっかり観察したのであった。……彼等はそれを、さも心配そうな顔つきで語った。

ふたたび藤井は京都へ去った。けれども僕は、二度と倉田を馬扱いすることは出来なくなった。藤井が東京にいたのはたった二晩だったが、それは普通の二年かそれ以上に相当する時間だった。彼はまるで早廻り旅行の選手のように、あっちこっち好きな場所をさがして、どじょう屋、コーヒー店、劇場などを廻り、ほんの短い距離も自動車に乗ったかと思うと、気に入った通りは何時間でもグルグルと我々を引ッぱって歩きまわった。酔うために酒はいらなかった。銀座裏の通りを、高麗彦を間にはさんで三人は、自動ライターをパチリパチリ、ピストルのように点火しながら歩いた。三日間はお祭り騒ぎのうちにおわった。けれども高麗彦のイメージは消えるどころか大きくなる一方だった。倉田の眼からみて、僕はもはや藤井のヌケガラ

であるにすぎず、あのスプーンのことでさえもいまは藤井の冒険の単なる模倣だとみなされた。最初のうち、これはたまらないことだった。しかし時日がたつにつれて、僕たちはお互いに相手の中に高麗彦の影を認めあうことに、ある喜びを感じはじめた。高麗彦と歩いた路を歩き、高麗彦と行った喫茶店に入り、そして馬跳び遊びのように代り番に高麗彦になりあった。……全く些細なことだが、藤井がコーヒーをのむときの茶碗の持ち方まで僕らは真似した。彼はコーヒーをのむのに決して茶碗の耳をつままず、掌全体でにぎりしめると、ゆっくり口もとに運び、やや分厚な唇におしあてて、ちょっと舌をのぞかせながら茶碗のへりを舐めるように少しずつ流しこむのだった。それは如何にもガッチリと味という味を漏れなく吸収しつくそうとしているように見えた。また僕らは知らずにネコ背になっていた。背の低い藤井はいつも、そり身になって胸をはっているのだが、そんな姿勢を真似ようとしては僕らは逆に背をちぢめることにばかり気をとられるのであった。倉田も僕も、それぞれ食物には好き嫌いの多い方だったが、いまは藤井がウマイと云ったものは競争して食べるようになった。僕の母は、どうして秋になって急に息子がトマトを食べたがるようになったのか解しかねていた。……何事につけても倉田と僕とは監視しあった。おたがいに高麗彦を直接に模倣することは許さなかった。たとえば藤井がサカナの模様を刺繡《ししゅう》した靴下をはいていたとすれば、その柄の靴下はもう禁制になった。そんなときには鳥か蝶の模様のものをつけるのが忠実であり、好ましくもあった。

　東京と京都の間に手紙が頻繁に往来した。……この手紙こそ僕らのすべてだった。何をやらかすにしたところで、それを手紙に書くことの喜びにくらべれば、やること自体の面白さは物の数ではなかった。東京の二人が出す手紙はいつも藤井によって比較され優劣をつけられているわけだった。京都からの手紙は必ず二人連名の名宛になっていて、僕の所と倉田の所と交替に送られてきた。その際二人は手紙を見せあいながら、ひそかに相手のところへ送られた手紙の厚さを量りあった。

こんな風にして高麗彦のイメージは日とともに僕らの心に理想化されてうつってきた。争いながら倉田と僕はいつも一緒だった。そして何かにつけて「コマがいさえすれば」と思った。たとえば満員のバスが途中で故障して動かなくなったときでも、二人は顔を見合せながら「これが藤井といっしょのバスなら」と思いあった。

京都で藤井は手紙に忙殺されていた。ほとんど一日おきに書かなければならなかった。相手が女であるならば手紙に関するかぎりこんな苦労はなかった。百万べん繰りかえした生活のディテールを書くだけでも、それで相手の感情にうったえることが出来るわけだ。しかし男となると、そうは行かない。……二人の友達から交る交る送ってくる手紙で、彼は気が付かないうちに、ひどく高い所へおし上げられていた。周囲を見まわしても何だかワケがわからなかった。雲を踏むような不安な酔の中で、自分を酔わせている者たちを何時までも引きつけておきたい気持だけはハッキリしていた。いつの間にか、彼は自分で投げた暗示に自分からひっかかりだしていた。つまり彼もまた倉田や僕と同じように、彼の生活の美の根源が女を知っていることにあると考えはじめた。そこで藤井は一種の信仰から、せっせと遊廓通いをすることになった。僕らへ送る手紙のインスピレーションを湧かせるために。

ある日、原宿の倉田の家へ行くと、彼は玄関の正面の飾り棚に並んだ彼の父のゴルフの優勝カップを片づけているところだった。「どうしたんだ。」と訊いたが、ひどく興奮しているらしく返辞もせずに、弟たちの玩具を入れてある押入へ片ッぱしから、ほうり込むといったやり方でしまっていた。……「何ごとだね。」ともう一ど問いかけながら僕は倉田の不機嫌な顔をみると、思わず吹き出しそうになった。

彼も悩んでいるのだ、と僕は思った。倉田と僕の家は大体似ていた。僕の親父は軍人で北支へ行っていたし、倉田の父親は軍需会社の重役で地方の工場を監督して廻っていた。それで二人とも割合に毎日の生活に気ままを許されている方だった。ところがこの頃になって、僕は何かにつけて、家が窮屈な、厄介なものに思われてきていた。家の方は別段これまでと変ったところはなかったが、実は三人の仲間の規約が家にいる僕を束縛しはじめていた。たとえば、夜おそく帰るとき、遠慮や恐ろしさを、感じてはならないのであった。それは恥ずべきこととされた。また便所へ行って手を洗うことなども禁じられた。その他にこういう新しいモラルは数えきれないほど多く僕らをとりまいた。すべての基準は藤井のきめた「美」であったから、これは当然の結果だった。……家で僕はただモノグサになるより仕方がなかった。僕は好んで、服でも部屋でも汚せるだけ汚した。そうして、あたりを紙クズと塵の洪水にして自分をとりまいている家の生活を沈没させようとしていた。だが、倉田はもっと違った苦しみ方をしなければならなかったのだ。僕の場合ならせいぜい壁に貼った女優の写真が塵とクモの巣だらけになるのを眺めていればよかったが、彼の部屋ときてはスキーの道具やテニスのラケットや折れたグライダーの尾翼などで飾られており、その中には父親の留守のまに客間のマントルピースの上からこっそり運んできた銀製の海軍爆撃機の模型まであって、それらは従来彼の誇りであったのだ。ところが、いまやこの品々が毎日彼を悩ませるものになったのである。彼はニガニガしい陰険な心持で、そっと爆撃機をもとの場所へもどしに行かなければならなかった。……この苦しみの、つもりつもった怒りが爆発して、ついに玄関のカップにまで手がのびるにいたったわけだ。

いったんこのように親の趣味に反対しはじめると、どこまで行ってもとめどがない。家の中はすみずみまで親のものなのだ。僕もまた、床の間に置いてある父の軍刀からはじまって掛軸や花生けが気になり出し、そうなるとこれまで気にとめていなかったものが、いちいちカラカミの模様から柱のひび割れまで気に食わないものに見えてきた。ことに食事のことになると、どんなオカズでも不思議になる程まずかった。お膳の上のものが全部気に入らなくて、藤井といっしょに食べてウマかったものを別に作ってもらっても、いざ食べようとすると急にそれが異った味に変ってしまうようであった。

いずれにしても倉田も僕も、あんまり家には居つかなくなった。毎日の大部分を穴倉のような喫茶店でくらした。そして外での飲食のために不足がちになる小遣いを節約して、焼芋にマーガリンやバタをのせたりして食べた。

世の中もまた僕らに劣らず奇妙に気分的な動き方をしていた。国民全体が「新体制」時代のモラルにもとづく様々の架空な行事で悩まされていた。スターの実演をたのしもうとして映画館をとりまいて待っていた人々は、緊張がたりないというので消防隊の水を頭から浴びせられた。街にはときどき、演習地の不足よりもデモンストレーションのために、通信隊の兵隊が駈けまわっていた。彼等は胸に重い電線を巻いた箱を下げ、道みちその電線を並木の枝などに掛けて行くのだが、ときどきワザとそれを鋪道とすれすれに弛《ゆる》ませて通行人の邪魔をした。……学校はどこからか何かの指令をうけるらしく、そのたびに生徒はあわただしく運動場にあつめられて、学園長から訓示された。園長は薄黄色の手袋をはめて銅像のように立ち、「猫を訓練して猫踊りを教えこむ方法は、仔猫のうちにヒリヒリと焼けた鉄板の上を歩かせる。すると猫は熱がって跳ね上る。これすなわち訓練である。諸君も、……。」などと言い出すのだった。生徒たちは自分を仔猫にたとえられたことで失笑した。だが、この寓意にとんだ話を理解することは、あきらかに困難すぎた。その鉄板がどんなものであるか園長自身をふくめて誰にも解らないことだった。……後年、戦争が激しくなって、このときの生徒の多数は傷つきあるいは斃れた。また火傷したものの中には、他ならぬ園長その人も入っていた。

何でもないことほど咎められるようになったのも、この時代の特色であった。僕らは遊廓のなかをウロついたりしているときよりも、かえってしばしばクラスで最もおとなしい連中の出入するお菓子しか並んでいない喫茶店で、危い目に会った。のろまな生徒は、昼間タマツキ屋の前にいたという理由で警察へつれて行かれ、折檻されてベソをかきながら帰ってきた。……こんなことが何時、どうして起るのか、僕らにはサッパリ解らなかった。ただそれが、毎日が退屈でたまらないような時期、何かを置き忘れてどうしても憶い出せないようなジリジリした気分のときに、不意にやってくることだけはたしかだった。なぜなら心がそんな沈滞した状態のときは、僕らの方でもきっと何かを為出《しで》かしたくなったのだから。

僕らは、たびたび沈滞した。冒険も一度やってしまえば二度目には刺戟がすくなくなるのが当然だし、たびかさなる度数に応じてこの沈滞もくるわけだった。最初のうちは例の気まぐれな取り締りが僕らを救った。そのアベコベぶりは日を追って顕著になり、なまけ学生の狩り出しに憲兵まで参加するほどになった。これはまるで、坐ったまま動くパノラマによって旅行できる椅子と同じ効果があった。けれども、そんな取り締りもくりかえされるうちには次第に僕らの心を弱くして行った。倉田も僕もほとんど教室へは出ず、そうかといって何かやらかす気力もなく、ゴミゴミした町のうす暗い喫茶店の椅子に、二人して錆びついたような気持で顔を見合せながら一日送ってしまうことも多くなった。湿ッぽい臭いのする煉炭火鉢に老人のようにかがみこんでいる倉田を見ていると、反射的に高麗彦のことが思い出された。おそらく僕の姿もまた倉田の心に同じ思いを起させたであろう。……二人は半ば嘘になるのを意識しながら、なおのこと新しい冒険についてのプログラムを威勢よく話しはじめる。だが、またふと、それはと切れる。暗い窓の外を、脱走した同僚兵でも探しているのか剣付鉄砲の兵隊の姿が影画のように横切ったからである。

京都からの手紙は、だんだん狂暴な調子を帯びてきていた。東京の二人が競争で関心を引こうとしていきおい大袈裟な表現に陥っているのだとは知らず、藤井の方は負けまいとして一層頑張るのだった。……極端に主観的で独断の多い思想、病的なイメージ、ほとんど判読しかねるほどの思考の飛躍が、奇矯《ききょう》な文体で書いてあった。そしてとうとう冬のもっとも寒い頃のある日、

――来たときと同じ淋しさや、帰るときの京の春。

という変な俳句の手紙がきた。それには学校から退学を命ぜられてしまったこと、悪い病気におかされたこと、そして朝鮮の田舎へ帰ろうと思っていること、をしるしてあった。

手紙は倉田のところから廻されてきた。彼は伝令の馬のように、白い息を吐きながら世田谷の僕の家へやってきた。

手紙をみると僕は何も考えることが出来ないほど驚いた。全部読みとおすことが怖ろしかった。倉田もたぶん僕と同じ状態であったにちがいない。二人はすぐに家を出た。夢中で、歩いたり、立ちどまったりしながら、ときどき大声で意味のない会話をこころみた。僕は、どうしていいのか解らなかった。この半年間に自分のやってきたことが、みな夢のなかでの事件だっ

たような気もした。が実際は、夢のつもりでやったことに全部、本物の人生が賭かっていたのだ。……ところで僕ら二人はむしろハシャいでいた。(恐ろしすぎるので陽気になるのだろうか?)僕はそう思った。実は、自分では気付こうとしないもう一つの僕が、友達の不幸をよろこんでいるのだった。いや僕も、どうやら自分の心を醜いらしいとは思っていた。だから、そんな自分の「本心」の逆を言うつもりで皮肉にも正直に叫んでいた。

「きょうこそお目出度い日だ。御馳走を食おうよ。」

すると倉田も、すくわれたように言った。

「そうだ。藤井の大冒険の出発だよ。」

われわれは出来るだけ立派な店をえらんだ。格式ばった店で、ナイフとフォークの礼儀にしばられて、皿から肉が飛び出さないように切ったり、滑りやすいスパゲッチを用心しながらフォークに巻きつけたりすれば、食事そのものに気をうばわれて他のことは考えないでもすむと思った。しかし入ってみると、こんなワザとらしい食事は、心をまぎらわすためには何の役にも立たなかった。

「とにかく祝電を打とうよ。」だまっている苦しさから僕は調子のいい話をつづけた。

「賛成だ。」倉田はこたえた。

しかしレストランを出ると僕らは、いつも行くうす暗い喫茶店へ行って、そのまま何をするともなく看板のおりるまで居すわった。別れるまで祝電のことについては二人とも何も言わなかった。

その晩、僕を悩ましたのは、もはや藤井のことではなく、つかみ難い倉田の心だった。これ以上これまでの生活を続けて行けば、遠からず藤井と同じ運命をたどることは明らかなことだ。そんな運命をしょいこむのはイヤだった。といって、それを「なぜイヤだ?」ときかれた場合の答が僕にはないのだ。ただ漠然とした不安の未来が、怖ろしさとしてやってくるだけのはなしだ。こんな際、裏切るにしても、裏切らないにしても、せめて相談だけでももちかけたかった。勿論そんな心のウラには裏切りたい気持だけが働いてはいるにしても。

性格として倉田は僕よりも内気だった。争う場合になると僕はいつもそれを利用した。だが、こんどのようなことになると彼の内気が僕にとっての負担だった。僕が掘ったものにしろ倉田が掘ったものにしろ、まわりをとりまいている優越心の堀があって、それを飛びこえないかぎり、僕は逃げ出せないのであった。

で、僕は倉田を精一杯脅かすよりしかたがなかった。翌日から僕は、口に藤井の性格や生活態度を讃美しながら、ところどころで高麗彦が今後たどるであろう人生の悲惨を暗示して、倉田にきかせた。その上で、彼が逃げ出すと言ったら僕もその跡を追うつもりだった。

僕の考えはうまく行った。僕のオドシ文句に威力があったというよりは倉田の心に、それを待つところがあった。学年試験が近づいてくるあわただしい気分の中で、教室ではノートを借りる交渉が方々で行われはじめていた。

「二年へ進級するときが一番落第するやつが多いんだそうだ。」「最初の年でつまずくと、くせになって永久にあがれないというからね。」……ふだんはバカにしていた連中のそんな言葉にも、こんな気持のときにきくと、やっぱり僕らの心を動かすだけの力はあった。「F先生のお墓にでもお辞儀に行こうか。」僕は冗談らしくそう言った。学校の創始者であるF氏の命日には生徒全員墓参することになっていて、その日行かなかった者は落第するという伝説があった。

「うん、行こう。」と倉田は調子よくこたえた。……晴れた日で、墓地の散歩は気分がよかった。僕は一層効果を上げるために遠足気分をかきたててやった。いつの間にか僕は、医者になって患者の治療をほどこしつつあるような気にさえなった。

次の日も僕は、イニシァティヴをとる快感から倉田に会うのをたのしみに、めずらしく第一時間目の授業に間にあうように登校した。

倉田はいなかった。二時間目になっても姿を現わさなかった。その頃から僕の疑心はつのりはじめた。なぜか突然、倉田が藤井といっしょにいるような気がしはじめた。教室の椅子の上で退屈な講義をききながら僕は、授業のはじまる前に抜け出さなかったことを後悔した。けれども講義がおわると次の時間にはきっと倉田が現われそうな気がして、またそのまま教室にいのこってしまう。午後の授業にもついに倉田はやってこなかった。……こんなに倉田を待ちどおしく思ったことはなかった。だが僕は倉田を待つために教室にいたのだろうか。もし倉田に会いたいのなら、いつもの喫茶店か彼の家へ行った方が早いはずだ。あんなにも僕が教室に固執したのは、ただ患者の倉田を欲したからであるのだろうか。

家に帰ると、藤井の置き手紙があった。

——朝鮮へかえる前に会っておきたくて来た。いま浅草橋のキチン宿にいる……。

やっぱりそうか、と僕は適中した予想に軽い満足をおぼえただけで別に驚きもしなかった。手紙には彼独特の手蹟の地図がそえてあった。僕は浅墓な冷淡な眼でそれをみた。(可哀そうに。だけどウッカリ同情なんかしてみろ、おれまで奴の道づれだ) 僕は倉田のことも、もう気にはならなかった。きょう一日、待ちぼうけを食わされたことで、僕は自分の方で友達に裏切られているという気になっていた。それだけで友情への義理立てをすませてしまった僕は、ツキモノでもおちたようなサバサバした気持になった。

おそらく、こうした僕の心境の変化、善良な青年になろうとする傾向は、単に易きにつくことと変りなかった。その証拠に翌朝になると、もう僕はぐらつきはじめた。つまり怠けたい欲求が本来の形で出てきた。ラッシュアワーの電車で乗り換えの駅までくると、僕は学校行きの電車を一台見送ってベンチに腰を下ろした。そしてタバコをすっていると、鉄の脚のついた教室の椅子とコンクリートの床の冷い感触がおそろしくハッキリ浮んで、もう一台電車を見送ってしまった。これまでも僕の教場出席率はきわめて悪かった。きょう一日休むことで落第に決定してしまうものかもしれなかった。ゆるがせにすることのできない貴重な時間だ。だが、まさにその貴重だという理由で、その時間に安逸を貪ぼることが、かけがえのない快楽になってしまった。……この一台が課業に間に合う最後だという満員電車を見送ると、僕はベンチを立って、「いいだろう、きょう一日ぐらい。」とつぶやいた。

　裏切りつつある自分の心は僕には解らない。大抵の嘘つきがその嘘を、ついているその間は信じているように、僕もまた自分のやっていることがどういうことなのか解らなかった。いや解ろうとしなかった。学校行きを放棄した僕は、いつもの喫茶店に行った。朝はやく、まだ誰もいないガランとした店は、腐った流し場のにおいを漂わせていた。あたりは寝不足の頭のようにぼんやりしており、そんな空気にもぐりこむように僕は一番奥の椅子で、汚れたカーテンや壁紙のシミに眼をさらしながら、ただ時をすごしていた。いったい僕はなにをしていたのだろうか? おそらくそれは僕の中にある犬のような精神が、主人に追われてもまだついてくる忠実さで、つい一週間前までの生活を守っていたのだろう。だが、理性の僕はそんなことには一向気がつかなかった。

　ひる近くなって、僕は飯のことを思い出し、食欲もないのにどうしようかと迷っていると突然、聞き憶えのある声が、路地の奥へ、店の方へ近づいてきた。藤井と倉田だ。僕ははじかれたように立ち上ると、気が付いたときには勝手口から別の路地へとび出していた。最初に感じたのは、いいようのない恐ろしさだった。自分の卑怯さを反芻して起す不快と羞恥とは、それにつづいて襲ってきた。……逃げようか、もどろうか、心の中で迷いながら僕の足は一歩一歩、彼等のいるところから遠ざかった。

何がそんなに怖いのか。風にあおられて外套のウラがひるがえったように、彼等の声をききつけると一瞬のうちに僕は、自分が秘密にしていた心を見た。いまからなら、まだ間にあうかもしれない。だが、そう思うそばからまた彼等が僕の噂を、たッたいま裏がえしにして見た僕の心を、語り合っているのではないかと思うと、こんどはそれが怖さにもどれない。

路地から路地へ、散らばっている毀《こわ》れたハメ板や洗濯水のたまりを踏みつけて、ただ足の向く方へでたらめに歩きながら、耳もとに消えのこっている彼等の話声を忘れようと努めた。だが、それは容易に消えはしなかった。その筈だ、その声が僕のきいた彼等の最後の声になってしまったのだ。

もう引き返えすことができない、と思う程の距離まで来ると、僕は立ちどまり、振りかえる。あの声がしなかったら、もし彼等があんなに大声で話しながら来たのでなかったら、きっと僕はそのままあの椅子に腰を落ちつけていただろう。そしてまた、もとどおりに三人は仲間になったにちがいない。そう云う事態を僕は、暗に心のどこかで待ちもうけていたのだから。ところで裏切りは、まだ完成してはいなかった。それは夜、家へ帰ってからのことだ。町にいるかぎり、やはり僕はどこかで仲間たちとつながっていた。

夜、僕の家に黒い羽織をきた婦人が現れた。倉田夫人、つまり倉田の母親だった。……玄関に母が出て、僕を呼んだ。

倉田夫人は二晩も家をあけたまま姿をみせない息子を案じていたおりから、きょうになって簞笥のひきだしにあった預金帳がなくなっているのを発見した。その他にボストン・バッグが二つ、倉田氏の鳥打ち帽、宝石入のネクタイ・ピン、それに高額の現金までなくなっていることが判明した。息子の書棚から出てきた日記や覚え書きの紙片や、そしておびただしい手紙をしらべて、あきれかえった行状のあらましを知った、というのである。

「どこへ行っちゃったのかな。」と僕は多少の羨望の交った嘆声を上げた。ところがこれが倉田夫人には、もっとも空トボケた言葉にきこえた。のっけから夫人は僕を疑っていた。

「隠さずに、はっきりおっしゃい。……何処へやったのです、真悟を。」

僕は知らないと答えるよりしかたがなかった。すると夫人は、もともとの責任は僕にある、とにわかに九州弁の訛を強く出しながら言った。土色をした唇のはしに唾が白くたまっている。夫人の言葉が、僕の心を強くした。僕は母をみた。母も僕をみた。痩せて影の多い倉田夫人にくらべて母の丸顔には、あきらかに息子をくらべて勝った人のよろこびが、かくしきれずに滲み出していた。

これで安心して場をはずせる、と僕は思った。

「では僕、これから探しに行ってまいります。」と、念のために自分の部屋の本箱に鍵を下ろすと家を出た。

外は暗かった。倉田夫人に約束はしたものの彼等の行方をさがす気持は無論なかった。習慣で足があの喫茶店の方へむきそうになると、僕は引きかえした。そして知らない路を歩いた。……もう何処へ行こうにも行きようがない。星のない空からなまあたたかい風が吹いてきた。……

僕は、ふと自動車をよびとめると、河向うの町の一つを言った。あそこで、あいつたちに会えるかも知れない。そうつぶやいたが、それを望んでいるわけでも勿論なかった。
自動車が動きだすと僕は車の速力で、感傷的な酔い心持にさそいこまれた。窓にうつりながら流れて行く灯を見ると、心の底に友人を愛したときの僕の感情がチラチラほのめき出すのだ。しかし、やがて速力が増すにつれて動いている快感だけが僕を占領した。いくつもの橋をこえるとき、そのたびに橋桁《はしげた》の中腹がヘッドライトに浮び、まるくもり上っては、うねりながら車体の下敷になって消えた。
僕はいつか座席からのり出すように、運転台の背板に両腕をかけて、自分から動いているような錯覚におちた。

……そのとしの冬から、また新しい国々との戦争がはじまった。

（「群像」一九五三年六月号）

プールサイド小景

庄野潤三

プールでは、気合のかかった最後のダッシュが行われていた。

栗色の皮膚をした女子選手の身体が、次々と飛び込む。それを追っかけるのは、コーチの声だ。

一人の選手が、スタート台に這い上ると、そのままぴたりと俯伏しになって、背中を波打たせて苦しそうに息をしている。

この時、プールの向う側を、ゆるやかに迂回して走って来た電車が通過する。吊革につかまって立っているのは、みな勤めの帰りのサラリーマンたちだ。

彼等の眼には、校舎を出外れて不意にひらけた展望の中に、新しく出来たプールいっぱいに張った水の色と、コンクリートの上の女子選手たちの姿態が、飛び込む。

この情景は、暑気とさまざまな憂苦とで萎えてしまっている哀れな勤め人たちの心に、ほんの一瞬、慰めを投げかけたかも知れない。

選手たちの活気から稍ゝ遠ざかった位置に、一人の背の高い男が立って、練習を見ている。柔和な、楽天的な顔をした男で、水泳パンツをはき、肩からケープを掛けている。彼はこの学校の古い先輩であり、また今では小学部に在学する二人の男の子の父兄でもある青木弘男氏である。

(青木氏は、ある織物会社の課長代理をしている)

その息子が二人、一つだけ空いている端のコースで、仲のよい犬の仔のように泳いでいる。上が五年生で、下がその一つ下だ。

青木氏の姿は、この四日ほど前から、夕方になるとこのプールに現れた。コーチの先生とは顔見知りであり、邪魔にならないように息子に泳ぎの稽古をさせてもらっているのである。

間には自分も、折り曲げたナイフのような姿勢でそっと飛び込み、二十五米をゆっくりとクロールで泳いでいる。その手並は、なかなかちょっとしたものである。

もっとも、練習している選手に遠慮して、専ら子供だけを水の中で遊ばせておいて、自分はプールサイドに立っている方が多く、時々は息子の質問に応じて泳法の注意を与えるが、あとは選手の猛練習ぶりを感心した様子で眺めていた。

……やがて、プールの入口の柵のところに、大きな、毛のふさふさ垂れた、白い犬を連れた青木夫人が現れた。

青木氏はしばらくたってから、これに気附いて、水を手で飛ばしてかけ合っている二人に声をかける。息子たちは従順だ。すぐにプールから上って、シャワーを浴びに走って行った。

半ズボンに着換えた青木氏は、スタート台の中央の椅子にがんばっている先生にお礼を云って、息子の後からプールを出て行く。柵のところで待っていた夫人は、先生の方に笑ってお辞儀をして、犬の鎖を上の男の子に渡し、夫と並んで校舎の横の道を帰って行く。彼等の家は、この学校からつい二丁ばかり離れたところにあるのだ。

青木氏の家族が南京はぜの木の蔭に消えるのを見送ったコーチの先生は、何ということなく心を打たれた。

(あれが本当に生活だな。生活らしい生活だな。夕食の前に、家族がプールで一泳ぎして帰ってゆくなんて……)

青木氏の家族が、暮色の濃くなった鋪装道路を帰って行く。大きな、毛のふさふさ垂れた、白い犬を先頭にして。彼等を家で待つものは、賑かな楽しみ多い食卓と、夏の夜の団欒だ。だが、そうではない。この夫婦には、別のものが待っている。それは、子供も、近所の人たち誰もが知らないものなのだ。

それを何と呼べばいいのだろう。

青木氏は、一週間前に、会社を辞めさせられたのだ。理由は、——彼が使い込んだ金のためである。

子供たちが眠ってしまった後、夫婦は二人だけ取り残される。

藤棚の下のテラスに持ち出したデッキ・チェアーに身体を横たえて、向い合っているのである。何にも話しをしない。時々、手にした団扇でめいめい足もとの蚊を追うだけであった。

夫人は、小柄で、引き締った身体の持主である。赤いサンダルを穿いて、麻で編んだ買物籠を片手に道を歩いている時の彼女を見ると、いかにも快活な奥さんと云う感じがする。駅の近くのコーヒー店へ犬を連れたまま入って、アイスクリームを食べているところを見かけることがあるし、二人の男の子と走り合いをして、子供を負かして愉快そうに笑っていることもある。

だが、今度の出来事には、彼女も少からぬショックを受けた。思わずリングに片膝をついたというところだ。

「何を、いったい、したと云うの？」

ぼんやりして帰って来た夫からくびになったと聞いた時、彼女は眼をまるくしてそう尋ねたのだ。

毎晩、帰宅が十二時近く、それよりもっと遅くなって車で帰って来ることも度々のことであったが、それにはもう慣れっこになっていて、苦にもしないでいたのだ。

得意先の接待、というのだが、それが毎晩続くわけでもないだろうから、自分勝手に遊んで来て遅くなることも多いに決っている。どこで、何をしているのやら、知れたものではない。

だが、それは云ってみても仕方のないことだ。そんなに毎晩遅くなっても、本人は一向に身体に応えるということもなくて、文句も云わないのだから結構だと思うより外ない。

会社のことはふだんからちっとも話さないので、彼女の方から聞きもしないでいたのだが、突然くびになったとは、またどうしたことだろう。

――金を使い込んで（その金額は、夫が会社で貰う俸給の六ヵ月分くらいであった）、それが分ってしまった。埋め合せるつもりでいたのだが、それが出来ないうちに見つかったと云うのだ。

本来ならば家を売ってでもその金を弁償しなければならないところだけれども、それは許す代りに、即日退職ということになった。

何ということだろう。十八年も勤めて来て、こんなに呆気なくくびになってしまうとは。

もしも夫が、物に動じない彼女を驚かせるために、こんな冗談を考えついたのだとしたら……。もしそうであったなら、どんなに嬉しいことだろう！

だが、それが質の悪い冗談でないことは、玄関へ入って来た夫を見た瞬間に、彼女には分ってしまっていたのだ。夫の背中に不吉なものが覆いかぶさっているのを、彼女は感じたのだ。

「どうにもならないの？」

「駄目なんだ」

「小森さんに頼んでみなかったの？」

「あれが、いちばん怒っているんだ」

小森というのは、ふだんから夫が一番親しくしていた重役であった。彼女はその家へ何度も行って、奥さんとはよく話をしている。

「あたし、謝りに行ってみようか知ら」

「駄目だよ。もう決ってしまったんだ」

彼女は、黙ってしまい、それから泣いた。

最初の衝撃が通り過ぎたあと、彼女の心に落着きが取り戻された。すると、何の不安も抱いたことのなかった自分たちの生活が、こんなにも他愛なく崩れてしまったという事実に、彼女は驚異に近い気持を感じた。

それは、見事なくらいである。

（人間の生活って、こんなものなんだわ）

起った事を冷静に見てみれば、これは全く想像を絶したことではないのだ。夫はもともと謹直な人間ではない。意志強固な人間でもない。遊ぶことと飲むことなら、万障繰合せる男なのだ。どうして間違いを起さないということが保証出来るだろうか。

接待以外に社用で飲み食いするとしても、限度があるだろう。給料では、自前で飲むとしてもたかが知れているのだ。それを何となく安心していて、一度も疑ってみたことのない自分の方が、迂闊である。

夫の方にしてみても、大事に到るとは思ってもみなかったのだろうが、そういう風に物事を甘く見るところに、既に破綻が始まっていたのだ。本当に埋め合せる気があれば、何とか出来た金額である。それは、やはり勤めの厳しさというものを夫が身に沁みて感じることがなかったからに違いない。

結婚してから十五年にもなるのに、そういう危険を夫の身に感じたことがなく、「勤めを大事にしてね」と頼んだりしたことは覚えがなかった。

そういう風に考えてみると、彼女は自分たち夫婦が今日まで過して来た時間というものが、まことに愚かしく、たよりないものであったことに改めて気が附くのだ。そうなると、課長代理にまでなっていてくびにされた夫が俄かにぼんやりした、智慧のない人間に見えて来る。その夫を、彼女は遊び好きの飲ん兵衛だが、それだけ働きのある夫だと思ってはいなかったか。そういう気持で、夫のことを学校友達のたれかれに話したことが無かったか。そんな自分が、腹立たしくてならない。

四十にもなって勤め先を放り出された人間は、いったいどうして自家の体裁を整えることが出来るのか。いったい、この人生の帳尻をどんなにして合せるのか。

それは、考えるより先に、絶望的にならざるを得ない問題だ。しかし、考えずに放り出しておくことは出来ないことだ。

びっくりするような大きな、黄色い月が、庭のプラタナスの葉の茂みの間から出て来た。夫人は、その方を見て、殆ど聞えないくらいの溜息をついた。

子供たちは、父の突然の休暇を歓迎した。

兄の方は、山登りに連れて行ってくれと頼むし、弟の方は昆虫採集に出かけようと云うのだ。

「だめよ。パパは疲れていらっしゃるんだから、家で休養しないといけないの」

彼女はそう云って子供たちをなだめる。すると、夫は気弱く笑って、

「そうなんだ。パパはね、休養を欲しているんだ。遠くへ出かけるのは、今回はかんべんして貰いたい」

子供たちは不承不承、めいめいの希望を引っこめた。その代り、三日目の夕方から、父を引っ張り出して、学校に新しく出来たプールへ泳ぎに行くことにしたのだ。女学部の水泳チームがインターハイのための合宿練習をしているので、本当ならプールへ入れないのであった。

正直なところ、青木氏には裸になってプールへ入る元気など、全く無かったのである。ただもう畳の上に長い手足を投げ出してへたり込んでいるばかりであった。それを促してともかく、水泳パンツとケープを持たせて家の中から出させたのは、夫人の力だった。（そんな風にしていたら、今度は病気になってしまうわ。気晴しに、泳いでいらっしゃい）

青木氏は、もともと運動競技が好きなのだ。学生の頃には、バレーボールの選手をしていたことがある。

これまでだって、日曜日の朝など、家の前の道路で、子供を相手にキャッチボールをすることはよくあったし、シーズンには夫人と子供を連れて大学対抗のラグビーの試合に行ったものだ。

だから、子供たちもまだよちよち歩きの時分から海水浴に連れて行って、泳ぎを仕込んだのである。

最初の日、夕食の用意が出来てもまだ帰って来ないので、迎えに行ってみると、プールにいる夫は子供の後について家を出て行った時の様子とは大分違っていた。

夫は、彼女が迎えに来たのも気が附かずに、板片を持ってビート（足で水をたたく練習）をやりながら根気よくゆっくり進んで行く選手の行方を腕組をしてじっと見送っているのであった。そんな夫を見ると、彼女は情ないとも何とも云えない気持で、

（なんていう人なんだろう！）

と心につぶやいたのだ。

二日目に、彼女はお礼と選手たちのおやつにと思って、チョコレエトを一箱買って持って行った。夫を柵のところに呼んで、それを先生に渡してもらうように頼んだ。

すると、夫はそのチョコレエトの箱を持ってスタート台の中央にいるコーチの先生のところへ行き、愛想笑いをして渡した。先生は白い歯を出して笑い、それから大声で、

「おーい、記録縮めた者には、青木さんから頂いたチョコレエトをやるぞ。それ、頑張れ」

と怒鳴った。

先生のまわりにいた選手たちは色めき立って、「いやあ、ひどいわ」「先にくれたら、記録縮めまーす」などと口々に叫んでいる。

夫はそれを満足気に眺めながら、笑っているのだ。

チョコレエトの蓋が開かれ、その中身は忽ち先生のまわりに押しかけた選手たちに配られた。彼女らは、大騒ぎしながらチョコレエトを受け取り、夫の方に「頂きまーす」と云って口に放り込む。

さっさと帰って来ればいいのにと思うのに、夫は生徒らのそばから離れない。そのうちに先生の方から箱を差出されて、「一ついかがです」と云われ、さすがにそれは断って、やっと自分の子供がいる端のコースへ戻って行った。

その様子を見ていると、彼女には夫がいったい無邪気と云うべきか、馬鹿と云うべきか、分らなくなって、妙な気持になってしまうのだ。

帰りがけ、選手たちは夕暮のプールからこちらへ向って、「さよならー、御馳走さまー」と可愛く挨拶を送って寄越すのであった。その声を聞くと、夫は照れくさそうに、ちょっと中途半端に手を振って答えた。

南京はぜの葉が空に残った夕映えの最後の光輝を受けて、不思議な緑色をしている。その葉の下を歩いて行くうちに、夫の顔がだんだん陰気になって来るのが分る。それを見ないふりしているのだが、彼女も自分の表情が沈んで行くのが分るのだ。

二人の前を犬を引っ張って兄弟が歩いて行く。時々彼等は犬の名前を呼ぶ。その声の強さが、彼女には疎ましく思われる。

「何か話をして」

と、彼女は声をかける。

「黙っていると滅入りこんでくるわ」

「ああ、そうだ」

夫は、気が附いたように云う。

「何を話すかな」

「バアのはなし」

彼はびっくりして、妻を見る。

「あなたがよく行くバアのはなし」

「云ったって、つまらんよ」

「いいから、話して。あたし、考えてみたら、今まであなたから一度も聞いたことなかったわ。あなたがよく行くバアだとか、そんなところの話を」

彼女は夫も自分をも引き立てようとして、そう云ったのだ。

「さあ、話して頂戴。どんなきれいなひとのいる店で、あなたがばかなお金を使ったのか」

彼女はわざと蓮っ葉な云い方をしたのだが、夫はその瞬間苦痛の色を浮べた。それは、彼女にはちょっと小気味のいいことであった。

「いろいろ、ある」

夫は、やっと気を取り直して答えた。

「どこからでも、順番に話して頂戴」

そこで、月の光がさし込むテラスの上で青木氏が話し始めたのは、先ず金があまり無い時に行くOというバアの話であった。

――そこは、美貌で素っ気ない姉と不美人でスローモーションの妹が二人でやっているバアだ。

その店は、いつ行ってみても、二三日前に廃業したのではあるまいかと疑わせるような店であった。そう云う気持で止り木の上に半分尻を乗せかけた姿勢でいると、五分くらいして、奥から妹の方がそっと出て来る。その出て来かたは、何とも虚無的な感じに包まれている。断るのかと思うと、ゆっくりスタンドの中にもぐり込む。それからそのあたりを片附けたりして、初めて客の顔を見る。不機嫌なのか、それとも身体の具合でも悪いのかと思うが、それが普通で、その証拠に客がたとえば、

「何時来ても、ここは西部劇に出て来る停車場みたいに人気《ひとけ》がないね」

と云おうものなら、忽ち白い歯を出して、嬉し気に笑うのである。

姉の方と来たら、怠業気分が一段と旺盛で、よくよく気乗りがしなければ、二階から降りては来ないのだ。

もし客の方が勢い込んでドアを押し開けて入って来でもしたら、この不景気なとも不熱心なとも云いようのない店の空気に、妙な具合に調子をはぐらかされて、引っ込みも進みもならなくなるに違いない。そんなバアであった。

ところで、このバアの取柄は、安上りだということだ。先方がそういう風に、やる気がない

のだから、こちらが反逆しない限り、安くて済むのは当然の結果である。

青木がそこへ行く回数が多かった理由は、安いと云うことは勿論だが、姉が目当てであった。

最初に友人に連れられてこのバアへ行った時、彼は姉の顔をフランス映画の女優で、現世的な容貌に彼岸的な空気を濃く漂わせているM……に似ていると思った。それは、ちょっと怖いようなところがあったし、また徹底してロマンチックな顔でもあった。こういう女と人気のない夜の街路を散歩してみたらと云う漠然たる希望が、その時から彼の胸に生じたのであるが、その希望はほどなく達せられた。

アメリカの有名な選手の出る国際水上競技試合の切符を買って、試みに彼女に渡したのである。多分来ないと思っていたが、その晩行ってみると、女は来ていた。

その帰り、二軒バアを廻って、車で夜更けの市街をあてなしに走らせた。散歩、ではなかったが、ほぼ彼の願いはかなえられたと云っていい。

その間に、いくらかしんみりした彼女は、自分が幼年時代を父とともにハルビンで過したこと、夏になると太陽島へ連れて行って貰い、土色をして流れるスンガリの岸辺でロシア人の家族たちの間にまじって遊んだこと、帰りにはいつも江岸のプロムナードに面した食堂へ入り、楽隊のそばのテーブルで父はジョッキを何杯も飲み、自分は黒パンをかじりながらたそがれの河の面を眺めていたことなどを、彼に話した。

それを話す間、彼女は青木の肩に頰を凭せかけていた。青木は、こういう時にこそ接吻をせねばと彼女の思い出話も上の空であったが、もし接吻しようとして相手が怒り出したりしては何もかもぶちこわしになるし、実際に彼女が怒ったとしたらどんなにか怖しいことになりそうで、つい手出しが出来なかった。

その時以来、二度とそのような機会は到来しなかった。そのため彼はバレーや音楽会の高価な切符をふいにしたことも幾度かあった。青木はその後、彼女を久しきにわたって観察したが、アメリカとの水泳試合を見に行った夜の彼女は、確かにふだんの彼女とは違っていた。もしもチャンスというものがあるとすれば、あの晩がそうであったのだ。

彼女は、その夜以来まるで手がかりのない城壁のようになってしまった。その神秘的なと思える微笑を見る度に、彼は何とぞしてわが物にしたいと切に焦がれるのであったが、いったい何を考えているのか、そのうち誰かと結婚するつもりなのか、しないつもりなのか、好きな男がいるのやらいないものやら、まるで見当がつかなかった。

悪くすると、青木が来ているのが分っていても、二階から降りて来さえしない日がよくあるのだ。そういう時は、彼は心ならずも妹の方と一向に要領を得ない、スローテンポの会話を続けながら、不味そうにビイルを啜っているのである。

ひどい時になると、姉も妹も姿を見せず、梅干婆さんが店の奥から顔を出して、青木が甚だ不服気に姉妹の所在を問うと、姉の方は二階に誰か客が来ていて、妹の方は歯が痛いと云って寝ていると云うような返事で、腹立ちまぎれにかえって止り木の上に腰を落着けて、婆さんのお酌でビイルを飲むこともあった。

この梅干婆さんは、どういうものか青木に対して同情的で、そんな時には三本飲んだビイルを一本分しか勘定につけないと云う好意を示すのであった。

婆さんにいろいろと探りを入れてみるが、姉の方にはパトロンとか愛人らしきものは居ない様子で、店を出したのはお父さんがお金を出してくれたという姉妹の話はどうやら本当のことらしい。二階に来ている客というのは父の親しい友人で、別に胡乱な人物ではないことを保証するのである。

そう云われても、彼女は二階の私室でその男と二人きり、何の話をしているのか知らないが、一時間も二時間も一緒にいるというのは、彼にはどうにも不愉快なことだ。

この店へ来る客と云うのは、結局みんな青木と同様、姉の美貌に惹かれて慕い寄って来る連中であった。彼ひとりがつれない目に合わされているわけではないが、みな夫々、満たされないままに、何となく未練が絶ち切れず、時々ぶらりとやって来る様子で、そんな客とたまたま一緒になると、お互いに相手の態度ですぐそれと分るのだ。だから、青木も、阿呆らしいとは思いつつも、そのバアを見限りにすることが出来ずにいた。

ただ彼が不思議に思うことは、姉の方がちょっと他処では出会うことがないほどの美貌でありながら、いつ行ってもそのバアは恐しく不景気で、ついぞ大賑いに賑ったことがないということであった。これはいったい、どういう理由によるものだろうか……。

彼が妻に向って話したのは、ここに書かれた通りではない。だが、ほぼこれだけの内容のことを語ったのである。

「それきり？」

「うん」

夫人は、小さな声で笑った。

「これまで、一度もそんなお話、なさったことがないわね」

「振られてばかりいるんじゃゃね」

「振られてばかり、でもないでしょ」

彼はぐっと詰まってしまう。

「いいわ、むりに話して頂かなくて、結構よ。どうせ、本当のことなんか仰言らないんだし。いいわよ」

彼女は自分がまことに迂闊であったことに気附く。夫が会社の金を使い込んで、それが分ってくびになった。その事実があまりにも大きな衝撃であったために、彼女はすっかり心を奪われてしまっていた。

〈女がいる。夫が大金を使い込んだのは、女のためだったのだ〉

この考えが、夫の話を聞いている途中、霹靂のように彼女を打った。

彼女は自分の内部に生じた動揺を隠した。そして、夫が話し終ると、さり気なく、その種の告白を切り上げさせたのである。

夫が話したことは、それはどうでもいいようなことなのだ。彼が秘密にしなければならないのは、もっと別のことである。ハルビンで育った、フランス映画の女優のM……に似た女とのことは、多分一種の陽動作戦のようなものなのだ。彼女は、本能的な敏感さで、それを感じ取ったのである。

もしも彼女がせがむならば、夫は今のとは別の、ちょっと気を持たせるようで、実は危険なものではない、女とのかかわり合いを、いくつか彼女に聞かせるかも知れない。だが、その手に乗ってはならない。

どうでもいいことは、全部さらけ出したかのようにしゃべる。そして、それらの背後に、男が針の先もふれないものがあるのだ。

メデューサの首。

彼女はそれを覗き見ようとしてはならない。追求してはならない。そっと知らないふりしていなければならないのだ。

夫に「何か話をして」と云い出した時には、彼女は夢にも思っていなかった。バアの話という註文を出したのも、二人の気持を引き立てるつもり以外に何もなかったのである。

だが、何ということだろう。彼女は無心に陥穽を設けてしまったのだ。そして今や我とわが身をその穴の中へ陥れてしまったことに気が附くのであった。

次の日も、夕方になると青木氏は二人の男の子を連れて家を出て行った。

夕食の仕度をしながら、夫人はこのような奇妙な日常がいつまで続くだろうかという問いを心の中で繰返してみる。

生活費はあと二週間でなくなってしまう。彼等の預金通帳は、ずいぶん前から空っぽである。夫婦とも入ったら入っただけ使ってしまう性質なのだ。すると、その後は売り食いでつないで行くより外ない。半年くらいは何とかもつだろうか。

彼女の実家は、戦争前には貿易商をしていてゆったりした暮しをしていたが、戦後はすっかり逼塞してしまっている。

夫の方にしても、兄弟三人いるが、みな似たりよったりのかぼそい役所や会社勤めの身である。

ふだんは何とも思わないでいたが、いざこのような破目に陥ってみると、二人ともまるで天涯孤独の身も同然である。どこにも身を寄せるところがない。

子供がいなければ、何とかまだ暮しを立てる方策があるかも知れない。自分が働きに出て、ともかく自分一人の口を糊することは出来ないことはないと思う。それも、身に何の技術も持たない彼女には、よほどの覚悟が必要に違いないが。しかし、小学校に通っている男の子が二人いては、それは到底出来ない相談である。

そう云う風に考えて行くと、夫が新しい働き口を見つけることに成功しない限り、家族四人は一緒に暮すことは出来ないことになる。だが、四十を過ぎた女房持ちの男が、会社をくびになって世の中に放り出されたものを、いったいどこに拾って養ってくれるところがあるだろうか。

彼女は思うのだ。つい一週間前には、自分はどんなことを考えながら夕方の支度をしていたのだろうか。それはもうまるで思い出すことも出来ない。

何時、どういうわけで、こういう変化が自分の上に生じたのだろうか。どうして出し抜けに、自分たちの生活の運行に狂いが出来てしまって、それでこのようないわれのない苦痛と恐怖を味っているのであろうか。どういう神が、こんな理不尽な変化を許したのか。

自分が今、ガスの火をつけたり、その火の上からフライパンを外したりしているこの動作は、これはどういう意味を持つことなのか？　どういうわけで、自分の手がこんな風にまるで決ったことのように忙しく動いて行くのだろう。

これまでずっと来る日も来る日も自分が当り前のこととして続けて来たこれらの動作を、今も現にこうしてやっているのは、何故だろう？　これは、何かへんな間違いではないのか。

——彼女は急に一切が分らなくなるような不思議な気持になって来るのだ。

夜。子供たちが寝たあとで、夫はウィスキイを飲みながらこんな話を彼女にしゃべった。

僕の会社のあるビルでは、各階のエレベーターの横に郵便物を投げこむ口があるんだ。

それは九階から一階まで縦に通っている四角い穴というわけだ。廊下に面したところは、透き通っていて、手紙が落ちるのが外から見えるようになっている。その前を通りかかると、白い封筒が落下してゆくのを見ることがある。それは廊下の天井のところから床までの空間を、音もなく通り過ぎるのだ。続けさまに、通り過ぎるのを見ることもある。

この廊下が、うちのビルは特別薄暗い。あたりに人気のない時に、不意に白いものが通るのを見かけると、僕はどきんとする。その感じはどう云ったらいいだろう。何か魂みたいもの——へんに淋しい魂のようなものなんだ。

その廊下を一歩離れると、油断も隙もないわれわれの人間世界が、どの部屋にも詰まっているわけだ。だから、その部屋から押し出されて、ひとりでトイレットへ行って来た帰りなどに、それに出会《くわ》すんだな。

朝、何か仕事の都合で、僕が出勤時間より早く社へ出かけることがある。まだ一人も来ていない会社の部屋の中を、僕は見廻してみる。すると、いつもそこに坐っている人間がいなくて、その人間を載せている椅子だけがある。その椅子を見ていると、そこに当人が存在しないだけ、よけいその椅子がその男の頭のかたちだとか、眼の動かし方とか、しゃべる時の口もとの動きとか、背中の表情とかいうものを、まざまざと映し出すのだ。

尻が丁度乗っかる部分のレザーは、その人間の五体から滲み出て、しみ込んだ油のようなもので光っている。それはきっとその人間の憤怒とか焦だちとか、愚痴や泣き言や、または絶えざる怖れや不安が、彼の身体から長い間かかって絞り出した油のようなものなのだ。僕にはそう思えてならない。

椅子の背中のもたれるようになった部分、そのひしぎ具合にも、その男のこの勤め場所での感情が見られる。否応なしに毎日そこへ来て、その椅子に尻を下す人間の心の状態が乗りうつるのは当然のことではないだろうか。

僕は、自分が坐っている椅子をも、そっと眺めやる。何という哀れな椅子だと思って。しがない課長代理の哀れな椅子よと……。

僕がどんな時びくびくしないでここに坐っているだろう。自分の背中のところで、不意に誰かが咳払いをしたら、僕の身体は椅子の上から二三寸飛び上るかと思うほど、どきんとするのだ。だが、このように絶えず何かに怯えているのは、僕ひとりだけではないのだ。

会社へ入って来る時の顔を見てごらん。晴やかな、充足した顔をして入る人間は、それは幸福だ。その人間は祝福されていい。だが、大部分の者はそうではない。入口の戸を押し開けて室内に足を踏み込む時の、その表情だ。彼等は何に怯えているのだろう。特定の人間に対してだろうか。社長とか部長とか課長とか、そう云う上位の監督者に対して怯えているのか。それも、あるに違いない。だが、それだけではない。それらは、一つの要素にしか過ぎないのだ。その証拠に、当の部長や課長にしたところで、入口の戸を押し開けて入って来る瞬間、怯えていない者はない。

彼等を怯えさせるものは、何だろう。それは個々の人間でもなく、また何か具体的な理由というものでもない。それは、彼等が家庭に戻って妻子の間に身を置いた休息の時にも、なお彼等を縛っているものなのだ。それは、夢の中までも入り込んで来て、眠っている人間を脅かすものなのだ。もしも、夜中に何か恐しい夢を見てうなされることがあれば、その夢を見させているものが、そいつなのだ。

誰もいない朝、僕は椅子や机や帽子かけやそこにぶら下っているハンガーを見ていると、何となく胸の中がいっぱいになってしまうことがあった。それらは、ここに働いている人間の表象で、あまりに多くのことを僕に物語るからだ。

「うちのかあちゃんがゆんべも泣いておれのことを口説くんだ。どうかお願いだから短気起さないで、月給は安くて今のままのぴいぴいでも我慢するから、決して早まったことしないで後生大事に勤めておくれよって。そう云って泣きやがるんだ。おれもつい考え込んじゃったよ」

そう云った男の椅子が、そこに、机に押しつけられて、あるのだ。僕は、その椅子を見ると、その男が家計のことからついそんな愚痴話を僕に聞かせた時の、声音から恥しそうな微笑まではっきり思い出してしまうのだ。

——夫の話は、そこで終る。

バアの話もしなかったけれど、会社勤めのつらい思いをこんな風に話したことは、これまであったか知ら。

夫がそのような気持で会社に行っていたということは、彼女にとっては初めて知ることなのだ。とすると、何という、うっかりしたことだろう。いったい自分たち夫婦は、十五年も一緒の家に暮していて、その間に何を話し合っていたのだろうか？

夫の帰宅が毎晩決って夜中であり、朝は慌てて家を飛び出して行くという日が続いて来たとしても、自分たちは大事なことは何一つ話し合うことなしにうかうかと過して来たというのだろうか。休日には家族が一緒に遊びに出かける習慣は守られていたが、そんな時、夫はどんなことを自分に云い、自分はどんなことを尋ねていたのだろう。彼女は、夫が会社勤めということに対してあのような気持を抱いていようとはついぞ考えてみたこともなかったのである。ただ遊び好きの人間のように思っていて、それで毎晩、夜中になるまで帰って来ないのだと、何でもなく考えていたのだ。

結婚した時から夫はそういう風であったので、それが最初から固定観念となって彼女の心に植えつけられていたようだ。日曜日に必ず家族でどこかへ出かけるということは、月曜日から土曜日までの非家庭的な生活に対する埋め合せであったが、それにしても毎日早く帰って来るが、休日も同じことでぼんやりつまらなく送ると云うやり方よりは、かえって充実感があっていいと云う風に、彼女は思っていたに違いない。

夫の話を聞いてみると、夫が会社を終ってから用がない時でも真直に帰宅しないのは、勤めていることに対して始終苦痛を感じていたからだと云うことが、彼女には分った。家へ帰っても、心の休息を得られなかったのだろうか。妻や子供たちを見ると苦しくなって、バアやキャバレエで女と一緒にいると苦痛を忘れるというわけなのだ。

そうすると、いったい自分は夫にとってどういう存在なのか知ら？　彼女の心には、そんな疑問がふと生じる。あたしたちは夫婦で、お互いに満足し、信頼し合っていなかったとしたら、あたしは何をしていたのだろうか。

会社勤めの不安や苦痛を一度もあたしに話さなかったということは、外で、あたし以外の誰かに、それを始終話していたのではないか。その誰かが、今度の出来事の蔭に佇んでいるのではないのか。

姉妹のいるバアのことを夫が話した時、啓示のように閃いたのはその女のひとの映像であった。その想念には、恐しいリアリティがあった。彼女は、身震いして、その想念を慌てて追いやろうとしたが、出来なかったのだ。

朝起きて、夫がそのまま家にずっと一日中いるという生活は、最初彼女を当惑させたが、一週間もその暮しを続けると、その方がいいという気がして来るのであった。

もしも、夫がこうして毎日外へ働きに出て行かないで、家族が生活してゆけるものだったらいいのになあ。彼女は、自分たちが太古の時代に生れていたとしたら、それが普通のことであったのにと思う。

男は退屈すると、棍棒を手にして外へ出て行き、野獣を見つけると走って行って躍りかかり、格闘してこれを倒す。そいつを背中に引っかついで帰って来て、火の上に吊す。女子供はその火の廻りに寄って来て、それが焼けるのを待つ。もしそういう風な生活が出来るのであったら、その方がずっといいに決っている。

男が毎朝背広に着換えて電車に乗って遠い勤め先まで出かけて行き、夜になるとすっかり消耗して不機嫌な顔をして戻って来るという生活様式が、そもそも不幸のもとではないだろうか。彼女は、そんなことを考えるようになった。

暗闇の中で夫がじっとして何か考えている様子であった。

「眠れないの?」

彼女が声をかけると、夫は急いでそれを打ち消すように、

「いいや、いまうとうとしかけているところなんだ」

それから、ちょっとして、

「だいぶ昼寝したからな」

と、云った。

「眠れるおまじない、して上げようか？」

彼女はそう云うと、夫の顔の上に自分の顔をそっと近づける。二人の眼蓋がふれ合うくらいの距離になる。

おまじない、ではない。これは彼女が発明した愛撫の方法なのだ。睫毛の先と先とが重なるようにして、眼ばたきを始める。

自分の睫毛のまたたきで相手の睫毛を持ち上げ、ゆすぶるのだ。それは不思議な感触だ。たとえば二羽の小鳥がせっせとおしゃべりに余念がないという感じであったり、線香花火の終り近く火の玉から間を置いて飛び散る細かい模様の火花にも似ている。

暗い夜の中で、黙って彼女は睫毛のまばたきを続ける。それは、慰めるように、鎮めるように、また不意に問うように、咎めるように動くのだ。

青木氏は出勤を始めることにした。

十日間の休暇は、終ったのである。子供たちが、「いつまでお休み出来るの？」と尋ねるようになった時、もう休暇を切り上げるべき時期が来ていたのだ。

それに近所の人たちの中に、何となく疑わし気な眼で青木氏を見る者が出て来たことを見逃してはならない。現に買物に行った先で、彼女に向って探りを入れるような質問をした奥さんもいたのである。

こういう秘密は、驚くべき速さでひろがってしまうものだ。近所に同僚の家は無かったが、どんなところから噂が伝わって来ているかも知れないのだ。

ともかく、子供たちのことを考えると、休暇だと初めに云った以上、何時までもこうしているわけには行かない。そしてそろそろ新しい勤め口を探しにかからねばならないわけだ。そこで、青木氏は朝、いつも会社へ出かけていた時刻に家を出かけることにしたのである。

最初の日。夫が出かけて行くと、彼女は何となくぐったりしてしまった。彼女の心には、夫が晩夏の日ざしの街を当てもなしに歩いている姿が映る。雑沓の中にまぎれて、知った人に出会うことを恐れながら、おぼつかない足取りで歩いている夫の悩ましい気持が、そのまま彼女に伝わって来るのだ。

人目を避けるために、映画館の暗闇の中で画面を見つめているかも知れない。あるいは百貨店の屋上のベンチに腰を下して、幼児を遊ばせている母親の姿を眺めているかも知れない。

そのようなイメージが不意に崩れて、どこか見知らぬアパートの階段をそっと上って行く夫の後姿が現れる。彼女は全身の血が凍りつきそうになる。(危い！　そこへ行ってはいや。いやよ、いやよ、いやよ……)

彼女は叫び声を立てる。それでも、夫はゆっくりと階段を上って行く。(いけないわ。そこへ行ったら、おしまいよ。おしまいよ)

このような想像が、家にいる彼女を執拗に襲った。

夕方。

彼女は台所に立って働いている自分を発見する。熱を病む人のように、けだるさが彼女の全身にひろがっている。

家の前の道路で、子供がキャッチボールをやり始める。二人がしゃべっている声が聞えて来る。

「凄く速いんだ」

「メキシコ・インディアンさ」

「一日中、かもしかを追いかけまわして、それでも平気なんだ」

「タマフマラ族だよ。タ・マ・フ・マ・ラ」

「日本へ来ればいいのになあ」

そんな言葉が、ボールの音の合間に、脈絡なしに彼女の耳に響いて来る。

(……夫は帰って来るだろうか。無事に帰ってくれさえすればいい。失業者だって何だって構わない。この家から離れないでいてくれたら……)

彼女はマッチを取って、ガスに火をつける。それから手を伸ばして、棚の上から鍋を下ろす。

(帰って来てくれさえすれば……)

プールは、ひっそり静まり返っている。

コースロープを全部取り外した水面の真中に、たった一人、男の頭が浮んでいる。

明日からインターハイが始まるので、今日の練習は二時間ほど早く切り上げられたのだ。選手を帰してしまったあとで、コーチの先生は、プールの底に沈んだごみを足の指で挟んで拾い上げているのである。

夕風が吹いて来て、水の面に時々こまかい小波を走らせる。

やがて、プールの向う側の線路に、電車が現れる。勤めの帰りの乗客たちの眼には、ひっそりしたプールが映る。いつもの女子選手がいなくて、男の頭が水面に一つ出ている。

(「群像」一九五四年十二月号)

焔の中

吉行淳之介

瞼の上があかるくて、耳のまわりで音がざわざわ動いているので、厭々ながら思い切って眼をひらいた。日の光があちらこちら雨戸の隙間から部屋のなかに流れこんでおり、塀の外の往来を人々が尋常な足取りで歩いている足音がひびいていた。

空気には、朝の匂いがしていた。布団の中で軀をのばして、いま覚めた眠りをさかのぼって辿ってみた。すると、障害物に一つもぶつかることなく、前夜の十一時ごろ、すなわち僕が布団にもぐりこんだ時刻に行き着いた。

「これはめずらしい」

呟きながら、シャツを着たままの上半身を起した。畳の上に、黒い学生服や、その上に着る草色の教練衣や防空頭巾などが散らばっていた。僕の呟いた言葉のように、めずらしく前夜から この朝にかけて、空襲がなかったのだ。

いつもは、耳のまわりでざわざわ動いている音のために眼覚めると、その音は警報のサイレンとか塀の外の舗装道路をあわただしく走る靴の音などであった。あたりは真暗で、ときには月の光や閃光弾の輝きが雨戸の隙間から洩れていることもあった。

太平洋戦争の末期、昭和二十年晩春のことである。そのころ、僕は「いま何をもっとも欲するか」と、自分の心に問うてみることがあった。そこにはいろいろの答が並んでいるのだが、反射的にうかび上ってくるのは「夜、ふとんに入って、眼が覚めたら、朝だった、という気分を味わってみたい」という答であった。滅多に手に入らぬ事柄ではあるが、そのような卑近な事柄に心が向うということは、僕の軀がすっかり疲労していることを示していた。と同時にその答は、戦争のない日々の中に身を置いてみたい、という意味でもあった。

戦争というものは終るものだ、と僕は考えていた。しかし、戦争の終った後の日々の中には、僕はすでに存在していない筈だった。自分が生きて動いていてしかも戦争のない日々。……それはあまりに僕にとって架空すぎるし、またあまりに輝かしすぎてちらと考えただけでも心が痛むので、極力そんな考えから自分の心を遮断してしまおうとしていた。

布団からぬけ出て、学生服を着た。小さな部屋の両側にある雨戸を開け放した。その部屋は、家屋から一室だけ飛び出しているので、両側に雨戸があった。

睡眠がとぎれとぎれにならずに迎えた朝はさわやかで、僕は濡縁に立って空を見上げた。空は青一色で、ほかの色はなにも無かった。飛行機も一機も飛んでいなかった。しばらく見詰めているうち、空の色と自分との距離の調節が、出来にくくなりはじめた。空の青色が、僕の眼球をまるでボンボンをつつむセロファン紙のようにくるみこんだかとおもうと、にわかに平らに拡がって、かぎりもなく拡がって、遥か彼方それはもう想像を超えた遠くの方へひらひらと飛び去ってしまう。そんな瞬間、自分の軀が地球の外へ釣り出されてしまい、行き着くところのない空間をアルファベットの文字のようなさまざまな形に軀を曲げながら、とめどなく転りはじめる、そんな気違い気分に僕は落ち込んでしまうのであった。

あわてて、空から眼を逸らした。しかし、爽やかな気分はまだ僕のなかに残っているので、大学に講義を聴きに行く支度をはじめた。この日は、気にいっているテキストによる講義があるので、それに出席するつもりであった。

その気持は、朝飯を食べ終ったときに、崩れてしまった。若い女中が作ってくれた朝食の、不可思議な旨さのためである。

僕が母と一しょに食卓にむかって坐っていると、その若い女中がメリケン粉を焼いたものを浅い皿に載せて運んできた。口に入れると、肉の味が漂った。しばらく肉というものを見たことがなかったので、箸の先でその食物をほぐしてみた。しかし、うずら豆のようなものが出てきただけで、一片の肉も見当らなかった。

「ふしぎだな、肉の味がしませんか」

母にたずねてみた。母はさっきから口の中で感じている曖昧なものの正体に行き当った表情で、言った。

「うずら豆とメリケン粉とが混ると、こんな味が出るのかしら、ともかく、あの娘はお料理にだけは妙な才能をもっているわね」

僕の母は美容師である。家屋と地つづきに店の建物があったが、一ヵ月ほど以前のある日、たくさんの人夫が来てその店を取り毀してしまった。政府の新しい都市計画の図面上の道路によって、削り取られたためである。父は五年前、放蕩のあげく電話まで抵当に入れたまま、急病で死んでしまっていた。また、母にはもともと商店経営の才能は無かった。母には、髪の形を作り上げるのが愉しみという一種の工匠気質が強かったのである。したがって、店の建物が無くなれば、そこで働いていた人々は離散するより方法がなかった。

その際、若い女中が、自分の家へは帰らぬ、と言って動かなかった。四国地方の田舎から東京に憧れて出てきたこの女は、まだその憧れが満たされていないので、この都会を去るわけにゆかぬということらしかった。空襲を避けて、都会の人間がぞくぞくと田舎へ疎開している危険な時期なのだから、その女の憧れる気持は大そうはげしいものであったわけだ。

その満たされぬ憧れを、若い女中はさまざまな形で満たそうとした。長い時間、鏡の前にすわってあらゆる種類の化粧品を顔にぬりつけるのも、その一つである。化粧品は、母の商売の名残りで豊富にあった。若い女中の幅の広い顔には、福笑いの遊戯に使う眼そのままの形の眼がついていた。その細長い眼全体が、その女の気分と化粧品の色を反映して、あるときは黄色く光ったりあるときは赤に青に光るのであった。女中という職業についた人間が果さなくてはならぬ仕事のうち料理を作ることにだけ熱心で、またふしぎな手腕をもっていたが、なにしろ材料が甚しく欠乏していた時代のことだから、それは無用の才能にちかかった。僕の家との雇傭関係の上からその娘を、「女中」という言葉の枠に入れてみているのだが、実質は厄介な居候にひとしいのである。「あの娘、そろそろ田舎へ帰ってもらうことにしたらどうですか」と僕が言うと、母は「それがねえ、いっそもっと図々しく構えていてくれると言い易いのだけど、ちょっと叱るとおろおろ動きまわってね。唯うろうろするだけで何の役にも立たないのだけど、なんだかその恰好を見ていると可笑しくなってしまって、どうもきっぱりしたことが言えなくなってしまうのです」と答えた。

肉の味のする奇妙な食物をたべながら、メリケン粉をこね上げてこの食品を作り上げている若い女中の手を僕は思いうかべた。その手は、霜焼けのためではなく、顔の地肌と同じに赤紫色をして、漿液《しょうえき》の多そうな厚ぼったい手であった。

若い女中が気取った風に唇をすぼめて、じっと僕の方を眺めているときの、例の細長い眼の光を、ふと思い出した。

「へんな具合に、このホット・ケーキみたいなものはおいしいですね」

と僕はもう一度、母に言った。

「さっき、ちょっと台所をのぞいてみたらばね、あの娘がメリケン粉をこねたシャモジを、こんな長い舌を出して舐めていたわよ」

母は道化て、眼を大きくして舌をべろりと長く出してみせた。僕は母の様子を見ておもわず吹出したが、やがてあの若い女中の唇から出たであろう赤い長い舌を思い浮べて、厭な気分になってしまった。

これから大学の教室へ行き、巨大な白い鯨が主人公である壮大な物語を読もうとおもっていた気持が、僕のなかで萎えてしまった。

この厭な気持、これは若い女中にたいしてのものというよりも、むしろ僕がもてあましている自分自身の青春にたいしてのものである。青春、というか、思春期といった方が正確か、ともかくそれは僕にとっては、明るく美しいものの要素よりも、陰気でべたべたからまりついてくる触手のいっぱい生えた、恥の多い始末に困る要素がはるかに多いものであった。

肉の味のしたメリケン粉は、いつまでも歯の間でべたべたしていた。洗面所へ行って口をすすぎ、壁にかかっている鏡にむかって歯を剝き出してみた。鏡には、異様なまでに蝕まれた歯列が映っていた。老人の歯である。口を閉じてみる。歯は血の色の濃い若い唇のうしろに隠れて、鏡には少年と青年の境目にある男の顔が映っていた。

母には、一本の虫歯も無かった。僕の歯はあきらかに父側の遺伝を受けついでいた。しかし鏡に映った歯は、それだけではないいろいろの妄想を僕のうちに膨らませていった。ひどく蝕まれた歯は、その歯をつかって咀嚼する必要が間もなくなくなることを示しているようにも思えた。そのことは自分一人についての現象ではない。多くの少年たちに現れている症状だと僕は考えていた。その症状は、歯のように外側に露出している部分に現れていないにしても、したがって当人も気づいていない場合が多いにしても、内臓のどこか、あるいは網の目のようにはりめぐらされている神経の糸のどこかに現れているにちがいない。

童貞の少年の口のなかに嵌めこまれた無機質の義歯のまっ白い歯列、そんな妄想が脳裏にうかんで、僕はそのイメージとともに暗い気分の中に下降していったが、ずいぶん深く沈んだところで奇妙に官能的な気分につき当った。

どうもみんな狂ってきたようだ、と呟きながら僕は部屋へ戻り、久しく会わぬ友人たちの顔を思い浮べた。その友人たちは、学徒の徴兵延期が廃止になったため入営してしまったり、あるいは入営延期が認められる理科系大学へ進んで地方の都市へ移住したりして、僕の身辺には一人もいなくなってしまった。僕自身も、入営を指示する赤色の令状が明日舞いこむかもしれぬ状況に置かれていた(この年の再検査で、僕はまた甲種合格になっていた)。

人懐しい気分にふと動かされて、机の抽出から手紙の束を取出してみた。前年、まだ地方の高校の生徒だったとき、長い間学校を休んで東京の家へ帰っていたあいだに、級友から来た音信である。

その束のなかから、ある友人の封書を選び出した。彼は、召集を受けてこの春のはじめに大陸へ行ってしまった。その手紙を、あらためて読みはじめた。

『学校はますますつまらなくなり、このごろは毎日雨が降るのでますます憂鬱だ。だいぶ狂人が増えた。獰猛な月山がこのところおとなしいのはきっと狂っているからだろう。火村は勤労奉仕いらい変になり兇暴になった。教師の水原は頭が狂い、自分で鋸を持ち出してテニスコートのネットの棒を切倒し、ピンポンの台を食堂に運んで食卓にしてしまった。米英的なスポーツはいけないということらしい。木田と金井が抗議を申し込みに行ったら、怒鳴りつけられて突きとばされたそうだ。隣のクラスではついに軍国主義が勝利を占め、コンパをやったところ土川や日森などが演説ばかりして何も食わせないで終りになったそうだ。土川と日森はますます狂い、土川たちが「指導者」になるために汽車に乗って国民体操の講習を受けにゆくので、今日の昼休みに日森などで「壮行会」をやったそうだ。そんな具合なので、俺もそろそろ狂いはじめ、毎晩ふらふら歩いて田舎レヴューを見物してまわっている。べつに面白くて行くのではないんだが。そうそう優等生の甲野も変になった。あいつはますます美少年になり、今日も教練の教師に怒られた。皆すこし頭が変だ。なにか突発事件でも起りそうだ。もうすこしあたまが確かになったら、まともな手紙を出す』

昭和二十年の晩春、その手紙のなかに名の出てきた火村も木田も金井も甲野も、僕のまわりにはいなかった。

商店の棚で商品を見付けることは、まったく出来なかった。僕のズボンのポケットの中では、数枚の十円紙幣が冬以来ほとんど減ることなく、しわくちゃになって入っていた。使おうとおもっても、使いようがなかったのである。

つまり、僕の身辺は閑散としていた。もっとも、その欠乏状態には何かしら乾燥したカラリとした感じも含まれていた。自分の生が数歩向うで断ち切られているとあきらめた場合、日常生活の煩わしさのうちの大そう多くの部分を切り捨ててしまうことができる。たとえば、他人の僕にたいする悪意も、また善意も負担にならずに通り過ぎてしまう。またたとえば、多くの人々が家財を安全な場所に「疎開」さすために、荷造りの材料に関して、困難な輸送に関してこころを砕いていたが、僕の家では全く疎開をしないことにしたので、そのわずらわしさを感じないで済んでいた。

しかし、僕の皮膚にまつわりついて、どうしても乾燥しないじめじめしたものがあった。それは僕自身の青春なのだ。僕は、手紙をもとの抽出にしまった。そのとき塀の外の往来で、きゃーっと叫ぶ声、それはわーっとも聞えたが、驚きと狼狽をそのままあらわした女の声がひびき、ガチャンと金属音がした。

往来のそうぞうしい気配が、しだいに僕の家の門口の方に移動してゆき、母が玄関へ出ていって話し合う声がひびいた。僕も部屋から出てみた。

「あなたはノーマクエンですか。自分の家の女中が、こんなに紅や白粉を塗りつけているのを黙って放っておくなんて」

居丈高な女の声がきこえるので、覗いてみると、町内の婦人会会長をしている中年婦人が、母に向って大きな声を出していた。その婦人は、新しいカーキ色のズボンと上衣を着て、防毒面の入ったカバンと防空頭巾を十文字に肩から掛け、ピカピカ光る大きな留金のついたベルトをしめていた。その姿は、盛装しているように僕の眼に映った。

若い女中はその傍に立って泣きじゃくっていた。モンペ姿だが、真紅な布を頭からかぶって頤のところで結んでいる派手な恰好で、化粧品をやたらに塗りつけた顔の頰や額のところどころが擦り剝けて血が滲んでいた。僕は事の成行きにとまどったが、やがて、自転車を持ち出して道路で稽古していた若い女中が転倒して泣いているところを、婦人会会長に扶《たす》け起されたのだと分った。

母は口を結んで眼の光を強くしたまま、黙って坐っていた。化粧していない黒い顔で、やや中性的ないい顔だ、と罵言を浴びせられている母を気の毒におもう僕の心が裏がえって、そう思った。僕は、黙っている母の替りに、婦人会会長に向って弁明してみた。

「この娘には、僕の家でも困っているのですよ。郷里《くに》へ帰そうとしたんですが、どうしても厭だというのです。空襲はひどく怖いのだけど、それ以上に東京に居たいらしいのです。なにしろ物凄く憧れて上京してきたのですからね。そんな娘に、化粧するのをやめろといったって、やめるくらいなら死んでしまうでしょう」

僕たちが、この若い女中にはすっかり悩まされているのだ、ということを相手に伝えようとしたのだが、主人がその使用人を解雇することもできずに苦しめられているという状況を理解できる相手ではないことに、話の途中で気づいた。僕は仕方なく終りまで話をつづけたが、言いおわった瞬間、目のくらむような憤りに捉えられていた。その憤怒が何に向ってのものか、自分でもよく分らなかった。

婦人は、ますます居丈高になって、僕に言った。

「なんですか、あなたは。学生なら、ちゃんと学校へお通いなさい。だいたい、あなたの家は、非協力的ですよ。この前の貴金属供出のときでも、時計の外側を一つ出しただけじゃありませんか。指環の一つもない、といったって誰も本当とは思いませんよ」

僕は、坐った膝の上に置かれた母の指を見た。美容師という職業のために、その指は変形されて、ごつごつ節くれだっていた。髪にウェーヴをつけるための鉄のアイロンを扱うためである。その指と、婦人の言葉とが綯《な》い合されて、僕のうちの憤りはさらに昂まったが、次の瞬間、その大きな憤怒のかたまりがにわかに消えてしまった。それはまるで、いままで往来を威風堂々と歩いていた大男の姿が、ストンと落し穴におちこんで見えなくなったようで、われながら滑稽だった。

「まったく誰も本当とは思えませんねえ。僕だって本当とは思えない位なんですから、だけど、本当に指環もそのほかの装飾品も何一つないのですよ」

妙に陽気な声が、僕の口から出ていった。

婦人は、眼を血走らせたこわい顔をして、なにか叫びながら帰っていってしまった。あるいは、僕の家の床の下に秘密の宝石箱が隠匿してあって、そのなかに指環や首飾りや宝石をちりばめた時計などがザクザクあふれている幻影を見たのかもしれなかった。

しかし、僕の言葉には偽りはなかった。僕の家の唯一の貴金属であった母の時計はそのプラチナの外側を供出されてしまったので、むき出しの機械だけ茶ダンスの抽出に入れられてあった。そして、貴金属にせよそのまがいものにせよ、何一つ母は持っていなかった。それも昔は持っていたがその後窮乏して金に替えたというのではなく、若い頃からずっと所有したことがないのである。僕はその事実にたいして、いささか戸惑うのだ。僕自身には、趣味としてあるいは気取りとして、自分の部屋には装飾品を置かず、壁には何も掛けず、書物は人目につくところには並べないという傾向がある。しかし母の場合、装飾品を持たぬということは趣味とか気取りとかとは違うらしい。その種の物品にたいする嗜好が完全に欠落しているらしいのだ。それは、肉親の僕の眼からみても、異常に見える。さらに母の職業は美容師である。それは派手な職業とおもわれている。又、おおむねの美容師自身、派手に振舞いたがっている。だから、世間の人のイメージにある美容師が、その指に指環の一つもはめていないということは、許しがたい裏切りなのだ。

このような状況の上に立って、しかも相手を納得させようといろいろに説明を試みたことが、以前から幾度も僕にはあった。しかしそのような場合、弁明すればするほど相手の疑惑はふくれ上ってゆく事実を、いつも僕は思い知らなくてはならなかった。そんなとき、以前は眼の前が黒くなるほどの憤りに僕は捉えられたが、やがて、その憤怒がストンと陥ちこんで奇妙な明るさにとりかこまれてしまうようになってしまったのであった。

「とんだ災難でしたね」

と、母に言った。

女中は部屋の隅のうす暗いところにぺったり腰をおとして、眼を赤く光らせていた。緊張した顔をしているのだろうが、細長い眼が幅のひろい顔の上で波形にうねっていて、笑っているように見えた。

「困ったわねえ、この娘の化粧が好もしいものじゃないことは確かなのよ。何とかする方法を見つけられないかしら」

と、母は美容師の技術者の眼つきで若い女中を眺めながら、嘆息した。

「なんとか切符を都合して、無理やりにでも汽車に乗せて親もとへ送り帰してしまいましょうか」

女中のために降りかかってくる災難からまぬがれる具体的な方法について、母と僕とは相談にとりかかろうとした。だが、ふと気がつくと、その若い女中は部屋の隅の鏡台に顔を映して、斑になってしまった化粧のうえに粉白粉をはたきつけはじめていた。パタパタパタと、白粉のパフが顔の皮膚にぶつかる音が、へんになまなましい重たい音で鳴りつづいた。僕はいささか度胆を抜かれたが、声を荒くして怒鳴ってみた。

「君、化粧なんかやめないか。いま、君を汽車に乗せて帰してしまう相談をしているところだぞ」

若い女中は、にわかにおろおろしはじめて、

「困りますわ、そんなこと、困りますわ」

と言った。言葉づかいが丁寧なのは、都会の令嬢風を真似しているためである。僕はますます腹が立って、

「駄目だ、明日、汽車に乗せる」

という言葉を、できるだけ平板な調子でゆっくり発音した。

「厭です、そんなことをしたら、死んでしまいます」

と若い女中は叫んだ。これは書物によく出てくる痴話喧嘩の科白《せりふ》の調子だ、とおもい、その考えが気に入ってにやりとした。当然、偽善的な表情になったわけだろうが、僕は自分に残された短い時間に、とくに男女関係について出来るだけ沢山のシテュエーションを味わいたいとおもっていた。しかしそれは観念的な形でしか手に入れることが出来なかった。

観念的な形では、僕は男女の生理についても、沢山のことを知っていた。

しかし、僕はまだ、童貞という濡れたシャツを脱ぐことさえ出来ていなかったのだ。そいつは、青春というべたべたしたシャツのなかでも、もっともねばっこく皮膚に貼りついてくるものだった。

あいまいな表情で、僕はしばらく黙っていたらしい。

「厭です。死んでしまいます」

ともう一度、若い女中が叫んだ。そのときサイレンが鳴りはじめた。ながながと継ぎ目なく鳴りつづいた。警戒警報のサイレンである。鉄砲百合のような形のラッパが四つ、四方に向いて取付けてあるサイレンの鉄骨塔が、すぐ傍に聳えているので、軀じゅうが音波で幾重にもつつみこまれてしまう気がするほど、大きな音でいつもサイレンは鳴りひびいた。

若い女中は、バネで撥ねられたように立上ると、畳の上をうろうろ動きまわった。母が言葉をかけて、注意した。

「まだ警戒警報じゃないの。空襲のサイレンが鳴りはじめたら、あなたの貴重品はちゃんと風呂敷でつつんで、おなかに縛りつけておくのですよ」

若い女中は、さっそく押入れに首をつっこんで、行李《こうり》をかきまわしはじめた。僕はなんとなくバカバカしい気分になってしまい、自分の部屋へ入って布団にもぐりこんだ。

布団から首だけ出して、昨夜途中まで読んだ書物のつづきを読みはじめた。その日はどうしたわけか、数行読みすすめるたびに、そこに出てくるちょっとした言葉に躓いて、その言葉に空想や回想が誘い出されてしまう。いっそのこと書物を伏せて空想に身を沈めてしまおうと思うと、今度は書物の内容の方が気にかかりはじめる。そんなことを繰返しているうちに時間が過ぎてゆき、先刻の警報が解除され、また警戒警報のサイレンが響いたりした。その間に、食事をしらせにきた若い女中に、ひるめしは食べない、と返事した記憶がある。

気がつくと、僕の部屋の戸が細目に開いていた。部屋に人間のちかづいてくる気配がなかったので、その戸はまるで機械仕掛で開いたような感じだったが、開いた戸の隙間から若い女中の顔が半分ほど見えた。彼女が歩くときには、いつも大きな猫が歩いてゆくように足音がしないのである。若い女中は、ひどく緊張した声音で、言った。

「知らない顔の若い娘さんが、訪ねて来ています」

僕にも心当りはなかったが、玄関へ出てみた。そこに立っている、僕と同じ年ごろの娘の顔には見覚えがあった。とくに、焦点のちらばった大きな眼は、その娘と初対面のときのことを鮮かに思い出させた。

「そこのところを歩いていたら、警戒警報のサイレンでしょう。道を歩いているとき、空襲になったらめんどうくさいから、お宅へ寄ってみたの」

娘は、ちょっと蓮葉《はすっぱ》な調子でそう言った。僕はその娘を自分の部屋へ案内したが、部屋の戸を開けたとき、布団が敷いたままであることに気がついた。僕はわざと布団をそのままにして置こうと思ったが、やはり畳んで部屋の隅へ積み上げた。押入れのなかへは片付けなかったのである。

その娘とは、数日前の夜、近所の僕の女友達の部屋で、偶然同席することとなった。娘二人は、女学校時代からの親しい友人だそうだ。著名な学者の孫娘である僕の女友達は、母屋から独立して別に出入口のある部屋に住んでいた。その部屋で、訪れてきた娘は、初対面の僕にたいする遠慮をみせずに、自分の恋愛についての相談を友人にはじめた。いや、僕にたいする遠慮を押しつぶすほどの昂奮に、その娘は捉われているように見えた。二人の娘のあいだでは、その話題は以前からしばしば話し合われてきたものらしく、断片的な言葉のやりとりで意味が通じ合っていた。僕がその断片をつづりあわせてみると、その娘は妻子のある男と恋愛しており、そのためにいろいろ複雑な状況にまきこまれている様子だった。話の内容と、その娘の姿態とが相俟《あいま》って、僕の官能がゆすぶられた。僕はその娘のことを、外国の世紀末小説に出てくる「頽廃的なスゴイ娘」として心の中に描いてみた。

いったんその娘によって官能をゆすぶられてしまうと、その娘から受ける雰囲気は、もう一人の娘つまり僕の女友達と対蹠的なものにおもえてしまい、ますます僕の心の中の娘の像が、その世紀末的な要素を拡大しはじめてしまった。僕の女友達に関して言えば、彼女はなかなかの美人といわれていたし、独立した部屋をもっている彼女と二人きりになる機会もしばしばあったが、話のよく通じる友人という以外のものを僕は感じることが出来なかった。僕は、自分に着せられたシャツのうちのもっとも湿ったやつを押脱ぐ機会を待ちかまえているくせに、僕の官能はなかなか気難かしいのであった。

そのときの印象によって、僕はむしろ布団を敷いたままの狭い部屋へ、その娘を招じ入れてみたい気持であったわけである。

娘は畳の上に坐ると、手にもっていた小さな紙包を膝に載せて、縛ってある紐の結び目に指をかけた。

「いま、あのひと（娘の恋人のこと）に会ってきたのよ。旅行していたお土産だって、これをくれたの。何がはいっているか、ちょっと開けてみるわね」

紙包がひらかれ、中から温泉みやげのような安物の下駄と、趣味のわるい帯締めが出てきた。娘は、下駄の片方を手にもって、二、三度、裏をむけたり表にしたりして眺め、いそいそした調子で言った。

「うれしいわ」

僕はちょっとまごついてしまった。脳裏でつくり上げてあったその娘の像は、こういう場合には、もっと違った科白を言う筈だった。僕の脳裏にあるものは、男を喰い殺してゆく型の女なのに、眼の前の女の科白と手にもった小道具からは男に欺されて不幸になって行きそうな型しか感じられなかったのである。

そのとき、僕たちのまわりの空気は、一斉に音波に変えられてしまった。空襲警報のサイレンが鳴りはじめたのだ。それは、断続して長々とつづいた。

立上って、往来に面した方のガラス戸を開けた。塀にかくれて見えぬ道路で、人の走る足音があわただしく響いた。塀の上にひろがっている明るいよく晴れた空を、僕は眺めていた。あわてて防空壕へ入るには、僕たちは空襲に慣れすぎていた。塀の上の限られた空を眺めていれば、なにかそこに判断の材料になるものが現れてきそうに思えた。僕の視界に、青一色に貼りついた空は、太陽の光を一ぱいに含んだきり、しばらくはからっぽだった。ところが、一瞬の間に、僕には文字どおり瞬《また》きする間の出来事とおもえたが、その空は一面に細長い小さな金属片で覆われてしまった。まるで、穏やかだった海面がにわかに荒れはじめて、白い波頭をもった三角波にいっせいに覆われたようだった。事実、その瞬間には、僕はその異変を、天然現象の異変のように思いちがえたほどだった。

錯覚から醒めてみると、それは二百機にも余るであろう敵軍の飛行機の大編隊であった。攻撃目標は東京のはずれの工業地帯らしく、はるか遠くの空なので、爆音は極くにぶい音となって伝わってきていた。小さな金属片にみえる飛行機の一つ一つが、日の光にキラキラ燦めいて、その燦めきが一斉に右から左に波立ちながら移動していた。

「とっても綺麗だわ。だけど、いまに、今夜にでも、あんな風に飛行機で一ぱいになってしまった空の真下に、あたしたちは居ることになるかもしれないのね」

と娘が呟くように言った。

その言葉を聞いて、そうだもういくらも時間が残されてはいないんだ、と今更のように思った。僕は傍に立って空を眺めている娘の片方の掌をとって、両手でぐっと握りしめながら娘の横顔を見た。

ところがまたしても、僕の脳裏に出来上っている娘の像を裏切ることが起った。娘の白い頬にさっと血が上って、耳朶の端まで紅潮してしまったのである。その現象は、僕の予想とあまりに隔絶していたので、いま僕が握りしめたのは赤色の液のいっぱい充たされたゴム球で、娘の頰や耳朶の血管がそのゴム球と管でつなげられている装置になっているような気持になったほどであった。

あわてて僕は握っているものを離してみたが、娘の紅潮した顔色はそのままだった。めんどくさいことになるかもしれない、という考えが閃いた。一方、心の片隅では、事態がめんどくさくなるほど暇は残されてはいないと思ったりしている。ともかく、娘のはじらいを示した顔が新しい刺戟となって、僕はうんと大人びた顔をしながら娘の顔をねじまげて、娘の瞳の中をのぞき込んでみた。

それまでは、あきらかに娘は僕を未成熟の少年あつかいにしていた。ところが、娘がはじらいを見せた瞬間から主客転倒してしまった。僕はうんと背のびして大人らしく振舞わなくてはならぬ役割に置かれてしまった。知識の上では、こういう場合の色事師めいた振舞方を、僕はよく知っていた。

僕は娘の細い頸すじを見ながら、かるがるとその軀を抱き上げて畳の上に横たえようとした。ところが実際は、娘の軀はなまなましい重たさで僕の腕に落ちかかってきたため、おもわずよろめいて、そのまま尻もちをついてしまった。僕のすっかり勃起してしまっているものの上に、娘の軀が雪崩れおちてきた。

娘は笑わなかったし、僕も笑える気分ではなかった。僕たちはそれぞれ畳の上に坐って、しばらく黙っていた。僕は自分がきわめて滑稽な一幕を演じたということに、はっきり眼を向けることができず、煙草に火をつけて濛々とけむりを吐いてみた。

　そのとき庭に面した障子に、かすかに黒い影が射した気配を感じた。僕は首をまわして明り障子を見詰めていた。淡い影はしだいに濃くなって、やがて障子の腰の高さのところに嵌め込まれているガラス板のところに、ふわりと異様な顔が浮び上った。若い女中の顔である。紅と白粉を塗りつけた顔の、頰と額に、さくらの花の形に切抜いた絆創膏が貼りつけられて、細長い波形の眼は黄色い色に光っていた。その光は、男女のいる部屋を盗み見するに、いかにもふさわしい色だった。

　待ち構えていた僕の視線に、女中の眼はたちまち行き当ってしまった。その顔は拭い去るように消えて、女中が逃げてゆく気配はあったが足音は例によって聞えなかった。だが間もなく、積み上げてあった空箱に突当ったらしく、ガラガラと途方もなく騒々しい音がひびいてきた。

　僕は女中の盗み見に立腹するよりも、その黄色い眼の光が気に入ってしまっていた。そのような眼で覗かれたため、この部屋のなかで僕は娘とひどく大人びた情事を展開していたような気分になることが出来たからだ。

　娘も、もとの驕慢なところのある姿態に戻っていた。彼女は指をのばして僕の手もとの箱から煙草を一本抜きとり、それを短くなるまでゆっくり喫いおわると、

「また遊びにくるわね」

　と言って、帰っていった。

整理のつかない心持で、僕が狭い部屋の畳の上をあちこち歩きまわっていると、母が入ってきた。

「檻の中の熊みたいに動きまわっているのね。知らない顔のお嬢さんだったけど、ずいぶん派手なかんじね、なんというのかしら、コケティッシュというのかな」

「そうおもいますか、学者のお嬢さんの友達で、こんど、ひとつモノにしてやろうと思ってるところですよ」

僕は母の年若いときに生れた子供で、姉弟と間違えられることもしばしばだったが、しかしこの種の事柄を話題にしたことはなかった。五年以前に父が死んで、背が高くて目鼻立ちのはっきりした母は若い未亡人というものになったわけだが、艶めかしいところもあるその単語のもつ雰囲気は一向に母の身につかず、むしろ人を寄せつけぬ厳しさが感じられて、僕には気詰りなところもあった。だから、僕の口から出て行った卑俗な言葉に、僕自身、一瞬どぎまぎしてしまった。しかし、先刻の滑稽の失態を自分の心のなかで抹殺するために、「オレは大へん背徳的な情事にまきこまれかかっているのだ」という考えで頭の中を一ぱいにしたがっている僕は、平気な表情を装って、

「ひとつ、あの女をモノにしてやるつもりなんだ」

と、わざともう一度くりかえして言ってみた。

母は、驚いた表情も、意外な表情も示さなかった。昭和初年に、尖端的な職業といわれた美容師になり、家庭の外に出て広い範囲の人々とも交際のあった母だから、僕の言った言葉自体

に驚く筈はもちろん無かった。また僕自身に関しても、そのような言葉を言っても不思議ではない年齢だと思っているせいかもしれぬ、と思った。

「困ることにならないように、まあ適当にやって頂戴。だけど、いまの若い娘さんて、何ていうか、ちょっとわたしたちには考えられないところがあるわね。わたしたちというより、わたしだけ特別かもしれないけど」

　母がなにを言おうとしているのか、すぐには理解できなかった。

「お父さんがあんなに放蕩したのは、わたしのせいもあるのじゃないか、とこのごろ思うようになったのよ。いまの娘さんて、男の人に甘えるのがみんな上手ね、すこしも恥ずかしがらずに甘えているでしょう。わたしにはそういうことが出来なかった、そういう一種の機能が欠けていたかもしれないわね」

　母の口調は、自分の息子にたいするものではなかった。それはむしろ、僕の中に死んだ父の姿を見て、それに訴えている調子だった。父が死んでしばらく経ったある日のことを、僕は思い浮べた。僕の部屋へ入ってきた母が、畳の上に正坐して、自分の店の婦人技術者についての報告を僕に向ってするのである。「田中花子が結婚して北海道に行っていたのですが、こんど離婚になって戻ってきたので、また働いてもらおうとおもうけど、どうでしょう」という具合にである。そのころは僕はまったくの少年で、母の店の人事なぞ相談されても何も弁《わきま》えなかったが、母が僕を父の身代りにして、自分がそのような位置に身を置くことに心の慰めを見出していることは推察することができた。そして、母が美容師になり自分の店をもって働いていることは、すべて父の書いた筋書どおりに母が動いたのだという話が、事実であることを確認した気持だった。また地方の都市の旧家の生れである母には、派手に見える外貌の内側に古い気質が潜んでいて、夫との関係においても昔ながらの妻の位置に身を置いた方が坐り心地良くおもえる場合があるらしい、ということをも推察したのであった。

先刻から、僕は娘との出来事が心に与えた昂りの名残りで、母にたいして高飛車な態度を示しているので、一層、僕のうちに父の面影を認め易かったのかもしれなかった。

「そういう一種の機能が欠けていたのかもしれないわね」という母の言葉から、母が装飾品をまったく所有していないことを、ふと連想した。先刻、母は装飾品にたいする嗜好が欠落している、と考えてみたが、その欠落ということがいまの母の言葉と結びついたこともあったかもしれなかった。そして、この欠落という考えから、妙に性的な連想を僕は抱いてしまった。

「おやじの放蕩には、それが少しは関係があるかもしれませんけど、それが総てではありませんね」

と僕は真剣な気持になってきて、書物から得たセックスの知識を少し喋ってみた。すると、意外なほど、母がその方面の知識に乏しいことを知った。僕はだんだん得意になっていろいろのことを、講義風の口調で喋った。話を聞いていた母が、

「わたし、インポテンツかもしれないわね」

と言ったときには、僕の気分はすっかり高揚していた。母親にむかって性教育を施しているのである、という考えが僕の趣味に適《かな》った。このときばかりは、自分の童貞という濡れたシャ

ツさえ、この趣向を一段と引立てる気の利いた装飾品におもえるほどになってきた。

母のまじめな表情を見ながら、ちょっと言葉をとどめ、煙草に火をつけた。そして、深くけむりを吸いこんだ。そのとき、また僕は、障子に映るかすかな黒い影を見たのであった。

待ち構えていた僕の視線に、ふたたび若い女中の顔が捉えられた。今度の場合も同じように若い女中は狼狽して、黄色い眼の光を残したまま逃げ去ってしまった。

娘と僕と密閉した部屋の中にいた場合と同じ気分を、その黄色い光はふたたび僕の心に投げかけてしまった。

娘と二人でいたときには、その気分を投げかけられたことが、僕の気持に適ったのだが、今度の場合は反対であった。母親に性教育をほどこしているという考えは、部屋の雰囲気が乾いたまま行われているという気持と結び合って僕の趣味に適っていた。ところが盗み見している若い女中の顔を見た刹那から、部屋の空気は湿りを帯びて僕の皮膚に粘りつきはじめてしまった。

「話が横道にそれてしまいましたね」

と呟きながら立上って、障子を開け放った。庭の黒い土に、陽が一ぱいに当っていた。防空壕の入口が、四角い黒い穴を二つその土の上に開いていた。

敷居の上に立って、庭を眺めながら、

「眠たくなるような、素晴らしいお天気ですね」と言ってみた。母も庭の方を眺めて、「叔父さんが作ってくれた防空壕も、いよいよ役に立ちそうね」と言った。

防空壕のある場所は、一週間ほど前までは小さな池で、汚れた水の中で金魚が泳いでいた。地方の都市に住んでいる母の弟が、商用で上京して僕の家に泊ったとき、一日がかりでその池を防空壕に作り直したのである。もっとも、その池は半年ほど前、その叔父が上京してきたとき、やはり一日がかりで泥だらけになって作り上げたものであった。

「叔父さんも、池を作ってくれたり、防空壕に直してくれたり大へんな骨折りですね。だけど、何をおもって、あのとき金魚を入れる池を掘ったのでしょうねえ。池の出来上ったほとんど翌日ぐらいから空襲がはじまったじゃありませんか」

そう言いながら、僕は笑い出した。母も笑いながら、そうそう叔父さんに手紙を書かなくちゃいけない、と言って部屋を出ていった。

防空壕の上に、臘梅《ろうばい》が枝を差しのべていた。黒い土の上に、てんてんと臘梅の落花がちらばっている。花の萼《がく》のような形の小さな花で、僕がこの花をはじめて知ったときは萼の形のところから別に花弁が生えてくるのだろうと考えていた。しかし、花弁は生えてこなかった。その小さな花がそのままの形で土の上に落ち日の光を受けて、釉薬《うわぐすり》をかけたような薄クリーム色に光っていた。

空を見上げてみた。空はやはり青一色で、雲は一かけらも無く、いっぱい光を含んで拡がっていた。僕は、本当に眠たくなってきた。そのとき、サイレンが継ぎ目なく長々と鳴りはじめた。空襲警報解除と警戒警報解除とサイレンの鳴らし方が同じなので、僕にはそのときのサイレンがどちらの信号か分らなかった。さっきの空襲はどうなっていたのだったか、さっきの娘は空襲警報のあいだに帰って行ったのか、そんなことを考えていると、一層眠たくなってしまった。

布団のなかで眼を覚ますと、あたりはすっかり夜になっていた。夕食を食べると、また眠たくなってきた。どうして、こんなに眠たいのか、明瞭ではなかった。軀のなかにいっぱい生えて外界に向って延びている触手が、一斉にちぢこまって、内側にまくれこんでしまった。内側には、眠たそうなクリーム色をしたものがどろりと澱んでいて、たくさんの触手がそのどろりとしたものを抱きかかえる形に、縮んでしまっている。そんな空想を眠たい頭でかんがえているうち、また眠りに入ってしまった。

ふたたび目覚めたときには、あたりは真暗だった。僕の軀をゆすぶっている手があった。母の声が、耳もとで聞えた。

「空襲のサイレンが鳴ったのよ、起きなさい」

小学生のころ、毎朝起されたものだ。時間ですよ、起きなさい、学校に遅れますよ、そういう言葉をききながら、遅れたってかまうものか、と眠たい頭の中で返事をしてなかなか布団から出なかったものだ。そんな気分で、僕はいつまでも半醒半睡の状態のままでいた。そのうち、空間がさまざまの音響でみたされはじめた。地にこもるような重たい余韻をもった響は飛行機から投下された爆弾が爆発する音で、その音のあいだを縫って連続する軽い炸裂音は、高射砲や高射機関銃の弾丸が空中で爆ぜる音である。だんだん眼が覚めてきた。そのとき、周囲にひろがっている闇に、赤い色が滲んだような感じがした。

「ほんとに、起きた方がいいわよ」

という母の叫び声が、庭から聞えた。飛び起きて、手さぐりで洋服を身につけ、庭に出た。東の空が真赤だった。炎上している地域は意外に近いらしく、焰といっしょに舞いあがる黒い燃え殻がはっきり見えた。空に噴き上げる火焰のために、強い風が起りはじめていた。焰が噴き上るたびに、いちめんの空の暗い赤色のなかに白い輝きが楔形に打ちこまれて、黒い燃え殻の点々が縞模様をなして捲きあげられた。

赤い空の周辺には、その光を映して、牛の霜降り肉のような空が拡がっていた。母は庭に一人で立って、頭に座ぶとんを載せて空を見上げていた。僕も座ぶとんを載せて母の傍に立ち、空を見た。僕たちの真上の空を、四発の爆撃機が一機、銀色の機体を燦めかせてゆっくり通りすぎた。

座ぶとんを頭に載せるのは、空中で炸裂した高射砲の破片を避けるためである。高射砲の破片で怪我をしたら醜態だから、といって僕が発案したのであった。

「ここまで燃えてくるかしら、こんな具合では防空壕に入っているわけにもいかないわね、あの娘は一人で潜りこんでいるのだけど」

防空壕の四角い黒い穴の中へ、僕は大きな声を送りこんだ。

「おうい、蒸し焼きになっても、知らないぞ」

ビックリ箱の蓋を開けたように、その黒い四角い穴から、彩色された若い女中の顔がとび出した。僕ら三人は、縁側に腰掛けて、燃えている火の成行きを見守ることにした。さっきから起りはじめた強い風は、つむじ風のように気紛れな吹き方をしているので、風むきによっては火はここまで燃えてこないで消えることも考えられた。

その瞬間、見えない大きな掌が、僕を頭上からぐっと圧《お》しつけた感じがした。腰が縁側から離れて、ストンと両膝が地面の上に落ちた。あたりを見まわすと、母も僕と同じような恰好で膝をついていた。若い女中は、地面に腹ばいになって、ワアワア大きな声で叫んでいた。

家の軒や雨戸など数ヵ所が燃えはじめた。近くに落下した焼夷弾に詰められた油脂が飛び散って、付着した模様だ。僕と母が火たたきを振りまわして、その火を消しとめた。僕は靴のまま家の中を歩きまわって、ほかに燃えている場所がないか調べた。塀のそばに積まれた材木の二、三本が燃えはじめていた。その材木を抜き出して、地面に投げ捨てた。

庭に戻ってみると、母が衣類を入れた金属製の箱を防空壕の中へ入れていた。そのとき、隣家の二階の窓から、真赤な焔が噴き出した。

「もうあきらめて、逃げた方がよさそうね」

とおろおろしている若い女中の手首をしっかり捉えたまま、母が言った。

「あと五分ほど、様子を見てみましょう」

その五分のあいだに、隣家の火は屋根から噴き出しはじめた。母に手首を摑まれたまま、若い女中はばたばた足を踏みならしていた。

「これでは、もう駄目です。逃げましょう」

と母が言った。

「もう五分だけ、僕はここにいます。どうせ燃えるにしても、ちょっとそのときの様子を見ておきたいんだ」

「それなら、そうなさい。五分だけですよ、わたしたちは、坂の下のところで待っています」

家の前に広い坂がある。火はその坂の上から燃えてきていた。母は女中の手をひっぱって、去っていった。

僕は自分の部屋へ戻った。隣家の燃える火で室内は明るかった。煙は少しも無かった。柱の釘にレインコートがぶら下っているのが見えた。僕はそれを着て、押入れの戸を開けた。押入れの中に書架が入れてあり、書物が並んでいる。その書物の背文字が、隣家の燃えている火ではっきり読めた。小型の本のなかから三冊抜き出した。無人島へ行くときに三冊だけ本を持ってゆくとしたら、どんな本を選びますか。そんなアンケートの答が、雑誌に並んでいたのを思い出して、慎重に選択をした。僕は、自分の心が落着いていることを検べ、それを愉しんでいた。ところが、選び出した本をレインコートのポケットへ突っこんだとき、ポケットの底が抜けていて、本は音をたてて畳の上に散乱した。本が畳の上に落ちた鈍い音、水を含んだような厚ぼったい音を聞き散乱した書物の形を見ると、自分の心は実際はひどく狼狽しているに違いないと考えはじめた。

逃げよう、とおもった。そして、ふたたび心を落ちつけて、何か持って逃げよう、と考えた。ポケットへ入れた書物が、ポケットの中を通り抜けてしまったので、反射的にもっと実用的なものに心を向けた。押入れの中の毛布を僕の手は掴みかけた。そのとき僕の耳にささやくものがあった。「おまえの生はすぐ眼の前で断ち切られている筈じゃないか。そんな人間が、毛布を持って逃げるとはどういうわけかね」

　毛布から手を引っこめて、乱雑に積み上げてあるレコードのアルバムに眼を向けた。僕の足は、はやくこの燃えかかっている家を去りたくて、足ぶみしはじめていた。しかし、僕の眼は慎重に選択して、ドビュッシイのピアノ曲をおさめた十二枚のレコードがはいっているアルバムを抱え込んだ。

　屋内では煙の気配はなかったのに、門から足を踏み出すと火の粉と煙が交錯しながら立ちこめていた。広い坂道の下まではわずか五十メートルほどの距離なのに、まったく見透しがきかず、むしろ坂の上の方が煙が薄かった。僕の脚はおもわず、坂の上へ向きかかった。しかし、坂の下では母が待っている筈だ。それに、火は坂の上から燃えてきているではないか。レインコートの襟を立て、レコードをしっかり抱えた僕は、まわりに隙間なく張りめぐらされている火の粉と煙の幕の中に飛びこんだ。

　煙の厚い層をつき抜けるには、ずいぶん苦しまなくてはなるまいと僕は予想し、両脚に力をこめて走りはじめた。焼死という考えが、さっと脳裏を掠めた。ところが、一瞬の間に、僕は坂の下に着いていて、そこに立っている黒い影にぶつかりそうになった。辛うじて身をかわして相手を見ると、それは母だった。あまりの呆気なさに、拍子抜けした気分だった。また、面《おも》映《はゆ》い気分でもあった。……そのときは、そう思ったのだが、あとで母の語るところによれば、やはり僕たちはかなり危険な状態に置かれていたらしかった。母が家から逃れたときには、すでに坂道には人影がなく、坂の下に立って煙の中から出てくる僕の姿を待ったが、いつまで経っても一つの人影もあらわれなかった。それは、ひどく長い時間におもえたそうだ。若い女中はすっかり怯えてしまい、発作的に走り出しかけたりするので、母は女中のモンペの腰紐をしっかり摑んだまま苛立ちながら待っていた。だから、ようやく僕の姿が煙の幕から飛び出してきたときには、母の方から僕の前に駆け寄ったのだそうである。

家を焼かれた人々の群れは、すべて申し合せたように坂の下から右手に向い市街電車のレールに沿って動いていた。およそ千メートル離れた神社の境内に、避難しようとしているのだ。神域へは直撃弾を落すまいという考えも含まれている筈だ。しかし、その神社は焰が進んで行く方角に在る。それが僕をためらわせた。

左手の方角は、江戸城の外濠の名残りの水濠で、その向う側にひろがっている町並にはまだ火は燃え移っていない。かなり幅の広い水濠は火が飛び越すのを拒むかもしれぬと、僕は考えた。僕は母を促して、人々の流れに逆らい、水濠に架けられた橋を渡り、暗い街に歩み入った。

街路にはほとんど人影は見あたらず、家々はしずまりかえっていた。あまりに静かな町を歩きながら、僕は間違った不吉な方向に逃れて行っているのではないかという不安に襲われはじめた。

「あーっ」

不意に悲鳴に似た声が耳もとでおこったので、僕はぎくりとして、あたりを見まわした。叫んだのは若い女中で、走り出そうとしている彼女の腕を、母が片手で引きとどめている。

「離してください。貯金通帳を置き忘れて来ちまったんです」

「君は焼鳥になりたいのか、もう燃えてしまっているにきまっている」

僕は腹の底から怒りがこみ上げてきて、怒鳴った。

「三百円も蓄《たま》っていたのに」

僕の家の方角へ走り出すことをあきらめた若い女中は、繰りかえし繰りかえし呟きながら歩いていた。怒りが鎮まると、腕にかかえている十二枚のエボナイトのレコードの重さを、ずっしり感じはじめた。気がつくと、母は掛布団をかかえて歩いている。レコードを持ち出したときの気持のうちの一種のダンディズムは、僕の心からすでに消えていた。しかし、僕は依怙地になって、その荷物を捨てようとしなかった。この空襲で死なないにしたって、僕たちの生にはすぐ向うまでしか路はついておらず、断ち切られているのだ、という考えを捨てないためにその重い荷物を捨てなかったのだ。

僕たちは人の気配のない街を歩いて行った。焼け出された人々は、この方角には逃れて来ず、この町の人々は自分の家に潜んでいるのだ。僕たちは小高い土地を登っているうちにかなり広い空地に行き当った。どういう場所かはっきりしなかったが、あちこちに樹木が生えており、防空壕らしい素掘りの穴もあった。僕たちは、そこの土の上に腰をおろした。

僕たちの坐っている小高い土地は、水濠へ向って低くなっている斜面の途中にあり、街の展望が眼の前に拡がっていた。火は、すでに僕の家を通りすぎ、坂の下から水濠に沿って、対岸の家々を一つまた一つと焼き崩しながら進んでいた。黒いてんてんの鏤《ちりば》められた焔が天に冲《ちゅう》し、その焔は突風に煽られて水濠を渡りこちら側の町に燃え移ろうと試みていた。焔は間歇的に高く噴き上り、僕たちのいる町の方へ襲いかかった。僕たちは黙ってそれを見ていた。どの位の時間が経ったのであろうか。火焔はついに水を渡って、こちら側の家並に燃え移った。焔が飛火した場所は、僕たちのいる場所からは、かなり右手に外れてはいたが、その方の空はたちまち赤く光りはじめた。

「困ったわ、困ったわ、燃えてきたわ、貯金通帳が燃えちまった、四百円も蓄っていたのに」

若い女中が呟きはじめた。その金額が先刻よりも百円増えていることに気がつくだけの余裕は、僕の心に残っていた。僕たちのいる空地に逃げてくる人影が、三々五々見えはじめた。風がしだいに強くなり、またその吹いてくる方向が目まぐるしく変るようになりはじめた。火焔の上の空気が膨脹して、対流による風をまき起すのである。樹木の枝があちこちの方角に音をたてて揺れた。

他の場所へ移動することを、僕たちが考えはじめたとき、だんだん風の勢が鎮まってきた。水濠の対岸の火は、家々を嘗めつくして、すでにずっと左手の街に移動していた。

「もうここまでは燃えてこない様子だ、少し眠ることにしよう」

と僕が提案した。素掘りの防空壕に入ってみると、粗末な木のベンチが取付けられてあった。僕はその上に、レインコートのまま転がった。僕の神経は昂っていた。しかし、疲労がおもたく覆ってきて、やがて眠りに引込まれていった。

眼を開くと、あたりは光のない白い朝だった。曇り日である。母と若い女中は、すでに眼を覚まして土の上に坐っていた。僕たちは、自分の家のあった方へ歩きはじめた。三百メートルほどは、歩いてゆく街路の両側に家が建ち並んでいた。しかし、それが尽きたあとは前方に拡がっている風景は、黒一色だった。人家の影は一つも見ることができなかった。ところどころ、焼け残った土蔵が立っているだけであった。水濠の橋を渡り、坂の下に立ってうしろを振返ってみた。おどろいたことに、水濠の向う側の斜面の街は、僕たちが夜を過した場所とおぼしきあたりを中心に狭い地域が楔形に焼け残っているだけであった。

神社の方角から、避難した人々がぞろぞろと戻ってきていた。それぞれ大きな風呂敷包や布団をかかえている姿だった。あたりが明るくなってしまったので、僕のかかえているレコードの四角いアルバムのオレンジ色の装幀が異様に目立つのである。僕の腕に抱かれているその無用の品物は、異端の旗印のように僕を脅かしはじめた。しかし、なるべくさりげない顔つきで、じっとその重さを我慢していた。それは、疲れた腕には、異常に重たくこたえてきた。

僕たちは、自分の家の焼跡の上に立った。防空壕の蓋の上には、土がかけてあった。若い女中は、その場所に走り寄って、その土を取除《とりの》けて蓋を開けた。女中の姿が、穴の中へ消えた。間もなく、穴の外へ首が出てきた。僕ははじめて、その顔が丁寧に化粧してあるのを知って、いささかたじろいだ。若い女中の全身が穴の外へ出たとき、その両手には大きな風呂敷包がぶら下っていた。

二度、三度、若い女中は防空壕に入ったり出たりした。そのたびに穴の傍の土のうえに並べられる荷物の数が増えていった。その荷物は、すべて女中自身の品物である。彼女は荷物の前にしゃがみこんで、その一つの風呂敷包の結び目をほどこうとしていた。なにごとか呟いているようだった。僕は耳を傾けてみた。

「貯金通帳を焼いちゃった。六百円も蓄っていたのに」

僕は廃墟にたたずんで、心に湧き上ってくる感情を見詰めてみた。二つの感情がいっしょに浮び上ってきた。一つは、何となくしてやられたような口惜しい気分である。もう一つは、可笑しい気分であった。その可笑しい気分の方がしだいに強くなり、やがて圧倒的な強さになった。僕は笑い出してしまった。その笑いは哄笑にちかかった。僕は母の方を見た。母もしばし唖然とした顔で若い女中の姿を眺めていたが、やがて笑いはじめた。笑いはなかなか止らなかった。しかし、僕たちの笑いは、若い女中にたいしてのものだけでは、けっして無さそうだ。若い女中は、荷物の前にうずくまったまま怪訝な顔で僕たちを仰ぎ見たが、すぐもとの姿勢にもどって、風呂敷包をほどきつづけた。

包が解かれると、なかから華かな色彩の布ぎれや衣類がこぼれ出た。彼女の指は、満足そうにそれらの品物をいじっていた。

突然、女中の姿のうしろに拡がっている風景のなかから、一条の火焔が噴き上った。この黒一色の風物の中で、勢のよい焔をあげて燃え上るものがまだ残っていたかと、僕は異様な気持で火焔の方角を見詰めた。僕の立っている地面は、発火地点にむかってなだらかな傾斜をみせて高くなり、そのまま空につながっている。空と土地との境界は、前夜までは大小さまざまの建築物でジグザグに劃られていたのだが、いまではほとんど直線になっている。直線から飛び出しているわずかな箇所の一つに、土蔵が見えている。その土蔵から火が噴き上っているのだ。あたり一帯を焦土にした火によっても焼け崩れなかった頑丈な土蔵が、まったく火の色もなくなったころになって不意に燃えはじめた光景は、僕をとまどわせた。

怯えて顔をあげた若い女中は、いちめんに並んでいる彼女の財産をかかえこむ恰好をして、

「どうして燃えはじめたのでしょう」

という言葉を繰りかえした。その声が消えても、僕には土蔵が燃えはじめた理由が分らなかった。そのとき、母の声がきこえた。

「誰かが土蔵の戸を開けたのね」

その言葉で僕ははじめて、頭の中で物理化学の教科書を開き、土蔵炎上の理由を考えてみようとした。……土蔵につめこまれた品物は、厚い土の壁の外側で渦巻いた焔からそそぎこまれた熱を、まだ吐き出すことができない。その状態のとき、土蔵の戸が開かれて新しい空気が流れこんだ。たくさんの酸素にまわりをとりかこまれた品物は、たちまち発火してしまったのである。

土蔵から噴き上っている火は、なかなか衰えなかった。母と僕は焼跡に並んで立ち、その光景を見物していた。

ふと気づくと、いままで地面にうずくまっていた若い女中が両腕に金属製の箱をかかえた姿で、防空壕からあらわれた。その箱は母が壕の中に入れたもので、いまでは僕たちに残された唯一の財産である。女中は箱を地面におろすと、その蓋に手をかけた。母が大きな声で、制止した。

「開けてはいけません」

若い女中は手をとどめて、母の顔を見た。そして、今度は箱に蓋がかぶさっている継ぎ目のところへ顔をちかづけて、見えない箱の中を覗いている恰好のまま、そろそろ蓋を持上げようとした。今度は僕が怒鳴ってみた。何故その蓋を開けてはいけないのか分らせようと思いながら、大きな声を出した。

「その蓋を開けると、ほら、あそこで燃えている土蔵のように中身が燃えてしまうんだから、よしなさい」

若い女中は、不思議そうな疑わしそうな顔で、僕を見たまま蓋から手を離そうとしなかった。僕は腹をたてて、彼女の方に歩みよりながら、

「その手を離しなさい」

と言うと、ようやく彼女は箱のそばから離れた。

僕は自分の軀が動き出したついでに、前夜まで自分の家が立っていた場所を歩きまわってみた。

空襲のときに僕たちが腰掛けていた縁側の位置から数歩しか離れていない地面に、太い鉄格子を筒状にまるめたような恰好のものが転がっていた。飛行機から投下する小さな焼夷弾を、たくさん束ねるための役目をする金具らしかった。僕たち三人が並んでいた真上に落ちてくればそれぞれ無事ではすまぬ大きさが、その鉄の枠にはあった。門のあった位置の右側、そこには取り毀された母の店のコンクリート土台がそのまま残っていたが、その土台のすぐ前の舗装

路に大きな穴が空いていた。

深くえぐられた穴の土の壁からは、突破られた水道の鉄管がのぞいていて、鉄管の破れ目からきれいな水がほとばしっていた。穴に溜まっている水には、油が光って浮んでいた。おそらく、この地点に落下した焼夷爆弾が、鉄管を突破りながら破裂したのであろう。そのために、燃え上る筈の内容物の多くの部分が、水によって消されてしまったらしい。僕には、その爆弾が間抜けな愛嬌のあるものにおもえて、ちょっと心が和んだ。

コンクリート土台の上に腰をおろして、ズボンのポケットを探った。なかから折れ曲った煙草が一本、出てきた。指先でその煙草を真直ぐにのばして吸っていると、華いだ女の声が耳に飛びこんできた。

「死ななかったのね」

首をまわして見ると、前日僕の部屋を訪れたあの娘が立っていた。瞳の色を濃くして、笑っていた。

「君だって生きているじゃないか」

「生きているけど、膝のところを擦り剝いちゃった。焼夷弾を消しているとき、怪我してしまったのよ。畳の上にころがっている焼夷弾をね、五つも庭にほうり出したんだけど、とうとう家が焼けちゃったわ。それよりね、坂の上の小学校が、地下室に鮭のカン詰をぎっしり詰めこんだまま焼けてしまったの。みんなバケツを下げて拾いに行っているのよ。一しょに取りに行かない」

そういう娘の手をみると、真新しいブリキのバケツを提げていた。

「君は、ひどくここらの事情にくわしいんだな」

「だって、わたし、あの水濠のむこうの街に棲んでいるんだもの。ずいぶん、うっかりした質問ね」

そう言いながら、娘は焼跡を歩きまわると、まもなく赤黒く焼けたバケツを見つけて拾いあげ、高く差し上げて僕に示した。

光るバケツと黒ずんだバケツとを一つずつ両手に提げて、娘は僕の方に歩みもどってきた。軽くビッコをひいていた。僕の前に立った娘は、ちょっとためらったのち、光るバケツの方を僕の手に渡そうとした。

その瞬間、はげしく空気の吸いこまれるような音がひびいて、赤い色が網膜にとびこんできた。

何が起ったのか、今度は僕には確実に予測できた。防空壕の方に眼を向けた。そこでは、土の上に置かれた金属製の箱が火を噴いていた。箱の蓋は、傍の地面に上を向いてころがっていた。あの若い女中が、とうとう密閉された箱の中を、そーっと盗み見してしまったのだ。白いかがやきに縁どられた焔は、箱の中から赤い長い舌を出して、大きく左右に揺れていた。揺れうごく赤い色を反射している若い女中の顔のうえでは、細長い眼が、笑ってでもいるかのように波形にうねっていた。


（「群像」一九五五年四月号）

家のいのち

円地文子

「この家もいずれは売られるんでしょうね。きっと……」

菊は時々声を小さくして、眼の見えない謙三にささやいた。誰れも聞いている筈のない二人ぎりの家の中でもそのことを大きな声でいうのが不安なのである。

「左様さ。二十何年住んでいても他人の家であって見ればね」

謙三はその度に同じ返事をしては首を仰向けあちこち顔をまわして見た。歯のぬけた口がゆるみ、頬のひきのびてみえる盲目の顔を菊はそんな時一層心細く眺める。すると無性に腹が立って来て強い声が出た。

「でもそうばかりは言わせませんよ。私たちは戦争の間中疎開もしないでここに頑張り通したんですもの……」

「そんなことを今更言って見たって仕方がないさ、戦争に負けて世の中がひっくり返ったんだ。帝国陸軍が無くなる、軍人恩給が廃止になるなんて考えたこともなかったじゃないか」

「そりゃそうよ、あなた、この年になって、大切に貯めて来た衣類を売って今日を凌ぐなんて……こんな情けないことがありますか」

叱るように気負って言っても謙三は黙っている。菊の張りのある怒り声を聞いているとまだ妻には生きる力が残っているようで頼もしいのである。謙三は質のわるい白内障で終戦後ここ二三年の間にじりじりと視界が冥《くら》まって来た。俄か盲目にしては勘のいい方であるが、それでも何一つするにも菊の手を借りずにはすまされない。菊は夫の立居に手のかかることはさして苦にしなかったが、若い時からの習慣で謙三の眼がいつも自分の動いている身体に操り人形の糸のようにくっついていないのが、何とももの足りなく、時々自分が自分でないように力ぬけしてしまうのである。子供がないので気分に折れるところがなく、我が儘だと他人に言われることもあったが、我執の強いだけに夫の世話は痒いところに手の届くようにして、堅いだけで大して面白味もない謙三を結構恋亭主らしく自慢して来た。

自慢はもっとも夫だけではなく、着る物でも手道具でも何でも自分のものとなれば他人の持ちものとはまるで質の変る愛着が生じる癖で、今住んでいる借家にしても、三軒同じ家主の持ち家が隣合っている中で、角家で陽当りのいい自分の家が他の二軒とは段違いに木材も間取りも良いのだと言い張ってきかない。そのことで隣の主婦と仲違いしたことさえあった。

町中にある癖に不思議に大正の震災にも今度の戦災にも焼残った一角である。私道の多い細い横町には五六十年も経ったかと思われる古屋はざらにあった。碌に修理もしないのは今にも吹き倒れそうに門の柱が朽ちたり屋根の傾いたままそうもならずに建ちつづいていた。

謙三と菊の住っている家も灰汁洗いや根継ぎはしたことはあるが、矢張りそういう古い家の一軒で横山町の木綿問屋の持家だった。普請道楽だった先代が自分の屋敷を建てるのに木曾から取り寄せた木材の余りを三軒の家作に使ったのだという。なるほど菊の自慢も満更ではなく、他の造作と不調和な見事な欅の木目板が天井や床の間に惜しげもなく使われていた。

松木謙三が退役になって、四国の任地から生れ故郷の東京へ帰って来た大正の終りごろには先代の家主は死に、その家作は嫁入った娘夫婦の持ちものになって三軒の内の一番ひろい家にその家族が住っていた。娘の夫が旧華族の次男で家主が宮内省の侍従なのがまず謙三夫婦の気に入った。

口喧しいのと、軍人生活の習慣で何ぞというと身分を楯にするのが近所には押しが利いたり、たかが主計少佐ぐらいの癖にと蔭口をきかれたりして余り評判のよい方ではなかったが、家賃を溜めたことはなし、菊が家を綺麗に住むことでは趣味を越えて病的なほどだから、家主とすればよい借り手に違いなかった。菊も押小路家だけには格別の叮嚀なつき合いをつづけ、この家は気に入っているから自分達夫婦の棺はここから出すつもりだと念を押すように度々言った。

戦争の末期、老人疎開などが喧しく言われたころでも、菊は頑としてこの家を動こうとはしなかった。もともと東京生れで故郷といってない老人夫婦がこの年になって他郷をさまよい歩いて、辛い思いをするよりもここで凝っとしている方が死ぬにしてもずっと増しだというのである。この信条は徹底したもので、持ちもの一切何一品、他所へ預けることをしなかった。理屈でなしに身に馴染んだ衣裳道具が他人の手で動かしたり眺められたりするのが菊の性質では焼失うよりも遥に堪えられないのであった。

公園のある丘陵の向い側は度々火の海になったが、この地域は不思議に焼残って荒れさびれた姿のまま敗戦を迎えた。道路が狭く、日本屋の古い家ばかりなので進駐軍の宿舎にもこの辺りの家は徴発されずにすんだ。焼野原の東京へ職を求めて舞戻って来る家のない人たちはどこでも身体を横に出来る処と言えばもぐり込もうとし、この古い家ばかりの黒ずんだ町も、一年ばかりの間に驚くほど馴れない住民で一ぱいになった。眼立った手広い屋敷の温泉マークの旅館に変ったのも二軒や三軒ではない。風呂屋で見馴染んだ女の子がいつの間にかアメリカ人のメードに住み込んで主人の家の犬を乗せた自動車で横町の自分の家へ乗りつけたりする風景を、菊は呆れながら苦々しく夫に話してきかせていたが、間もなく軍人恩給の廃止と現金封鎖の嵐が襲って来て足もとの土を根こそぎひっ攫われた。

「ねえどうなるんでしょう一体……私たち、……このさき……」

大分眼の薄くなっている謙三の膝へ手をかけて少女のように揺ぶりながら、菊は恩給や貯金に頼れなくなった今後の生活の拠所なさをかき口説いたが、謙三はその手を上からゆっくり撫でて、

「戦争に負けたのが悪いのだ」

とばかり言った。眼も見えないし、好きな酒や食物も碌に口に入らない。長年相手になって来た菊の濃厚すぎる愛情も重荷になる身体になっていた。

「ふいっと蠟燭の消えるように静かに死んで行きたいな」

謙三は菊が台所で刻みものなどしている時、その冴えた刃の音をききながら、眼の見えない顔を、陽ざしのある縁側の方に向けて、口の中でぶつぶつつぶやいていた。菊の側にいないことが何となくほっとするのである。


ある日、色の白い瘦せた男がひらりと身軽く敷居をまたいで松木の家の玄関に立った。

「この度お隣へ越して参りました舟越でございます」

と前置きして、相手は初対面の菊に押小路から隣の家を買取ったことを口数多く物語った。素早く眼を動かし、それに連れて派手に手を上げ下げするのが奇術師のようだった。商売は書画のブローカーで戦後押小路で骨董品を売ったのが縁で隣の家作を買うことになったのだと解った。菊は愛想よく受答えしていたが、近づきに置いて行った半紙の熨斗紙包みを持ってだるそうに茶の間に帰って来ると、謙三のつぐなんでいる炬燵の上にぼとりとその包みを置いた。

「この家も晩かれ早かれ売られるんじゃないかしら……押小路の奥さんなんて世の中のいい時にはいい人だけど、ぐうたらで持ち応えがない……親から貰ったものをそう易々手離すということがあるものか」

菊が歯がゆそうに舌うちして家主を罵ったのはその時が初めだった。

戦争中に夫に死なれた押小路未亡人も松木夫婦ほどではなくても戦前のように恩給や財産の利子に頼って生活出来ない点では同じ不如意な境遇の一人である。今では姉娘の夫婦や子供と同居しているが、一人息子が結核で療養生活をしているので、未亡人の物入りは一層かさむのである。親譲りの書画や茶道具などを売るのも大方底をついたので、舟越の所望するままに、松木の隣家を今までの借り人には、相当の立退き料を出して売り払った。そんな内訳は菊にも大方想像はついていたが、舟越から細々した話をきいている中に更めて押小路家の窮している家計がはっきり理解された。松木の家では終戦以後、戦前並みの家賃さえ滞ってもう一年以上も支払っていないのであるが、押小路では事情を察しているのか、一度も催促らしいことを言っては来ない。それだけにまさか足もとから鳥の立つようなことは言うまいけれど、半歳とか一年とか日限をつけてこの家を空けてくれと言われれば、没義道に居据ることは謙三や菊の常識では出来ないのである。

家を逐われる不安が菊を責めて、夜中に眼を覚ますとなかなか寝つかれなかった。もう何年にも手を入れない家は荒れ放題で菊の潔癖のあとかたもない有様になっていた。雨が降れば何ヵ所かきまって漏るところへバケツや洗面器を当てがって置くので、寝ながらブリキや琺瑯鉄器に弾ねる強い涓滴の音を耳にしていると、その一滴一滴が身体に浸みこむように気がめ入った。謙三の眼がせめて明いていたら、こんなにみすぼらしく荒れ果てた家の中の汚点や破れをせめて見ている眼がもう二つあったら……菊はそう思って暗い中にすうすう弱い寝息きをたてて眠っている謙三の顔を憎そうに見ていた。

米兵相手の女に部屋を貸してはとすすめるものがある。菊の衣類を売りに出入りする眼の鋭い中年女の意見だったが、菊は勿論承知しなかった。パンパンによらず、他人に部屋を貸して、謙三と二人の生活を隙見されるのは菊には堪えられなかった。家賃も払えないでいるのに又貸ししては大家さんにすまないと菊は言ったが、そういう義理合い以上に菊はこの荒れた城郭を守ることに執着していた。

舟越が押小路に来て、松木の夫婦が方面委員の世話になっていると話したのはそれから間のないことだった。方面委員の世話になっている人達が一戸建ての家を借りているというのは理に合わない。相応の立退き料を出してあの夫婦を他所へやればあの家も自分が買ってよいと舟越は仄めかした。気位の高い菊がとうとうそういう施設の世話になるところまで生活に窮したかと思うと、押小路未亡人は他人ごとでなく身に堪《こた》えたが、菊は割にそのことを苦にしてはいなかった。自分達の安楽に暮らせる筈の老後を微塵に踏み蹂ったものが敗戦のためであるなら、今、路頭に迷っている自分達に、かつかつ生きて行くだけの生活費を与えるものが国家であっても不思議はないと無意識に菊は知っていたのかも知れない。

押小路でも息子の療養費は高価薬の注射なども交ってかさむ一方である。豊かに育って来た未亡人は一粒種の男の子の生命を取りとめたい必死な願いで、長女の夫婦が反感を持つほど惜しげなく持ち物を減らして行った。今度売るものは松木の住んでいる家にきまっていたが、松木が盲目の上に、このごろめっきり腎臓が弱ってむくみの来た菊が蚕のように青白んだ顔色でだるそうに井戸端で洗いものなどしている姿を見ると、この夫婦から死に場所にきめていた家を奪うことは病気の息子に怨霊でもとりつきそうで、このごろ迷信深くなっている未亡人には踏みきれないのだった。

一月ばかり床についたあと菊が死んだのはそれから二三ヵ月経った梅雨どきのじめじめ雨の降りつづく朝であった。長く住みついていた土地だけに、悔みに来る人も可成りあったが、死骸の傍に目の見えない謙三がよれよれの浴衣の胸のひろがったまま、誰れにも一様に感動のないお辞儀を繰返しているのを見ると、死んだ菊よりも残された謙三の生命の寄る辺なさに弔問の客は重く心を圧された。

いくら謙三が盲目だからと言って、仏具らしいものの何一つ飾られていないのも余り酷いと譏るものがあったが、一月ほど前からこの家へ看病に居ついてしまった菊の甥夫婦の話したところでは、方面委員の世話になっているものが葬式だけ表てを飾ることは許されないのだそうである。

押小路未亡人も菊の葬式に行った。未亡人は菊の死んだことでほっとする気持もあるだけに、一層死骸には礼を尽したかった。火葬場へ行くのを見送ろうと近所の人に交って門に立っているとオート三輪につけたリヤーカーが一台走って来て、カーキ色の制服を着た男が菰包みにした菊の死体を軽々運び出し、あっけなく運び去った。

「火葬場も全部方面委員の手でやるんでしょうね。お金はかからないだろうけど、何だか味気ないわね」

と舟越の妻が索然とした顔で言った。するとそこに立っていた中で一番長い間菊と懇意だった生花の師匠が、菊が衣裳持ちで沢山ある着物を仇皺一つつけずきちんと箪笥に蔵ってあったことや、故実に明るく、祝儀無祝儀につけて、贈りものや挨拶の不審なことをたずねると、噛んで含めるように念入りに教えてくれたことなど話して、

「でもねえ、あれほど礼儀や格式のやかましかった松木の奥さんが、さて御自分の亡くなんなさる時はこの有様ですものね……人間生きている中が花ですよ」

と感に堪えた顔で言った。

菊の死んだあとの松木の家に子供を二人連れた甥の小谷一家が這入りこんでいるのが、押小路の側では新しい気がかりになり始めた。盲目の謙三に世話をするものの要るのは当然であるが、ずるずるに居坐って小谷が事実上の借家人になるのでは困る。家の尠ない時だけに事実そういう居坐り戦術は多いので、押小路では長女の婿が率先して、この際松木にこの家を出て貰う話を始めようと言出した。しかし妻に死なれた盲目の謙三の気持ちを庇い、それに押されているとこの話は猫の首に鈴をつけるように困難であった。結局ビルヂングや貸家の悪質な借り手を上手に捌いて立退かせる名人だという男が雇われることになった。弱気な押小路一家はその秋田という男に全権を委任することで、松木謙三の老齢と盲目から放射する陰性な脅威を肩替りさせようと考えたのである。秋田は肩と腰の張りが強く、動作が直線で言葉に軍隊語がちょいちょい交った。顔を曲げず真直ぐ相手の眼をみて話すところ、下士官上りの職業軍人崩れだと説明されると成程と肯頭かれる。糧秣廠の主計で御用商人相手に要領よくやっていたこ<ruby>つ</ruby>

を、戦後この特殊な斡旋業に切り換えて結構信用を博している世渡り上手な男であった。秋田は松木を円満に立退かせるのを引受ける条件として自分以外の仲介者を一切入れないことと多少時日の長びくのを黙許して貰いたいと言った。

秋田は旧軍人のよしみを言い立てて松木の家へ出向き、盲目の謙三と親しく話しあうようになった。甥の小谷夫婦も勿論この話に入って来る。謙三は押小路にはこの数年無賃で家を借りている不義理もあって立退くことに否やはないと言う。小谷にしても謙三がそういうものを否みようはないが、さしずめこの盲目の伯父を連れて、何処へ借家するにしても権利金として、時節柄相当の金額を支払わねばならぬ。それを押小路の方で出してくれれば行きどころのあり次第家は空けるというのである。

秋田はその金額については松木や小谷に曖昧な返事しかしなかったが押小路へ来ると小谷という男が外柔内剛のしたたか者だと怖がらせた。通運会社の現場にいて、共産党関係のフラクション活動をしているらしい。あの男を下手に扱うと「赤」の仲間が動いて、どんな言いがかりをつけられないものでもないなどと言った。押小路では未亡人も銀行員の長女夫婦も秋田の脅しに一たまりもなくおびえて尻込みした。実際には小谷はそんな腹のある男ではなく盲目の伯父の身の振り方に当惑しているだけであったが、秋田はいつもこういうケースの間にいくつかの小さい筋書きを作って、立退き料の鞘取りをしたり、或は自分の独特の腕で高い筈の支払い額を安くすませたということで、謝礼を多く貰ったりするトリックに長じていた。松木の家の場合は後者の方で、充分押小路の方を怖がらせた上で、手軽に解決する結末を予定していたのであるが、秋田として計算の違ったことは菊が死んで半年足らずで、まるで菊に手をひかれでもしたように謙三がぽっくり死んでしまったことだった。

「奥さんが糸をひいたんですよね」

と近所では噂した。

謙三としてはまだしもこの家で死んだ方が幸福だったろうと押小路未亡人は思った。いくら小谷が力んでも肝心の借家人の謙三が死んではこの家の権利は自然消滅した形である。こちらにとっては強味だと思っているのに、秋田にそのことを話すと仔細らしく首をひねって、

「松木さんは何といっても軍人気質の堅い人だったが、小谷だけになると……これからが面倒ですわい」

と腕組みして舌うちするのである。

世間見ずの未亡人も流石に少し意外な顔をした。秋田はそれを眼早くみて、大きな声で笑い、

「まあ、何とか埒をあけましょう。御心配なく……」

といった。

「法律から見たって、権利のない筈の小谷を秋田はどうしてそんなに怖れるのかおかしい」

と長女の夫も言出し、そろそろ秋田に対する疑念が押小路の人々を包みかけたころ、ある日秋田が満面に笑いを溜めて、勢いよく押小路の玄関へ立った。

やっと、小谷を説伏せて一両日中に立退かせることにした。而も無償で出るというのであ

る。当然とも言えるのであるが、いくらかの立退き料は要求されるものと思っていた未亡人は力ぬけした顔できょとんとしていると、秋田はそれ以上の吉報をもたらして来たと前置きして、小谷の立退くのと殆ど入れ替りにこの家を値よく買う買い手が見つかったというのである。

「買手って言いますと値の方なんかは……」

未亡人は狐につままれたようにきいた。

「それが奥さん、失礼ですがまずあの古い荒れた家とすると、法外といってもいい高値です。先方もちゃんとした官吏ですしね。まあ、どなたに御相談なさってもいいですが、これはお売りなさらなければ御損です。秋田が保証いたします」

そう言って秋田は両手を脇につけて敬礼した。

家を買う相手はある官庁の課長をしている岡野という男だという話だったが、途中で買主は岡野の姪夫婦に変った。言い値のよさと言い買ってから充分修繕するという切り放れのよすぎる話だけに、あの荒れ果てた家にどうして相手がそれほど執着するのか解せない不安を持ちつづけていた押小路未亡人は、買手の名の途中で変ったことについて一層疑念が強くなって渋るような口ぶりを見せた。秋田はその時になって未亡人を説得するために今まで口外しなかった秘密をうち開けた。

それによるとこの古い家を買う相手は岡野に違いないのだが、その金は官庁の土地払下げで莫大の利を得た土木の木村組が、岡野課長へリベートの意味で贈るのだという。それには新築の家などでは贈賄嫌疑の的になり易いのでわざと住み古した家を選み、買い取ったあとでお手のものの請負い仕事で半分建直すほどの費用をかけようというのである。岡野は一応その含みで木村組の申し出を承諾したが、用心深い彼は途中から、表面自分の名前を使うのを避けて姪の夫婦を名義人にすることに変更した。こうして置けば売買の証書には岡野の名は全く記されず、何かの時にも尾を摑まれる心配がないのである。

「そういうわけですから奥さん、岡野さんが買手に間違いはないので金主には木村組がついているのです。これほど安心な買手はないじゃありませんか」

秋田は声をひそめて、ちらちらあたりに眼を動かしながら自信たっぷりの口調で言った。押小路未亡人にはそれは何だか不正なことに自分まで一口乗るようで後味のわるい話だったが、高価薬の注射に毎週まとまった金を病院に届ける現在では、古い家の高く売れるのを断る気にはなれなかった。秋田は木村組と岡野のリベートの話に一枚加って木村組から多分の報酬を得ることが決ってから、小谷を立退かせたのである。従って押小路から謝礼金を多く取る必要がなかった。

小谷が引払って行ったあと、金の取引きがすんで岡野の姪の夫婦が引越して来る前日、押小路未亡人は長女にすすめられて、三十年以上も自分の持ち家でありながら、碌に上って見たこともなかった松木の家へ行ってみた。自分の持っていた貸家の最後の一軒が、いよいよ他人手に渡る感慨がいくらか六十に近い未亡人の品のよい細面を翳らせていた。

ところどころ破れた黒板塀に囲まれた門を入ると、洗いすぎて木目の筋立った格子戸がある。敷居の車が利かないでがたびし閊えるのを無理に押し開けると、三尺の鼠壁の土間に狭い式台があって、正面の寄りつきが三畳、右側の襖の奥が菊の寝ていた四畳半で、門に面した出窓の下に痩せ枯れた小菊が一塊り臙脂色の花を咲かせていた。

左手が八畳、ここは菊の葬式の日に未亡人も上ったことがある。その時は梅雨空のうすぐらい光線の中に盲目の謙三が菊の死骸を守るように坐っていて、無闇に陰気な部屋に思われたが、今見ると南向きの明るい座敷で、秋の午後の陽ざしが明るいほど、壁や障子襖の手のつけられない荒れようが眼についた。見上げると菊の自慢にしていた欅の天井板が強く渦巻く木目の赤みは黒ずみながら、矢張り重々しく赤灼けた破れ畳を見降ろしていた。

謙三も菊も揃って丈夫だった戦争前には、この座敷の陽当りに鏡台を据えて、菊は年をとってもかかさない厚化粧にくっきり派手な眉と眼を浮立たせ、謙三は庭へ出て盆栽の松や梅の手入れに鋏を動かすのに余念なかったのであろう。かさかさに荒れた庭土に盆栽を載せるために作った二段の台だけが青く苔立ってぽつんと残っていた。

台所と女中部屋に通う中廊下の暗いところに梯子があって、この下あたりの板は今にも踏み抜けそうに腐っていた。昔の家らしく間取にしては広い台所も菊の潔癖の名残りはなくて戸棚にも壁にも鼠の嚙みかじった穴がいくつも大きな黒い口をあけていた。汲取りの悪い便所の臭気に未亡人は鼻先を袖で蔽って、急な段梯子を上って行った。

「公園の五重塔が真正面にみえる」と、菊がいつも自慢していた見晴らしのよい八畳の角座敷に四畳の次の間がついている。襖は穴だらけだったが、鴨居に釘のあとのないのを見上げて、押小路未亡人は菊が口癖のように「私は家を可愛がるので、鴨居に釣手の釘一つ打てません」といっていたのを思出した。父親の遺産として譲り受けて以来、長い間自分の持ち家とは思っていても一日も住んだことのない不在家主の自分よりも、この家から棺を出すことを念願して朝晩に拭き磨きしていた菊の方が、この家のほんとうの女主人であったことをそのとき未亡人は今更に気づいた。

岡野の姪の島地松子が夫の敏雄と三人の子供を連れて引越して来てから、当分は古家の修繕に木村組の大工、屋根屋、左官などが毎日忙しく立働いて二月ばかりの後には塀まわりから玄関、居間、台所、どこも見違えるほどさっぱり綺麗になった。

松子は叔父の世話で、役所の外郭団体の事務員に使って貰っている甲斐性のない夫に疾うに愛想を尽かしているので、この家を叔父の好意で当分自分名義にして置かれる中に子供達の教育もし、貯蓄も残そうと割に間取りのある部屋に値のいい借り手を入れることを、初めから目算していた。台所に思い切って水道やガスを数ヵ所引いたのも、電話を取りつけたのもその計画の線に沿ってやったことで、表面岡野の持家でない限り少々柄の悪い借り手でも金のまわる相手に部屋を貸すのに体面を気にする必要はないと思っていた。

「松木さんのところも奥さん天下だったけど、今度も二代目ですね。よく旦那さんが子供さんと替り番こに叱られていなさる……」

と隣の舟越の妻は苦笑いして近所に話した。松子の甲高く罵る声が垣根越しに聞えても敏雄のそれに応じる言葉は殆ど聞きとれず、いつの間にか台所口につぐなんで小まめにガラス戸の車の利かなくなったのなど直している。

やがて女中部屋になっていた三畳に朝晩の食事を手伝わせる約束で洋裁を習いにゆく十六七の少女が住みこんだ。間もなく、洋風に造作した二階の六畳と四畳を一人で借り切って、美しい女が越して来た。軟かい肉づきのすんなりした肩や腰、いつも流行の洋装に化粧も眉を細く剃上げて口紅の花のように濃いのがよく似合う派手な顔立ちだった。その癖手足の感じはもの静かで、どこか仏像を思わせるしんとした寂しさがあった。相川珠子といった。進駐軍相手のキャバレエのダンサーである。

鼻にかかる英語の電話がよく珠子のところへかかって来て、松子や手伝いの桃代を面喰わせた。狭い横町を一ぱいにして薄青磁のビュイックが島地の門に一晩中横づけになっているのも三日に上げずである。運転して来るのは頬の小さい鼻の切り紙細工のように薄いアメリカ人の若い将校であった。将校といっても大学でジャパノロジイを専攻した彼は軍籍に入ったのを利用して日本を知りに出かけて来たのだ。ケニーは珠子を愛して結婚してもいいと思っている。彼の勝手に空想する東洋の女性の理想像に珠子の身体つきの弾力の勘い柔和さや、観音像のように小さい乳房がしっくり当てはまるのである。

珠子は胸が悪かった。喀血したことが何度もあって、自分ではもう二三年の生命だと思っている。踊っていても胸の蜂の巣がぶつぶつ鳴って、絶えず死の前触れを聞かせてくれるが、珠子は療養所へ入ろうなどとはゆめにも思わない。ケニーに金のないのがむしろ仕合せだと珠子は思っている。彼に病気をうつすまいと身体を委す時も唇を与えるのを厭がってケニーをはかながらせるのである。

ケニーは柔和な珠子の身体をかき抱きながら、自分に珠子を充分幸福にしてやれるほどの金のないのを嘆いた。珠子もケニーに対して自分がケニーの背負い切れない重荷を背負った女に化けていたかった。

「私には田舎にパパとママがあって貧乏してるの、私、それに仕送ってやらなければならないの」

ケニーの胸に顔を埋めて珠子は度々かき口説いた。

「パパはブラインド。ママは腎臓病で顔がこんなにふくれてしまったの……誰れも助けてくれないわ。私がお金を沢山、沢山送らなければならないのよ」

話しながら、珠子は自分の嘘に酔って温い涙を流した。そんな父親も母親も珠子は初めから持っていない。もの心づいた時には叔母の家に厄介になっている孤児だったのだ。今たった一人田舎に生き残っているその叔母に、珠子は時々びっくりするような大金を送ってやる。どうせ長くない生命だもの……血のつながっている年寄にいい目を見せてやろうと珠子は捨てばちに気負うのだ。

松木の夫婦のことを珠子はまるで知らない。それだのに、珠子が肉親の嘘を吐く時といえば、呪文のように盲目の父親と顔のむくんだ母親が珠子の幻に浮んで来るのだった。それはケニーの耳に異教の音楽を聴くようなエキゾチックな悲しみを伝えた。ケニーは裸かの胸に冷や冷や触れて来る珠子の黒い髪をまさぐりながら、珠子を重くひきずっている肉親の絆、──東洋の家の絆について考える。すると盲いた眼をうろうろ頼りなくさまよわせて絶えず顔を仰向けている父親の萎びたのど頸や、眼瞼の水っぽくふくらんだ母親の苦しげな笑い顔が闇の中に浮び上って来た……その顔が謙三であり、菊であることをケニーは知らない。珠子も知らない……知らないままに皮膚の色の異う恋人たちは古い家の霊に憑かれて、不思議に甘美な抱擁をつづけていた……

冬ももう終りに近い暖い日の午後、珠子は二階の出窓に腰かけて、何をするともなく、膝の上の猫の背を撫でていた。猫は横町の角の家で飼っている三毛の雌であったが珠子が魚や肉を惜しまずやるのでよく遊びに来る。このごろ仔を生んでその仔を皆捨てられたあと、腹の皮がたるんで凝っと人を見上げる青い眼に無限の憂愁が滲んでいるように見える。珠子はこの悲しみを籠めた母猫の柔軟な身体の手触りを愛した。

「清子ちゃんチ、パンパンいるのね」

黒い門の中の石畳で遊んでいる女の子の声が珠子の耳に聞えて来た。

「うちの母さんね、清子ちゃんチへ上っちゃいけないって……」

「なあぜ?」

「なあぜでも……ねえ、優子ちゃんチでも言うわね」

「うん、御門の前ならいいっていうのよ」

声が途切れた。

珠子は猫を抱いたまま膝をいざらせて下をのぞいて見た。陽だまりの石畳に平ったくしゃがみ込んだおかっぱの頭が三つ四つより合って、人形や玩具の乳母車が周囲に散らばっている。飯ごとの手を休めないままに子供達は喋っているのだ。

「相川さん、パンパンじゃないわ。ダンサーよ」

島地の清子が言った。

「ダンサーだってパンパンよ。進駐軍の人来るでしょ」

「ケニーのこと？　あの人結婚するんだって……」

「アメリカ人と……じゃあアイノコ生むわね」

「あのね、うちのお祖母ちゃんいうの。清子ちゃんチに前に住んでたおばあちゃんね、松木のおばあちゃんっていうのよ。そのおばあちゃんとてもアメリカ人嫌いだったんだって……アメリカが来たお蔭でオンキュウが失くなったってとても恨んでたんだって……」

「オンキュウってなあに？」

「知らないわ。オンキュウがなくなって、貧乏になってお爺ちゃんもお婆ちゃんも死んじゃったんだって……その時にもパンパンにおうちを貸せば暮らせたけど……そんなことは近所に恥かしいってしなかったんだって……だから松木のお婆ちゃん、清子ちゃんチにパンパンいるのを見たら、とても怒るってうちのお祖母ちゃん言ってた……」

二階の珠子は膝からずり落ちそうな猫を抱え直して微笑した。珠子は前にいたアパートでも子供の話していることで、周囲の女達の自分に向けている感情を読みとった。主婦達はアメリカ人よりも珠子の方を言葉の通じない相手だと見て怖がっていた。島地の松子にしても普通の二倍以上部屋代が入るので今のところ悪い顔は見せないけれど、子供を通して来る近所の攻勢にはいずれは押され出すに違いない。その上自分の胸に結核菌がうようよしていて、朝々桃色の痰を吐くことを知ったら、一刻もこの部屋を貸して置こうとは言わないだろう。その時珠子は一ぺんに子供の健康と精神を蝕む悪魔に変形し追払われるのだ。

珠子は小さい声を立てて笑って見た。自分の生きているはかない生命が太々しい影響になって他人の生活を脅かすのが面白いのだ。こんな風にして行くさきを逐われ逐われしている中に、いつか自分は微塵になって音もなく人生から掃き出されるのだろう。

夜中に人を呼び立てる声がして、珠子は目を覚ました。パンパンはぜる音がする。爆竹のようだった。

「相川さん、火事よ……荷物をまとめなさい……」

階下で松子の甲高く叫ぶ声がした。

「火事？」

と言いながら、ケニーは珠子の身体をそっとおし離して出窓へ寄って行った。

雨戸を一枚繰り開けると、開けた長方形一ぱいが火の色に染まって勢いよくはぜる音と一緒に視界ががらりと変った。

「どこ?」

珠子は桃色の繻子の部屋着をひっかけてゆっくりベッドに起上りながらきいた。

「二三軒離れている……通りの角の家……柿《パーシモン》の実《な》る家……」

「あら……じゃあ三毛の家じゃないの」

珠子は驚いて立上り、ケニーの肩越しに燃え上っている家を見た。夜空に遠く五重塔が影絵のように浮んで遊園地のケージで無数の鳥の叫ぶ声が人声に交ってけたたましく聞える。火は二階の棟一ぱいに燃えひろがって、既に隣家に移っていた。

「三毛どうしたかしら……先刻帰って行ったのよ」

「猫、焼けないでしょう。それよりも消防隊まだ来ない。晩いね」

「ここまでは焼けて来ないでしょう。焼けたって私は平気よ、ただ三毛が心配なの」

「猫、どうでもよろしい。あなた、こういう時平気でいる……よくない。日本の家、木と紙、皆焼ける。危いです」

ケニーは椅子の背にかけてあった服を取って手早く身につけながら、珠子の下着やスカートやブラウスを次々にほうって寄越した。スポーツでもしているような身軽なゆとりのある動作だった。自動車を適当な場所に移して来るといってケニーは階下へ降りて行った。

消防車は来たらしく、ホースの水が旺んに太い弧線を描いて焔の中心に浴せられるが、火勢は一向衰えない。間の小さい家二軒は見る間に焔に呑まれて、火は島地の家と向いあった二階家へ焼移ろうとしていた。

珠子は外套を着て、トランクに衣類を詰めた。寒い夜中に突然起きたので背中が痛く、かがみ込んで靴下をはいていると力のない咳と一緒に、半巾に血痰がついた。いつもより濃い血の色だった。

「相川さん、ケニーは?」

階下から呼ぶ松子の声が上ずって叱りつけるように聞えた。

「うちも駄目かも知れないわ。水が尠いんですって……進駐軍のポンプが来ると助かるっていうんだけど……ケニーさんは?」

「今、外へ行ったんです。カーの始末しに……」

「カーなんかより、そのことをキャンプへ知らせてほしいのに……あんた、早く、彼を探してよ」

珠子は梯子を降りて、玄関へ行こうとすると、

「もうこっちは駄目……消防が塀を毀している……」

と敏雄がいつになく気の立った声で呶鳴った。

露地口も荷物を持って右往左往する人で混雑していた。誰れも口をきかず、見ず知らずの人のように動いていた。珠子はその中をわけて大きいケニーの姿を探していると、足もとに細い声がしてからみつくものがある。

「あら、三毛だ、よかったわね、よく逃げて来られたわね」

珠子は猫を抱上げて頬擦りした。暗い中に背中の毛の焦げている匂いが鼻をうった。猫はも

がきもせずぐんなり珠子の胸によりかかっていた。

「進駐軍のポンプが来た！　来た！」

という声と一緒に喚声が上がった。見ると、アメリカ人の兵隊が消防に交って、先刻のより遥かに幅のひろい水の帯を何本となく焼けている屋根へ放射していた。火が水煙にあおられて桜の花のように白み、又猛然と燃上った。幾度か水と火の旺んな闘争が繰返される中に、焔の色はだんだん薄くなって、やがて濛々とうす赤い煙ばかりが渦巻くようになると火事は全く下火になっていた。

とうとうケニーは見つけられなかったが、猫を抱いて珠子は露地から帰って来た。台所に立っていた松子は珠子を見ると、やにわに肩を叩いて、

「ありがとう、お蔭さまで助かったわ」

といった。怒ったように昂奮した松子の眼には涙がキラキラ光っていた。

珠子の出て行くのと入違いにケニーが帰って来て、交番からキャンプへ電話をしたのだという。この区域の消防はもう一つ別のところの火事で来るのが晩れた上に、水が足りなかった。ケニーは現場を見た上で手配したのだった。

翌朝松子は半焼けで残った前隣の家へ焚き出しを持って行った。焼け残った家の人たちは松子を見ると一様に、

「お宅のアメリカさんのお蔭で」

と礼を言った。松子は子供の口から近所で珠子をよく言わない噂をきいて、矢張りああいう

商売の女は長くは家に置けないかも知れないと思案していた時だけに、もし珠子を今夜よりさきに逐出していたら、自分の家は焼けたかも知れないと思ってぞっとした。折角新しくしたばかりの塀は消防の手で無慙に毀されたが、家全体焼けたことを思えば大難が小難で済んだと言わなければならない。松子は塀を失って裸かで建っている自分の家の常よりも高く見上げられるのを寿命の長い家だ、強い家だと世にも頼もしく眺めてしばらくそこに立ちつづけていた。

（「群像」一九五六年九月号）

火の魚

室生犀星

感情も何も見えないさかなというものに、その生きる在りかを見たいばかりに、裏の大河の磧《かわら》に出て、さかなをつかまえると池を作って絶えず新しい水を引き、そこに放流して私はさかなを眺めて多くの日々を送った。水も同じい流れを引いたものであり、石や砂も同じ大河の馴染みふかいものであるから、そこに放流されたら水中にいる高慢さや素早い癖、驚いていなずま型に動くさかなの有様が見られるという私の考えであった。川の形を取った流れには淵も瀬も水段も、ふた側の石垣さえ両へりに築いてあった。けれども多くのさかなは一ところに動かない姿勢をつづけ、ひどそうにあぎとの内の赤い物を見せ、呼吸を殺して潜《ひそ》んでいた。見ていてもちっとも溌剌《はつらつ》さがなく、面白いものは皆失くなっていた。鱗の色に黒いつやが褪《さ》め、どうにでも勝手にしてくれというふてぶてしさも見られ、反対に瀬の肌ざわりを物憂《ものう》げに避けているふうでもあった。

人間の手にいちど握られると、さかなの驚きはその心にひどい衰弱を来たし、ぬらぬらしたものが剝がれると元気がなくなってゆくらしい、私はそのひどそうな様子ばかりが眼に留った。日は暮れ山が見えなくなり、私はそのさかなをそのままに磧の池に生かして置いて、仕方なく家に戻った。鮠《はや》とか鮎は死にやすいので、大概、磧の池に置いて戻るのは鰍《かじか》という鬼に似た顔の、手に握るとぐうという小さな鳴き声を立てるさかながおもであった。夜が明けて池に行ってみると、さかなはこしらえた瀬にも、深い砂場にもいなくて、流れだけが昨日と何の変りがなく、こまかい小石の上をさらさら流れていた。このおもちゃの池から一米《メートル》離れて、大河の本流が盛り上って滾《たぎ》っていた。私は池のまわりを見ても飛び出したふうもなかったが、何時も本流の方に眼が惹かれて、湧きあがる早瀬に見とれた。そこは、さかななぞの形態が見きわめられない、奔流の混乱した水の層巒《そうらん》ばかりである。磧に置いたどういうさかなでも、翌くる朝までいたためしがなかった。私は遂に木箱で生簀《いけす》を作り、そこに鮠や鰍をいれて置いたが、さかなはそのまま朝までいた。生簀にははりがねの輪鍵がかかっていたからである。

私の初期の叙情詩は魚のことをうたった詩が大部分で、青き魚を釣る人とか、遠い魚介とか、七つの魚とか、魚と哀歓とか、魚は木に登るとか、枚挙に遑《いとま》なきまでにさかなの何かに触れたいのぞみを持っていた。さかなはやさしく、女の人のどこかに似ていて、ことさらに生きているのを握ると、生き物の生きていることがはっきりと判って来て、ちょっとの間、こころも弾む思いであった。沢山の詩を書いてみたが、どの詩にもさかなが夜中に監禁された池から遁れて、もとの大河の水巒《すいらん》に溶けこんでゆく一章さえ、私は詩に現わすことが出来なかった。夜中にさかながどうして本流に逃げ出してゆくかが、ついに判らずじまいに私は年齢《とし》を取ってしまった。恐らく作《つく》り川の池からさかなは飛び上り、磧の石の間をすべって行って本流にぽちゃんと飛び込んだものか、作り川のすそが本流に捌けている水口まで行き、そこから、難なく本流の激しいいざないに紛れ込んだものでなかろうか、何時かはこのさかなの行方の遠いところを突きとめたかったが、機会はなかなか来なかった。

私は小説家という類い稀な職業を持つようになり、有為の人間に不必要な馬鹿の性格が悉く役に立って、衣食に事足りることを得ていた。そこで最近偶然に繚乱の衣裳を着用した一尾の朱《あか》いさかなの事を書いて、私の知ったかぎりの女達をいま一遍ふりかえって見ることにした。私の女友達は三十歳くらいから三十七歳くらいでみな死に、生きのこりの私はこれらの美しい死女の間をうろついて、あり余るほどの日没時を繰り返しては死女を呼び続け、その小説はそれだけで終っていた。そしていまはこれを一冊の書物となる時期が来ていて、装本の表紙絵を私は選んだ。或有名な西洋画家に手紙を書いて一尾の金魚が燃え尽きて海に突っ込んで、自ら死に果てるところを描いてほしいといい、金魚は一尾で結構、ただし切火のように烈しさが見たいのですと勝手なことを書いて送った。実際、私はもはや一尾の金魚が海に突っ込んで行くという光景よりも、一人の重い女体がそれ自身の体重に加えて、死ななければならない激越さで、髪のある方を海面に向けてただ眩《まば》ゆい瞬間に消えてゆくところを頭にえがいて、書物の表紙絵を作ることにむちゅうになっていた。書物はその装幀を造り上げたところで、何時もその書物とわかれを告げるのが、私のならいであった。装本の奥義は造庭の一部分にもまがうもので、ただ飽きない本を造ることが目標なのだが、私はしつこく細かく飾り立てて、何時も書物の装幀は悲しい失敗をかさねていた。併し今度こそという気合は西洋画家からいま躰軀《からだ》の調子を悪くしていて、当分かけないという断りの返事を貰ってから、意気込みが挫《くじ》けて了った。日本でも何人かをかぞえる画かきさんに、金魚一尾描いてくれという簡単な依頼を自分が頼まれる原稿のように、すらすらと頼んだことも早計だと思うた。しかも自ら命を断つために海に突っ込んでゆく、炎のようなさかなを描いてくださいという、絵画というものの世界を知らないで書いた手紙がくやまれてならなかった。私が画家であっても、金魚の自殺するところなぞ、どう考えて見ても、描けるものではなかった。

その日は花を生けかえる日であり、私は表通りの花屋に行って花を選んで買ったが、そこの鋏《はさみ》や花瓶をならべた台の上に、ふちを緑にそめた硝子の鉢が置いてあって、追々に死んで遂に一尾だけ残った朱いさかながいて、これも腹を横たえて死んで間もない、まだ柔らかそうな様子であった。これを見たときに不意に魚拓をおもいついたのだ。家に戻ると女中に訳を言い、死んだささかなを貰い受けたいと言い、魚拓というものにして本の表紙にしたいと言ってやったが、女中が帰っての話では死んでいると見たさかなは、手にさわって見ると未だ生きているといい、少しでも生きているのに殺すことは出来ないと、断られて戻った。あのさかなはまだ生きていたのかと、さかなというものは永い臨終の時間があるものだと思った。翌日の朝、花屋の主人はわざわざ裏門から昨日のさかなは、今朝起きて見ると、死んで硬張っていたから持って参《あが》ったと、白紙に包んださかなを置いて帰った。私は水で彼女を洗い、充分に水分を切り硯《すずり》に墨をすって魚拓にとる用意をはじめた。先ずその姿勢が逞しく頭を下に向け、尾は天を蹶《け》って鋭く裂けていなければならず、一体の炎は燃え切って蒼い海面のがらすを切り砕いてゆく降下状態を、鱗目もあざやかに紙の上に刷らなければならなかった。魚拓はむしろ精神力で生きうつしに出来るものだ、私は彼女のからだに墨を塗り、それを画仙紙に何枚も写して取ったが、ぬらぬらが邪魔をして墨の濃淡が禍をし、さかなの形だけは刷れたが、鱗《うろこ》、鰭《ひれ》、尾、眼球の悉くが揃った無二の鮮明さは、いくら刷りかえても旨くあがらなかった。一つのもえる火、炎、絶叫、やさしい中に烈しさのある逆様の姿勢というふうに、馬鹿男が縁側に出て一尾のさかなをこねくり廻した態《ざま》は、見られたていたらくではなかった。頭と心にある物が何でも為し遂げられるという見当違いの信念は、ついに最後の一枚を拓《と》り上げたものの、自分で出来ない仕事の見きわめがつかずに、得意げにその一枚を訪ねて来た書物の係の記者に見せ、これを今度の表紙につかいたいと言った。私は投書家のように記者の顔色をうかがい、その顔色が真剣そうな面持に変るのをこれは困った事だと思ったが、記者は部長にもよく相談をして見ましょうといい、部長はどう言いますか知らと記者は自分の説を述べないことで、もう魚拓は落第だと平常のこの人の性質から察して、あとの無言で私は絶望したのであった。

日をあらためて見るうち、魚拓に墨を入れて尾にあるすじ目や、鰭や鱗を眼にとまらないくらいに加筆をこころみたが、それはこのさかなの在りのままの姿を冒瀆している気がして、それも止《や》めることにした。魚拓では、眼球だけは墨がきで後で入れるものだそうであるが、併し日が経つにつれて魚拓の貧弱さが眼に立ち、机の上に展げて見ては、これはよそう、こんな子供騙しの魚拓で、何十万も資本をかける書物の表紙絵にする軽率は控えようと思った。けれども頭の中で、一塊の炎となった落下物が海《うな》ばらを眼懸《めが》けて、焼けただれて消えるという光景がおもい切れずに残った。作家が作品を愛することは盲目に均《ひと》しい、がむしゃらな物だと私は想った。とにかく誰かに魚拓をとることを頼んで見ようという気になったが、誰も適当な人がおもい当らず、冷蔵庫にいれて置いたさかなをまた取り出して、しつこく魚拓のしごとに取りかかったが、さかなのからだに生きが失せ、最早墨を刷くことも至難であった。私はその時突然一人の童女の顔を、折見《おりみ》とち子という婦人記者を眼にうかべた。童女とはいうけれど三十に近い婦人であるが、彼女の父は私と同郷で釣りを好み、釣ったさかなの大物は魚拓にして年月を記入し、ついに去年釣をしながらうとうとと寝入るように脳溢血の症状で、釣竿を持ったまま多摩川の土手の上で亡くなった人であった。私はその魚拓を折見とち子に見せて貰い、釣りをしながら自分のいのちを亡くしたその父君が、川面に立つけむりのようなさかなの命を印した拓本を、幾枚かの詩の原稿を読むように眺めた。ずっと以前、作り川で生かして置いたさかなが、ひと晩のうちに何時も逃げてしまい、毎朝それがどうして逃げたかが判らなかったのに、いまは矢張り逃げる必要があって逃げ出していたことが解るような気がした。多摩川のさかなが折見とち子の父親を死にさそい込んだ訳ではない、併しさかなの賑やかな遊泳に父君は何時も気を奪られていたことであろうし、釣りの好きな人は夜昼となくさかなの眼と姿のうつくしさに、ぞっこん打ち込んでいる人達なのだ。

折見とち子は父君が縁側で釣って来たさかなに、墨を刷いては拓本にとっているところを、釣りから帰った日によく見うけた。さかなは山女魚《やまめ》、鮠、鮎などであったが、それは指先で愛撫するようにさかなを横たえる前に、酢でそのからだを洗ってぬらぬらを取り除き、鱗がかすかすになったところに濃い墨をくわえ、鰭の先や尾のとがりにも注意ぶかい墨筆のこまかさを加えていた。折見とち子はそれらの様子をまるで父君がさかなの絵を画いているように見え、絵画《え》がかけないものだから、絵画《え》をそんなふうにして描いていたようなものですと、私に説明して言った。

折見とち子は最近色紙で人形を作り、その本物の人形を動かしながら幻灯に映して、隣家の子供達を集めて見せていた。私にも一度見て貰いたいと言い、ある日、電気器具を入れた箱をぶら提げてやって来た。人形といっても簡単な人形ではなく顔はすべすべした物でつくり、着物も本物の銘せんとか縮緬《ちりめん》の片《き》れをつかい、いかに手先が器用敏活に動くかがその人形の作り方でもわかった。雪の降る日の光景で片田舎の一軒家に住むおばあさんの話であるが、そのおばあさんに二人の童女と童子がいて村はずれの石ぼとけに、おにぎりを毎日お供えしていた。おにぎりは何時も夜にはいるとなくなっていて、石のほとけがお召しあがりになるのだろうとおばあさんも、童女童子もそう信じこんでいた。雪はふかくふりつもり、童女達がおにぎりをお供えに行くのにも、深雪で歩くことが困難な日のことであった。併しお供えをしないわけに行かない、二人の童《わらべ》はやっと夕方になっておにぎりを石のほとけに到《とど》け、そして帰ろうとすると、ふっと石のほとけの手が動いたような気がして、眼を凝らして見ていると、その手は急に何処かにむかって、手招きをしているふうに見えた。手招きをしている遠方に眼をやると、途方に暮れたような旅の行商人がとぼとぼと一人で歩いているのが見え、行商人は手招きの方にこんどは勢い好く歩き出し、石のほとけの前に辿り着くと息をもつかずにおにぎりを食べて了った。石仏の頭に雪はつもり風は吹き荒《すさ》んで、木々の枝を鳴らしていた。童女達は家に戻るとおばあさんに、石のほとけはおにぎりは毎日みんな旅人に食べさせていたのだと言うことを話した、と、そんな話を映り変る画面につれて解説を試み、折見とち子は幻灯の終ったことを私に告げ、私はぽかんと呆気《あっけ》に取られて彼女の顔を見つめた。人形人形といいなさるから僕は美しい女の顔でも見せてくれるのかと思ったら、碌でもないおばあさんとか、旅人とか子供とかの人形で一向面白くありませんねと悪口は言うものの、隣家の子供達を集めてこんな幻灯を作り、そこに毎日をあどけなく暮すということは、折見とち子も心身ともに未だ童女だからだと、そう結びをつけなければ、外に言い現わす言葉もなかった。

彼女は言った、美人の踊りは子供に必要ございませんが、子供は旅人とか雪のふる日とかいうものに遠い物語を感じる者です。美女の踊りは日劇にでもいらっしった方がいいでしょうと笑っていい、重い電気器具を片づけはじめた。小説ではもはや僕は大家のつもりで自惚《うぬぼ》れているのに、かかる大家の前で臆面もなく古い話を幻灯でわざわざ説き明すということも大胆なことだと、私は笑いながら言ったが、幻灯の雪はまだ書斎の中にちらついているようで、これはさりげない折見とち子の真摯くさった幻灯の解説のせいだと思い、人間一人ずつの対決ではやはり物語は生きるものかと、前髪がさがった折見とち子の、屈托を見せずに用心ぶかい話振りに注意を向けた。彼女の美人ではないためのりこうさが何時も話題からはね返って来て、美人であでないための穴埋めをしているようであった。ふしぎな素早い応答のあざやかさが、美人であるなしをいう相手の批評をすぐ取り上げてしまって、彼女は人には見えぬふふんという、鼻であしらうものを用意していた。

またの或日には折見とち子はサバランを作り、ブランデイの匂いのするのを持って来て、此間はわたくしの幻灯を見てくだすったご褒美だといって、お茶の受けにひろげて見せ、また或日には金沢で飴で煮つめる胡桃《くるみ》の折を提げ、これは母が煮ていたのを見覚えて作った物ですと、飴煮のむつかしい胡桃料理の一端をも発表した。私はこれらを賞美してあなたの紙芝居よりこの方が、よほど甘美《おい》しいとまた悪口を叩いたが、手先のわざと頭をつかう事に均等を持つ彼女は、大概の事はあざやかにやって退《の》けていた。洋装類は勿論、此間夏の白い手袋をして来たので、それはちぢんでいて見にくいというと、いいえ、これは手編みでございますから、ちょいと見にはちぢんで見えますと、私はいきなり次の文句を取り上げられて了った。成程、あなたは手袋までお編みになるんですかと、手のわざでは人後に落ちない彼女に畏敬の念《おも》いを持ったのである。

折見とち子は以前勤めたことのある大きな出版社に、折よく復職することが出来たといい、わたくしは充分に働き、また怠ける事もわすれない心算ですと、面白い奇警の言葉をのべたが、才色すぐれた若い婦人が多い世の中に折見とち子の復職がゆるされるということは、よくよくの人材が認められていたからであろう。ここでも、才学が用いられることの愉しさが私の耳をよろこばせた。折見とち子なら父君の魚拓をとるところも見ていたし、この人に魚拓を頼んで見たらどうだろうと私は思い、先ずこの人のほかに頼んで見る人もないようだ、私は折見とち子に手紙を書いてこんどの本の内容には、一尾の朱いさかなが、結局死ぬことになり、空から頭を突っ込むようにして海に降下して行く、そういう精神力を持った魚拓がほしいのですが、願えたらその魚拓を一枚とってくれませんか、実はその小説は一尾の金魚に托して私の昔知った女の人を描こうとしたもので、たわいない小説ではあるが、そのたわいなさが書いたあとまで私に宿って、困っているとでも言える小説なのです。作家という人間は小説を書き終ってからも、その小説に未練がましく絶えず揺りうごかされているあいだ、たわいないまま小説の何処かが生きているのとでも言えば言えるので、一尾の金魚を表紙にただ一つだけいりようなのです。魚拓は普通の魚拓のようにのっぺら棒にとることを避け、さかなを斜めにつかい、鱗は緊って緻密に重《かさ》なり合い、鰭は山の尾根《おね》のように尖って怒り、尾は幾つかに裂けて悲しみに張り合う状態で、海に降下してゆくところなのです。見様によってはこれは一人の女の投身の容子もうかがえるわけなのだが、ただ、一等ほしいものは烈しい全体にみなぎる気合なのです。実は私も一枚とってみたのですが、これは美事に失敗しました。魚拓一枚とるのにさえ、生きた用意ある経験とか見様見真似がどんなに必要であることも、漸《や》っと私に解って来たほどです。父君が魚拓をとっていられた事を何時もあなたは見ていらっしったから、きっと私にない物が現わせると思って、お願いすることにしました。私はこんな手紙を折見とち子に出してから間もなく、美しいペン書きのとち子からの返事が着いた。それには、金魚を魚拓にとるということは悪趣味であって、わたくしに出来ることかどうかもわかりません、第一、どうして金魚を手にいれるかという問題を、あなたは少しでもお考えに入れてくだすったでしょうか。それも死んでいる金魚を何処で誰からゆずり受けたり、或いは買いとるにしても、手続上の艱《かん》難《なん》が障碍となることをご存じでしょうか。

　わたくしは生きている金魚を殺せるような恐ろしい女ではございません、いかなる情理があっても或いは人間なら一人くらいは殺せても、金魚をまともに殺すという意識のもとでは、到底、これを殺すということが出来るものではございません、作家であるあなたに対《むか》って敢てこのおしごとの上で、重ねてお訊きしたいことは、どうして死んだ金魚を発見《みつ》けるかという一つのことなのでございます。これは一つ是非お教えになっていただきたいのです。どんなに極悪非道な人間でもいきなり握り潰して金魚を殺すことが出来ても、晴れた美しい水中に喜んで泳いでいる彼女をどんな人でも、いきなり手摑みで殺せるものではございません、作家であるあなたが作家の傲慢さが知らずにはたらいている時は、私はこの妙なおしごとを或いは多少の押しつけがましい気《け》はいをこめて、お求めになったらしいヒガ目も起り、悲しい非情のお手紙を何度も拝見しました。この妙な手紙はわたくしの何十年かの間に、ただ一つ手紙という物に対ってきっとなった、物珍しい手紙でございました。要はあなたご自身が死んだ金魚を持っていらしって戴くことなのです。その上でわたくしに魚拓の技術があったら、おしごとをお扶《たす》けしたいと思うて居ります。この折見とち子の手紙は立派であって、どうして金魚を手にいれるかに私自身も、折見とち子は困るだろうと思っていたのだ、そこで私はまだ急がなくてもいいのだから、何処かで金魚が見つかった時でいいから作成して下さい、併し生きている金魚は魚拓にとれないものだろうかと筆のついでに書いてやると、お急ぎでないのなら何とかいたしますが、生きているさかなを魚拓にとるなんて、途呆《とぼ》けたことを仰言ってはいけません、先ず、酢で洗ってからの仕事ですから、生きていては、さかなを殺して了うことになるのです。実は一応はお断りはいたしたものの市場のある通りの金魚屋をたずね、魚拓という魚のすがたを必要があって写し取りたいのですが、生きた価格はお支払いしますから、死んだ金魚を頒けてくれませんか、何時でもいいから、死んだら取って置いて下さい、お勤めの道順にお店の前を通ることになっていますから、ちょいちょい寄って見ますとお爺さんにたのむと、金魚は毎朝あがる奴もいますから、そんな訳ならお帰りにお立ち寄りになって下さいと言ってくれ、わたくしは三年子くらいの大きさがほしいと言い、金魚屋と契約したのですが、それから一週間のあいだ通いつめてみても、大きい金魚はなかなか死なないらしく、何時も小さく気の毒に痩せたコドモばかりでございました。みんな眼をおおきく開いて未だ見なければならない物を沢山に見残した、そういう、ざん念そうな開眼死様でした。一週間も経つとさすがのわたくしも、死魚を尋ねることに気遅れを感じ、お爺さんがどういうものか此頃金魚はあがらなくて、どれもこれも意外に元気なのです、こんな不思議なことは今までは滅多にないことですが、どうか、気《き》永《なが》にお訪ねくださいと言い、わたくしもつい度々のことで気の毒になり、二尾の大きい三年子を買い取って持ってかえりました。彼女の死をねがう人間の手に提げられた金魚は、一尾は白の交《まじ》ったぶちで、一尾は火を噴いている真紅に黒の斑点が雑《まじ》っていました。わたくしはそれを硝子の鉢に入れ、夕方もどると先ず彼女らに眼をやり、朝もその美しさに見とれていたものの、次第にそのどちらかのさかなの死をねがうことに渝《かわ》りがなく、そんな気になっているのもあなたという作家のせいだと思い、作家をにくむ気にさえなっていたのでございます。わたくしに何の因縁があって此の哀れな魚族の死を俟《ま》たなければならない原因があるのでしょう。朝と夕方にかれらが生きているので、まあ、宜かったと思う半分にあるかないかの絶望感が、わたくしの生きて宜かったという気持の半分を、ちゃんと先き廻りして領しているのです。それはこのさかなを買った寸前から、すでに、さかなが死んでくれなければわたくしの仕事が始められない事、死を俟つために買った原因などが、世の中の人の飼う金魚なぞと異った条件が、わたくしを憂鬱にし更めてお断りしようかと考えるに至ったのでございます。も一つはあなたが単に頼み好いという事をわたくしに結び合せたもとは、何であるか、父の魚拓を眺めているという事だけで、わたくしにご用命なすったのでしょうか、いや、それよりも何だか、あなたの悪戯《いたずら》っぽい意地悪なものが、そこにありはしないかとも考えました。きっとあの女なら引きうけてくれるだろうという光栄を被《かぶ》せて、無理に押しつけたお仕事ではございませんでしたか、いや、これもわたくしが困り果てた挙句《あげく》に考えついたことで、あなたはそんな意地悪な方でないこともぞんじ上げていますけれど、生きた金魚を眼の前に眺めていては、いろいろ考えを変えて見なければなりませんでした。その間にもこのさかなが早く死んでくれないかという願いを持つことが、一等つらい思いでございました。

ところが今朝何気なく硝子鉢の中を見ますと、驚いたことには、その一尾のぶちの方がお腹を横たえて死んでいるじゃございませんか。わたくしはその死の原因をたずねる必要もなく、また、あれほど昨夕は元気であったのにという回顧もしてやらないで、よく死んでくれたわね、という褒め言葉さえ浮んで来て、さっそく彼女を手のひらに乗せて魚拓にする心構えをいたしました。尾の尖端は金魚屋にいた頃から既に擦《す》れ切れていたらしく、このさかながいかに好く三年間も永い間生き抜いていたことや、頭部にかなりに深い傷あとがあってそれが治っている状態から見て、取り分け彼女がふだん健康だったことも判りました。わたくしは用意の酢でからだを洗い、ぬめぬめしたものを取り去り、硯の墨を永い間かかって摺り、美濃判紙を机の上に白々と展げました。その間に此間から今日までの雑念は一さいなくなり、あなたを意地悪だとお手紙に書いたことも、さらりと忘れて晴ればれした気分になり、いまは天上降下の彼女を精神こめて写し取ることに専念いたしました。頭は海ばらの波頭に向き、尾は裂けながら空をつんざいている一尾の炎となったさかなを、わたくしは彼女のからだに墨を刷きながら尾はつばさのようにばさつくのを耳に入れ、固くとじられた口元からわたくし自身の悲鳴に似たものさえ、啾々《しゅうしゅう》として聴きとりました。こんな嘘みたいな大仰のありさまが三四十分間続いたあとに、五枚の魚拓はついに完成したのでございます。我ながら尾も鰭も翼のような張り方を見せ、口を閉じながら一文字に何物かに突入してゆくさまが、瞬間に燃え切った炎のように、ジリジリという火ばなを撥《はじ》いて往くのが眼に見えるようでした。尾を開いて力を籠めさっと刷き、頭部は悲しみに怒りを交ぜた気持でやってくださいと、あなたの指揮どおりにやりとおした時に、これは普通の魚拓ではなく、わたくし自身がナイフか何かでいま刻みこんでいるのだという感慨を、このお仕事の最中頭にうかべていた信念でございました。作家であるあなたの指揮された言葉がなかったら、こんなに美事な飛躍した急所が掴まれなかったかも知れません、此間じゅう作家という者をにくみ、あなたもいい加減な方だと思っていたのに、いまはあなたがご自分で出来ないことでも、言葉をあたえた瞬間から与えられた言葉は別の人間に拠って、あなたご自身でおやりになることと、些《すこ》しも渝《かわ》りない事をいしくも発見いたしました。

魚拓を終えて気のついた時に、わたくしはギプスの上から、そっと胸をなでおろして見ました。固いギプスではうつ向く仕事が或程度うつ向き過ぎるということが、鉄筋の関係上出来ないのでございます。このセルロイドの胸は何時も姿勢の一様を保っていなければならないし、姿勢をくずすことが不可能なのです。わたくしは時たま、このセルロイドの扉を柔《やさ》しく敲《たた》いてみることがございました。この固い扉の下にもわたくし自身の金魚というすがたを持った、女性のさかなが泳いでいる筈ですから、わたくしは宜く劬《いたわ》って上から扉を敲くことによって、彼女らとお話することが出来たのです。

何時かあなたはどうしてそんなに傲慢にちょっとだけしか、頭をお下げにならないんです。皆さんがああやって丁寧に挨拶の頭をお下げになるのに、あなただけはちょっと頭をお下げにしかならないのは、少々考え物ですねと、お宅で日曜日のお客がおかえりになり、わたくしだけが居残った時にそう不思議そうにお聴きになりました。それは、よほどお気になっていたご様子でもあり、これ以上黙っていられないというふうに、お見受けしました。そしてその時はじめてわたくしの肋骨《ろっこつ》が四枚分切り取られた手術のお話をし、ふだんも鉄のギプスをはめている事、そしてセルロイドの板ではうつ向くことがちょっとしか出来ない事、挨拶は何時も失礼にも相手のお方の半分もお返し出来ないことを申しあげました。併し、さかなの頭部にある傷がもう治っていたように、わたくしの胸の中もいまは治りかけているのです、けれども、傷は治ってもほかの事で今日のさかなのように、突然に死ななければならないかも判りません、そして彼《あ》の時、わたくしはギプスの上をこつこつ敲いてお見せしたでしょう、そしたら、あなたは何とも申し上げられないカナしいお顔をなさいましたが、きっと、お仕合せにも、およそギプスというものの音響をはじめてお聴きになったのだと、そうギプスの患者はさかしくもお察ししました。はたして初めてギプスの音をお聴きになったと、あとであなたは仰言ったので解りました。わたくし自身がこのような患者であるのに、朱いさかなの死をねがっていたことは何といっても、罪のふかいことに思われます。いまは併しさかなはもう一度生き直ることが出来ると、わたくしはこの小包を作りながらたすかったような気になって居ります。では又いずれ。

私は小包の紐をとき、美濃判紙五枚にとられた魚拓を見いった時、本物のさかなのからだを直接写し取るということの、その本物というものが人間の手によって描くことの出来ない生きのあることを知り、それに精神の勢いが魚体にみなぎって、反《そ》りを打ち、反りの背後に蒼《あお》ぞらを感じたくらいであった。これは巧い、ここまで這入って何も彼も写し取ったということには、折見とち子が金魚屋に十日間も通うたゴミゴミした市場への道すじの、よごれた夕靄《や》がうしろにかかり、その前には死魚を見つけるばかばかしい仕事を、自分でも断り切れない遣り切れなさがあった。ギプスは鳴り、さかなは今日も死んではいない、爺さんの顔を見ることの極りの悪さが、こういう依頼を何故わたくしに限って托《たの》みこんだということに、悪趣味を悪趣味のままでこじ附けようとする一人の作家を、又しても憎たらしく思いやりのない人だという、折見とち子の顔附までが私にうかんで来た。
　私は例の係の記者の人に、郵便でその二枚の魚拓を選んで送った、それは誰の心をも摑まずに置かない自信があったからだ。係の記者の人は直ぐ訪ねて来て言った。あれには驚いた、あんなに巧く魚拓がとれるとは、あれを見たときに初めて一種の美しい化学の所作を感じたくらいだ。滅多にほめない部長もあれをひろげて一瞥《いちべつ》すると、これは巧い、これならこの儘でゆこうじゃないかと言った。彼はまた、あなたは妙なことを考える人だ、はじめ、あなたのとられた魚拓を一見した時、ああいう変な物でまた揉《も》みあうのかと、ひそかに怖れていたくらいです、そこに小包が到いたが直ぐそれを開こうという気が鈍り、あれなら何枚とっても同じ毛虫のような金魚しかとれないと、気が進まなかったが、そんな場合でもないので小包をひらいて見て驚きました。激溢してはいるけれど孤独きわまる画面が、数人の人間の手によって作られた気がし、ちょっとの間、恐ろしいくらいであった。しかも、ただの一尾のさかなだけが白紙から抜け出してさらに天上降下を往くところもなく続けている。あなたは妙な人だ、さらに折見とち子という女の人はさらに妙な人ではないか、と、係の記者はいい、私はこれで宜かった、と思った。

（「群像」一九五九年十月号）

離脱

島尾敏雄

ぼくたちはその晩からかやをつるのをやめた。どうしてか蚊がいなくなった。妻もぼくも三晩も眠っていない。そんなことが可能かどうか分らない。すこしは気がつかずに眠ったのかもしれないが眠った記憶はない。十一月には家を出て十二月には自殺する。それがぼくの運命だったと妻はへんに確信をもっている。「あなたは必ずそうなりました」と妻は言う。でもそれよりいくらか早く、審きは夏の日の終りにやってきた。

その日、昼さがりに外泊から家に帰ってきたら、くさって倒れそうになっているけんにんじ垣の木戸にはかぎがかかっていた。胸がさわぎ、となりの金子の木戸からそっとじぶんの家のせまい庭にまわって、玄関や廊下をゆさぶってみたがかぎははずれそうでない。仕事部屋にあてた四畳半のガラス窓は、となりとの境の棒くいをたてただけの垣のすぐそばで、金子や青木の方からまるみえだが、ガラスの破れ目に目をあてて中を見ると、机の上にインキ壺がひっくりかえったままになっている。はっといきがつまり裏の台所にまわった。二羽だけの鶏が卵を生んでいたが、とり出す気にもならない。うらは小さな町工場でからだをななめにしないと通れないほどの路地をへだてているだけだ。機械のまわっている振動をからだに受け、鉄をさくときのつきささる音響を耳にして、そのへんにありあわせた瓦のかけらで台所のガラス窓を一枚たたき割ると、じぶんのかっこうが犯罪者のそれと重なり、足の底からふるえがのぼってきた。ながしには食器がなげ出され、遂にその日が来たのだと思うと、からだもこころも宙吊りにされたようで、玄関につづく二畳のまから六畳を通って仕事部屋につっ立ったぼくの目に写ったのは、なまなましい事件の現場とかわらない。机と畳と壁に血のりのようにあびせかけられたインキ。その中にきたなく捨てられているぼくの日記帳。わなわなふるえだしたぼくは、うわのそらでたばこを吸っていたようだ。二人のこどもをつれてどこか遠いところに行くつもりの妻が、さしあたり駅前の映画館で半分だけみて青冷めて帰ってきたが、前の日までの、三日と待たずに外泊のために出かけて行く夫に哀願していたときのおもかげはもうどこにものこっていない。そして妻の前に据えられ、ぼくにどこまでつづくか分らぬ尋問のあけくれがはじまった。

「いったい、どういうのかしら」と妻は、くりかえし責めたててきたおなじ問いかけのところにもどってきては、そう言う。「あなたの気持はどこにあるのかしら。どうなさるつもり？　あたしはあなたには不必要なんでしょ。だってそうじゃないの。十年間ものあいだ、そのように扱ってきたんじゃないの。あたしはもうがまんはしませんよ。もう何と言われてもできません。十年間もがまんをしつづけてきたのですから、ばくはつしちゃったの。もうからだがもちませんよ。見てごらんなさいこんなにがいこつのようにやせてしまって。あたしは生きてはいませんよ。生きてなどいるもんですか。でもあなたにめいわくはぜったいにかけませんからね。誰にも分らないようにじぶんを処分するくらいのことは私にできます。あたしはそのことばかりずっと研究していたようなものだわ。あたしはあなたを解放してあげます。そのあとであなたは好きなようにその女とくらしたらいいでしょ」そして決着をつけるように、「どうしてもね、これだけは分らないわ。あなた、あたしが好きだったの、どうだったの。はっきり教えてちょうだい」

「それは」と効果のない空しさのなかでぼくは返事をする。「好きです」

「じゃ、どうしてあなたはあんなことをしたんでしょう。ほんとに好きならあんなことをするはずがない。あなた、ごまかさなくていいのよ。きらいなんでしょ。きらいならきらいだと言って下さいな。きらいだっていいんですよ。それはあなたの自由ですもの。きらいにきまっているわ。あなたね、ほんとのことを、あたしに言ってちょうだい。このことだけじゃないんでしょ。もっともっとあるんでしょ。いったいなんにんの女と交渉があったの？　お茶や映画だけだと言っても、それはおんなじなんですからね」

それをぼくは次々に数えあげる。そのときは羽ばたき、今腐って悪いにおいがしはじめてみえる暗い行為のつみかさなり。しかし言いきれず、思い出せないふりをして言いのこすものもある。数えたてるとかずかずのいかがわしい過去の姿勢に、自分でおどろき、だが舌にのせる。

「あたしはね。やっぱり、あなたの日記を見たときの決心を変えませんわ。あなたほんとにそれだけなの。まだかくしているんでしょう。でももういいの。あたしは決心を変えません。あなた、とめないで下さい。あなたと言う人はねえ」

「おまえ、ほんとにどうしても死ぬつもり？」

「おまえ、などと言ってもらいたくない。だれかとまちがえないでください」

「そんなら名前をよびますか」

「あなたはどこまで恥知らずなのでしょう。あたしの名前が平気でよべるの、あなたさま、と言いなさい」

「あなたさま、どうしても死ぬつもりか」

「死にますとも。そうすればあなたには都合がいいでしょ。すぐその女のところに行きなさい。けどあなたとちがってあたしは生涯をかけてあなたひとりしか知らないんですからね。これだけははっきり言っておきます。しっかり覚えていて下さいね。あなただけがあたしのいきがいだったんだわ。あたしはからだもこころもあなたにささげつくしました。あたしはうそを言ってるのじゃないのよ。それはあなただってみとめるでしょ。その報酬がこうだったのです。こんなひどいめにあわされて。犬ころかねこの子のように捨てられたんだわ」

「捨てはしない」

「じゃあたしはあなたの何なの」

「妻です」

「これが妻かしら。妻らしいどんな扱いをしてもらえたかしら。なんにもしなかったじゃないの。あたしを女中とでも思っていたの。妻の扱いをしなければ捨てたのといっしょじゃないの」

「とにかく死なないでほしい」

「あなた、口だけでそんなことを言ってもね、あたしが死なないでもいいような保証ができる？ 今までのあたしとはちがいますよ。お金がかかるわよ。あなたのような三文文士にあたしが養いきれるかしら」

「努力します」

「どういうふうにするつもりなの」

「もう外泊はしません。ひとりでは外に出ません。外に出るときは妻やこどもをつれて出ます。妻のほか、女と交渉をもちません」

「あたりまえよそんなこと。おとなりの青木さんをごらんなさい。日曜日になると、家族じゅうでだんらんしているじゃないの。映画にだってピクニックにだって、いつだって、家族といっしょよ。あなたは家庭的な奉仕をしたことがあるかしら。あたしをどこかにつれて行ったことがあるかしら。こどものことをかまってくれたことがあるかしら」

「一度あったと思うんだけど」

「いつ」

「ほら、神戸にいたとき、大丸の屋上庭園の木馬のりに伸一をつれて行っただろう」

「あら、そうだ。そんなこともあったわね。そう言うんならそれは認めてもいいわ。十年間にたった一度だけね。そんなことってあるかしら。でもちょっと待って、あのときだって、あなたの旅行の準備の買物に行ったついでてでしょ。あたしは家族的なだんらんがしたくてたまらないでいるのにあなたはいやいやくっついて来たじゃないの。そのときあなたが行ったのはどこの温泉だっけ。そこであなた何をしていたの。やったことをすっかりかくさないで言ってよ」

「分りました。分りました。これから家庭の奉仕を先ずいちばん先に考えます」

「あなたにできるかしら。あなたのようにきたないことばかり考えてるひとに」


問答は昼もなく夜もなくつづき、妻は家事にとりかかることを思い出さない。もっとも二人には食欲も起らなかったが、こどもたちは遊びのあいまにおなかをすかせてやってきても、親たちの険悪な様子をみとめると小さな足音をたてて又外の方にもどって行く。尋問がとぎれると、こどもらの空腹が気になり、六つの伸一におかねを渡して、ごはんのかわりになるようなおまえとマヤの食べたいものを買っておいでと使いに出すと、笛のついたあめや焼麦の駄菓子など買ってくる。これじゃごはんにならないねえ伸一と言いながらちゃぶ台に坐らせるが、いつのまにか棒あめをくわえくわえ外に行ってしまう。洋服や顔はよごれ放しでも、どうしていいか分らない。これらの気の配りはみな妻のくらしの日常のくりかえしの中で維持されることがやっと分るが、妻の方はそれまでと変ってこどもにやさしくなっているぼくを他人の目つきで見ている。

しだいに日がかたむき、部屋のなかがうすぐらくなっても電灯のスイッチをつけるきもちがおこらない。はなしはぐるぐるまわるだけで結末はつかず、妻の態度だけがますます確信を加えてくる。それまでの妻はぼくの目のうごきにもおびえ、かえってぼくを不機嫌にした。ぼくはその顔付を消さず、妻はすべてを許し、あばくことをおそれてますますやさしくなった。もういちどだけ許すことが生活の良知なのにと苦しまぎれに思い、そうすればぼくは生れかわるだろう。ゆるしてくれなくてもいいがこのたえまのない尋問のくりかえしは不毛だなどとぼくははらのそこで思う。こんなときには悪びれない態度と考えるが、かきたてられた過去のしかばねの中ではどうしてもおもてをあげていることができない。行為の細部を数えるときに、かけあしをして通りぬけ、とぼけて知らぬふりをしたり、かくして言わぬことがどうしても残るのがわれながら不審だ。

「たしかにそれだけなの。かくしているのじゃないの」

「いいえ、かくしてなんかいない。いまさらかくしたってどうなるもんじゃない」とぼくはいなむ。「ほんとうね、うそ言っちゃいやよ」「うそは言いません」「ぜったいに？」「ぜったいです」ぼくはまた否む。ひとつを言えばふたつを言うも、同じなのに、ふたつめを言うときに、気づかれなければふたつめは言わずに通りすぎたいきもちの起ってくるのをどうしてもはらいきれない。でも別のところで必ずそれをあらためて言わなければならなくなることがおそろしい。妻はそこをつき、私はどもって二枚の舌をつかい、訂正しようとして、きたない顔つきをこしらえた。長い夫婦の生活のなかで妻のこの追いつめのすぐれた技術にどうしてぼくは気づかなかったろう。断定を単純に言いきって、かならず相手の言い分をあいまいな立場に追いこんでしまうみごとなロジック。三日のあいだのもつれあった不眠のとりしらべのあとで、ぼくは妻の疲労のない顔にみとれ、じぶんをどうしても弁護する余地のない、いやしい男と思いはじめた。きっと妻の言う不浄なけものにまちがいはない。どういうつもりでぼくは長い歳月をけもののようなことばかり考えてすごしてきたのだろう。

「あなた軍隊でそんなことばかり覚えてきたの」と妻は言うが、それは軍隊で、でなくて軍隊の前からだ。学生のころの或る日から、きたないことばかり考えはじめた。だがぼくはみたされたことはない。そこに傾く姿勢がリアリストにみせかけることができると思いこんでいた。妻の服従をすこしも疑わず、妻はぼくの皮膚の一部だとこじつけて思い、じぶんの弱さと暗い部分を彼女にしわよせして、それに気づかずにいた。過ぎ去った十年の歳月を妻にさし示されてみれば、ぼくはじぶんのことばかり考えて悩み、妻はひたすら身を捨てていたことをうたがうことができない。ときには嫌悪がおきて、献身のじぶんのすがたが気にいっているからだろうと言ってみるが、それは空転してかみあわない。

夜がくると、こどもらは昼間着せられたもののまま、ふとんをかぶせられた。頰のあたりにおびえをのこして伸一もマヤも親たちのそれまでにはなかった異様な対峙を横目に見て、でもすぐ眠りにおちてしまう。それはいくらかぼくをなぐさめる。こどものそのひよわな重さの方に妻の気持を向けようとくわだててもみるが、すぐその考えは伏せたくなる。もう二十年も二十五年も前のことになろうか。母が家を出て行ったとき、こどもらをだきかかえて流した父の、おそすぎた涙に、幼いぼくは味方をすることをはじたのだが、そのみにくさをじぶんにかぶろうとしている。妻は事故をかたわらでながめる目をして、手をさしのべようとはしない。

「ほら、かわいそうでしょう。そのこどもたち。でもあたしはもうこどものせわはしませんよ。どうぞあなたがしてください」

と言っていたかと思うと、いきなり立ちあがり、台所の板のまに坐りこんで動かない。妻からはなれてはいけないと思い、くっついて行っていっしょに坐っていると底の方から冷えてくる。からだに悪いと言っても耳をかさない。

「おかしいじゃないの。急にあたしのからだの冷えるのが心配になったのかしら。あたしにはね、ここにこうしているのが似合っているの。この二、三日あたしはあなたにいろいろなことを言ってきました。しかしそれはまちがっていましたわ。あなたに悪いところはひとつもありません。あなたは深い深い考えでひとつのことを追求してこられたのです。妻とこどもを犠牲にして、じぶんじしんのからだをこわしてまで、じぶんのしごとを大事にしてきたひとです。今さら俗人のあたしが何を言うことがあるでしょう。そうでしょ、あなた。だからあなたはこんなぼろきれみたいなあたしにかまわなくてもいいのよ。おすきなように今まで通りなきたない文学的な生活をつづけたらいいでしょ。あたしにはこの板のまがちょうどいいのです。こうまいな芸術生活は分りません。ここはあたしが押し入れをこわしてつくった台所です。あたしがじぶんでつくりました。あなたはちっとも手伝ってくれませんでしたからね。そうそう、おかねはみんなあなたのものでしたわ。あなたの大事なおかねを使ってごめんなさいね。でもあたしはあなたの妻じゃなかったのだから、そうでしょ、妻の扱いをしてくださらなかったのですから、女中のお給金だと思って、あたしが使った分は、あたしが自由に使ってもよかったでしょ。こんな安い女中が、世界中どこをさがしたってみつかるものですか」そしてぞうきんがけをするかっこうで板のまをなでさすり、「ここであたしは三度三度のごはんごしらえをし、お洗濯をし、あなたが帰らない晩はこうして坐りつづけていたのです」

工場やとなりの家々のいらかにはさまれてのこされたほんのわずかの空間に、夜の空がはめこまれ、やせほそった月が、刃のように見えた。昼間の鼓動のような騒音は夜の闇に吸いとられ、ときたまタイヤをアスファルトからはぎとるように疾走するタクシーのひびきがきこえてくるほかは、物音はない。深夜の大気にはにんげんの悲しみを演奏する青い振音が注入されていて、ぼくのつまずきもその調和に吸収されたと錯覚しそうだ。そのせいか、妻のめんめんとつきない表白が、ひとつの長い叙事詩のようにきこえはじめたのもふしぎだ。もう審きは終りを告げたという思いが満ちてくる。それまで気がつかなかった妻の苛酷にうちのめされて、立ち直れないことをみとめてしまった安らぎ。「ほらここに血のしみがついているでしょう。ほら、ほら見てごらんなさい。いつかのとき血がどんどん出て来て、どうしてもとまらなくなったの。でもあたしはじっと坐っていました。そのときもあなたは……」と妻のひとりごとはつきそうにない。

妻は「ちょっとおつかいに行ってきますからね」と言って玄関を出て行った。ぼくはうっかりそのまま出してしまった。それはうそのようなすきまだ。三晩も眠らないと頭の中に白いすきまができてしまう。便所にたったときだったろうか。ぼくは片時も妻と離れていなかったはずだ。妻はぼくのこころのすきをねらっていて家をとび出そうとした。それまで植物のようであった妻のからだはしだいに鉱物質に変ってくるようだ。それをどうとどめようもない。ぼくと妻は位置が転倒してしまったから。その新らしい位置にぼくはまだなれないし、それまでぼくを覆っていた灰色の気分が甘ったれた乳のように思い返される、この状態に、すぐ同化してよいものかどうかとまどっている。じぶんの宿命をきまじめにころがして行った方向の軌道からとびのいて、そのとき手放した宿命が遠のいて行くのを見すごすことにひりひりした痛みがある。宿命がうしろ向きになって裏切り裏切りと口をゆがめてわめいている。すると精神が乖離し下腹の方から内臓が凍りついてきて、じっとしておれなくなり、下駄をつっかけておもてにとび出す。塀の木戸をあけるときのすべりの悪いしめったひびき。迷路のようにまがりくねった路地を走りぬけると、映画館の横からふいに表通りに出る。三角なりの駅前の広場越しに、目を凝らし視界の状況をいちどにむさぼりとろうとする。そして切符売場の窓口にのぞきこむように何か話している妻のうしろすがたが見えると、冷えた身うちにいきなり熱い血が逆流してくる。木ぎれにとまったとんぼをにがさないときのように、彼女の逃げばをふさぐ気くばりをしておいて、そうっと近づき、肩に手をかける。切符売場の駅員に話しかけていた妻の声は日常のやさしさをとりもどしていて、この二、三日のあいだそれをぼくはきけなかった。

妻はふり向き、仕方なしに口をすぼめて鼠のように笑い、でもすぐ暗い表情におおわれてしまい、二人ともひとことも口をきかずに広場を横切り映画館の裏から路地にきれこみ、ぐるぐるまわるような道のりを家の方に戻ってきた。

「あたしどうしても分らないの。あなたというひとが、どうしてそんなことをしていたのでしょう」

妻の問いただしがそこのところにもどってくると、その論理に引きこまれないようにおびえだすぼくは、じぶんの論理で妻をなっとくさせることには望を絶った。今できることは、彼女の家出を見張ることだけだ。とにかく、しばらくのあいだ自殺をのばしてください、これからのぼくを見てくださいと何度もくりかえすことによって、ほんの少しだけ妻の固いむすぼれがほぐれたと思えた。こころみのために、妻はしばらく家にとどまる気持にかたむいた。

「でもあたしはもとのあたしではありません。お炊事も、それからあなたやこどもの世話もしますが、ただ機械的にするだけです。いちどくつがえった水は、二度ともとのお盆にかえりませんのよ。それは分ってくださるでしょ。でもあたしはどうしてこんなになってしまったのかしら。あなたが、それこそどんなことをなさっても、あなたがそれでいいのなら、あたしもそれで満足だと思っていられたのに。あたしがおそろしかったのはあなたのからだです。あなたを丈夫にしようとして、この十年のあいだ、じぶんのからだとこころをすりへらしてしまいました。こんな夫婦ってあるかしら。結婚式のその日から、あなたは悪い病気にとりつかれていたのですからね。それから多発性神経痛で動けなくなったとき、あなたがきたながっておまるを使わないので、神戸のうちのあのお二階からしたのお便所までおぶっておりたり上ったりしたでしょ。それなのにあなたのお父さんは何というひとでしょ。ひとことでもやさしいことばをかけてくれたかしら。飴を買ってきてもじぶんひとりでなめてるじゃないの。にくいよめのあたしにはどうでもいいのよ。けどじぶんの血を分けた孫がそばに居ても、ひとつでもやろうとしないんですからね。そのくせねえやにはかげでこっそりやっているんだから。そんなばかなはなしがありますか。その薄情なひとがあなたのお父さんです。あなたはいやがるけど、あなたはお父さんにそっくり。だから十年間もじぶんの妻をほったらかしにしておいて、じぶんだけ勝手なことがやってこられたんだわ。でもあたしはあなたが好きでした。このごろどすぐろいいんさんな顔になってきて、あたしはあなたに死なれるのがいちばんおそろしかったの。あなたは自殺しようと思っていたんでしょ。かくしたって分っています。あたしにはあなたが深みにおちこんで行くのをどうすることもできなかったんです。もし何か言えば、あなたはきっと家を出て行ったでしょう。そうしてやがて眼が覚めて、真相が分れば覚めるにきまっているんだから、そうしたらじぶんに恥じて自殺してたでしょう。でもね、あなたがそういうじぶんのすがたがようやく分って、ほんとうに心から改心するのなら、あたし、もうしばらく考えさせてもらいます。そのかわり、今までの女との関係をつづけないこと、自殺は絶対にしないこと、こどもの養育に責任をもつこと、それが誓えるかしら?」

誓わないことなどと思っていたじぶんの考えをここで又一つ捨てて、ぼくは「ちかいます」

と言った。

「ほんとよね。じゃ又もとのようにしばらく居てあげます」

三日の窮命をくぐりぬけたぼくは、じぶんのからだが、ぬけがらになったのか、大きな手術を施されたのだろうか、今まで気がつかなかった生活の別の層のなかにまぎれこんで、どうにもからだの処理がつかず、えたいの知れぬ病にかかったようでもあり、又三日のあいだの調教の反応で単純な発熱の状態におそわれているだけのようにも思う。

やはり疲れが出て、じぶんのしごと部屋のベッドでついうとうととした。からだのふしぶしがばらばらにはずれたようだ。目ざめてぎくっとし、家の中の気配に気をくばると、妻もこどもも居そうにない。しまった、と思い、がば、とからだをおこすと、ちょうどやぶれ垣根のすきまから妻がこどもふたりの手をひいて家の中にはいってくるすがたが見え、水をかぶるように安堵した。妻はよそ行きの藍染大島の着物などきて、白くやつれ美しく、むすめむすめして見えたから、

「ああびっくりした。逃げてしまったのかと思った」とじぶんでも意外なほどくったくない声が出たが、妻はそれに応ずるようににこりと笑顔をつくった。すると、ぼくの血管を、雪どけの小川のように何かがぐぐっと流れて通った。

「だいじょうぶ」とその笑顔を消さずに仕事部屋にはいってくると、妻は「おとうさん」と、こどもにならって使っていたよびかけにもどり、「あたしおねがいがあるの、今までの万年筆

と下着をみんな捨ててくださいね。見てるのがいやだから。そのかわり、はいっ」と新らしい万年筆をぼくに示す。「八百円もしたのよ。だいふんぱつしちゃった。でもいいわね。おとうさんのあたらしい出発なんだから。それから、これ、アナタノ大好キナ、オセンベイノオヤツ」

そしてぼくは言いつけられた通り捨てるものを捨てながら、いつも目の底に机や壁のインキのあとが消えない。それはいきなり胸もとにつきつけてくる何かがあり、光線のかげんで、かさ多く吸いこんだところは唾液のように光ってみえるようだ。

夕飯のあと、近くのラジウム湯に行くためにぼくはひとりで家を出たが、家の外の空気が、すっかりちがってしまったようで、からだが羽毛のように軽く、ふわっと浮きあがってしまいそうだ。駅前通りのひとつに出ると、そこは道の両側にぎっしりそれぞれの店舗がならび、飾窓を工夫したり、お祭どきのような広告旗竿をふだんの日にも立てている。道路は店々の明い照明にくまどられ、等間隔にそなえつけた広告放送の拡声器から流れ出る宣伝文句と軽い音楽、ひっきりなしに行き交う人々の下駄や靴の足おと、ぱちんこ屋の玉の流れるざわめきなどが、ふいにひとのそぞろな気持をひきさらって行こうとする。道はばはせまく、米屋に、八百屋に魚屋、それに、果物屋、お菓子屋、理髪屋、そば屋、すし屋、大衆食堂、みそ屋、肉屋、本屋、葬儀屋、一ぱい飲み屋、時計屋、仕立屋、日用雑貨店、金物屋、荒物屋、洋品店、靴下屋などいずれもみな店舗は小さくふだん着の主婦か、つとめ帰りのサラリーマンがあわただしく用を足して行くような通りだ。素顔のままの下町ふうな雑踏があって、この界隈に引越してきたとき、ぼくはいきなり頬のうちがわに赤い電球をともされたような何に向ってか分らないなつかしさにおそわれた。この町の駅前の広場から放射状にのびてどれも同じようににぎやかな顔つきの商店街のあいだにはさまれた名知れぬ谷底の死角の部分のかくれ家か、或いはイルミネーションのほどこされた、かなりぼろだけれどもずうたいの大きな客船の船底にくっついている牡蠣貝のようなこの家に、やがてぼくはほこりを抱き、この小岩駅界隈の環境に雪の日の犬ころのようにこころをはずませていたのではなかったか。この雑踏の中で、やがて孤独であることのたのしさ。ネオンで赤く焼けた夜空の下の駅前町の、蚕棚のようににぎやかな、でもまゆはたったひとりでつくらなければならないことのたのしさ、などにぼくの期待はふくらんだはずだ。でもそのあとぼくはせかせかと脱け出してばかりいて、この町をかえりみなかった。今ふたたび、巨大な首都の東の方のかたすみにできあがったこの場末の町の、ほんとの住民である資格をぼくは取りもどすことができる。そしてこの町のすべてをもっと貪欲に、計画的に味わわなければならぬなどと熱っぽくなった気持が起っている。家の中の危機の傷口が外界をしみるように受取らせるのだろうか。

「ラジウム湯」はこみ合った店舗のうしろがわのところで、ひときわ大きな建築物を横たえ、高い煙突から、けむりをたなびかせ、そのまわりの溝に、懐旧的なにおいをまきちらす石けんの汚水を流し出してぼくを迎えるふうに見えた。町なかの湯屋にはなにか、貧しく欠けて足りない者へのなぐさめがあって、はだかのすがたを写しとる大鏡の中のじぶんを見たぼくは、なだめられていたようだ。

入浴してのもどり、ふたたび雑踏を通りぬけ、路地に足をいれると、舞台の上からいきなり奈落にはいりこんだような、信じられない静けさがある。表通りの都会じみた表情が、がらりとはぐらかされ、蛙や虫の鳴き声さえきこえてきて、たんぼの中のいなか家にもどって行くようだ。もっとも、そんなに遠くないついひと昔のころのこのあたりは、いちめんのたんぼであったのだから、真昼の光線がうばわれると、その昔の気配がよみがえってくるのかも分らない。裏の鉄工場につとめる青木や金子の家の庭に沿って板塀をぐるっとまわると、じぶんの家のこぢんまりした建坪と屋根瓦と、くずれかかったけんにんじ垣が見え、そして谷間の一軒家のように、ぼーっと、うすぐらく灯がもれている。仕事部屋のガラス戸が、となりの板塀ごしに位置を占め、そこにつと人かげの動くのが見えると、ふと夜歩きをしなくなったぼくの影絵かと、あらぬことを思ったが、二、三日この方の家の中のことが逆流してきて、ぼくはついかけあしの姿勢で敷居をまたいだ。そのときそこにたしかなふだんの生活が展開されている確信はまだ持つことは許されない。あらかじめいきをつめた不安の中で家を見ると、妻が頰と唇に紅をさし、長そでの銘仙を寝巻のように着て、にこにこ笑っている。「あたし、お化粧をしたわ、いいでしょ、おかしい?」こどもたちを寝かせた枕もとには、昼間着せていたものをきまりよくたたんで置いてあって、その横に、妻が来客用にだけ大事に使っていた羽根ぶとんが用意されているのにぎくりとする。ぼくの目の底には、深夜すぎて外から戻ってくると、その六畳のまには三つの小さなふとんが、海底の石ころのように沈んでいた情景が重なる。妻のふとんも、こどもらの小さなそれと変りなく、くぐまって置かれていたはずだ。と胸をつかれながら、足おとをしのばせ、じぶんの仕事部屋にはいり、あいだのふすまをしっかり閉めてそこに据置いたベッドにもぐりこみ、じぶんだけの考えと余韻の中に深々と沈みこむことをくりかえした。でもぼくは陋巷の底の三つの石にじぶんを加え、たった四人で、あやしげな天候の航海にともづなをといた。しかしそれは順序が逆だ。その作業は十年前になされたはずであった。惑いの風向のなかで、ぼくはじぶんの舟をきりきり渦巻かせた。それをどこかの岩かどにぶつけようとしていたのか。妻のへたな化粧に彼女じしん気づかないのが信じられないが、それはむしろ粧いの意志がするどく現われ、思わず笑いだし、笑ったあとで、たぶんぼくは深くひとうち受けたことを認めないわけには行かない。

「ひとつだけギモンがあるの。きいてもいいかしら」妻は遠慮がちに言うが、そのときすでに彼女のすがたは鴉の黒いつばさを装っている。ぼくは反射的にそのそばを逃げたくなる。しかし逃げることはできず、じっと待っている。「あなた……に行ったことがあるの?」「……」「だれと行ったの」「……」「だれと行ったのよ」「……」「かくさなくてもいいじゃない。ちゃんと分っているんだから」「分っているんならいいじゃないですか」「いいえ、あなたの口からはっきりききたいの。あたしには、なんにも包みかくしはしないって誓ったでしょ。お言いなさいよ。あった通り、すっかりそのまま言ってちょうだい。そこだけでなしに、あなたいったい何回旅行をしたの。どことどこに行ったの。どこに泊ったの。なにを食べて、どんな本をよんだの。映画をみたでしょ。なんの映画？　どこで、何回、どんなふうに、うれしかった、どうだったの？」ぼくはそれに答えて行く。努力して正確に、つつみかくさず。しかしすべての過去を、ではなく、そんなことは不可能なことだとじぶんに言いわけをしながら、でもそっと通り過ぎてみて、妻の反応がないと大胆にかくそうとし、あいまいなことをあいまいに言うと、妻はそれを責め、すこしちがうのだがはっきり罪の中に書きこみなどして、ぼくのからだはふるえはじめる。そのからだは検証のためにすべてを妻にあずけてあるが、妻のからだは精密な虚偽発見器とことならない。ぼくのおびえきった反応が、現われたところの正確さで妻のからだに記録され、ちがうんだと叫んでも妻はそれを許容しない。記録がぼくのあいまいな真実とくい違って痕跡をのこすと、それは次から次に、別のくい違いを呼びよせずにはおかない。「うそつき」と妻は審き、ぼくはあせって、不在証明を呈出するたびに、うその深さが深くなる。もうどうしてものがれることはできない。とうとう「インキ壺が投げつけられてからこちらのことにして下さい。そのときからのぼくを見て下さい」と絶叫してしまう。「なにを言ってんのよ。あなたのは十年このかたのことじゃないの。十年この方の不正がたった三日間でどれだけのことを証明できますか。たわごとも休み休み言ってちょうだい。だからあなたはにんげんのことに無責任なのです。あなたの仲間があなたのことをどう言っているのか知っていますか。とんまとかうすのろとか言っているのですよ。じぶんの小ささを知らないで、あなたのきたない生活を文学的探求のつもりがきいてあきれるじゃないの。あなたの小説などどれひとつとしてにんげんの真実を描いていないじゃない。うすよごれたことばかりに細密描写をしているだけでしょう。だからいつまでもうだつがあがらないのだわ。それであなたそのときよかったの」「よかった」「ちきしょう」そう言うと妻はがばとふとんの上に起きあがり、目をつりあげた形相でぼくをにらみつけた。「よくもそんなことがこのあたしに言えたな」その声はどこか少し遠いところ、もしこのバラック風な場末のぼろ家に煙出しがついていたら、そのあたりで彼女はぼくからもぎとったじぶんのことばを、もろにくわえて、ぼくを呪いつつ脱け出そうとしているようだ。ちぢみあがって思わず立ち上ると、妻は台所の板の間に坐り、「あたしに水道の水をぶっかけてちょうだい」と言う。又夜がやってきていて、台所のせまい板のまは、ながしと茶だんすにかこまれ、透ガラスの部分に覆われた小はばの破れカーテンのすきまからあふれてはいってくる夜の大気の色にみたされようとしている。そこは妻の常習の徹夜の場所だから、どんな素材もスクラムをくんで妻の弁護に立とうとしている具合なのだ。深夜のタクシーのタイヤの悲鳴や砂浜を歩いてくるような男の足おと、高架線や運河にかかった鉄橋の上をぐるぐるまわっている国有鉄道の終電車のわだちのきしり、轢かれるのなら貨物列車をえらぼうとちらと考えた頭脳の中で、てのひらにのるような小さなぼくが、赤い後尾灯のようにどんどんすざってしまったあとに、そのもろもろの音響はぼくを攻撃しにくびすを返してやってくる。仕事をやめて仮死している裏の鉄工場の、高窓のやぶれたガラス戸、こちらの出方をうかがっている旋盤やベルト、土間に沈みこんだ名の分らぬもろもろの機械が、のしかかるようにぼくたちの家の方によりかかってきて、かくしごとをききとろうと耳をそばだてる。「もっと、せきたてられたぼくは従卒のようにバケツに水をみたし、妻の頭からぶっかける。

もっと」と妻は言い、少しもさからわずにその行為をつづけると、妻の歯の根が合わなくなり、がちがちふるえ出して、「あたしのあたまをほんきでぶって」と言う。「頭に重い大きな鉄のおかまをかぶったようになるの。あなたが家をあける夜はいつもこうなるのよ。早く早くぶって」ぼくはこぶしをかため、ほんきになって打つと、ぼこっとにぶい肉の音がして、軍隊で下級者をなぐった手が重なる。一つ二つそれをくりかえすと、手はしびれ、妻は「あわわわわ」と女の子が長い水あびから唇をむらさき色にしてあがってくるときそっくりのよくとくのない顔付をして、「もういいわ、風邪をひくといけないから、あたし着がえる」と言う。あたりいったいの水たまりが流された血のように見えた。

「こんやはどうしてだかおさまらない。頭をひやさないといけないの。ちょっと散歩をしてきます」と言うがそのままひとりで夜の家の外に出してやることはできない。

こどもらの方を見ると、目をさまさないで眠っている。伸一はからだをふとんからはみ出させ、頬はひびわれるほど赤く、広いひたいは反対に壊れそうに白い。マヤはどうしてかきゅうくつそうにうつ伏せて足も手もちぢこめ、小さなおしりをうず高くして、そのおかしなかっこうはそのままぼくの心臓におぶさってくる。玄関のかぎはかけたままにし、下駄をもって二人で縁がわから、お祭に家をぬけ出て行くわかいものどうしのようにあと先になって外に出た。表がわの通りに出て行かないようにうすぐらい路地ばかりをえらんで歩きながら、きょうはあなたがいてくれるからいいと妻は言うが、ぼくには未知のことが次々に口をあけて傷の内部をひろげてくるふうで、おそろしさが先に立つ。ひとりのとき妻はこのへんてこな発作をしずめるためにひとかげのないところに行かなければならなかった。町のはずれの千葉街道。葦でおおわれた江戸川の土手。又反対の町のはずれに大工事中のあたらしい人工放水路の作業現場。そのあたりが発作におそわれた妻をつよく招きよせる。タクシーをよびとめてどこまでも走らせてもみた。足がしびれて歩けなくなると、地面を這ってても歩いた。あくる日の昼下りに夫のぼくは疲れを顔にあらわし帰ってくる。妻は昨夜の狂乱のすりきずや青あざになって残った内出血の場所を、腕まくりしたり、すそをからげたりして夫に示す。あたしこのごろどうしてこんな傷をたくさんこしらえるのかしら。おまえはのんきだから、どこかにぶっつけても気がつかないんだな、いつか、ほら、ぼくがそれ、と言ってマッチをもらおうとしたら、おまえは平気な顔をして、真赤な炭火をつかんでよこしたんだからな。きっとそうなのね、どっかにぶっけていて気がつかないのね。そんな会話をやりとりしたことに顔が赤らんでくる。「あなた、ほんとにそう思ったの。のんきなものね。なんにも気づかないのね」そう言っておいて、猫が鼠をうかがうようにぼくをうかがう。「あ、またがんがんしてきた。こんどは鉄の輪が頭をしめつけてくるわ。どう言ったらいいかしら。密閉した部屋の中で、何百ものドラム罐をいっぺんにたたいているみたい。苦しい、苦しい。あ、こんどは頭がだんだんふくれてくる。あぶない、あぶない。頭が破裂しちゃう。早く、あなた、またぶってちょうだい」

ひらやの家々がたてこんで寝しずまっているくらい路地に立ちどまって、重ねてなんべんも妻の肉をうっていると、苦業のにおいがただよってきてむなしさがふくれあがり、とどめようがなくなると、「もういい、もういい、もうぶつのをやめて」と言う。その声のひびきにごくわずかだがひるみが感じられ、もしそうだとすると正気をとりもどしたのだからと、気持を明るくしたが、すぐ又「ここはどこなの」などとあらぬことも言い出す。なんにんかのひとかげが、警戒して遠巻きに行きちがって行ったそのこちらをうかがうかっこうが、襟巻で口もとをかくしなどして拒絶した好奇の腰つきをして、ぼくのこころを刺してくる。妻の様子にはだんだん気持の通わないおかしなところが出てくるようで、このままでは夜通しでもこのあたりを歩きまわらなければならないかもしれないと心にきめ、方向を変え、いったん表通りに出て、そこをつき切り、昔の谷地に迷いこむふうに家並の谷あいについて、はいりこんで行くと、いままで来たこともないような、この小岩の町なかにあるとも思えないへんな気のする場所に出て来て、思いきってつきすすむと、とつぜん墓地のそばに出た。石塔や卒塔婆の折重なっているのが見通され、妻はぴくっと身をちぢめておびえた。道具立てがととのいすぎているようでうそうそしたが、はっきり見えているものをどうしようもなく、やはり背筋が冷え、急いで足を早めようとすると、つと道を横切って墓場に走りこんだ真黒な猫が、はっきりこちらを意識するふうに、立ちどまってゆっくりふり向いたその目が、どんなぐあいにどこの光を受けたものか、燐のように燃えあがったかと思うと、その頭だけぼわーっとうす気味悪くふくれあがった。妻はげっとのどのおくで言って、反射的にぼくの腕をつかんでどんどん走り出したのだ。暗い場所はだまったまま通りぬけ、表通りに出てからやっと「あなた見ましたか、さっきの気味の悪いもの。あれはなんの意味でしょ。頭のないけだもの」と言い、じしんでねこのような目つきをし肩をたてるようにしたので、ぼくはいっそう底の知れない思いになった。「あれはきっとまよのもの（とふるさとの島のことばを使い）にちがいないわ。あたしぞーっとしちゃった。そうしたら、ほら、頭の鉄の輪がとれちゃったの」とさばさばした顔付をしてみせた。もう十二時をまわったころだろうか。戸じまりをした店も多く、通りは昼間とはちがい、がらんとして廃村のようだ。アイスクリームやかき氷を食べさせる店がまだあいていたが、もう夏の季節は通りすぎてしまったので、とりかえしのつかないあやまちを見ている気分になる。それでも妻とふたりきりでものなど食べたことが思い出せないまま、しきりにそうしたい気持が起ってきたので、あまり気のりのしない妻をさそってその店にはいったが、閉店まえのそっけなさばかりあって、ゆっくりした気持にはなれない。発作が終ってしまえば、うわずみの白々した気分だけがのこり、急に寒気に襲われるらしく襟もとをすぼめて、じっと思入っている妻を見ると、おそらくじぶんではないほかの女と入れ替えて考えはじめているのではないかなどと思われてくる。ちらちら妻をうかがうと、いまにいきなり、きっ、とまなじりを裂いて面をふり向けるような気がしてじっとして居られなくなる。卓子の下で足を組んでみても、その上に片ひじついてみても、そのかっこうつきは過去によごれていて、いま妻にだけ与える姿勢のないことにあわててくる。そこに陥ちこまぬよう、何か話しかけようとするが、あせるといっそう、こころはむすぼれて、話題はみんな逃げてしまう。とにかくはこばれてきた「いちご」の氷水を、むりに半分ほども口の中にほうりこむと、ぞっと寒気がしてきたので、おなじように扱いかねている妻をうながし、その店を出て、もう大方大戸をおろして眠りにはいった通りを、いそぎ足で家にもどり、その夜はどうにか何ごとも起らず、疲れが重なって、ことがはじまってからはじめて二人は熟睡した。

八日めの朝、眠りからときはなたれ、昼のなかにはいるのをおそれながらそっと目をあけると、じっとぼくを見ている妻のかわいた目にぶつかった。彼女はずっと覚めていて、眠り呆けたぼくはじっと見られていたと思ったほどだ。「あたし夢をみたの」と、そのすじみちをいきなり話しだしたが、きかされるぼくにはすでに恐怖がわき出ている。――妻とぼくのふたりで水道橋に行くと、女はひとあし先に来ている。ぼくがもう会わないようにしようと言うと、ことわりなしに別れないでそれならそうとはっきり言ってから別れてほしいと女が言う。妻がなかにはいり、いろいろ話し合えばどちらも苦しむだけだから、何も言わずに別れた方がいいと、持ってきた菓子箱をひろげ、これでも食べましょうと言うと、女はどれにしたらいいか迷っていた――こどもたちも目をさまし、父と母がすぐそばに寝ているのがうれしいのか、しさいぶって伸一など、両ひじを立ててあごを支えるかっこうできいていたが、「おかあさん、ぼうやも、ゆめをみちゃった」と言う。「ほう、ぼうや、もう夢をみるのかねえ。どんな夢だったい」とぼくは救われたように妻の気分をそちらに向けようとこころみる。

「玉のお墓がうごきだしたんだよ。そうしたらね。玉が生きかえっちゃった」と伸一はいきをはずませて、じぶんのみた夢を親たちに報告したが、それは夢のはなしとしてはいっそう悪い。玉は妻が寂寥をまぎらすために飼ったねこだが、先ごろ死んで、庭のすみのいちじくの木の下にうめた。玉のことを言えば、かわいがったそのねこのことばかりでなく、それに重なってそのころの夫の姿態がぶつぶつふきあがってくるのだ。玉を飼っていたころが、いちばん絶望的なときだったと言えなくもない。どんな刺戟にも抵抗することのできない今の妻のこころには、火薬庫のそばでマッチをすることと変らない。どちらを向いても、そこに見るものは、ぼくに人差指をつきつけてくるものばかりだ。

きのうの日の昼すぎ、ぼくは映画を見たくなったから妻にそう言った。おたがいの気分が、なんだかとても良い状態のように思えたからだ。妻はにこにこして、見てきてもいいと言った。「すこうししんぱいだ。やめようか」ときめかねていると、「だいじょうぶよ、おとうさん。見ておいでなさい。またなにかお仕事のやくにたつかも分らないでしょ」と言われて、踏切をこえた向うの映画館に行った。でも映画を見ているあいだじゅう、不吉なものの微粒子で腸がいっぱいになるような状態で居た。ひとつの方は、アマゾンの奥地の或る種族と、ブラジル政府の探検隊が接触する過程が記録されていて、前にどこかで見たことがある。しかし前のフィルムは交渉をもつことに失敗し、失敗したところまでを、失敗した地点に立って編集してあったが、この新らしいものは、探検隊の目的が成功して、カメラはその種族の部落のなかを大胆に写しとって見せた。探検隊の方にではなく、その未開なはずの部落の人びとの生活には、人生にのめりこんで均衡を失っている者の傷口をいやしてくれる何かがあった。それでひきあげればよかったのに、もうひとつをつい終りまで見た。人と人との具体的なかかわりは、どんな単純なかたちで示されても、いまのぼくには受けきれない。もう帰ろうと思いながら、中腰のまま、見終った。外に出ると、すっかり日が暮れていた。町の空は赤くただれ、夜の部分はしごとにかかろうとしていた。地ひびきを立てて国電の何輛もの連結電車が近づき、ヘッドライトがさっときりこんでくると、探照灯の掃射に顔をかくしてうずくまるもうひとりのじぶんが見えるようで、いま映画を見てきたやつは許せないと思うと、不安がのどもとまでふきあげ、下駄の音をきしらせてぼくは家まで走り帰った。しまった、しまったと耳なりがし、はらわたの底からなまくらになったじぶんをひろいあげることもできない。玄関にはいるなり、食卓の上の夕飯の用意が目にささった。

「ごめんなさい。おそくなっちゃった。すんで外に出たら、もうくらくなっているので、びっくりして走ってきた」といきをきらせて言っても、妻はだまっている。その暗い顔つきは家じゅうを凍りつかせる。ぼくはひとりではしゃいで、食卓について、「あ、ごちそうだな、すまん、すまん、さあ、食べよう」と気持をほどこうとすると、伸一がにこりともしないで、「おとうさん、夜あんまりおそくなると、おかあさんがきちがいになって、うちを出て行っちゃうよ。ぼうやもマヤとくっついて行っちゃうよ」と言ったのだ。「ちがう、ちがう、ぼうや。おとうさんは映画を見てきたんだよ。おかあさんが見てきてもいいって言ったんだよ。ほら、ふみきりの向うにあるだろう。あそこでアマゾン河のおくのどじんの（と言って少しひるみ）実写を見てきたんだよ」といっしょうけんめい弁解した。だまって食いいるようにぼくを見ていたマヤも言った。「オトウシャン、ウショックト、シッパタイチャウカラ」

家族の者をつれるのでなければ、ひとりで外出をするな。とどこからかきこえ、掟のような背負いものと思い、守るつもりになるが、支障はつぎつぎにやってきそうだ。このところ週に二回だけ四時間ずつの受持授業のある夜間高校の非常勤講師のつとめも、ことわりなしに休んでしまったが、それもどうしたらいいか。書いた小説や記録を売るための交渉をどうしたらいいか。そのとき妻とこどもを連れ歩いて、どんなふうにしようか。しかし妻やこどものがわだけでなく、そうしなければならない理由はぼくの方にも根強く拡がってきた。この家族だけたった四人のそのなかで、まだ和解できぬうたがいとおそれにおさえつけられながら、ちいさな城砦にたてこもって、世間のはかりごとにどう対応して行けるか見当もつかぬ不安がある。

その事実をどう説明することもできないが、朝方の妻の夢見にはひとつの予兆のにおいがあった。おそれている「こと」はひとつずつ確実にやって来る。

郵便受の箱をぼくは取去ってしまいたいが、それに執着していることを妻に気づかれるのは危険だ。しかし妻がおなじようにその郵便受に注意をおこたっていないことは、はっきりしている。ついこのあいだまで、そこはぼくの仕事への誘いの、幸福のおとずれが投げこまれるいちばん大事な場所であった。妻はそのために、どんな大きな郵便物でもはみ出させないで受取れるように、とくべつ頑丈で大きなものをこしらえて据えつけた。いまでもそのことに変りはないが、しかしそこによきおとずれにまぎれこんで、まむしかも分らないものがはいっていないとは保証できなくなってしまった。それはぼくか妻かこどもが取りにくるのを待っている。

なぜか、なにげなく垣根の外に目をやるときについ配達人の制服や帽子を見てしまうが、ぼくに見られた配達人が門に近よって行ったあとで、郵便受に、ことん、と音がする。するとその音をマヤがきのがさないのがふしぎだ。そしてかならず「オテマギ」とひとりごとを言うのだ。ぼくはひょいと腰を浮かしそうになるのをおさえつけて待っている。妻がそこにおりて行く。かたかたと音をさせて、配達されたものをとり出し、しばらくそこでじっとしているのが分る。妻が部屋にあがってくる。明るそうな軽い足どりのようだ。なんでもなかったのだ。仕事部屋の方に来た。「あなた、はい、おてがみ」そう言って敷居ぎわのところに置いて行くだろう。しかしぼくがきいたのは、「あなた、きたわよ」という妻のたかぶりをむりにおさえた声だ。ぼくはいきなり汗をびっしょりかく。「いっしょに読む約束よ」そう言って妻が封をきる。さいしょ読んでだまってぼくによこす。見なれた字が目にはいる。火曜日に水道橋に行ったがあなたは来なかった。何か変ったことがおこったのですか。変りがないようにとも思い又変ったことがあってくれたらとも思う、と書いてある。火曜日は夜学の授業に出る日だ。それがぼくの前のすがたなのだ。妻の夢の、水道橋のことの奇妙な予告。だまってそれを妻にかえす。妻はそれをもって便所にはいった。

そのときこどもはふたりとも手紙をとり出してから便所にはいるまでの母親のようすをじっとだまって追っていた。便所にはいったとき、マヤは、おびえるように顔をしかめて、「マヤ、ミタクナイ」とぽつんとひとりごとを言い、伸一は母親がでてくると、「べんじょに、おてまぎをすてたの？」ときいた。「紙よ」と妻が返事をする。

「てまぎの紙？」ともういちど伸一はきく。

「ただの紙」妻がそうにげると、

「うそつけ」
伸一ははきだすようにそう言った。でもそのときは妻にはなんの変化もなかった。妻さえ動揺しなければこれからの分もこうして処理できるかも分らない。それはひとまず安心だが、伸一のなげつけるように言ったことばは気にかかる。

たとえ家の中がどんなにかたまらなくてもこのままでは餓死してしまうほかはない。朝夕がことのほか冷えこみ、もう、はっきりと夏が過ぎ去ったことが分った。いちにち雨が降ったが、やがて秋が深まり、冬のやってくるのもそんなに遠くないと言わなければならない。しとしと降りつづき、土のなかにしみこんで行く雨を聴いていると、いくらか冷静にじぶんの立っている場所についての考えが去来する。マヤがじぶんだけで人形あそびをしながらひとりごとを言う。オトウシャンハバカダカラ、オウチガイヤクナッテ、ヨシヨノオウチニイッチャッタノ。ぼくたちはきっかけのある度に、坐りこんではなしこむ。ずい分いろんなことを話し合った。そんなことは結婚いらいのことなのだ。そういう姿勢にも少しずつなれて行くのか。でも妻の暗い顔つきはいっこうに消えそうでないのが気にかかる。むしろ家事を支えようと努力しているいたいたしさが伝わってくるが、妻の方に寄り添おうとすると過去の体臭がたちのぼってきて気持が分離してしまう。妻の方もときにうかがうように仕事部屋にやってきてつきさす目でにらみつけ「あなたがねえ」などと言ってぼくの顔をまじまじと眺めたりする。妻のその目にあうと、ぼくはいくらか回復しかけていた自我のかけらなどいっぺんにふきとんでしまう。このところのじぶんを理解することができなくなった。別なときにはばたばたと走りこんできたかと思うと、いきなり、「すきだ、すきだ、すきだ」と目に涙をためて言い、「すみません、すみません、ゆるしてください。こんなすがたをみせて、はずかしい」と言う。するとぼくもすぐ涙がふき出してきて、緊張がほぐれてしまう。「オトウシャン、ワルモノジャナイネ」とマヤが言って、思わずふたりで笑い出してしまったことがあった。だから少しずつはよいほうに向ってかたまって行くのだろうと思っていた。じぶんではつい一寸先も分りはしない。

（「群像」一九六〇年四月号）

囚人

倉橋由美子

　ある暑い午後、Kは白い陽ざしを受けた清潔な路面でふいに数人の男にとりかこまれた。みんな土色の作業服を着ており、腕章を巻いていたが、その文字を読むまでもなく、Kは自分に対する刑の執行が始まったのを知った。それにしても一見胡散臭い連中であり、正式の執行吏かどうか疑わしいものだと思いながら、陽を避けて街路樹のかげにはいろうとしたとき、うしろから無言のまま重たい棒がKの頭に打ちおろされた。「やった！」と男たちは口から泡をとばしてわめいた。Kは、輪郭がかすみ暗く傾いていく視野のなかに、かれらが腕を振り熱狂して口をひきあけるのを見た。Kはたわいなく仰向けに倒れた。そしてぼくを撲殺するつもりだなと思いながら、息苦しさのあまり胸をかきむしり、ついでこれが断末魔だとでもいうふうに、両腿を脇腹につくほどひきあげ痙攣させた。そんな姿勢のためか、肛門と尿管が同時にゆるみ、とめどなくもれはじめた排泄物が股のあいだを汚すのがわかった。しかも打撃の結果頭蓋骨が陥没したらしく、その亀裂がなかからこみあげてくるものに押しひろげられ、もろい卵殻のような音をたてて割れ目をひろげていくようだ。そしてそこからなまあたたかい脳漿《のうしょう》が湧出しはじめていた。それは外気にふれると妙にひやりとする。こんなさびしい気持に襲われたのははじめてだとKは思った。しかし現にKがおかれている事態の意味を正確に判断することは不可能に近かった。死ぬかもしれない、とKは考えてみた。無論そんなことはばかげている。いまのところ、Kの存在については、それが執行吏たちの手にゆだねられ、処分の決着も知らされないままきわめて曖昧な状態におかれていると判断するほかなかった。かれは不安そうに眼をひらき、白く濁った眼球をころがしてまわりの様子をうかがおうとした。すると湿った指が眼瞼にさわり、乱暴にそれを閉じさせた。「死に顔の悪いやつだ」とだれかがいった。Kはむっとして抗議のためにちゃんと眼をみひらこうと努めたが無駄だった。「ぼくをどうするつもりなんです?」とKはできるだけ穏やかにいってみた。が、そのとき、作業員たちはざわめきはじめた。「さあ、すぐ工場に運んで皮を剝ぐんだ」とだれかが横柄な口調でいうのがきこえた。「皮を剝ぐんですか?」Kは感嘆してうわずった声をあげた。「ぼくの皮をですか?」

こんなふうにして刑の執行が始まるとはKにはすこぶる意外なことだ。犯行以来Kはたびかさなる召喚と警告にもかかわらず、灼けた石の広場、太陽と海、段丘に刻まれた墓碑のような街衢を駆けめぐって生きてきたが、いま下級執行吏による逮捕と同時に頭の裂れ目から黄いろい恥を流しながら、かれの存在は刑罰のなかでしっかりと管理されることになったのだ。だれが、どんな審理のみちすじをへて、どんな判決を下したというのか? すべてはKの不在のうちにとりおこなわれたように思われる。勿論Kは自分の犯行に対してなんらかの刑罰が下されることを知っており、それを待っていたといってよい。だがこの侮蔑的でいい加減な取扱は、はたして正式の刑の執行とみなされるだろうか？　そのとき、Kのまわりにむらがった群衆のなかから「臭いわね、この囚人」という声がきこえた。「ずっとまえから腐りはじめていたんだ、こいつは」「生きたままで……」そんなこともありうるだろうとKは恥しさの血の色に酔いながら思った。

「さあ、あんたがた、どいてくださいよ。うろうろしてると公務執行妨害とみなされますぜ」そういうと作業服の男が長い棒をハンマー投げのように振りまわして群衆を追いはらった。このあいだに責任者らしい眼鏡をかけた男はカードに必要事項を記入した。Kは好奇心をおぼえたので、起きあがってなにが記入されているのかのぞきこもうとしたが、ふりむいた男はすばやく脚を延ばして鋲の打たれた靴底でKの顔を踏みにじった。この酷薄で断乎とした態度は、おそらく、Kが完全に受刑者の身分に落ちこみ一切の勝手な行動を禁じられていることを示すものだと考えられた。Kは痛さのあまり涙で眼球を膨脹させ、昆虫のような泣き声を放った。だが作業服の男たちは腕を組み、きこえないふりをしていた。トラックが来た。一人がKの足首をつかみ、土嚢を扱うようにして引きずった。そのとき、打ちくだかれた頭蓋骨からはみだした大脳のとぐろがほどけて、石の舗道を引きずられるのがわかった。それは土埃にまみれ、ひりひりする感じだった。

Kは工場に送られる途中もわめきつづけていた。それはほとんど哄笑のようにきこえるほどだった。だがかれらがKを無視していたのは、下級官吏にみられる融通のきかない忠実さや鈍重さからであったらしい。砂塵を浴びながらKは疲れはててついに短い眠りに落ちた。気がつくと、Kはある暗い地下工場のようなところにいた。機械工場というより洗濯工場か大規模な調理場に似ている。よく光るボイラーやパイプ、それに調理台や水槽などが、動物の内臓よりも複雑に配置されて建物のなかをみたしていた。それらのあいだで忙しそうに立ち働いている作業員が目についた。かれらは白いマスクで顔の半分以上を隠し、手に各種の器具をもって作業に熱中していた。Kはまた元気をとりもどしてどなってみたが、ここではKの抗議はもはや大して重要な意味をもたないし、ことに熱心な作業員に対してはなんの力をもつものでもないことは明らかだった。鼻がむずがゆいのに気づいた。左右の鼻腔のあいだをしきる壁を針金が貫通していたためだ。針金には金属製の番号札が結びつけてあった。整理のためらしいが、この工場の規模の大きさは、Kの番号が三桁であることからもうかがわれた。多分ここは国立刑務所の附属機関であるかもしれない……

「こう暑くてはかないませんな」とKのうえでだれかがいった。「ほんとですね」とKも相槌を打ったが、相手はどうやらKに話しかけたのではなかったようだ。Kは赤くなり、少女がするように肩をすぼめ身をよじった。恥しさでうるんだ眼のうえに白熱した光の球があった。あたりは作業場特有の活気にみちて騒然としていたが、そのなかからふいに鋭く吹き鳴らされる笛の音がKのうえに落ちてきた。

「なにをぐずぐずしてるんだ、こら」それは現場監督らしい男の脂っこい声だった。Kはぎょっとして下肢をひきつらせた。「おまえたちのところはちっともはかどってない。いいか、標準能率は五十分に一単位なんだぞ。第六班なんか一単位を三十五分で処理するという新記録を立てている」どうやら叱られているのは自分ではないと思い、Kはそっと薄目をあけて様子をうかがった。顔の下半分をしまりなくゆるめて笑いながら、眼では怒り、若い作業員の頭を撫でている監督がみえた。だがじつは撫でているのではなく、部下の頭を残忍な力でこすりつづけているのだった。ひとしきり摩擦を加えると、抜毛のついた拳をみやって監督はにっこりした。思わず釣りこまれてKもにっこり笑いかけたとき、監督は笑顔のまま怒声を放った。

「はやく皮を剝げ、間抜野郎！」

「そんなに焦ったって、あなた、準備もあることだろうし……」とKはとりなすようにいったが、この発言は簡単に無視されてしまった。すぐさま、革のマスクをかけた顔がKをとりまいた。そして上膊部をとめ金つきの革製プロテクターで締めつけた腕が、冷たい消毒薬に濡れた指をひろげてヒドラのようにKの全身にとりついてきた。Kがことの成行きを見守りたいと思って、首をもたげたとたんに、二叉になった義手のような金属器械が人間ばなれのした早業でKの首を突倒し、ベッドに抑えつけた。それは女の補助作業員のしわざだった。無言のうちに上気した顔たちがKのうえをとびかい、メスやピンセットが鋭い音をたてた。いつのまにかKの頭髪や陰毛はすっかり剃られていたが、これはKには無益な作業ではないかと思われた。それから家畜用の断種鋏を握った男が左手をKの股のあいだにさしこみ、睾丸をぐいとしぼりあげると、無造作に切断してしまった。ほとんどそれと同時に別の作業員が陰茎を根もとから切りとった。大したことではない、別に痛くもない、と思いながらKはおとなしく血を流していた。かれは苦痛よりも恥に気を奪われていた。つぎの瞬間、気魄のこもった低い掛声とともに、Kの首は真鍮の大針で刺通された。老練者らしい作業員がのしかかり、二度えぐってから巧みな要領で針をベッドにまで突通してKを固定することに成功した。まるで魚のように料理するつもりだ、とKは思い、唸り声をあげた。年とった作業員は満足そうに笑って桃いろの口腔をのぞかせた。鼻の頭に粟粒状の汗をかいているのがKには特別印象的だった。Kもほっとすると同時にこの作業員の手ぎわには感動を禁じえないほどだった。だが相手はゆるめていた頰を急に引締めた。「早いとこやろうぜ」とかれは太い声でいい、そのことばが終らないうちにKはふたたび非常に多くの手や刃物が自分のからだにとりついてくるのを感じた。からだのあらゆる末端には釘が打ちこまれた。そのあいだに股からヘソをへて首まで、鋭利なメスが一直線に走って切れ目をいれた。そのV字形の切り口から空気がしみるように思われた。皮の切り口に多くの指がかかった。「じつに厚い皮だ!」とだれかが叫んだ。Kもそのことにはこれまで気がつかなかったが、しかしたしかに厚い皮にちがいない。合唱が始まった。Kは狼狽し、自分も口を動かして一緒に歌う真似をした。力強い合唱とともにKは自分の皮が左右上下に引き剝がされていくのを感じた。皮は次第に裏返しになっていく。裏側はひどく汚れているらしく不潔な臭気がした。できればここを充分洗っておくべきだったと思ったがもうあとの祭だった。外套の数倍もあると思われる厚い皮は、すっかり剝ぎひろげられて、いまは手首、足首と背中のところでKに接着しているだけだった。「裏返せ」と老練な作業員がいった。「腹ばいにさせる。そうだ。動かないように、首と脚を抑えつける」そしてKは背中から最後の皮が剝ぎとられる音をきいた。作業員は喚声をあげた。一番若い作業員が剝ぎとったばかりのKの皮を着て、両腿を引きあげ、踊った。かれらは皮を奪いあい、めいめい一度ずつそれを身にまとってみないと気がすまなかった。

「すみませんが」とKはたまりかねていった。「すんだら早くそれを返してくれませんか。寒くてしようがないんです」

するとと一瞬、かれらはしずまった。Kは自分の意志表示が受けいれられたものと思い、身を起そうとした。しかし老練な作業員がみるかげもなく貧弱になったKを指さした。たちまち作業員たちはKに殺到し、狂ったような迅速さでKの内臓をつかみだし搔きだしてそこいらに投げちらした。Kはひどく気がめいる思いだった。こうして最後の希望も切り刻まれ、あとにかれらが詰めこんだものは絶望のような白い岩塩だけだ。そこで作業は完了した様子だった。あるいは終業の時刻が来て、作業はいったん中断されたにすぎなかったのかもしれない。いずれにしてもこんな中途半端で無意味な刑の執行を受けいれることはできないだろうとKは思った。まるでKの存在はK自身から剝げかけたまま放置されたみたいだ……

深い不安からくる嘔吐に酔ってKはなかば眠っているような気持でいた。突然太い関節をもった手があらあらしくKをつかみ、剝ぎとられたとき裏返しになったままのKの皮でKを無造作に巻いた。それから紐をかけてかたく縛ったがまるで荷物でも包装するような工合だった。自分の皮であるにもかかわらずひどく着心地が悪かったのは、皮が裏返しになっており体毛の密生した皮の表側が傷口にじかにさわるためかもしれない。Kはたまりかねたので自分でも思いがけないほどの大声を出してそのことを注意した。するとKを取扱っていた二人の男は――かれらはみたところ臨時傭いの人夫風の男だった――愚鈍な声で笑い、そのままKを小荷物運搬用の一輪車に積みこんだ。かれらは肉食獣のうなり声に似た非常に低い声を出していた。よくきいてみると鼻唄だった。Kをどこへ運ぼうというのか？　死体焼却炉へ？　しかしそれは無意味なことだとKは思った。死刑の判決が下っていたとすれば、かれらはKに対していままでこんな愚劣で無駄な振舞に及びはしなかっただろう。それにKは死体ではない。かれは人夫に向ってこのことを断言し、不用意な処置をとらないようにと注意した。だが人夫はそれには答えずに、「やけに臭せえな」といいあった。「そのはずですよ」とKはすかさず注意した。「ぼくの皮を裏返しにしたままですからね。血だらけの方を表にしてぼくをくるんでいるんだ」「黙れ」と人夫はどなった。「いくらおれたちにとりいろうとしたって駄目だぜ。話には乗ってやらねえからな」

「でもぼくをどこへ連れていくんです？」

「場所はちゃんと知ってるんだ。だがそこへいってあんたがどんな目に会うかは教わっちゃいねえ」人夫の一人はそういうとエレベーターの戸をあけた。Kと人夫が乗り、戸を密閉するとエレベーターのなかはひどい悪臭でみたされた。新鮮な血の匂いのなかにかすかな腐臭がまじっている匂い。この臭気と加速度――それはエレベーターの上昇から生じるのか、下降から生じるのか、Kにはよくわからなかった――のためKは船酔いのような気分だった。エレベーターが止った。ビルの屋上だった。随分高いところにちがいない。大きな、熟した夕陽がすぐそこに重たく浮んでいた。それは金色の輪でふちどられ、その内部を血球のようなものが動きまわっているようにみえた。まるで太陽のなかに封じられている生命の循環をみるようだとKは思った。そしてここはバベルの塔よりも高いところ、あるいは神話的な山の頂上なのかもしれない……Kは思わず歓声をあげたが、人夫たちは不機嫌にKを蹴ころがし、コンクリートの柱に鎖で縛りつけると汗をふいた。一人が「暑いな」といい、もう一人がKを指さして、「じかに陽にあてとくと腐るぜ」と注意した。かれらはKの皮をひろげて岩塩のつまった開口部にそれを着せかけた。

人夫たちが去るとKは顔を夕陽に向けて坐っていた。多分この状態は正式の禁固刑ではなく、暫定的にKの身柄を拘束するものにすぎないだろう。あるいはこうしてKの身に起った一切は、ある個人がKに加えている不法な私刑にすぎないかもしれないのだ。実際、そうでなければ、Kを告発した検査官、Kの罪状を審理し判決を下した裁判官、少くともかれらの命令を受けている警官なり裁判所の下級事務員なりが、一度もKのまえに姿をあらわさないはずはないだろう。そう考えながら、Kは所定の制服に身を固めた信用するに足りる素姓の人間がいまにもあらわれるかと期待していた。だがだれも来なかった。この屋上には重電工場の半製品か部品らしいふしぎな機械や、錆びついた工作機械のたぐいが積みあげられてあり、やがて太陽がそれみずからの重みで歪みながら沈んでいくにつれて、それらは黒い森のようなかげをつくった。このときKの耳は合金の板や管を打ち鳴らし吹き鳴らして奏されるフーガのような音楽をきいた。それは太陽が地底に錨をおろす劇的な瞬間のためにKの耳のなかで演奏されているようにも思われた。陽は没した。にわかに大気が冷えてきた。Kは自分の皮を外套がわりに着てみ背を丸くして柱の根もとにうずくまった。冷気のためか腐臭はやんでいた。そして臓器を掻きとられた腹腔の内壁が、荒い岩塩を徐々に吸収しはじめているのをKは感じた。眼を機械のからみあう森の向うに放ったとき、Kは砂漠をみた。赤錆色の砂地が瘤をなしてひろがり、その瘤の頭はめらめらと燃えていた。しかしそれは少しも空を照りかえさない火、オレンジ色に輝いているがまったく暗い炎だった。Kは屋上のへりまで行ってよくみきわめたいと思ったが、両足を鎖で縛られていたのでその自由はなかった。あれはビルの屋上からみえる街の夜景かもしれない。だがもしこのビルが異常に高いとすれば、街のかなたにひろがる砂漠がみえることもありうるだろう。いずれにしろここはKにとって認知しえない存在の場所だ。Kにはみたこともない世界を開示する座標系だ。やがてKは、その頭上でゆるやかに回転する星座とその光の条痕、苦い無機物の腹腔にしみこむ快い疼痛を感じながら眠りに落ちた。

朝、騒がしい物音でKは目をさました。Kのまえで、目の粗い袋形の服を着た男が若い女事務員になにか注意を与えているところだった。男は長靴をはき、胸に市立動物園のバッジをつけていた。鳥獣の体臭や糞便の匂いがしみついているところから、おそらく飼育係だろうとKは推定した。「よろしいか、とにかく水は絶対に飲ませてはいけない。水分をとると羽が抜けて衰弱するからね」と男はいい、女事務員はしなやかな指をたててうなずいた。Kの横で猛悪な食肉鳥の鳴き声とひどく威嚇的に翼を打ちふる音がした。みると特別発達した嘴《くちばし》をもつ禿鷹だった。翼をいっぱいにひろげると二メートルはありそうにみえた。その頭は禿げて松毬《まつかさ》状の皮膚をみせていた。鳥はKをみるとバサバサと翼を打ちつづけ、おびただしい羽毛が抜けるので、飼育係は怒声をあげて鳥の頭をこづいた。「心配はいりませんよ。よく慣れていますからな」そういいながら飼育係は大型のブラシで申訳のように羽を整えたが、それはチップめあてのみえすいたしぐさのように思われた。女事務員は毅然とした態度で飼育係の手を払いのけ、伝票を渡すと、「代金は会計課の窓口で受けとってちょうだい」といった。どうやら禿鷹は動物園から払いさげられたものらしかった。どうせこんな鳥は動物園でも一等やくざな鳥にちがいない、とKは思った。禿鷹は女事務員の手から鎖を引きずってよたよたとKのまえに歩みよった。貪欲そうではあるが、無為大食をこととする動物特有の怠惰でその身をふくらませ、埃っぽい羽をじっと逆立てている。まるで腹に卵をいっぱいかかえているかのように憂鬱そうな鳥だった。眼だけが真鍮色に光っていた。

「どう、立派な禿鷹でしょ?」と女事務員がKに話しかけた。

「随分大きいですね。でもあまり生きのいいやつじゃないみたいだ」

「かわいそうよ」といい、女事務員は口を尖らした。「動物園の食べものが合わなくて栄養障害を起しているらしいの。でもここだと大丈夫よ。きっとこの鳥はあなたを好きになるわ」

「そうだといいですがね」とKはよくわからないままいった。「ぼくの方はこいつをなかなか好きになれそうもないけどね」

「じきに慣れちゃうわ」女事務員は禿鷹をKのまえの鉄柱に縛りつけながらいった。Kは鳥の機嫌をとろうとして舌を鳴らしてみたが、鳥はそっぽを向いた。

「無愛想なやつだ」

「すこし下痢気味で弱ってるのよ」と女事務員がとりなすようにいった。「社長も案外ケチなのね。よりによってこんな病気の鳥を買うなんて」

「社長ですって？　だれのことです？」

「あら知らなかったの？　あたしたちのボスよ。あたしはそのボスの秘書でLというの。いまのところ秘書の方の仕事が暇だからこの禿鷹の世話をすることになったのよ、あたしにはこんな仕事似つかわしくないと思わない？」

「いや、あなたはなかなか魅力的な飼育係ですよ」といいながらKは目のまえで交叉してぶらぶらゆれている長い脚を眺めた。Lは短いタイトスカートで腰のまわりを締めつけていたがそれは彼女によく似合っていた。LはKの眼をのぞきこんでいたが、首をシャムの踊りのように動かすと、Kのうえにかがみこんだ。そして重たそうに頭を包んでいる捲毛をことさらKの頬にすりつけるようにして、Kの皮をぬがせにかかった。「まあ、すてきね！　すっかり生えそろったじゃない。ほら、みて」

Kは驚いて自分の腹をのぞきこんだ。腹腔に充塡されていた岩塩は全部吸収されて、心臓、肺、肝臓や腸などが色とりどりの鮮かさで再生しており、その表面には塩が、うすく砂糖をまぶしたように残っていた。それは朝の陽を浴びて輝き、いかにも食欲をそそる肉料理のように

Kの腹の容器にぎっしりと詰っていた。

「大した再生能力だ！　自分でもこれほどだとは思いませんでしたよ」とKは叫んだ。

「ほんとよ。すごくおいしそうだわ」

「だれが食べるのです?」Kは急に冷たい声でいった。女秘書は自分の胸を抱きしめてうれしそうに笑った。「この鳥ですわ」

「なんのためにそんなことをするんですか?」とKはなじるようにいった。「このつまらない鳥にどうしてぼくの内臓を食わせなきゃならないんです?　そんなばかなことってありませんよ。いくらなんでもでたらめすぎる。ぼくはちゃんとした刑の執行を受ける身ですからね。だれの命令か知らないが、悪ふざけがすぎますよ」

「社長の命令なのよ」とLは無邪気にいい、鎖をゆるめて禿鷹をまえに押しやった。禿鷹は急にたけりたち翼を水平にひろげて獰猛な声をあげた。Kも腕を振りまわしてどなった。しかし鳥は金色のまばたきしない眼でKをにらみ、嘴をあけて鮮紅色をした口の奥をのぞかせながらKにとびかかった。たちまちKは鳥の爪で腕を血だらけにされた。Kも鳥を殴りつけ、負けずに羽をかきむしったが分の悪い格闘だった。Lはかん高い絶唱のような叫びをあげた。「およしなさいってば！　やめてちょうだい、さからうと危険なのよ。ねえ、やめて、お願いだから」Lはとうとう Kの腕をつかんで女とは思えない力でねじあげると、手首にも鎖を巻きつけて柱に縛りつけた。鳥はKの抵抗がやむと満足げに咽を鳴らし、胸をふくらませてじっとKを眺めていた。まるで嘲弄しているみたいだと思うとKも憎悪の眼で鳥をにらみかえした。

「おばかさんね」とLがいった。「おとなしくしてれば足の鎖もはずしてあげられたのに」

「それには及びませんよ。でも、あなたはぼくに対して好意的でいらっしゃるようですね」

「そう思って下さるとうれしいわ」

「そこでひとつお願いがあるんです。そのボスとか社長とかいうかたに会わせていただけませんか？」

「それは駄目なの。それだけは」とLはかなしげにいった。そして長いまつ毛を引きあげて火山湖のような眼でKをみつめたが、その眼をみるとこれはどうやら駄目らしいとKも思うのだった。気長によい機会を狙うべきだ。

「社長としても一度ぼくと会う方がいいと思うんですがね」とKはいってみた。Lはその肉の薄い唇のはじをちょっとめくりあげた。「あなたの意向は一応お伝えしとくわ。だけど期待なさっちゃだめよ。……さあ、もう時間だわ。始めるわね。すこし痛いかもしれないけど我慢するのよ」そういうと、女秘書は嘲笑的な濁音をまきちらして興奮している禿鷹を鎖から解放した。鳥は古びた角のような嘴を振りあげ、Kの臓器に打ちたてた。

「おお、おお……」

「痛いの？　いまは肝臓をついばんでるところなのよ。この鳥、レバーが一番おいしいってことを知ってるのね……ああ、そんなに痛いの？　なんとか我慢してちょうだい。気のもちようひとつなのよ。だって、きのうは、あなた、内臓をすっかり掻爬されたんでしょ？　それにくらべたらこんなことはなんでもないはずよ……でも痛い？　苦しい？　ああ困ったわね。これからが思いやられるわ……」

「おお……気が狂いそうなくらいです……痛いだけじゃない、こいつ、嘴でつっついたうえに引っぱるんです……おお、なんともいえない気持だ。じつに変な感じだ。痛いようでもありますが……おお！」Kは土色に変色した顔中に大粒の汗を浮べ、口からねばっこいレースのような泡をもらしはじめていた。

「苦しそうね。ひどい汗だわ。まるで土のうえに星が落ちたみたいだわ」

「……まるで毛穴がみんなひらいて星を分娩している気持ですよ……おお、どこを食ってるんです？　からだが糸玉みたいにとけて別の世界へずるずるたぐりよせられてるみたいだ。なにを引っぱってるんだ？　ぼくの迷走神経かもしれない」

「きっと交感神経の繊維を食いちぎろうとしてるのよ」Lは眉をひそめてのぞきこみ、鳥の嘴が引っぱっている毛細血管や神経繊維らしいものを引きちぎろうとしたが、これは鳥にとってはなはだ不満であるらしく、禿鷹は脅迫がましい叫びをあげ、翼をばたばたさせてそこいらに羽毛をまきちらした。まるでボロ布選別工場のようなありさまだった。Lははげしいくしゃみを連発し、Kはわれを忘れてわめきたてた。

「おお、いい加減に慣れてくれないの？　しずかにしてよ。恥しくない？　そんなにあばれたりして」

「恥しいどころか……ぼくの方でこいつを喰い殺してやりたいほどだ」

　するとLは急に握り拳を振り、「すっかり忘れてたわ。あなた、おなかすいたでしょう」といって金属製の食器をKのまえにさしだした。「おあがりなさいよ。痛いときはものを食べると随分まぎれるわ」そして彼女は眼を輝かせてKの口に人参をおしいれた。別の容器には生の肉汁があった。禿鷹はこれに気をひかれて嘴をいれようとしたがLは毅然とした態度でその頭を殴りつけた。Kは身動きできないまま、つぎつぎと押しこまれる人参やセロリ、輪切りの玉葱などをのみくだすのに夢中だった。どうせ消化器もろとも禿鷹に食べられてしまうのだと思いながらも、眼を白黒させ、ほとんどあさましいばかりの表情でがつがつ食べつづけずにはいられなかった。Lは満足そうにうなずいた。ぼくの食欲にうっとりしてるんだな、と思われたほどだった。

「心臓も食べちゃったわ」とLは教えた。「いま後腹壁の腹膜を食い破って腎臓と膵臓を探してるところよ」

「腸はまだ残ってますか?」

「結腸と直腸は残ってるわ。腸や膀胱といった中空器官はおいしくないのよ、きっと。どうしても実質器官の方が食べごたえがあるはずですもの……ああ、いま肺に口をつけたけど、すぐやめちゃった……」

「随分ぼくの内臓に詳しいようですね」とKは肉汁のなかに鼻をつっこんですすりながらいった。

「この仕事をやることにきまったとき、ほんのちょっぴり解剖学を勉強したのよ。お望みなら、いくらでも詳しく教えてあげるわ」

「それは有難いですね。ぼくとしてもいま鳥がどこを食べているのか、はっきりした意識をもちたいんですよ。そうでないと、自分のからだみたいじゃありませんからね」

「そうなのよ。ボスもあなたが気を失ったりせずにちゃんと眼をあけてさめた状態で刑に服することを望んでるわ」

「おお、じつに残酷な復讐だ！」Kは身をよじって口にふくんだ肉汁を吐きだすと叫んだ。「あなたのボスは一体ぼくになんの恨みがあるというんです？　いかがわしい男どもを傭ってぼくに不意打ちを食わせ、皮を剝いだうえにこんな卑劣なやりかたで復讐するなんて、ぼくにはどうあっても納得できない。おお……」

「まだ痛いの？……でもあなたはこの罰を受けなきゃいけないのよ。だってそれに相応する罪を犯してるんでしょ？」

「それはそうです」とKはいった。「ですが、こんなでたらめな刑の執行は承知できませんよ。第一あなたはどういう身分と資格でぼくを監視してるんですか？　あなたと裁判所とはどういう関係なんです？」

「関係なんてないわ。そしてあたしはボスの秘書にすぎない」

「じゃあ、そのボスに会うべきだ。なんとかとりはからってください」

「夢みたいなことを考えるのね」とLはいい、満腹して食欲を失ったらしい禿鷹の首をつかんでなおもKにすりつけるのだった。

「もっと食べなさいってば。食べ残しちゃ駄目じゃないの」

「無理じいしたってだめですよ」とKはみかねていった。「そういつまでも食べつづけられませんよ。つぎの食事時間まで運動でもさせたらどうです？」

「それもそうね」というとLは禿鷹を鉄柱につないだ。すると鳥はふくれた腹をかかえるようにしてゆったりと柱のまわりで散歩をはじめたが、どこまでも同じ方向にまわるので、ついには鎖がすっかり柱に巻きついて身動きもできなくなるのだった。鳥は悲鳴をあげ、Lはもつれた鎖をとくのに難渋をきわめなければならなかった。彼女はひどく腹をたてていた。「こんなに世話の焼ける鳥だとは知らなかった。これじゃ特別給を加算してもらわないとあわないわ」

「ボスに会えたらぼくもそのことで口ぞえしてあげられますよ」とKはいった。

「駄目！」とLが叫んだ。「みえすいた口実なんか使わないで。それより、あなた、内臓が腐りはじめたんじゃない？　こう暑くっちゃ、早くきれいに平らげてもらわないとすぐ腐っちゃうのよ」そういってLはまた禿鷹をKのまえに引きすえた。

「ああ、おたがいにもううんざりですよ」とKは叫んだ。事実、鳥は眠そうに眼をしばたたきながら家鴨《あひる》のように腰を振って尻ごみしていた。Lはやっきになって鳥を引きずり、大声をあげてののしった。

「ろくでなし！　みかけだおしの能なしだわ。きっと安物をつかまされたのよ。さあ、食べなさい。なにが不服なのよ。動物園にいたんじゃ、一生こんな御馳走食べられっこないのに」KはLがあまり毒づくので鳥の立場に同情をおぼえはじめたほどだった。やっとKの腹腔がからになりLがそこを洗滌して岩塩をつめおわったとき、陽はまだ高かった。禿鷹はその翼のなかに頭をいれてみすぼらしいボロくずの塊みたいに丸くなり、眠りをむさぼりはじめた。Kは白熱した鋼鉄のような太陽に首をさしのべ、塩のつまったからだを灼きながら明日を待った。

顔を打つ太陽の熱気と騒々しい鳥の羽ばたきでKは目をさました。Kのまえにはすでに眠りからめざめた禿鷹が歩きまわっていた。そしてときに立ちどまると、鳥は古代風の、あるいは蛮人の兇器を思わせるまがまがしい脚でコンクリートの床を叩いてはKをみつめた。Kはみずから皮をぬぎすてると、もとどおりに再生した新鮮な臓器をむきだしにした。この驚くべき再生も、もうKにとっては単調に繰返される毎日と同じように退屈な奇蹟にすぎない。きのうよりも一段と短いスカートで下腹部と太股とを締めつけてLがあらわれた。そして彼女はその脚をそろえてくにゃりと腰を折ると、Kの肝臓を爪でつねり、そのつやと弾力を調べた。

「どうです？」

「きのうよりはできがいいくらいよ」とLはうけあった。上機嫌で、Kの口にキスでもしかねないほどだった。そしてKもそれを望まない理由はなかったのでLにそのことをほのめかすと、Lの丸められた唇がのびてきてKの頰にすばやく吸いついた。「よく眠れた？」

「ええ。ただ夜になると随分冷えこみますね。ぼくの皮だけじゃ寒いので、できたら毛布を一枚貸していただきたいですね。ところでゆうべも砂漠がめらめら燃えあがってきれいでしたよ」

「砂漠がみえるって？」とLは金管楽器のような声をたてた。「嘘おっしゃい。砂漠なんてどこにもないわ。ここはビル街のまんなかなのよ……でも毎晩そんな夢みるの？」

「そうです」とKはいった。「ぼく自身はこれは夢じゃないと思いますがね。なにしろ、空はまっかで、そこには塗料の塗られた壁を釘で引掻いたような象形文字がいっぱいもつれあってみえるんです。魚の形をしたもの、木の葉や月、眼や星をあらわすもの、精巧な針金細工みたいなもの……いろいろあるんです。ぼくはなんとかしてそれを解読したいと思いながら眠りに落ちてしまうのでまだなんの手がかりも得られない」

「ひょっとするとあなたのために書かれた判決文かもしれないわね」とLは快活にいったが、そのことばがKを一瞬のうちに不安の粘膜で包みこんでしまったようだった。

「では判決は下ったんでしょうか？」

「多分ね」とLは曖昧な調子でいった。

「そうするとこの刑の執行は合法的なものだというわけですね」とKはいったが、どうしても釈然としないものを感じた。「ところがぼくにその判決が正式に知らされないのはなぜなんです？　まったく不合理じゃありませんか！」

「判決のいいわたしは刑の執行をもってかえるのが慣習だと思うわ。とにかくあなたの知らないうちに事件は最高裁判所まで上告されていったのよ。あなたがいままでそれを知らなかったのはあなたの怠慢というべきじゃない？　少くともボスはそういってるわ。それに、これはあたしの意見なんだけど、被告であるあなたは裁判の対象にすぎないわけで、いわば大きな歯車が嚙みあって動いている機械のなかに投げこまれた材料みたいなものじゃないかと思うの。材料の方で機械の運転とか操作について指図することは不可能だし、機械の働きについて一切知る必要もないのよ。判決は正当で、あなたはただそれに従いさえすればいいわ」

「しかしこんな刑は明らかに不当ですよ」とKは肝臓をついばみはじめた禿鷹をにらみつけながらいった。「これはまったく死刑以上だ。死刑より重い刑罰はないと思っていたが、甘い考えでした……おお……かれらがぼくの死後まで手をのばしてきて刑の執行をつづけるとは思わなかった」

「希望的観測が多すぎたのよ。そんなに痛いようなら食事を始めるといいわ。……でもあなたは死んだわけじゃないのよ。ちゃんと生きてるはずだし、その方がこの刑の趣旨にもかなうわけですもの」

「おお……なんとかなりませんか……なんていやらしい食べかたをするやつだ……ぼくは生きてますよ、たしかにぼくは生きてる……それで、刑期の終了はいつなんですか……いつ終るんです？」

「終らないでしょうね」

「終らない？　それは不合理だ！」

「なぜ不合理かしら？」

「どんな掟も永遠の鎖でぼくを縛ることはできませんよ。だれもそんなことはできないはずだ」Kは怒りに狂ってその口のまえに近づいた鳥の頭に噛みついた。だがゴムのように硬い瘤だらけの頭はKの歯を簡単にはねかえし、鳥はいっしんについばむことをやめなかった。「だれがこんな判決を下したんだ？　その人間に会いたいものだ」

「およしなさいってば。あなただってその人がどんな人なのか、じつはよくわかってるはずでしょ？」

「ああ、かれのことでしょう？　そうだとも、すべてかれの企みに決ってる。そのかれに会わせてほしいんです」

「気でも狂ったの？」というとLはKの鼻に自分の鼻をこすりつけ、黒い大きな眼のレンズでKを解像しようとするかのようにみつめた。そして彼女は声をおしころし、ことばを区切っていった。「あきらめて刑に服すのよ。かれがあなたのような人間に会うだろうなんて考えは捨てなきゃいけないわ。ボスに会うことさえほとんど不可能なのよ」

「ひょっとするとそのボスがぼくに刑を押しつけた権力者かもしれないじゃありませんか」といい、Kはすばやく口をつきだしてLの唇にキスした。「違うのよ」とLはいい、そのまま木の芽に似た舌の先でKの唇をくすぐりつづけた。「じゃあこっそり教えてあげる。ほんとに違うのよ。あなたって、わりに世の中を知らないのね。ボスはたしかにここでは大変な力をもってるけど、そのボスでさえ、裁判所との関係からいえば最下級の請負人にすぎないのよ。囚人があたしたちのボスのような請負人に委託されるか、それとも刑務所で正式に刑の執行を受けるか、それは判決の内容やそのほかの実際的な事情で決るらしいけど、無論あなたにはこのことで異議を申したてたりする権利はないの。とにかくいまのところあなたはボスの管理を受ける身分よ。でもボスを裁判所関係の重要な人物だと考えては間違いよ。市立の刑務所に行けば、ボスくらいの人物なら看守見習のなかにだってざらにいるはずなんだから」

「それならなおさらボスに会わなきゃいけない」とKはいった。「かれに会うためにはまず最初にボスに会って、次第に重要な地位にある人物へとさかのぼっていく以外にありませんからね」Lは禿鷹が引きずりだした小腸をKの腹に押しこみながらいった。「何度いったらわかるの？　あまりしつこくいうと、あたし、この仕事をやめさせてもらうわ」

　単調な、しかしけっして慣れることのできない苦痛が繰返され、Kにとっては過去も未来も岩塩のように苛酷な現在のなかに結晶してしまったある日の午後、禿鷹がKの内臓をついばみおわったころにボスが姿をあらわした。Lの笛のような叫び声とそれに応える社長らしい鷹揚な態度とで、Kはこの男がボスであることをすぐみてとった。ボスは型どおりに肥満しており、赤紫色の皮膚をもっていた。

「あら、なんの御用ですの？」Lは軽い身のこなしでボスによりそい、その腕をボスの腕にしなやかに巻きつけた。するとボスはことさらにLによりかかって満足げに眼を細めた。その眼は肉のひだの奥に隠れたネクタイピンの頭ほどに小さくみえた。盲人かもしれない、とKは思った。

「わたしに会いたがっておられたようですな」とボスはいい、Kに向ってプレスハムの棒のような腕を突きだした。Lはにわかにコケティッシュになった。ボスの胴に頭をこすりつけるようなしぐさを示すのだったがこれはみていたKを興奮させるほどだった。

「でも社長がほんとにKと会うつもりになられるなんて、信じられないくらいですわ。あたしはただKが、不遜にも直接社長に会いたがってるということをお伝えしただけですのに……」

「わかっておる」と社長はいった。ねばねばした膜で人を包みこむような声だった。

「わたしが個人的な動機からこんな男に会うとでも思うかね？」

「そうでもないでしょう」Kは話を引きとり、皮肉な抑揚をつけていった。「あなたはぼくに対して個人的にもある種の怨恨をもっておられるようですね。顔がそんなふうにひきつっているのをみただけでもわかりますよ。まるで顔面神経痛をわずらってるみたいだ」

「いや、そんなことはないでしょう」とボスはいった。そして厚ぼったい舌をだして葡萄色の唇をしきりになめまわしながら、秘書のLを退去させたものかどうか思案にくれている様子だった。「つまり、この刑の執行は完全に公的な性格のものでして、わたしは裁判所から免許をもらってそれを代行している執行業者なんですよ。いや執行業者というと語弊がありますな。わたしが刑の執行を引受けているのはわたし本来の営利事業とはなんの関係もないことだからね。執行人としてのわたしをいかがわしいブローカーや周旋業者と同列にみてもらっては困りますよ。わたしは広汎な事業のかたわら、正義へのささやかな奉仕をこころざして無給で刑の執行を代行しているわけですからな」

「そのお話をきいただけでも」とKは勢こんでいった。「あなたは資格の点でも胡散臭いばかりか、動機の点でも不純であることがわかりますよ。第一こんな仕事が無給だなんて気違い沙汰だ。ぼくには正義への奉仕なんてことは信じられませんね」

「もっともです。わたし自身も——この仕事にたずさわってまだ日が浅いせいもあるだろうが、自分の仕事がどの点まで裁判所の管理する正義というものに寄与しているのか、いまだに確信がもてないのでして、それを考えだすと気が狂いそうになるほどですよ。なにしろわたしは最下級の執行人にすぎないし、わたしにまかされる仕事は、どちらかといえばとるに足りない下賤な性質のものが多いですからな。現にあんたの場合がそうですよ」そういってボスはKを指さした。それから近づいてくるとKの着ていた皮をめくり、一日の刑が終ったあと岩塩が充塡されて処置ずみとなった腹のなかをのぞきこむのだった。

「わたしはこの種の処刑の現場をみることなんか思いもよりません。おそらく胸が悪くなるでしょうな。なんとも陋劣きわまるもんだ。こんな刑を受けて生きながらえている囚人の醜悪さときたらまったく驚くべきものですよ」ボスは慨嘆の様子で腕を振りおろし、場違いな憤激から足もとにうずくまっていた禿鷹まで蹴とばした。

「実際、わたしはあなたの立場に同情的なくらいですよ」そして顔中の褶曲谷を曲りくねって流れる汗をハンカチで拭きとろうとしてごしごしこするのだった。

「けさわたしのところへ裁判所から通達がまいったのでして」とボスはいった。胸のポケットに押しこまれている厚い書類の束がそれらしかった。「その主旨は」といい、かれは大実業家らしい勿体ぶったのろさでそれをとりだした。「あなたが改心し、罪に服するならば減刑が考慮されるであろう、ということだ。減刑、すなわち刑期を短縮して死刑に処すということですな。いかがですか?」

「その減刑の条件がきわめて曖昧に思えますね。一体ぼくにどうしろっていうんですか？」

「簡単なことですよ。あんたが犯した罪を述べ、そして自分が有罪であることを認めるだけでいいんです。といっても実際には所定の形式に従って懺悔書に若干の事項を記入するだけのことなのだが。これがその用紙ですよ」といってボスがみせたのは小さい活字がぎっしり印刷されている紙だった。あらゆる項目について詳細きわまる解答例がすでに示されてあり、囚人はそのなかから選択して丸印をつけるだけでよいというのだった。

「こういう極度に煩雑な様式も、囚人がみずから考えたり書いたりする苦痛を省くためのものでして、最初はひどく気を悪くする囚人もいますが、結局のところこういう徹底した形式化こそ囚人にとっても当局にとってももっとも合理的であるわけですな」

「そのお説はよくわかりますが」とKはいい、笑いに似た声を放ちながらボスの申出を拒絶した。「ぼくはそんなことをしようと思いませんよ」

「なぜです？」

「なるほどぼくは犯罪を犯した。かれはそのことで激怒してるにちがいないと思いますよ。だからぼくはかれがなんらかの罰を用意してぼくに復讐することを当然だと思うんです。もしかれが合法的な手続を経てぼくに刑罰を加えるなら、ぼくもそれを拒みはしませんよ。しかしぼくは罪なんていうものをひっかぶってからだ中にまっかな痣をつくりたくはありませんからね。悔いあらためるなんて、きいただけでもふきだしそうになりますよ。それじゃまるでかれのまえにはいつくばって犬同然の真似をしろというに等しいじゃありませんか。一体かれがなにものだというんです？　結局のところぼくの被害者にすぎないんだ。それにかれなんてどこにもいなくて、ただ復讐にこりかたまった憎悪だけが姿のないエコーのようにいたるところでわめきちらしているとでもいうんですか？　それだったらぼくはなにも恐れることはないわけだ……」

　しかしKの口は、ぶ厚い、女のように肉づきのよいボスの手でふさがれた。「いいかね」とボスはあえぎながらいった。「あのかたのことをかれ、かれなどと気軽に呼ぶなんてもってのほかだからな。呼ぶならあのかたの名まえで呼ばなくちゃならん。しかしなぜあんたはあのかたのまえで罪を認めて許しをこわないのだ？」

「そんなことは滑稽ですよ！」とKは口をふさがれたまま叫び、爬虫類の肉を思わせる異様な歯ざわりをもつボスの掌に嚙みついた。「かれなんかぼくと同じようにごくつまらない人間なんですからね。でもぜひ会いたいんです。かれとじかに交渉して話の決着をつけなくてはならないんだ」ボスは血の歯型のついた手を振りながらいった。「おお……随分思いきって嚙みましたな。骨まで痛むみたいだ……だがかれには絶対に会えないことになっておるので、この問題に関するかぎり、あんたがいくらがんばっても無駄なことですよ。あんたにできることは、もう一度いうが、悔いあらため、罪の自覚に眼までひたって、あのかたのはかりがたい意思の変化にすべてを賭けること以外にない。現にあのかたは現在の刑を減じて死刑に変更してもいいと考えておられるわけだ」

「お断りですね」とKは商人風の明快さでいった。

「失礼だが、あんたの考えかたは理窟にあいませんな」とすかさずボスはいい、象皮のような皮膚の裂け目でその小粒な真珠ほどの眼を輝かしてKに迫った。「あんたはいつまでもこんな恥さらしで難儀な目に会いつづけたいというのかね？」

「死ぬよりは、苦痛にもがきながら生きる方がいいですからね」

「あんたは変っている。おそらくはばかなんだろう。死ねるということはじつに大きな慈悲からでた減刑の措置なんですよ。だれでもが容易に死ねるというわけじゃないからな」

「断りますよ」とKはつよい調子で繰返した。「それより、あなたに命令を与えているのはだれなんです？　あなたのすぐうえの上司はどういう人なんです？」

「そんなことは口が耳の後へ移動してもいえませんよ」

「ぼくはどうしてもその人間に会いますよ。それから順に命令系統をさかのぼっていって、一切の掟がどこから出てくるのか、その電源を握ってる人間を突きとめます……おお、あんたなんか淫売の客引き同然のとるに足りない執行吏なんだ。しかし上級機関にぼくをとりついでくれるのはいまのところあなた以外にないんですからね。いかがです、便宜をはかってくれれば相当の謝礼をしますよ」

Kのことばでボスはひどくその自信をかきむしられ、そこに劣等感を充分すりこまれた様子だった。かれは両手をもみあわせてきょろきょろした。そして禿鷹にブラシをかけながら一部始終をきいていたLに向って「どうだ、今夜つきあわないかね」と声をかけた。Lはスカートについた羽毛をはたきおとすと、「あたしにかまわないでいただきたいわ」といった。

おそらくこうした変化は連日の美食と運動不足のためにちがいない——禿鷹は醜怪なほどふとり、Lの手入れにもかかわらず脱毛はますますひどくなる一方だった。ことに完全に羽毛を失った顔と瘤だらけの頭は、奇怪な容貌をもつ僧を思わせた。まるまると肥満した胴体は毛をむしられた蒸焼用の鳥そっくりだった。「困りましたね」とKはLに向っていった。「こいつはだんだん覇気を失ってただのものぐさな鳥になりさがってしまうじゃありませんか。第一、このところめっきり食欲が減退してるようですよ」

「そこなのよ」といいながら、Lは鎖を引いて鳥に散歩させようとこころみたが、全然駄目だった。禿鷹はなによりも歩行を大儀がっていた。そしてLが引きずると、腹と脚を空に突きだしたまま、悲鳴をあげて引きずられるにまかせていた。だが自分で立ちあがって歩く気構えはまったくみえないのだ。「ああ、つくづく悲観しちゃうわ」とLはため息まじりにいった。「なにしろ、ふとりすぎなのよ」

「元気なやつととりかえてもらえばいいですよ」とKは示唆した。

「それは無理ね」とLがいった。「あたしの一存じゃどうにもならないわ。勿論、ボスにも話してみたけど、予算がおりないんですって」

「社長にそれっぽちの金が自由にならないはずはありませんよ」

「社長としてはね。でも、裁判所の命令で動いている一執行人としてはそれができないのよ。ケチだから自腹を切るつもりは毛頭ないらしいの。それに、動物園の方でもいますぐかわりの禿鷹がみつかるかどうかわからないわ」

「それもそうだ」というとKはいつものように生肉のしぼり汁や人参に口をつけた。鳥は薄目をあけてうかがっていたが、いきなりKのすすっている肉汁に嘴をいれようとした。「なにするの！」とLは叫び、頭を殴りつけて鳥をKの内臓に押しつけた。「あんたはこれよ……駄目だわ。すっかり食欲をなくしちゃってみむきもしない」

「ぼくの内臓に飽きたんですよ」Kはふいに思いついた策謀に思わず顔をゆるめながらいった。「こうなってはもうどうしようもありませんよ。ぼくはこのさい禿鷹を絞め殺した方がいいと思うんですけどね」

「殺すんですって？　そんなことしたら大変だわ」

「しかしこの禿鷹をとりかえてもらえるみこみはないんですよ。ぼくにしたってこんなよたよたしたやつといつまでもおつきあいするのは御免ですからね。それに殺してしまえばボスもこの既成事実を受けいれて適当な措置を講じると思うんです……御覧なさい、この鳥にはもうぼくの内臓をきれいに食べつくす気力がないんだ。このままじゃ刑の執行にも支障を来たすじゃありませんか」そういいながらKは眼と鼻をつかって顔をゴム塊のように延ばしたりちぢめたりした。Lを誘惑するのがその目的だったが、成功はおぼつかないと思った。Lは緑の眼を楕円形にみひらき、腕を組んでじっとKをみていた。「あたしにどうしてもらいたいの？」

「鎖をといてほしいんです」とKはいった。

「手だけでも自由にして下さい。こんなやくざな鳥なんか即座に絞め殺してやりますよ」

「そんなことをして……あたしはどうなるの？」

「ぼくからボスにうまく話してあげますよ。つまり」といってKは口いっぱいにたまってくる唾液をのみくだした。

「ボスをだましてここへ呼びよせるんです。ぼくの気が変って減刑を受けいれることにした、とボスにいってくれればいい。ボスはその手続のためきっとやってきますよ。禿鷹のこともそのとき交渉するんです」

「そんならやってみてもいいわ」とLはいったが、有能な秘書であるLがこんなふうにKの誘惑を簡単に受けいれてしまったのはKにも信じられないようなことだった。なにか罠があるかもしれない……Lはだるそうにかがみこむと、Kの手足の鎖をはずした。つぎの瞬間、Kは眠りこけている禿鷹を襲い、その首を両手でつかむとタオルをしぼるようにねじり、絞めあげた。鈍い音とともに、肉のなかで骨のくだける手ざわりがあった。ついでKの手にぶらさがった肉塊は大げさに痙攣した。これですべては終ったのだ。Kは蛮人がみせる出撃の踊りのように脚をあげて跳びはね、高い哄笑をまきちらした。そして腸を引きずりながら白い陽に照らされた屋上を端から端まで走りまわった。Lは躁狂の患者をみまもる看護婦のようにKを眼で追っていた。Kの解放の歓びはじきに凍りついた。どこにも下へおりる出口はなかったのだ。いつのまにか機械類もとりかたづけられた屋上は、一枚の厚いコンクリートの床をむきだしていた。ほぼ正方形の平面で、周囲はやはりコンクリートの低い塀でかこまれている。Kは腹から臓器が垂れさがってこぼれおちるのも忘れ、四つんばいになり、コンクリートの床を叩いてまわった。

「駄目だ、出口がない!」Kは眼にまで流れこむ汗にいらだちながら叫んだ。「どうしたことです、これは!」

「出口がなくなったのね」とLは放心したようにつぶやいた。

「そんなことはありえない。あなたはいつもどこからやってきてたんです?」

「その出入口がいまは閉鎖されてどこにもみあたらないのよ」

「なんという卑劣なやりくちだ!」とKは足を踏み鳴らして叫んだ。

「あなただって、あたしをうまくいいくるめてここから逃げようとしたんじゃないの。当然のむくいだわ」

「ボスのしわざですね」

「わからない。もっと上級の執行官のやったことかもしれないわ。ねえ、どうしてくれるの?」Lは爪を噛みながら涙を浮べていた。

「畜生、まんまといっぱい食わされたわけだ。でもなんとかして脱走しなきゃいけない」Kは低い塀に走りよって首を出した。みおろすと、地上は白っぽい土色をしていた。疥癬《かいせん》の皮膚のようでもあり、運河に似た幾何学的な条線があるところからみると、工場地帯のようにも思われた。それは敷きつめられた紙片が微風につれて少しずつめくれあがるような動きを示していた。しかしたしかな形をもったものはどこにもみえない。あるいはこの下はやはり砂漠なのかもしれないとKは思った。耳をすますと、交通の音、群衆のざわめき、工場の騒音などがきこえてくるようでもあったが、耳のせいにすぎなかったかもしれない。いずれにしても、このビルは地上についてなんのイメージも与えないほど高くそびえたっているにちがいなかった。Kはこみあげてくる不安でのどを押しひろげられた。

「ここは一体どこなんです?」

「街のまんなかよ」とLはこたえた。「まんなかというと正確じゃないわね。街のまうえというべきでしょうね」

「街のまうえ……どういうことです?」

「つまり、この建物全体がひとつの街なのよ。五十万人の人口を収容してることから考えてもこのビルがどんなに高いかおよその見当はつくでしょ?　ここがあたしたちの世界なの。小さいとき、やはりこの建物と同じような形をした世界についてきいたことがあるけど、そういう世界同士はたがいにみえないくらい離れているものですって……とにかく、あたしたちは街から締出されちゃったのよ」

「ほんとに出口はありませんか?」

「街にはいる入口は塗りつぶされたのよ」とLはその長い髪に指をさしいれてもちあげながらいった。「多分あたしの裏切りが知れちゃったためなんだわ」

「ぼくの鎖をはずしたことですか?」

「それもあるわ。でもはじめてあなたをみたときから、あたしはボスや裁判所や、要するにこの世界全体に対して妙におかしさを感じるようになって、話す声も物真似鳥みたいに人を愚弄する調子で響くような気がしてたの。こんなふうだと遅かれ早かれ裏切りを犯すんじゃないかと思ってたわ。そしてやっぱり裏切ったのね。だけど、こうしたことはなにからなにまでばかげていると思うわ。そう思わない?」

「そうでしょうね」とKも同意した。「しかし諦めることはありませんよ。さいわい、ぼくの内臓は毎日新しく生えてきますからね。あなたが餓死するようなことはないわけですよ。ぼくとしてもあのいやらしい禿鷹に食わせるよりあなたのような女に食べていただく方がずっと気持がいいですからね」

「おお、そんなこと、まっぴらだわ。第一、生で食べられるもんですか、生臭くって」

「でも食べてもらわないと腐るんです」

「腐らせておけばいいわ」とLはいったが、そのときKにきつく抱きしめられると、思わずKの肝臓の方に眼が吸いよせられていくように思われた。

「食べて下さいよ。生きたまま腐っていくのはやりきれないことですからね」

「すこし食べてみてもいいわ。レバーだけ」

「どうぞ」とKはいい、Lが食べよいようにと仰臥した。

「おお……」

「痛いの?」とLはうわの空でいい、両手の指をまっかに染めながら引きちぎった肝臓を食べるのに夢中だった。Kはめまいと吐きけを抑え無理な微笑を浮べていた。

「どうです……味はいいでしょう? 食べだすとやめられなくなりますよ」

「ほんと……すごくおいしいわ」
「膀胱や胃のようなまずいところは捨てておいたらいいでしょう」
しかしLは鬼のように食べつづけ、まもなく直腸の一部を残して内臓全部を食べつくしたようだった。そしてKの腹腔に顔をつっこみ、溜っている血や体液もすっかりなめてしまった。そのときKは快感をおぼえた。明らかな勃起の感覚があり、Lにみられはしまいかと顔をあからめたが、気がつくと陰茎は最初の日、工場で切りとられていまは植物の茎に似た切断面を残しているだけだった。Lはしきりに Kの腹のしぼみを撫でていた。「あなたって、まるでカヌーみたいだわ」と彼女はつぶやいた。こうしてLとの生活が始まるのだという実感が少からずKを不安にした。かれは凹型のうつろな胴のなかにしっかりとLを抱擁した。

朝、よく熟した太陽がゆっくりとのぼってきた。Kは自分の皮をぬいだ。そしてKの腹のくぼみにからだをはめこむようにして眠っているLを起した。Kの内臓はすでに生えそろい、新鮮な色の塊が腹からこぼれそうだった。世界を灼き、KとLの眼をほとんど盲目にする強烈な太陽に支配される昼間、LはKの内臓を食べつづけ、Kはその存在を食いあらされる痛みに耐えていた。そしてときおりLに向って各臓器の味についてたずねた。Lの憑かれたような食事、白炎を吐く太陽、遠い地上の不可解な物音、まれに吹いてくる熱風、そしてこれらについてLととりかわす単調な会話がKのすべてだった。

翌朝、次の日の太陽が空にのぼってきた。Kは皮をぬいだ。そしてその下でからだを丸くして眠っているＬを起した。Ｋの内臓はすでに生えそろっていた。鮮かな色つやをもっていた。強烈な太陽の支配する昼間、ＬはＫの内臓を食べつづけ、Ｋはその存在剝離の感覚に耐えていた。そしてときにＬに向って話しかけた。こうしてＬの熱心な食事、白く灼けている太陽、遠い地上の物音、まれに吹く風、そしてこれらについての会話がＫのすべてだった。

朝、歪んだ太陽がのぼってきた。Ｋは皮をぬぎ、Ｌを起した。Ｋの内臓は生えそろってＬを待っていた。はげしい太陽のもとでＬはそれを食べつづけた。これがＫの生活のすべてであり、もうかれに会う必要もなく、かれがいてもいなくても世界は同じことだとＫは思いはじめた。

朝、よく熟した太陽がゆっくりとのぼってきた……

（「群像」一九六〇年九月号）

リー兄さん

正宗白鳥

「リー兄《ああ》さん死す。」との電報に接した時には、真木村家の長男で相続者になっている鉄造は、月並のあわれを感ずるとともに、軽い安心を覚えた。リー兄さんと云っても、真木村家十人きょうだいのうちの四男に当るのだが、この男一人が妻子もなく定職もなく、孤独貧窶《ひんる》の生活を続けて来たので、東京で戦災に罹った後は、瀬戸内海のほとりの故郷の生家へ帰って、兎に角其処で生きていたのであった。生れた家だから、先祖から伝わったぼろ家へ、自分も住居権がある如く入り込んだのだが、生活は誰の世話にもならぬと、沈黙のうちに覚悟していたらしく、兄弟の誰にも、生活費の援助を頼んだことはなく、兄弟の方で彼の窮状を察して、時々多少の金銭を恵んでやっても、決して感謝の手紙を出したことはなく、着いたか着かぬか分らぬから知らして呉れと云ってやっても、返事がないのであった。でも、金を返して来ないのだから、自分で使っているのだと、兄弟間の笑い話になっていた。

両親に似て、自分々々の生活を大事にする常識家揃いのきょうだいのうちで、彼だけは異様な存在であった。彼のギブンネームは、林蔵であった。この真木村林蔵は、弟や妹に向っては、自分で自分をリー兄さんと云って、兄たる権威を示していたらしかったが、それが習いとなり、彼の愛称のようになって、兄でも誰でも彼をリー兄さんと呼んでいた。父親は或る日、きょうだい中での出世頭の長男の鉄造に向って、「お前はリーに似ている。でも、お前はちゃんとして世を渡っているんじゃからそれでえい訳じゃ。」と、真面目に云った事があった。子を見る事親に如かずと云われているが、鉄造は意外な父親の批判を受け入れて、自分とリー兄さんとの類似を検討したことがあった。検討したってよく分らないが、ただ運次第で、彼の生涯が我の如くであり、我の生涯が彼の如くであったのか知れない、と思ったりしていた。

兎に角、鉄造は、避暑のため山へ行こうとした企てを中止して、故郷へ行って死者を弔うことにした。かねてリー兄さんの末路の処置は、鉄造の身に振りかかって来るのではないかと、気づかっていたので、これが急速に簡単に解決されたのは、彼我のために却って幸福であったのだ。

故郷の家には、鉄造の表札が長い間の風雨にさらされて、薄汚く、ぼんやり姓名を現しているのが、彼が帰郷するたびにいつも目につくように今度も目についた。東京の家には、彼の相続者たるべき青年の名の記された真新しい表札が掛けられている。軽井沢の別宅には、彼の表札はなくって、管理者の名前が大きく打ち立てられている。先祖伝来の故郷のぼろ家にだけ、老後の彼を表象しているような表札がかかっているのである。家の中へ踏み込むと、この前の帰郷に見たよりも、清らかで、いくらか明るい感じがした。奥の間に女の寝息がしていたが、これは、真木村家の血族の一人としての、ここの管理人の主婦で、数十年来ここを自分の家として、数人の子女を育てたのである。同居者のリー兄さんの最後は、この夫妻だけで見届けて、跡始末をしてやったので、彼女は疲労しているのであろうと、鉄造は推察して、眠れる彼女に声を掛けないで、静かにあちらこちらを見廻っていたが、座敷の片隅から、ラジオが株式放送をしているのが、あたりと不調和で異様に感ぜられたのであった。

便所に近い一室には、故人の霊が型通りに祭られていた。一生写真を撮らなかったらしい故人の写真は掲げられていなかったが、筆跟新たな物々しい居士名《こじな》を記された位牌が据えられて、くだものや菓子などが供えられ、誰かの俳句や和歌らしいものの貼りつけられている小屏風が逆さに置かれてあった。煎香の煙も漂っていた。それに、朽ちて崩れていた筈の、この部屋が小ざっぱりした上敷で蔽われていた。行き倒れ同様の死様《しにざま》をするのではないかと、かねて、長兄などに空想されていた林蔵も、こうした世間並の葬儀に恵まれているらしいのを、鉄造は不思議に思い、そして、その位牌の前にちょっと額《ぬか》ずいて、木魚と鉦《かね》を叩いて、煎香にも火をつけた。

こうして、死者に対して、鉄造が柄にない月並の行為をすると、林蔵の霊も、月並の挙動をするのであろうか。魂髣髴《こんほうふつ》として、一生涯のおのが姿を現したのである。

わしは頭の先から足の端まで真っ黒のようだ。兄弟のうちでも際立って黒いのだ。白々《しろじろ》とした妹なんかもあるなかに、わしばっかりが真っ黒なのは不思議なようだが、それがそうだから仕方がない。黒くって汚い。海の漁夫などは汐に焼けて黒いのだが、わしのは木地の黒さだ。わしはわしがそんな人間だと、子供の時分から次第に考えるようになった。わしが女との縁を切るようになったのもそのせいだ。わしは徹底的に女嫌いになることに努力した。そして、それだけには成功した。兄弟はみな人並の結婚をして、男の子や女の子を生み落しているが、わしだけは、そんな真似はしなかった。いや、わしも結婚の真似はした。真似の真似はした。親爺が親の義務として、押し付けたので、押し付けられるままに、黙って三々九度の儀式をすました。それで、新婚夫婦は、古風に造られている離れ家で新生活をはじめる事になった訳だが、わしには、わしとは何の縁もない一人の女性が側にいて、極りの悪そうな顔しているのを興もなく目に触れているに過ぎなかった。わしの顔はさぞ黒々と彼女の目に映ったであろうが、彼女の顔は白かった。なんにも話はしなくって、わしが不断とちがった柔かい蒲団を被って眠ると、彼女もいつか寝床に就いたらしかった。新家庭の筈であったが、食事は本宅でみんなと一しょに採ることになっていたので、夜が明けると、女中の知らせで、一族団欒の席に就いた。彼女の膳が一つ、適当の位置に置かれていたのだ。彼女がわしのお給仕をするのではなかった。

食事が終ると、わしは、極った時刻に当時奉職していた隣村の小学校へ出掛けるのであったが、新婚者として村の者に見られるのを嫌って、裏の山道を通った。不断でもわざとこの山道を通る日が多かった。勤めを終って帰ってからも、離れへは行かないで、今まで通り、本宅の二階の一隅へ入って、黙々の孤独の時を過した。そして、夜おそく、不承々々に離れへ行って、そこにちゃんと敷かれている夜具のなかへ入った。花嫁は一日中、わし以外の家の者と仲よさそうに話をしていたし、女中や近所の人にも親しそうに口を利いていた。両親も、新夫婦の間について何の疑惑も抱いていないらしかった。そういう変梃《へんてこ》な有様で日また日が続いた。処女と云う者はこういう者かと、わしは奇異な感じがしだしたが、或る夜わしは「わしには子供を生む力はないのじゃ。」と、思わず口に出した。この奇異な言葉に、彼女は驚いたようだが、その驚きも直ぐに消えて、しおしおした顔に一雫の涙がこぼれた。わしでも、その時一生に一度の、女性に対するあわれを感じたのだ。そして、その翌日、父の前へ出て、訥々たる口調で離別を強要した。「なぜ初めに断らなかった。」「それはその通りだ。わしだってそう思っている。」

腑甲斐なくも、結婚の真似でもしたくって断らなかったのか。

鉄造は、淡い煎香の煙のほとりに漂っている林蔵の死後の述懐を聞いているような気持になり掛けていると、さっきから隣室で深い寝息を洩らしていた主婦が、ふと目を醒まして来訪者を一瞥すると、あわただしく起き上ったので、まぼろしの声の止切れた思いをした。

「今度は御苦労だったね。」と云うと、

「一時途方に暮れたのですけれど、どうにか片付きました。何年もお風呂に入らないで、垢だらけになってる身体を、わたし一人で綺麗に洗って、こんな場合の用意に調えていた浴衣を着せて上げました。一昨日《おととい》亡くなって昨日《きのう》火葬にして、お骨もしっかりと壺に収めましたが、こちらの村でも隣村共同の火葬場が出来たのが、リー兄さんのためにも幸福でした。今までのように土葬だったらどうします？　この暑さに穴を掘るのは大変なことじゃありませんか。それが町役場へ電話で依頼しただけで、大勢で引き取りに来て呉れて、錦らんの蔽いをしたお棺に入れて火葬場へ運んで呉れるんです。骨揚《こつあ》げまで一切の費用が極められて、余分のお金は入《い》らないことになっています。」

「それは便利になったね。こんな暑い時分に死骸を埋める穴を掘らされるのはたまらないだろう。誰がやって呉れるだろう。」

その夜は、鉄造と此処の夫婦と三人は、宵のうちをリー兄さんの追憶話で過した。ここの管理人夫婦とリー兄さんとは、終戦後十余年間も、お互いに好ましからぬ同居を続けたので、口喧嘩もよくしていたが、それだけに、リー兄さんに関する話の種は、彼等夫婦が最も多く所有していた。入江を見下ろして眺めはよくっても、障子は桟だけが残っていて、畳は破れたり凹《くぼ》んだりして正体のないほどに朽ちているだだっ広い二階は、この孤独の住者に独占されていたのだが、その住者は殆んど掃除はせず、十余年の間入浴をしないような不潔生活で、夥《おびただ》しく蚤が発生するほどで、爽やかな海風もこの二階の広間を通って階下へ流れ落ちると、異様な臭気を放つそうであった。それで、階下に住む管理者の家族は、十数年間絶えず警告していたのだが、リー兄さんには他人の警告などは馬耳東風なのだ。

この不潔の塊りであった彼も戦災に罹るまでの数十年間は、東京生活をしていたので、東京に住んでいた間は、兎に角人間らしい身装をしていたのだ。東京では概して美術修業をしていた。戦災の打撃を受けたためか、不潔の塊りになった彼が、美の表現を志していたのは不思議である。青年時代、田舎の小学校の教師をしていた彼は、俸給のすべてを貯蓄していた。酒は飲まず煙草は吸わず、何等の無駄費いはせず、衣食は一切父母の負担に任かせていたのだから、可成りの貯蓄は出来たので、それを資本として東京行を決行した。それで学校へ辞職届を出した。そこの校長は林蔵の父親に会った時に、「林蔵さんは東京へ修業にお出掛けになるそうで。」と、祝意を述べると、父親は、当人からは何も聴いていなかったので、びっくりした。それで、早速当人に訊きただしたが、当人は、むにゃむにゃと口の内で答えただけで、父親が重ねて詰問しても、いかなる方針で出掛けるかはっきりした返事はしなかった。「リー兄さんが東京へ行くんじゃとい。」と、弟妹は、事の意外を面白がって囃し立てた。長男の上京の時には、長男は、祖母に向って、「わしは東京の学校へ行こう。」と、ねだって、祖母から父親に報告させただけで、事は順調に運んだのであった。林蔵の上京については、父親はにがり切った顔していたが、学資無用との事でもあったので、つまりは当人まかせで放任した。

　管理者の主婦はその話に連れて、「昨日近所の八十を過ぎたおそよというお婆さんが、お二階の旦那様がお亡くなりになったそうで、おいたわしい事いたしましたと、くやみを云いに来ました。多分昔リー叔父さんの子守として此処に雇われていたので、なつかしかったのでしょう。その時の昔話に、あの方は、お小さい時、祖母《おばあ》さんにも粗末にされていたようでした。(リーよ御飯お上り)とお呼びになっても、外のぼっちゃん、嬢さんには焚き立ての温かい御飯をついで上げなさっとるのに、リーぼっちゃんにだけは、残りの冷飯を上げなさるんです。わたしは、お可愛そうな気がしたのを、今も覚えて居りますと話していました。」と話した。

「そう云えば、リーが何かで祖母《おばあ》さんに怒られて、お灸《きゅう》を据えられたのを、僕は覚えて居る。外の子供はそんなことはなかった。」と、鉄造は云って、「祖母はどの孫に対しても分け隔てはなかった筈だが、リーだけは、何となく安っぽく見られたのか。家には大勢子供があったのだが、リーは、便所の側のこの部屋に寝かされていた。二階のあの部屋は上等部屋で、僕の寝室にしていたのだ。」

「リー叔父さんはからだが悪くなって、二階からの便所通いは不自由だから、私がこの新しい上敷をここに敷いて、二階から下りて来て、此処に寝るように勧めたのですけど、片意地を張って、どうしても下りて来ないのです。そうしてるうちに、腹《はら》這《ば》いになって、二階から下りて来る途中で、大しくじりで、汚いものが垂れ通しになったのです。その跡始末が大変で。」

と、主婦はその時を想像しながら眉をしかめた。

「リーも片意地を通しながら、つまりは人のお世話になったんだね。」

「でも、リー叔父さんは、死ぬる覚悟はしていました。強いてお医者に診て貰うことにしたのですが、お医者さんが、あなたは何処も悪くはないんだから、元気をお出しなさいと力をつけても、自分はもう駄目だと云って覚悟していました。それからわたし達が気がつかなかった事でしたが、最後に便所へ通う前に、側の紙切れに遺言状を書いたのです。絵を書く筆で。」

「リーの遺言状とは不思議だね。誰に当てて、何を書いたの？」

「わたしに当てて。いろいろお世話になりましたと。」

「リーがそんな事を云うのは意外だ。死ぬる時にはそんな気になるものかなあ。」

「それから、自分は以前から肺病なので、人にうつしちゃ悪いから、それで二階から下に降りぬようにしたのだとも書いてありました。肺病なんかじゃないんですよ。独り極めにそう極めて、不断高い薬を買って飲んでいたらしいんです。お医者さんに訊くと、それは見当ちがいの薬なのに。」

「その高い薬代はどこから取るんだね。絵が多少売れるんだろうか。」

「御当人は自分は大変えらい画家だと思ってるらしいんで、安っぽく売ろうとはしなかったんです。売ろうと思えば随分買い手があります。村の工場は近年は大変な繁盛で、他所《よそ》から働きに来とる人で村に居すわって、新たに家を建築する人も続々あるんです。それで、家の飾りに絵を欲しがる人もあるんだから、リー叔父さんの絵だって売り物になります。わたし達もたびたびお世話しようと云うこともあったんですけど、御当人は権式ぶって売らないんです。それが、今日のたべものにも困った時には、威張ってばかりはいられないで、誰かの世話で安っぽく売ったりしていたようでした。」

「リーの絵は金になるような絵なのか。東京では誰に絵を習ったんだろう。」

「誰にも習わないで、勝手に書いてたんじゃないかな。」

　この住宅管理者のHは、美術書や文学書の雑書は、多年暇にまかせて読んでいるので、ゴッホとかゴーガンとかの西洋の美術大家の名を挙げて、リーの絵を批評したりした。こういうところは田舎はのどかである。

「どんな絵か見て見ようか。」

鉄造はしみじみ見たことのない林蔵の絵を彼の死後に改めて見ようとした。主婦は需《もと》めに応じて、三四点の、書きっ放しの絵画を、二階から持って来た。それ等を、手頃な高さの用箪笥の上に陳列して、三人は目を注いだ。静寂な空気のなかに、二三匹の蚊が微かな音を立てた。


三人とも、美術の鑑賞力はないのである。鉄造の如きは、古今東西の名絵画を、模写や写真版ではなく、正真正銘の本物で観ているのだが、それ等の作品の真価に徹しては何も知らないと云うほどに、鑑賞力を欠いているのである。ただ美術品とは美しいもの、絵画は綺麗なものと、世間並に思っていたのであったが、今目に映るリー兄さんの絵は美しくもなければ、綺麗でもなかった。晴れ晴れしいところはなくって、陰気な絵である。海も山も樹木も人も、むしろ汚らしい。不潔のかたまりのような彼の書いた絵は、このあたりの風光明媚な海辺や丘陵を思い切り醜化したようなものであると、鉄造は感じた。

「しかし、素人はこんな風に汚く書くことも出来まいね。不潔に徹した人間の書いた絵らしく、汚さに徹してるのかも知れないね。」

「右の方の木の枝は肩を怒らせているようにイカついが、左の方の木の枝は、何の木だか箒のような形で垂れ下って居る。何処を書いたのかな。」

Ｈは首をひねった。

「何の草花だか分らないけど、草花のなかに、女のいる絵は、珍しいんです。」と、主婦は云って、「この女が目の下に涙見たいなものを垂らしてるでしょう。涙にしちゃ、その一雫の涙が黒いのは可笑《おか》しい。」

「リー兄さんは女のモデルなんか使わないだろうから、空想なんだね。あいつが空想で女を書くなんか可笑しい。」

鉄造はそう云って微笑したが、ふと心に浮ぶものがあった。

兎に角、この自称画家は絵は下手だと、衆論一致した。こんなものを、新築家屋の壁に掛たって、部屋にふさわしい色取りにはなるまいと思われたが、これは三人の鑑賞力の乏しいためかも知れない。

「銭がなくなったと、リー叔父さん独り言のように云い続けていたのに、或る朝、魚市場へ捕り立ての魚《さかな》買いに行ったのです。絵が売れたためなんでしょう。そしてピンピン跳ねてるボラを買って来て、刺身にして、コリコリした肉をうまそうにたべていました。あくる日、わたしが市場へ行って、売れ残りのボラを買おうとすると、これは、昨日の約束で先生のに取って置くと云って、外の人には売らないでいるんです。そこへリー叔父さんが買いに来ると、わたし達に売る時とは半値ぐらいで売るんですよ。この漁夫《りょうし》は昔小学校でリー叔父さんに教わった生徒だそうです。昔の先生が落ちぶれたくらししてるのがお気の毒だと云うんでしょう。」

個人展覧会の合評が終って、鉄造は旅の疲れもあるし、早目に寝床に就いたが、父親が昔彼に向って、「お前は林蔵に似ている。」と云ったことをふと思い出した。それから、自分が画家になっていたら、林蔵の絵のような絵を書いていたのじゃないかと思ったりした。林蔵の絵だって、ここに傑《すぐ》れた批評家か鑑賞家か或いは愚かな批評家か鑑賞家が出て来て、これは独特の妙味ある絵画であると激賞したら、ゴーガンかゴッホか鉄斎かの如く持て囃されるかも知れない。

「阿呆云いなさんな。」鉄造のその夜の夢のなかに、リー兄さんの声が聞えた。

（「群像」一九六二年十月号）

水

佐多稲子

　幾代はそこにしゃがんでさっきから泣いていた。彼女がしゃがんでいるのは、上野駅ホームの駅員詰所《つめしょ》の横だった。だから幾代のしゃがんでいる前には、もう客を乗せて時刻を待っている列車の鋼鉄の壁面があった。正午を過ぎたばかりで、空にはうらうらとした春の陽ざしがあったが、列車にさえぎられて、詰所との間の狭い場所は蔭になっていた。グリーンのセーターに灰色のスカートをはいて、その背をこごめ、幾代は自分の膝の上で泣いた。膝にのせたズックの鞄《かばん》を両手に抱え込んでその上で泣いていた。

　すぐ頭の上の列車の窓から、けげんな顔で人ののぞくのも知っていたが、どうしても涙はとまらず、そこよりほかの場所に行きようもなかった。列車の窓の視線に、パーマネントののびたのをうしろで丸めただけの頭髪を見せて、しきりにガーゼのハンカチで涙を拭いていた。

　まだ二十歳にもならぬ若さだがあたりかまわず働いていることがひと目で分るような、こりんとした顔だ。それが泣き濡れていよいよ頼りなくまずしげに見えた。この春の日なかに、駅のホームにしゃがんで泣いているということ自体、頼りなくまずしいことにちがいなかった。ホームの上は、片方の線にも列車を待つ人の列があって、ほこりっぽい混雑を呈している。幾代のいる駅員詰所ぎわはホームも先きの方のせいでいくらかその混雑からはずれているが、しゃがんでいる彼女の前もときどき駆け抜けてゆく人の足でざわついた。このほこりっぽい混雑の中で、幾代はまったく自分の膝の上の鞄を抱きしめているよりほかなかった。しっかり鞄を抱いているのは、彼女自身が頼りなくてつかまり場を欲しているからだった。が、彼女はそれを誰かに求めるように意識しているのではなかった。むしろ彼女は、この駅の雑閙《ざっとう》の中で、自分ひとり打ちひしがれた悲哀にいることをそのまま受け入れて、ただ、とどめようもなくあふれ出る涙をあとからあとから拭きながら、胸の中で母親を呼んでいた。

幾代の働いている神田小川町の旅館に、彼女あての電報がとどいたのは昨日の朝だった。幾代はこの旅館の台所で働いていたから、団体客の朝の食事がすんで下がってきた五十人分の食器を洗っていた。

ハハキトクスグカヘレという電文を前にしたとき、幾代ははじめ、瞳孔のひらいてゆくような不安な表情をした。

「こんな電報がきたんですけども」

主人の前へ出てそう云うと、主人は狡猾に目を働かせた。主人の疑いは大勢の使用人との関係で身についた警戒から出たものだったが、幾代あての電報が嘘ではないらしいとわかったあとも、不人情を言葉の上で瞞着しながら、半ば威圧を加えてまざまざと不機嫌になった。それはこの多忙な時期に、使用人を失いたくないという本心をさらすものだった。

「次の電報を待つんだね。ほんとに危篤なら、今から帰ったって富山までじゃ、間に合やしないよ」

「はい」

そう答えるしかなかった幾代を、寸時も立ちどまらせるすきを与えず台所の仕事が追いかけた。

越中釜ケ淵の農家から幾代がこの神田小川町の旅館に働きに出たのは、一昨年の冬だった。主人が同郷の縁故で、この旅館の下働きに住みこんだ。

「お前さんも脚さえ悪くなきゃね」

と、主人は幾代の身体を哀れむように見まわした。

「はい」

そういうときも幾代は優しい微笑を浮べているだけだった。

幾代は左脚が少し短かった。そのために近くの紡績会社を希望したときも採用にならなかった。が、この旅館に働きに出て、幾代は満足していた。下働きでも毎月、母親に送金できるだけの給料があったし、少額ながら貯金もしていた。

幾代は給料を貯めて、一度は母親を湯治に出したい、とおもっていた。郷里の母親は、旅館の女主人と同年齢だというのが信じられないほど老けていた。幾代が中学生のとき、入善《にゅうぜん》の紡績工場に働いている姉からの送金で、母親は一度湯治に出かけた。湯治といいながら、大風呂敷いっぱい、つくろいものの衣類を包み込んで持って出たが、たった四、五日の湯治から帰ってきたときは、見ちがえるほど、母親は若がえっていた。腰も伸びて見えた。普段は、家の中でも腰を曲げた姿勢をしていた。幾代がまだ小さいときから母親はそんなふうに腰を曲げていた。それは年齢のせいというよりは、生活の習慣でそうなったというものだった。それが湯治から帰ってくると、頬が光って、色が白くなっていた。

それ以来、母親のたのしいおもい出話は湯治のことにきまってしまった。湯につかって、三年はたしかに生きのびた、といい、宿の広間にかかった旅まわりの芝居を二晩つづけて見たことも忘れられないらしい。ひとりでじいっと縫物をしているときなども、母親はひそかにおもい出しているのかもしれなかった。そばで宿題をしているとき、ふいにそれを話しかけられたりしたことで、幾代はそうおもうのであった。

「姉ちゃが、工場で働いたお金、おくってくれたでエ」

と、語尾にアクセントをつけて、必ずそれを云った。そういうとき幾代は、自分も働けるようになったら、給料を貯めてこの母親を、今度は自分が湯治に出してやりたいとおもった。

幾代が五歳のときに父親が亡くなった。兄が十三歳、姉が十歳、末子だった幾代はまだ母と一緒の床に寝ていて、眠りながら、くせになってまだ母親の乳を探ることがあった。母親の乳房はあたたかくて柔かだった。父親が亡くなって幾月か経ったある夜、母親が床にはいってきた気配を感じた幾代が、手を母親の胸に差し入れて乳を探った。とたんに、ぱっと払いのけられて、目が覚めた。目が覚めると、払いのけられたことが口惜しくて、意地になってまた母親の乳房を求めた。

「いやだッてば」

母親は真剣な声を立て、身ぶるいして、幾代の手を払った。それがあんまりじゃけんだったので、びっくりして幾代は泣き出した。

「なに、泣くう」

母親はまだおこっているような調子だった。

そんなときの微妙なことは、幾代にわかるはずはなかった。またある夜は、ふと、母親が泣いているような気がして目を覚ましたこともある。

「かアちゃ」

そっと呼ぶと、しのび泣きはとまって返事もなかった。幾代は、くら闇の中でそのときは母親の顔を探った。その掌が、母親の涙で濡れて、それは、父親の亡くなったあとの苦労の悲しみなのだ、とはっきりわかった。あるいはその悲しみは、幾代の身体のことを案じてのものかも知れなかった。幾代は成長してからもそのことをときどきおもい出した。

幾代の左脚が短いことを母親はふびんがって、自分のせいのように謝ることがあった。幾代が二歳のとき、高熱がつづいたのを抱いて、富山市の病院へも連れて行ったのだという。

「一ヵ月も入院して、命のあったのが見つけものと言われた。なアん、片脚が少々短うても、気にせんこっちゃ」

小学生のとき田圃道を帰ってくる途中で、男の子に、ちんば、ちんば、とはやし立てられたことがある。丁度ゆき逢った母親がそれを聞きつけた。すると母親はいきなり大声にわめいて小石を投げた。幾代の方が母親の見幕を恥ずかしくなって先きに走った、走ってゆく幾代の姿は、ぴょこん、ぴょこん、と左肩がさがっていた。

しかし幾代は、明るいとは云えないにしろ、素直な性質だった。旅館の台所で終日立ち働きながら、身体の引け目を見せなかった。どこかに負けん気をひそめていて、それが素直さにもなり、身体の引け目を見せぬ働きものにもするらしかった。この旅館に住み込んで一年と数ヵ月で、料理方も主人も、幾代の働きぶりの誠実さを認めた。東京の他人の中に出て苦労するものと覚悟してきたから、幾代の方では自分が認められるのを仕合せに感じさえした。

「幾ちゃんはいいかみさんになるよ」

あるとき幾代は、料理人が女中たちをつかまえてそう云っているのを聞きつけた。そこまではよかった。が料理人は幾代が聞いているのを気づかずに、あとはにやついて、幾代の脚のことにふれ、あけすけなほめ言葉までつけ足した。幾代はそのときは唇を噛んで涙を浮べた。彼女にはそんなあけすけな評言は、自分の悲しみをひそめた身体の中までずけずけと踏み込まれるようにしか聞けなかった。

主人は、はじめ恩恵をほどこしたつもりで幾代をやとったがおもわぬ拾いものをしたわけだった。幾代がこの頃から、郷里の母親に東京見物をさせてやろう、とおもいはじめたのも、主人からそう云われたからだった。主人は幾代に優しい言葉をかける意味で、田舎のおっかさんに東京見物をさせておやりと云い、泊るのはうちで泊めてやるよ、と云ったのだった。

そんなふうだったから、ハハキトクスグカヘレの電報がきたとき、幾代は、早速暇がとれるものとおもっていた。自分の一大事は、主人もそのとおりに承知するものとしか考えなかった。それがそのとおりに運ばなかった。幾代は、そこに他人を感じ、夜更けて床についてから、ひとりで泣いた。

ハハシンダ、カヘルカ、と次の電報が今朝配達された。幾代は台所の板にへたっと坐ると、

「ああ、かアちゃ」

と、細い、しぼるような泣き声を上げて突っ伏した。

彼女はもう朝のやりかけの仕事をしなかった。泣きながら身まわりのものと貯金通帳を鞄に詰めると、河岸に出かけて留守の主人の帰りを待たずに、女主人にだけ挨拶をして上野駅へ駆けつけた。幾代が出てくるときも、女主人は、夫の留守を口実に引きとめようとした。

「それに、もう死んじゃったんだろ。あんたが帰ったって、死んだものが生きかえるわけでもないしねえ」

幾代は固い顔をしてそれを聞いていた。聞いていたけれど、反応さえ見せなかった。ズックの鞄を抱えて旅館の台所口から出て歩き出す幾代は、いつもより腰のゆれが強かった。

母親が死んでしまう、という実感にそそられて、はじめて幾代は、自分と母親とのつながりの深さに気づいた。それは幾代にとって唯一の安心の場所が無くなることだった。幾代が自分の身体の引け目を感ぜずにすむのは、母親の前だけであったと気がつくからだった。幾代の身体の悲しさが、もし母親の云うように前世からの約束ごとならば、その罪は母親もいっしょに

被るものだった。あるいは母親の罪のために幾代が悲しみを背負っているのかもしれなかった。幾代は母親の労苦を知っていたからそんなことを口に出しもしなかったけれど、兄や姉の前にさえ勝気にふるまう意識の操作を、母親に対してだけは感ぜずにすんだ。

その母親が死んでしまう。一刻も早く、母親の前に行って、母親と一緒に泣きたかった。母親はすでに死んでいるのかもしれない。が、幾代には母の姿は、木綿の薄い夜具の中に眠っている姿でしか想像できなかった。そこにまだ母親は存在しているはずだった。幾代はそんな母親を想像すると、今までの感情になかった性質の哀れみで、可哀想、と切実に感じた。もう母親はすべてに対してすっかり無力になっているにちがいないからであった。しかもその哀れみの感情は、幾代自身にも及ぼして、劇しい悲哀がこみ上げていた。昨日の電報のとき、主人に負けてしまった自分の弱さから、母親まで敗北のまき添えにしたような口惜しさがあって、幾代の悲哀を深くしていた。

幾代はもう完全にひとりになるはずだった。ひとりになるということは、彼女の身体の悲しみの重さを、ひとりで背負ってゆくことだった。ホームの混雑は幾代をひとり疎外しておのおのの行方に気負い立っていた。幾代の方でも、その騒がしさは無関係だった。

幾代の乗るはずの列車がホームに入るまでまだ一時間待たねばならなかった。彼女がしゃがんでいる前の列車は、いよいよ発車するらしかった。合図のベルがホームに流れた。それをしおに、幾代は鞄を抱え腰を立てて立ち上った。泣きつづけた彼女の小さな顔は、色白の皮膚を晒《さら》したように赤味を消して、瞼が垂れ、細い目がいよいよ細くなっていた。

幾代は、動きだした列車と反対の方向に、重い足で歩き出した。彼女の肩が歩調にともなって、ゆっくり揺れた。彼女はそのとき、列車の窓の視線に自分をあからさまにしたわけだった。

駅員詰所の建物の先きに水道があった。水道の蛇口はさっきから水を出しっ放しであった。駅員が薬かんに水を汲んでそのまま くるりと身体をまわして元気に行ってしまってからあと、水は当てなしに流れつづけていた。そのそばを通ってゆくものも多かったが、誰ひとり蛇口の栓を閉めなかった。

幾代は、悲しみを運んでそこまで歩いてきた。顔を上げているので、瞼をあふれた涙が頰に筋を引いた。が、幾代は、水道のそばを通り抜けぎわに、蛇口の栓を閉めた。音を立てて落ちていた水がとまった。が、幾代は自分のその動作に気づいてはいないらしかった。それは無意識に行われただけだった。列車は音を立てて出てゆき、明るくなったあとに街の眺めが展がった。が幾代は、再びもとの場所にもどってしゃがみ込むと、今までと同じように泣きつづけた。その場所に、さえぎるものがなくなって春の陽があたった。

（「群像」一九六二年五月号）

気違ひマリア

森 茉莉

マリアが父親の遺伝をうけたとしても、又母親の遺伝をうけたにしても、どこかに気違い的なところを持っていていい訳なのである。つまりふた親の悪い、変なところが遺伝したのである。（一晩に草鞋《わらじ》を百足造る人と言われた、整理された頭の、論理整然の私の父親といえども、文学というものに関係していたのだから、どこか変なところがあった筈である。彼はいい小説家ではなくて、翻訳の名人で同時に、精力的で明るい頭の男だったが、いい小説家ではなくても素晴しい文学者ではあったのである）父親の方は異《かわ》った清潔《きれい》ずきで、入浴をしなかった。（湯に入るのは、他人の垢を自分の体にくっつけに入るようなものだ）と言い、湯を入れたバケツと、空のバケツとを並べておいて全身を拭いた。どういう訳か、石鹼箱を使わなくて、競馬石鹼が、英吉利の騎手を描いたラベルのついた、真紅《あか》い繻子の包み紙の上においてある。包み紙には細い黄金《きん》の紐がついていた。この場面はもっと細かく書きたいが、そうするとマリアの気違いを書く場所がなくなる。新潮や群像に書くためには我慢が必要で、上等な料理をくうのには多くの金を払う我慢をしなくてはならないのと同じ仕組みらしいのである。（おかあちゃんは羽左衛門がいいなんぞというが、花柳病の黴菌を体中につけていて、湯に入ってかみさんの分の黴菌をくっつけて上がってくる羽左衛門より俺の方がよほど清潔だ）と言うのである。飯を食った後《あと》の箸は茶碗の茶で濯《すす》いで、先を二つ截りの半紙で包んで、箸箱の中にコトリと入れる。小水の後は、箸と同様、体の先を半紙で包んで、その上から下帯をするのである。母親の方ももともと清潔《きれい》ずきだったのが父親に同化してだんだん気違いじみて来た。劇場の手洗いの扉を開ける時には用意の半紙を三四枚手に取って、ふつう人が触れない、極く上の方を持って開ける。歌舞伎座の上品なご婦人や、芸者たちが目をそばだてて見ている。夏、食膳に蠅が一匹でもくると（あッ、蠅、蠅、蠅！）と叫んで青白く美しい掌を烈しく振って払いのける。

その母親の大騒ぎの叫び声が、マリアに遺伝したのである。マリアが目下住んでいる白雲荘という建物の（目下だけではなく、マリアはこの建物に永遠に住む覚悟でいる。今いる部屋でなくては小説が書けないと信じているからで、マリアは萩原葉子が自分のアパルトマンに来いと言った時もその理由で断った。富岡多恵子はそれを聴いて、葉子さんの誘いも断るとはさすがにマリさんである、と言った）不潔さ、及びその住人たちの日本庶民的不潔さは恐るべきものであって、白雲荘では毎日、真夜中或は四時頃になると、室生犀星が（灰色の舌）と描写した階段の下の洗い場の辺りから、マリアのひそめた叫び声が起って、混凝土《コンクリイト》の四囲の壁に谺《こだま》することになった。マリアが夜中に食器を洗うのは、何も叫びたいからではなくて、同居の嬶《かあ》ちゃん連が四五人前の、見るのもいやな茶碗、洋杯《コップ》の類（どういう訳か彼女たちは田舎の、弁当屋の二階が料理屋になっている、というような店の茶碗、皿小鉢、或は魚屋の刺身の皿と同じの食器を買ってくるのである。洋杯は町の荒物屋が、自分たちや、魚屋、安料理屋、こういう嬶ちゃん連のために仕入れて並べている、一部分が紺だの臙脂になっている六角形、又は朝顔の花型に開いた形のものであるが、これらの人種の味方になって、こういう食器類をえい、えい、として製造している工場も、どこかに無数に、存在しているらしいのだ）を、油の附着したのも、ジュース用の洋杯も（彼らは又よくジュースを飲む種族であって、自分の子供を殺して自殺したり、夫や親を殺したりする嬶ちゃんが毒物を入れるのはいつもジュースである）一緒くたに突っこんだ大ボオルをでんと据え、傍若無人の背中を見せてがんばっていて（彼らはマリアが何か書いているとわかると、ガンバッテ下さいと、言うのである。マリアはがんばらないで、ぐにゃぐにゃしているのでなくては人生のことも、小説も出来ないのだが、マリアを見てそういう雰囲気《ムード》をわかるようなかれらではないのだ）、それが殆ど四六時中で、巴里的優雅をおびたマリア用の二つ三つの茶碗や匙を割り込ませてくれぬし、又薄汚なくて割りこみたくもないからなのだ。日本の庶民というのは男女の別なく、どこにでも痰を吐き飛ばす人種であって、わが白雲荘の紳士淑女も例外ではなく、朝、顔を洗うといっては吐き、昼間体を拭きに来てはガアッと吐く。部屋の中ではマリアが、唾をのみこめない状態になり、背中中《じゅう》にぶつぶつが出来そうになって、（痰の音の不快を微細にうけとるために、その痰が自分の口に入ってくるような気がするのである）「ああいやだ。車屋と住むなんて思いもしなかったんだ」

と、叫んでいる。「巴里のホテルじゃあ、白《しら》っ子のジルベルジニイだって、男妾のジャンだって、痰を吐いているのを見たことなんかありゃあしない。パッパは半紙に取ってはばかりに捨てていたんだ。第一パッパが痰を吐く音は独逸語の咽喉の音《おん》のような声で、吐く時の顔も素敵だった」と、彼らに面《めん》と向って言ったたって通じる筈のない愚痴がそれに続くのである。白雲荘の廊下から起る声、せりふ、というものは絶対的にマリアの世界とは相容れぬ種類のものなので、マリアはいらいらし、木製寝台の背中をコトコトコトと弾《はじ》いて、少しでも外の音をくらまそうとしている。ここのところは永井荷風の気ちがいが遺伝している、という複雑さである。外の音の強弱につれて、寝台を弾く音もいらいらしくなったり、弱まったりするのも、荷風と同じである。（マリアに荷風の遺伝はおかしいが、荷風が自分の部屋で行きだおれて死んだ時、彼が死ぬや否や、彼の空気分解した脳細胞の中の悪い要素が風に乗って、市川本八幡《もとやわた》から世田谷淡島に飛来し、それがマリアの頭にとり憑いた、ということも科学的にはともかくとして、情緒的には有り得るのだ）何故ならその頃マリアは荷風に陶酔していて、彼が日乗（日記のことらしい。荷風においては午後は晡下《ほか》であって、荷風、鷗外、漱石、ともなると、現代っ子はおろか明治婆さんも戸迷うのである。英語や仏蘭西語も大変で、漱石のボイはボオイであり、荷風のモオパスサン先生よは、モウパッサンのことらしいのだし、鷗外のアテエネはアテネであり、フリツツは、雪は降りつつのふりつつではなくて、男の名前である）に、もと、吉原にいた婆さんについて、《おろかなる者なれば行きてみるに》と書いてあって、その頃寂莫孤独だったマリアはそれを読んで、自分はおろかなものなのに、何故荷風は来ないのかと、天を恨んだこともあったからである。とにかく変なものはすべて、マリアにくっつくらしいのだが、人知れず附着するので、よける暇もない。呉淞江《ウウスン・クリイク》を小舟で弾丸《たま》を運んだ友田恭助のように、体を左右にゆすっていればいいかも知れない。

さて、白雲荘の洗い場である。漆喰の中に不等辺三角形の黒と灰色との砂利の破片を混ぜて練り固めた洗い台は、昭和十三年以来の古びで全体に赤褐色に色づいていて、なめくじ、みみずの類が極楽にいる面《つら》で徊い廻るところへ、あらゆる同居人の痰が飛び落ちる場所であるから、マリアはそこに立つとまず、神経を極度に緊張させざるを得ない。赤茶色の漆喰の面《めん》にも、そこに渡した簀の子にも、（この簀の子にはつねに、得体の知れぬものが附着している。なめくじかと思って見ると、味噌汁の実の玉葱だったり、そうかと思うと、背中に縞のあるなめくじかと思うと、味噌汁の中で軟化しただしじゃこだったりする）絶対に触れないように洗おうとするからだ。廊下、ところどころ剝げ落ち、或は剝がれかかってぶわぶわしている壁、手洗いの扉、その扉の止め金《がね》、すべて白雲荘という、この貴むべき建物には安心して触《さわ》れるところは皆無である。後《あと》で手を洗えばよかろうと言うのはマリアと異《ちが》った感覚を持った人間の話であって、白雲荘のどこかに触ったら最後、マクベス夫人の掌の血ではないが、何度洗っても消えることのない厭な感覚が、この頃のバカ女の子の言う、あの痺れる、というのの反対の厭なしびれが掌の指に残って、長く余炎を焚くのである。Oh！　恋の後の陶酔の如くに永い、その余炎よ！　マリアはこの永く玄妙な余炎を恐れるのだ。ところが指で何かを持ったり、扱ったりすることが馬鹿下手のマリアは、アッという間にその赤茶色の漆喰や赤錆びの石鹼置き、坊主になった飯粒だらけのたわし、鼠の死骸かと思って、或夜マリアが飛び上がった、異様に繊《ほそ》い針金のかたまり、等々に、手の甲や茶碗の縁《へり》、ナイフの先《さき》なぞが触《さわ》る。そこでマリアの狂声が上がるのだ。アパルトマンの深夜の嬌声なら面白いが、狂声は困るのだ。

マリアの叫びは、混凝土の谷間の四囲にひびいて、

いんいんたり　　　　　　　　　　　　　　　　　　　　　（犀星）

痰となめくじと、みみずにまみれた赤褐色の漆喰の上に、平気でボオルや鍋をじかに置く嚊ちゃんたちは、マリアが一寸部屋に行っている隙《すき》にマリアの洗い桶を漆喰の上に下ろすのだ。するとマリアは全身に不快《いや》な痺れが走って、危うく叫びそうになるが、昼間の場合は叫ぶことが出来ない。それより以上に悲惨なのは手洗いでサンダルが脱げて、跣足の足の裏が湿った手洗いの床に着いた瞬間である。白雲荘の床という床はすべて痰壺である上に、とくに手洗いの床は、猫よりも行儀の悪い白雲荘の紳士淑女が（彼らに比べるとマリアのもと飼っていた黒猫のジュリエットは、優美だった。マリアは、窓からみえる灌木の蔭の草の中に、坐っている時の形でしゃがんでいたジュリエットの優美な姿を、想起するのだ）汚した後《あと》を、水と丸刈り帚木で流すだけであるから、きれいな時でも触るとなめくじの背中のような感触があって、冷たさと湿り気もなめくじそっくりである。マリアは不快の余炎に痺れながら井戸端に走り、井戸水で足の裏とサンダルとを流し、部屋に入って専用のバケツに湯を入れて、ミュウズ幼児用石鹸で丁寧に洗うのだ。ここでは父親の遺伝が濃く現われる。競馬石鹸がミュウズ幼児用石鹸と変っただけである。

白雲荘の川向うに花柳《はなやなぎ》湯という、いやな名の町湯がある。目黒寄りの高級住宅の住人だって大したことはないが、(マリアは生れ故郷の本郷、そこにつながる追分から湯島、広小路、下谷、マリアの第二の故郷の下車坂の一帯、浅草、＝浅草から先の吉原は、行って見たいと思ったが、女がうろつく訳にもいかないので行ったことがない＝又、広小路から黒門町、日本橋、銀座へかけての、芝や神田も含む、たしかに東京と言える一円以外の土地を東京とは認めないので、それ以外の土地にはろくな人間は住んでいないだろうと定めているのだ)花柳湯のあるそこら一帯、白雲荘の紳士淑女の同類が固まっているので、花柳湯も、不潔なことにおいて白雲荘と大差はない。花柳湯の建物自体は、近辺では清潔《きれい》な方なのだが、入る人間が痰吐き族である。花柳湯のタイルの上も痰の吐き場であって、湯に乗って痰が、マリアの方に流れて来かねないのだ。横尾忠則の裸女も三舎を避ける馬肉ハムの色をした女類(銭湯というものに行って見れば、世間で女と称しているものの大多数は《女》ではなく、女類とも称すべきものであるのが判明する。娘や主婦、下級の令嬢、御婦人たちが、男の前で羞かしがるのは演技である。彼女らの銭湯における態度、動作が、それをマリアに証明したのである。極く稀に、家に湯殿がある筈の階級の、四十歳以上の奥さん、又は西洋の幼女のように、体を真直ぐにして湯槽《ゆぶね》に近づいて行く十代、二十代の、見惚《みと》れるような女は別にして、大多数の女は見ていて嫌悪を感ずる。銭湯で実体を見た眼で見ると、ミニ・スカアトを引っ張る女位滑稽なものはない。男色の男がもし品のいい男である場合、彼はこの女類の醜悪を知悉しているのが理由の一つではないのか？ と、マリアは考えるのだ。銭湯の男の方を見たことはないが、男たちは乱暴かもしれないが、変に陰湿ではないだろう）が、ガアッと吐き飛ばす痰はどうかすると、下水に通ずる溝へうまく入らずに溝の縁《へり》に落ちる。するとハム女は片手で桶の湯を掬って痰を押し流そうとするのだが、彼女の動作にはどうかして痰を溝の中へ押し遣ろうとする熱意がない。障子の塵を払おうとする意志がなくて、唯はたきをバタバタやる、鷗外の所謂（本能掃除）のようなものだ。マリアはボオルを持ち上げ、女の手の動きと同時にボオルの湯をサッと空けて、痰を流す作業を補助強化することにしている。水道のカランや、石鹼置き場、タイル、それらのすべてに、タオルや手を触れぬように、全神経を集中することは白雲荘の流し場と同じである。カランを捻った後《あと》の手は必ず掬った湯で濯ぐのである。土人のように縮れた髪に安石鹼を塗りつけ、十本の指を突っ込んで掻き廻す、ハムのような女は、銭湯で歯を磨き、含漱をし、痰を吐く。レエスのついた、豪華なスリップを着てくるわりには、彼女らのタオルは薄汚ない。マリアは昔の一高生の腰に下げていたタオルでなら顔でも拭くが、銭湯のハム女の手拭いを借りるのは絶対ごめんである。マリアは濃い桃色の女類たちを嫌厭の眼で見ながら、それだけは決してゆるがせに出来ない、一定の順序と様式とによって入浴を済ませて、一秒でも速く上ろうとする。簡略にすることはあっても、決して順序を乱さず、手も抜かずに、急いで入浴するマリアはまるで二分間以内に切腹する侍のようなものだ。

又不思議なのは、十人が十人、二十人が二十人、銭湯にくる女の入浴の仕方が、顔の洗いかたから足の踵の洗い方まで、全部が、相談したように同じなことである。これはマリアが、白雲荘に住んでみて判ったことだが、彼ら庶民というのは朝起きるから、夜寝るまでの生活が万事、一人の例外もなく同じであり、考えることも同じ、従って話題も全員全く同じで、かくて元旦の夜明けから大晦日の鐘の鳴るまで、一年間、すべて同じに行動するのであって、その一年は又次の一年と勿論同じであるから、つまりはかれら庶民はすべて同じの一生を送るのである。彼らは先ず簞笥、ミシンの類を、部屋の両側に一分一厘の狂いもなく、銀行の書類戸棚の列の如くに置き並べ、畳んだチャブ台も、その線から引っ込みも、はみ出しもせぬように壁に立てかけて、正方形のガランとした畳の空間を造って、そこに坐っている。そのマリアにとってはぞっとするような、白痴的空間を、彼らはアパルトマンの部屋数《かず》が二十あるとすれば二十個、造り出しているのだ。その白痴《ばか》の頭の中のような真四角な空間を見るとマリアは、味のない水をがぶがぶ飲んだ後《あと》のように、吐き気がしてくるのだ。要するに、痰と、不潔と、奇妙な秩序とから成り立つ生活様式の中の、空虚な精神空間が、彼らもと市外の庶民、及び、準庶民の人生なのであって、その均一、平等の生活様式が、彼らの入浴のやり方にも如実に現れていて、たまたま彼らと同じ銭湯に入ったマリアをおどろかせたのに過ぎない。マリアの入浴方法は、今も書いたように、これ又不思議にも宇野浩二の気ちがいが遺伝したものであって、それは腕なり、脚なりを四面の棒に見立てて、（宇野浩二の場合は六面の柱だったのだ）石鹼を塗ったタオルで一つの面を二回ずつ摩擦したり、指の爪を三回ずつ擦《こす》る等々の、父親の燐太郎の全身払拭《ふっしょく》式、葉隠れ武士の切腹式の一種の儀式のようなものである。マリアは常に新しい、薄紅色、或は檸檬色のタオルに、ミュウズ、ベビイ石鹼をことさら派手に盛り上げ、白雲荘族、淡島族に、この上品な香《にお》いを香《か》いでおけ、とばかりに全身に隈なく泡をたてて入浴し、極寒の季節以外は浴槽に入らず、「汚らわしい」とばかりにさっさと、上がるのだ。マリアの方が気ちがいであるのは百も承知だが、マリアの思想から言うと、彼ら高等賤民の、千万億人、画一均等の生活様式こそ、頭脳空洞の人間が形造った、何かの魚の卵か、細胞のような、最も軽蔑すべきものなのだ。

ところで夏の白雲荘には、蒸発した痰の跡に茶碗や体が触るという恐怖の他に、マリアを叫びそうにさせる一つの不快があるのだ。マリアは山の中の高級旅館の特等室もかくやという、風通しのいい二間続きの部屋で、幼時から十六歳まで夏を暮したせいか（青桐、楓、杉、朴、樅、泰山木等々の梢を漉されて来た青い風がその二間を北から南へ、日によっては反対の方向に、絶えまなく吹きぬけていて、房州日在の小さな家に行くのは暑くなるために行くようなものだったが、子供の健康のためと、父親が砂丘の庭で星を調べたり、「妄想」という彼の小説の中の翁になった気分に浸るためとの為に夏の二週間を移住したらしかったのだ。洗練と都会と芝居以外は大嫌いの母親にとっては年に一度の犠牲の二週間だったのだ）白雲荘の中でブラウスを着ていることに耐えられない。それで、出来得る限りレエスや刺繍の少ない、胸のところも切れ込んでいない、子供用的のスリップにスカアトで暮すようになり、この二三年は廊下にもそのなりで進出するようになっているのだが、白雲荘の淑女たちが、源氏物語の女御のようにつつしみ深く、各〻ブラウスを着ているが紳士の方はドス黒い裸にパンツかステテコで横行している。勿論マリアは婆さんの年齢である。又かれら紳士たちも、女のひとと擦れちがったと思っていはしないのだが、従って吉行淳之介の酒場《バア》に於ける如くに、ひそかに腰を撫でもしないのであるが、(白雲荘の紳士に触られるようなことがもし起れば、それこそ万死に価する恥辱である)スリップにスカアトの女が、裸の男と擦れ違うのは、こっちがかりに七十だったとしても、八十だったとしても厭らしいのだ。少なくともマリアの気分としてはひどく厭らしいのだ。いつ、どこから現れるかしれない裸の紳士の影がマリアをいらだたせる。深夜の食器洗いの途中で一寸部屋に入って出てくると、突如として洗い場の向うの扉があいて裸の紳士が現れる。こっちは婆さんであるから叫んだり、おびえて部屋に馳けこんだりするわけにはいかない。ついに一度も男性と女性を感じさせることのなかった父親と母親との間に育った清浄野菜のマリアは、長じて後偶然不思議な結婚生活をおくったので、いまだに底に固い少女を残している、という特別婆さんなので、表面には現わし得ない、そのためにとくに酷い恐怖と嫌悪とをかれらの傍若無人な裸に対して抱くのだ。車屋の如き紳士たちに、厭らしい婆さんと思われはしないか、という又実に恐るべき屈辱感にも襲われるのだ。ところがへんなのは(別にへんではなく、正当な感覚だと思うのだが)、マリアが嫌厭するのは(男)の裸であって(この(一)に注意して貰いたいのである)たとえば三島由紀夫や吉行淳之介、福田恆存、池田満寿夫、深沢七郎、等々が裸になっていたとしてもその裸の人物は(三島由紀夫)であり、又(吉行淳之介)であり、又は(福田恆存)であり、(池田満寿夫)であり、(深沢七郎)なのであって、厭でも、恐怖でもないのだ。三島由紀夫の裸はボディビルのジムで見たことがあるし、吉行淳之介の胸は瞬間だが、シャイロックが切りとろうとした面積の二十分の一位、見たことがある、(というのは、襯衣《シャツ》の間から見えたのを宮城まり子が一寸注意し、直ぐに彼は直したのである）又三島由紀夫も、裸のところへマリアを招《よ》んだのではなく、彼は花馬車か、金馬車かに招ぼうとしたのだが（それもマリアが一人でそうだときめたのであって、そんな立派なところではなかったかも知れないのだ）マリアは花馬車のようなところも、床が透明で光っているにちがいない自宅も厭だと言ったので、S社の人がそこに行けばいるからと言うので、水道橋のジムにマリアを伴れて行ったのである。その時三島由紀夫は、ジムの近くの喫茶店にマリア達を招んでおいて、そこへ現れることになっていたのだが、時間を過ぎても彼が現れないので、編輯者とマリアとはサラダとパンをとってたべていると、編輯者がマリアの肩越しにマリアの後を覗いて「アラ」と言った。三島由紀夫はマリアの後の席に着いていたのである。推察するのに彼はマリアを、よほど変った婆さんだろうと信じていたところへ、知っている編輯者はマリアの蔭になって見えなかったらしい。三島由紀夫は起ってこっちに来ながら大きな声で「レモネエド……ほんとのレモンの」とボオイ達に言い、マリアの脇に立つと中学生が女教師に会ったような礼をし、それからマリアの向い側に編輯者と席を変わると、ポオトフォリオからごそごそとマロン・グラッセらしい筐をとり出してマリアの前において言った。「どこにもあるものだけど」。それだけの声と動作はマリアに、彼がいい人間であり、（贋ものでない、いい人間である。いい人間にも贋ものがいるので複雑に紛らわしいのである）マリアのような目下の人間にも有名ぶらない人物であることを明瞭に教えたのだ。但し彼はすごいポオズウルであるから、劇場の廊下とか、会なぞで会うと全くつまらない人物である。そういう時彼はスッと立っていたり、颯爽と通り過ぎたりするばかりで、誰かがマリアを傍へ伴れて行くと

「そのせつは」とか、「よろしく」とか、電報より略式の、且又学習院的の、アイサツをするのである。マリアは初め、魅力のある写楽の眼をギョロリと動かしたり、大声で笑ったりする三島由紀夫が見られるのだと思って、楽しみにして劇場や会に出かけていったが、二度目からは期待しないようになった。話を白雲荘に戻して、マリアは裸の紳士に廊下ですれ違うと、屈辱感にまみれ、スリップにスカアトの自分が厭らしく感じられて来て、全神経が逆立つのだ。これは何かを書く面からいうと美点かも知れないのだが、マリアの感覚は歓びにも、不快にも、免疫性がなく、つねに新鮮であって、裸の紳士に出会う度に、昔千駄木町にあったマリアの生家の廊下で裸の魚屋に出会ったような、不条理と愕きと嫌厭とを、感ずるのだ。だが、誤解は無用である。マリアは何も大きな家に生れたことにエリイト意識を持っているわけではない。マリアを現在取巻いている日本庶民は、日本庶民の中の世田谷類の部に編入されるべき種類であって、落語のもと犬ではないが戦後から東京人面《づら》をし出したもと田舎族であり、勤労と真面目とを誇っている高等賤民である。この、東京の周辺の広範囲に亙って棲息している、もと市外族は、戦争前にはデパートといえば上野の松坂屋にしか入って来ず、喫茶店なるものにも影を見せなかった人種である。東京中に何軒となくあった、専ら三好野というあんころやに出入りしてみつ豆かあべ川、春はまっ青《さお》なうぐいす餅をたべ、紅茶色の出がらし番茶かサイダーを飲み、(戦後のかれらはジュースを飲む。彼らはつねにジュースであって、子供を殺して自殺する嬶ちゃんも、自分よりいい暮しをしている近所の女を毒殺する嬶ちゃんも、ジュースに毒物を入れるのだ)食事は松坂屋の食堂か、不味い鮨屋、蕎麦屋、浅草の料理屋、いろは(牛肉屋で、三好野と同じく東京中にあったのである）なんかに入ってやり、夏は焼芋屋が化けた氷屋の床几にこしかけ手拭いを畳んで膝におき、まず右手で氷水の山を圧し潰してからおままごと道具と同じのアルミの匙でてっぺんからサクサクと突き崩し、さて、口の方を匙へ向かって突き出してたべていた人種である。この種族と、戦前同じところに出入し、同じ格好をしてはいたが、全く異質の浅草族というのがあって、こっちの方はマリアが、昭和十一、二年頃、下谷神吉町のアパルトマンで、同じ屋根の下に住んでみて始めてその存在を知り、忽ち馴れ親しんだ愛すべき種族である。八百屋も魚屋も、経師屋も、働かなくてはならないから働いているのであって、決して勤労を誇っていない。マリアがアパルトマンの裏から六区に通ずる通りへ出ようと、店と店との庇間《ひあわ》いを行くと、半玉美人のアパルトマンの主人の娘が、「牟礼さん、あすびにいくの？」と、歌うような声できくのである。白雲荘では姪っ子の結婚で行って来ます、とか、お産の手つだいに行って来ますからお願いします、なぞというのはもてるが、ただぶらぶらと出るのは歓迎されない。浅草では八百屋のかみさんも、魚屋の爺さんも、（金があって遊びに行くのは豪勢だ）という思想である。マリアは昔、ギャアル・ドゥ・ノオル（北駅）に着いた瞬間からパリに馴染んだのと全く同じように、越した日から浅草の人間になったのだ。浅草の空は青く、自由の空である。窓から見える物置きのトタン屋根を叩く雨の音を、マリアは街娼の部屋の如くにセットした四畳半に寝ころんで、聴いた。マリアの窓の下に屯して仕事をするブリキ屋の職人たちは、白雲荘に来る鋳掛け屋のように、ＰＴＡと、マリアが名をつけている贋もの貴婦人だけに敬語を使うようなことは遣《や》らないだろう。このＰＴＡたるや大変な代物であって、アガサ・クリスティイのマアプル婆さんのような薄気味の悪い賢こさを持った女で、冷笑を圧し殺した顔の上に天使の微笑を塗りつけ、説教臭い猫撫で声で嗅ちゃん連を手なずけている。嗅ちゃん連を集めて、児童心理学を振り廻し、朝日の季節風に出た論説を自分の説として披露する。新聞は朝日、ラジオはNHK、本屋は岩波で、それ以外は読みも視もしない。これがマリアの最も嫌厭するところであって、こういう人間がいるから、マリアは朝日を嫌い、NHKを嫌い、岩波を嫌うのだ。独り、横丁を歩いてくる彼女の顔に浮ぶ、異様な北叟笑いを見つける時、マリアは木の葉の裏にべったり並んだ虫の卵を見た時のようになるのだ。浅草の楽園荘の住人は六区の女優、毎日旦那が昼寝にくる女、父親のいない子のある女、バアやカフェの女、等々だが、彼女らは一目で令嬢育ちとわかるマリアが抱いている自分たちへの親近感をカンで捉えていて、配給の炭俵を引摺っているマリアを見れば無言で手を貸すのだ。たった一人、自分の娘の異常な性生活を知っているだろうと思っている隣の婆さんだけが、マリアを憎んでいて、「あんたも流れ、流れてここまでくれば」なぞと、流れもしないマリアを、この令嬢面《づら》が、とばかりに睨んだが、マリアは彼女を愛していた。或日彼女が足もとの虫に愕き、義平次の婆あそっくりの、腰巻きのはみ出たアッパッパの脚で飛び上がり、薄べったい鼻の下に横皺を造って大口を開《あ》いて、「いやだようッ」と叫んだ瞬間、マリアは薄暗い露地でおはじきを蹴っている幼い彼女の様子が髣髴するのを見た。(お婆ちゃん、うるさいよ。あたいはお婆ちゃんとこのねえちゃんを莫迦にしてないよ)と、マリアは心の中で言ったのだ。とにかく、エリイト意識なんていう胸くその悪いものをマリアは絶対に、持たないのだ。桃色や白のスリップで廊下をガラガラ歩く彼女たちを見て、最初マリアはおどろいたが、直ぐにその世界に溶けこみ、マリアは洗い場で体を拭いているブリキ職人と、冗談を言い合っている、荷風の（或夜の出来事）の絵看板そっくりの女たちを、愛情を抱いて眺めた。

（雨よ降れ、降れ、なやみを流すまで……）

職人たちが筒ぬけに気楽な声で歌う声が聴えてくると、マリアは何の苦もない世界に来たのを感じ、欠伸とのびとを一緒にやった後のような気分になるのだ。楽園荘の住人も痰を吐く人種だった筈だが、マリアは痰を意識した記憶がない。マリアは浅草の庶民とともに浅草に生き、春は金盞花を罎に挿し、絣銘仙の前掛けを締め、引っ詰め髪で毎日六区に入り浸り、変な爺さんに声をかけられて辟易しながらもオペラ館、金龍館、松竹座と歩き廻って、（ええ、おせんにキャラメル、あんぱんにラムネ）の売り声に聴き惚れたのだ。中には（ええ、いかと、いかばかり売っているのもある。紅や黄色の水を売る爺さんも、オペラの下っ端らしい男も、浮浪人もマリアをうけ入れ、浅草はパリと同じに、なんの抵抗もなくマリアを呑みこんだのだ。

要するに、浅草族は東京っ子であり、世田谷族は田舎者なのだ。彼らは世田谷、阿佐谷、杉並、等々の（もと市外）に、あたかも天に満ち、地に満てるが如くに充満していて、マリアを無言の裡《うち》に圧迫している。彼らはマリアを見ると、マリアが（もと令嬢）であることを瞬間に嗅ぎつけ、コンプレックスを裏返した軽蔑で向ってくる。かれら（もと市外族）の多くは、動物と子供、というこの二つの至上の種族を軽蔑する人種であって、犬、猫の智能が、低俗極まる地点において彼らに劣っているのを嘲笑い、(畜生だから)という最大の軽蔑的言詞で遇するのをつねとしているが、子供に対しても同じで、子供が何かの感想をのべれば、忽ち軽蔑の嘲笑でその口を封じてしまうのだ。子供と動物とが、感覚において、純粋度において、かれらの比でないことに気がつくような智能は、逆さに振っても彼らにはない。そこでもと市外族の子供は、絶えまない大人たちの侮蔑に会って無念の涙をのみ、やがて必死になって彼らを真似るようになる。かくて七八歳になる頃には完全に、親たちの次元の低い智恵を身につけ、その馬鹿笑いと意地悪をマスタアする。こうやって出来上った子供たちの群に、マリアは小学校に上るや否や取り巻かれて、憂鬱な学校生活を送ったのだ。犬、猫の類は、かれらに比べてはるかに上位に置かれるべき種族である。何故なら彼ら犬たち、猫たちは子供のように(もと市外)の庶民に屈服しようとせず、新鮮な感覚生活と、純粋との名において、永遠にかれら賤民を凌駕しているからである。マリアは犬、猫たちを見る時、優秀な感情を持った、人間が、何かの罰によって神の手で無言の生物《いきもの》に化せられた、とでもいうような悲哀を感じることがある。ことに彼らの眼を見る時、マリアはその憂愁に襲われる。マリアの(もと市外庶民)に対する怒りはモオゼの怒りのように烈しいが、そのマリアの腹の底からの怒りは、いよいよ彼らの嗜虐に満ちた意地悪笑いを陰々として昂進させるのだ。

このマリアの烈しい怒りが又、マリアの父親の悪遺伝である。マリアの父親は外を歩く時、あらゆる、この種の庶民の軽蔑を浴びて、つねに怒《いか》っていた。彼を怒らせるのは西洋料理店のボオイ、市電の車掌、帽子屋、荒物屋、等々の中僧、小僧、上野山下、両国駅の車夫(千駄木町の車夫は、彼が陸軍中将であると知って、尊敬を払っていたので、別である）、等々で、マリアは彼と歩いていて、彼がそれらの庶民に対して腹の底から怒っているのを、つねに感じていた。怒った彼は人通りのないところに来ると、「糞。毛唐」と、低く叫んだ。彼の服装《なり》が、変っていたことも彼らの嘲笑を買ったようだ。夏は、四谷怪談の宅悦のような縮みの浴衣に、帯は五代目菊五郎が妾宅で締めるような博多の帯（博多は博多だが柔かい、壁《かべ》お召《めし》のような地で、縁《へり》がくけてない。従って芯もなく、二つ折りにして結ぶもので、きちんとした外出用のものではない）を不器用に締め、カイゼル二世のような顔の上にカンカン帽をのせているし、冬は冬で、独逸製の裾長の黒い釣鐘マントの下から仙台平の袴が出ていてシュルシュルと鳴り、黒のソフトを被っている。夏も冬も、ジャン・ヴァルジャンがコゼットを連れ出す時、護身用に持っていたような、太く真直ぐな黒檀のステッキを突いている。しかも頭が特別に大きいので、彼の帽子は横に広く、へんに平たく見えるのだ。精養軒のボオイはそういう彼を、ぼんやりした女の子に変な洋服を着せて、伴れている、田舎の親爺と踏んだ。精養軒のボオイと、マリアの父親との喧嘩は、父親の勝ちだった。父親が（挽肉料理）をくれと注文した時、ボオイは早速、薄ら笑いを浮べて「ペラペラペラのペラペラですか？」と故意《わざ》と英語で、揶揄《からか》い半分に訊き返したが、父親は沸然として、正確な英語で（彼の英語は独逸語なまりだが、ボオイにはそこまではわからないのだ）注文の遣り直しをしたのである。だがマリアの父親と、ボオイや車夫との闘いで父親が勝ったのは、マリアの見た限りでは、精養軒のボオイの場合がたった一つの例外である。精養軒のボオイは、そこの店のメニュウだけは英語で言えるという、最低ではあるが智識階級の端くれに属していたのと、彼が外国語でマリアの父親を揶揄おうという計算ちがいをやったことのために、父親は危く太刀打ち出来たのだ。彼が最も惨敗するのは帽子屋に入って行く時、及び荒物屋で、馬方用の麦藁帽子を買う時で、彼は夏、帽子を被るのは、陽を除けるのが目的であるのにカンカン帽なぞは全くその用をなさない。馬や、馬方の被っている鍔広の麦藁帽子が一番いいのだと言って、荒物の店先に重ねてある、緑と白の細紐を撚り合せて鍔のぐるりに巻いてある馬方帽子を買ったが、田舎の爺いかと思えばそうでもない、異様な服装《なり》の男が、立派な紙入れから札を出して、馬方用の帽子を呉れといえば、荒物屋の女房が尊敬を払うわけがない。荒物屋の女房は胡散臭い顔で父親を視、子供にものを売るような態度で品物を渡し、代金を受け取った。マリアの父親が、中僧、小僧たちの薄ら笑いの総攻撃の矢おもてに立たせられるのは、彼が帽子を買いに入る時である。彼の頭にはどの帽子も篏らないので、中僧、小僧たちは笑いを耐《こら》えているが、彼が自分たちの気配に本気に腹を立てているのを知ると、見る見る彼らの顔の上に、マリアの父親が最も厭がる、人を小馬鹿にした、大神楽のひょっとこのような嗤いが拡がるのだ。或日は又、上野山下の車夫が、独逸の伯林やミュンヘンの人々も尊敬した、Rintarō Mureを、上野の駅前旅館から出て来た田舎親爺と間違え、彼が「団子坂上までやって呉れ」と言ったのにも係らず、よくも聴かずに走り出し、池の端の博覧会の入口に梶棒を下ろした。怒った父親は車夫が団子坂へ行こうというのも聴かずに俥を下り、紙入れから、車夫の言う料金の倍額の金を出して握らせ、後の車に乗っていたマリアに「下りろ」といい、マリアの手をひいて歩き出した。彼は怒るとどういうわけか金を倍出すのである。呆気にとられた車夫の顔がみるみる、彼の最も嫌う嗤いに崩れたのは言うまでもない。

　マリアはマリアの父親に負けずに、というより、父親以上に、マリアを嘲弄する店員、女店員に対してつねに怒っているが、マリアのこの怒りが又、父親の遺伝であると同時に、荷風の遺伝であるのだ。荷風が、市川の菅野辺では全く見かけないベレを被り、いい爺さんの癖に毎晩出歩いていたからだろうが、近辺の酒屋なぞが、荷風に尊敬を払わなかったらしく、荷風は酒屋の親爺に、（俺は荷風だ）と、或日憤然として言ったそうだが、さすが同類のマリアも、これには吹き出さざるを得なかった。荷風をニフウと読む、浅草の踊り子と、同じ程度の頭を持っていたに違いない、市川の酒屋の亭主に対《むか》って、それを承知していながら、（荷風だ）と、名乗らずにはいられなかった荷風は、マリアの父親を上廻った怒り屋である。このバカ庶民への怒りは、彼らに尊敬を受けている人間には絶対に、通じないものである。マリアの母親は父親の深刻な怒りを（馬鹿馬鹿しい）と、一笑に附していた。

　マリアの父親の燐太郎という人物は又、肉体の一寸した欠点に対するコンプレックスが酷い点でも、気ちがい的だった。彼は若い頃、酒も飲まぬのに鼻が紅くなっていることで、悩んでいた。伯林にいた頃が最も酷かったらしい。そこへマリアが、十七八の頃、彼と同じ悩みを持つことになった。面皰が出ては消え、消えては出来て、そのために鼻の先のところに紅い、微かに膨らんだ痕が一つ残った。欧羅巴へ発つことになったマリアは、鼻の頭に全精神が集中した状態となり、へんな薬を二年間分持って行くと言い出し、母親が馬鹿馬鹿しいと怒り出した。燐太郎は直ぐにマリアに味方をし、真剣な顔をして言ったのだ。「マリアが気にするのは当り前だ。俺が若い頃のことだ。向うから来る奴がどれも鼻が紅くなっていない。俺よりずっと下等な面《つら》をした奴が、鼻が紅くないということだけで皆、俺より上等にみえる。脚の内側の皮膚を移植して、移植した皮膚と、顔の皮膚との境界が明瞭《はっきり》わかっても紅いよりましだ、などと思ったこともある。マリアを素晴しい美人だと思いこんでいる父親にとって、マリアの鼻の先の紅快だった」と。マリアを素晴しい美人だと思いこんでいる父親にとって、マリアの鼻の先の紅い小さな丘は、マリア自身と同じ程度に気になることだったのである。母親は呆れ果てた顔でマリアを見、又父親を見て、言った。「マリアは頬だの、方々が紅味があるからちっとも目立ちはしないよ。顔色の青い人に出来たのなら気にしても仕方がないが」。父親は怒り出して、「マリアの言うようにして遣《や》れ。大した荷物にもならないのだ」と、苦虫を嚙み潰した顔で言ったのである。この、肉体の欠点を深刻に悩む、という点では、マリアは室生犀星の遺伝をも引きうけているのだ。いかに、莫迦げた欠点というものが、つまり誰かのへんな点が、マリアに向って、集中してとり憑くことになっているかは、恐ろしいほどである。犀星は若い頃の、自分の顔へのコンプレックスを飽きずに繰り返して書いており、彼は自分の顔を、掏摸か、泥棒か、ちゃりんこのようだと、作品に書いて、歎いている。彼の絶望的な悩みは彼が、偉くなるまで続いたらしい。犀星も晩年は、あの、名人の焼いた稀有の茶器のような、値段のつけられない、珍らしい岩のような自分の顔を、自分でも気に入っていたようだ。写真を撮られることが好きで、雑誌社が載せた写真のもとの写真をくれないと言って怒っていたところをみても、それは確かである。マリアの父親も晩年には智的な自分の顔に自信を持っていたらしく、(鼻の紅味も、壮年以後は全く眼立たなくなっていた)もう鼻が紅かろうが、おでこが紫だろうが、平気だったのだ。マリアの面皰の痕の紅い、微かにもち上がった丘は、今でもあるが、この頃は鼻の大きいのを気にしているマリアは、おできでも、ほくろでも、ごみでもいい、何かが附いていた方が、人々の眼をその一点に集中させるために、いくらか小さく見えると信じているので、その微かに紅く、高くなった面皰の痕跡を、むしろよろこんでいて、決して若い時のように、薔薇色の粉白粉で隠そうという努力なぞはしないのである。

(「群像」一九六七年十二月号)

妖術的過去

深沢七郎

冬の町の灯は霧の中に光りを休めているように輝いている。その町の灯を眺めながら金次はぼーっとすぎてきた日のことを思い浮べていた。去年、還暦の年をすぎたのだし、いまさら妻と別れることは不安を感じてもいるのだが、あの過去のことを考えると、別れることにきめたことがよかったと思うのだった。それほど金次は自分の過去の日のことが、このごろは重たく感じているのだった。さっき、妻と別れて家を出てきたのである。それというのも、ついこないだの出来事からだった。あのとき、偶然なことから妻の姿が変った姿になってしまったのである。いままで、なにかのときに、そのことについて聞かされていたことだが、金次は気にもかけなかったことだった。それはずーっと昔、金次がまだ20歳になった頃だった。

自動車が初めて姿を現わしたのだった。その頃、それは初めて見た物だから誰でも好奇心をひかれたものだった。金次の過去は、町にたった一台しかない自動車の運転手と知りあいだったことから始まるのだった。もし、その運転手と知りあいでなかったら彼の過去も変っただろう。そのとき金次は自動車のハンドルを握りたくなった。その頃は自動車の運転手の横の席――助手席には助手が乗っていることにきまっていた。金次はよく助手席に乗せてもらって、助手の役目をしていた。助手ではなかったが助手と同じように乗っていたのだった。だから運転の操作もほとんど知っていた。その頃の自動車は国産車はなくアメリカ製だった。その時、その自動車はフォードだった。その頃は外車でもエンジンをかけるにはくるまの前にまわって手でまわしてかけていたのだが、金次は助手の代りをしていたのでエンジンのかけかたも慣れていた。

その時、運転手がどこかへ行っていたのだった。自動車の用事が出来たのだった。その頃、自動車は一般の用事では使われなく、冠婚葬祭か芸者をお座敷に送り迎えをする仕事だけに使われていた。その時、芸者屋へ芸者を迎えに行くときだった。相手の家も顔なじみである。その時、金次は「よーし」と思った。「俺が運転して行こう」ときめたのだった。自動車の運転免許証もないのだが行く先が顔なじみなのでいつも思っていたこと――運転をしたいチャンスがうまく出来たのだった。うまいぐあい運転手がいない、金次は自動車の前にまわって手でエンジンをかけた。それから運転台に乗ってハンドルを握った。まだ運転手は現れない、「うまくいった」と金次はクラッチをふんでギヤーを入れた。自動車はすーっとうごいた。それまで金次は自動車の車庫入れなどは運転したことはあったがまっすぐの道を走らせるのは初めてだった。その頃の道は町のなかでも自動車など走っていない。自転車か荷馬車だから運転は金次の思うように走れるのだった。そのとき、芸者屋から料理屋まで芸者を送った。無免許だが仕事の役に立ったのである。かえりはなんとなく痛快になった。金次はスピードを出したくなった。一人前の運転手のようなつもりになった。「アッ」と思うまに金次の車は黒い、大きいものを跳ねとばした。「なんだろう」と車を止めると荷車が転がっていた。道の横に大きい馬が倒れていた。金次の自動車は馬を引っかけたのだった。「ちょいと、さわっただけだ」と金次は思った。「あれ、あんなことで馬が転がるものかねえ」と金次は言ったが馬を引いている馬《うま》方《かた》は「わあわあ」大声で泣いていた。「あーれ、なんでえ、ちょっとさわっただけじゃねえかい」と金次は馬方に言ったが馬は起きあがらなかった。

その日暮れ頃、馬は死んだそうである。金次の自動車の運転手が馬方の家へ謝罪に行って話をつけてきたのだが、金次は無免許なので運転手が責任をとることになった。運転手が運転をしていたことになって、馬の代金は20円ですむことになった。馬方は農業で、その馬は年寄っていた牝馬だったそうである。「馬にもいろいろあって、良い馬なら60円もするそうだ、が、あのうまは老いぼれ馬で」と、20円の賠償を出すことになって馬方との話はきまった。金は金次の父親が支払うことになったが「人間を轢《ひ》き殺したよりも馬でよかった」と、その頃、20円は一ヵ月の月給ぐらいの大金だがそれですんだのだった。警察問題にもならなかった。警察でも自動車事故は初めてだったので、被害者との話しあいがつけばそれですんだのだった。「ひき殺されたのが、人間じゃねえから、警察でも始末の仕様もねえさ」と運転手は言っていたそうである。金次は父親に20円ださせたことは申しわけないことで盗られたようにさえ思うほどだった。たしかにスピードはかなりだした覚えはあるけども轢いたのは気がつかないほどの軽くひっかけたぐらいだったのである。

それから、一ヵ年ばかりたった頃だろう。金次が女と知りあったのはずっと離れた外《ほか》の町の居酒屋だった。そこで働いていたその女と世帯を持った。金次は運転の免許証もとって一人前の運転手になっていた。いつだったか女が「あれ、あのときの馬を轢いたのはキンちゃんだったの？」

と、女は金次が馬を轢いたことを知って驚いたようだった。女は金次のことをキンちゃんと呼んでいた。女は轢かれた馬の家の隣りの家の娘だったのである。馬が轢かれて死んだ晩、誰ともなく村のなかでは馬の肉を売ったり、買ったりしたそうである。

「おかげで、村じゅうで肉を食ったよ、あたしも食ったよオ」

その頃は肉を食べることはめったになかったのだった。

「そうか」

金次はあの時、馬の代金は父親が支払ったが、肉は売れば金になったのだから、馬の代金は支払ったうえに肉は売ったのだから損をしたような気がしたのだった。そのことで、金次は父親に「馬の肉は売れたのだから、馬の代金はもっと値切ってもよかったのに」と文句を言った。

金次の女が轢いた馬の隣家の女だと知ったとき父親は驚いた。金次は家の者たちには女と一緒になったことなども黙っていて、金次が運転免許証をとった頃から、いつのまにか外《ほか》の町に家を借りてしまったのだし、なにかの用事で父親がそこへ行くと、「キンちゃん〳〵」とそばにはりついているように女がいて、父親も家の者たちも女には反感を持っていたのだった。その女が轢いた馬の隣家だと知って、父親は

「馬頭観世音の祟りだ」

と言いだした。それは、父親が思えば、金次は、「すーっと免許証をとった」と言う。「すーっと」と言うのは家の者も知らないうちに運転免許証をとったから、そんなふうに感じたのだろう。「すーっと、家を出てしまった」と言うのはこれも家の者たちには黙ったまま、いつのまにか外《ほか》の町へ行って家を借りてしまったのだった。そして、いつのまにか女がそばに「貼りつくように、いつでもそばにいる女」がいることは金次の父親としては苦《に》がにがしく思えることだった。その女が轢いた馬の隣家で、隣家と言っても父親が気になることは「轢いた馬の鬼《き》門の家」になっているそうである。鬼門は丑寅——北東のことでその頃は易、方位を信じている者が多かったのだった。女の家は北東ではなく南西になっていた。金次は父親が女のことを「馬頭観世音の祟り」と言われることに反ばくして「轢いた馬の鬼門じゃねえよ、アハ、、」と笑っていたが父親は「鬼門は北東だが、その裏——反対の方位は裏鬼門と言って、やはり鬼門だ」と言っていた。

女は金次の子をふたり生んで死んだ。それは太平洋戦争になって金次は召集兵で戦争に行っていた留守のことだった。女は東京の空襲で死んだ。なぜ女は空襲中に東京へ行ったのだろう。これも、「すーっと、東京へ行った」と家の者は言っていた。なぜ東京に行ったのか、その用事も知らせないで行ってしまったそうである。物資が不足している戦争中のことなので闇

物資でも取りひきのためかもしれない。それにしても「すーっと」東京へ行ったのだそうである。これも金次の父親が兵隊になっている金次に女の死を手紙で知らせたのだった。

終戦になって、金次が復員して来ると女はいない。2人の子供は成長していた。ふたりとも男で16歳と14歳になっていた。

金次の弟も兵隊に行っていた。輜重兵《しちょうへい》で馬の係りだった。終戦になって復員したのだが内地だったので、「軍隊が解散になったので不用になった物はみんなで貰ってきた」と、軍馬を貰ってきた。馬のほかに兵隊の衣類や缶詰などをのせて、「馬を貰ったのだから乗って帰ろう」と馬に乗って帰ってきたのだった。途中、それは運命なのだろう。同じ方向へ帰る戦友たちと揃って馬に乗って帰ってきた。戦友たちとは途中で別れたのだが自分の家にいく20キロばかり手前で、金次の弟は2人だけになった。相手の戦友が
「俺の家は、ここを曲ればすぐそこだから寄って行ったらどうだい」

と金次の弟にすすめた。軍隊から帰ってきたので一刻も早く自分の家に帰りたいのだが、その時、金次の弟の馬は「すーっと」戦友の家のほうの道に曲った。そうすると、乗っている金次の弟も「寄って行こう」と思ったそうである。戦友の家に行くと、そこでは家中が大騒ぎをして歓迎してくれた。酒のないときだったが酒が出た。馬で帰ってきたのだから疲れているところへ酒を飲んだのだから金次の弟は酔いが早くまわった。つぎからつぎと酒をすすめられて金次の弟は動くことも出来なくなったのは当然のことだったろう。「泊って行け」と戦友にすすめられて寝てしまったが「えらいことになった」という声に眼をさましたのは朝もおそく陽

は高くのぼっていた。「なんだろう、なにを騒いでいるのだろう？」と起き上って外へ出ると「ヘイタイさん、えらいことをしてくれたよ、畑のとうもろこしを、馬がみんな食ってしまった」

と言うのは戦友の母親である。もうかなりの年寄りだが農家では珍らしく派手な着物を着ていて顔には化粧もしているようである。

「まあ、そこへ腰かけて畑を見てくだせえ」

そう言いながら戦友の母親はポーンと座ぶとんを縁側に抛《ほう》った。ポーンと投げた座ぶとんは金次の弟に「坐れ」と命令するようにうまく足許に飛んできた。「畑のとうもろこしをみんな食べた」と言うが、金次の弟はその座ぶとんに坐って、そこから見える倒れたとうもろこしを眺めただけだった。畑じゅうと言うがそこから見えるところだけからかもしれないが、「どうだねヘイタイさん、とうもろこしをみんな食べてしまったのだから馬を置いていかんかねえ、私に売らないかね」という戦友の母親の言うとおりにすることにした。ゆうべ、酔ってしまったので馬をつないでおかなかったらしい。それは金次の弟の馬かもしれないし、戦友の馬かもしれない。それにしても、この家についたとき、たしか馬はつないでおいたつもりだったが酔っていたのでつながなかったと言われればそんなふうにも思えるのである。とにかく、馬を売ってとうもろこしを弁償することにしたが、終戦直後で食料不足だったからとうもろこしも尊い食料品だった。馬は7千円ぐらいするそうだがとうもろこしの代金もあるので戦友の母親の言う値——千五百円で売ることにした。

馬を売って金次の弟が復員してまもなくだった。馬を売った戦友の母親が尋ねてきた。

「兄さんに嫁を世話をしよう」

と言ってきた。相手の女は金次より6つ年下で32歳だそうである。一度、結婚したが運悪く出戻っているそうである。離婚の原因なども女のせいではなく

「病気をして入院したところが、ダンナは一度も病院に来たことはなく、その家族も誰も来ない」

というひどい家に嫁に行ったのだそうである。「追い出されたのではなく、そんなダンナなら引き取ろう」と家に連れ戻したのだそうである。追い出された女なら欠点があるかもしれないが実家で連れ戻したのだから結婚の運が悪かったのだそうである。金次のふたりの男の子は成長しているから母親はなくても不自由はないが金次は復員するときから再婚に気をじらせていて、とびつくように話はきまった。見合をして、そのあと、一度、お互いが話し合って、結婚がきまった。お互いに再婚だから、と、祝言なども簡単にすませた。だから祝言と言っても女は簡単な支度だった。戦争が終ったばかりなので支度などもなかった。ちょっと、買い物に行くという恰好で祝言をすることになった。どうしたものか親類縁者などなく父親と兄、それから世話をした金次の弟の戦友の母親だけだった。そんな簡単な祝言だったが、形式だけは盃を交わしてそれで祝言はすんだのだが、金次の家の近所の者たちも招待したので人数はかなり多数になった。祝言が終って、そのあと酒がまわった。どうしたことか、誰が言うともなく金次の先妻——死んでしまったのだが——の話題が酒のみの話題になった。その話題は母親に死

なれたふたりの男の子について誰もの話題がきまってしまったのだった。こうした場合には先妻の話など出ないのだが、ふたりの男の子には継母である女が来たのだから家庭的にうまくやっていくよう心をくばったのかもしれない。誰ともなく、「ほんとに可哀相だ」とふたりの男の子について言いだした。妙なことに酒に酔えば陽気になる者もいるが、この場合、泣きたくなる者がいたのだった。誰かが、「可哀相だ」と言いだすと「わーっ」と泣きだした者があった。そうすると金次の親戚や近所の者――女たちが泣きだしてしまったのだった。金次の父親は祝言が終って酒になったので、なにかの用事で家の外へ出た。用事がすんで家の中へ入ろうとすると家の中から泣き声が聞えてくるのである。その泣き声は揃って一声に泣いているのだった。祝言ではなく葬式――それも、いま誰かの死をききつけて集った者たちが泣いているようなのである。「どうしたのだろう」と家の中の様子を知りたくなった。そのときだった。家の横のガラス障子――曇りガラスに髪をふりみだした馬の姿が影絵のように大きく写っているのだった。「あッ」と驚いてガラス障子をあけると、そこにはいま祝言を終ったばかりの後妻に来た女がパーマの髪を櫛でなでつけていたのだった。その頃の髪はパーマネントをチリチリにかけた雀の巣のような髪型だったのである。女が髪の手入れをしているのが家の中の電気の光りの角度で馬がたてがみをふり乱しているように大きく長い影になって写ったようである。葬式のような泣き声、偶然だが馬の姿のように写った影をみた金次の父親は、馬頭観世音の祟りだという、忘れていたことを思いだしたのだった。そうして、それまで気がつかなかったのは世話をしてくれたのが馬の縁なのである。それまで気がつかなかったのも妙なことだが、あとで、「あの馬の縁で世話をしてもらうことだけは気がつかなかった」と金次の父親はなんども後悔をしたらしい。おそらく、気がついていれば父親はこの縁談には気がすすまなかったにちがいない。気がつかないうちに話がきまって、祝言の終ったあとで気がついたのだから、父親は金次の縁談には気を使いすぎるほどこまかく神経を使ったけれども、その縁談がきまるときだけ馬のことを忘れていたのだった。そのときばかり気がつかなかったことを父親はまた不思議な出来事だと思うのだった。

金次と後妻の仲はむつまじかった。復員してから金次は家業をつぐことになった。兵隊に行く前は自動車の運転手だったが長男が家に帰って来なかったので後妻と一緒に父親の手助け――家業の雑貨商になったのだった。父親が驚いたことは、仕入れ金額や売り上げの帳簿を父親には何の相談もなくやるようになったことだった。父親の手助けとは言うが収支の帳簿を父親に見せないようにするのだった。いつのまにかそんなになってしまったのだった。妙なことに後妻は家の商売を嫌って、「ほかの商売をやりたい、この家の横のほうを飲食店にしたい、ラーメン屋などどうだろう」と言いだしたのだった。雑貨商は店のはばを広く使わなければならないが、横をへらされては困るので飲食店をやるのを父親は反対した。妙なことに父親の知らないあいだに屋号が変ってしまったのだった。小さい看板だが店の軒の上に「勉強堂」という横文字の看板がいつのまにか「金次堂」と文字が変ってしまったのだった。父親が気がついたのはかなりあとのことらしい。これも、「すーっと変ってしまった」と父親は言っていた。後妻は自分の気にいらないことがあれば「出て行く」と言いだすのだった。出て行かれては困るので金次はなだめていた。後妻は「言いだしたら必ずそう実行する」と言う性質だった。不思議なことに女には親類縁者というものは誰ひとりもない様子だった。女には父親ひとりと兄夫婦がいるだけで、親戚の者というのは訪れてくる者も、手紙が来るという者もなかったのである。父親が最も驚いたことは入籍のために戸籍謄本を取り寄せたところが女の年は32歳ではなく31歳だった。実際の31歳では寅年の生れだが寅年では縁談がまとまらないので32歳で丑年だと年齢をごまかしていたのだった。女の寅年は性質が強いといわれていて父親はそんな迷信めいたことを信じていたのだった。だから、真実の年齢だったら嫁にはきまらなかったのだった。嘘の年齢を言って縁談をまとめたのだから、女の強気なところがあれば父親はすっかり寅年のせいだと思い込んでしまうのだった。縁談のことは「ホーロクを釜にぬる」と言われていて、強気の性質の娘でも内気でおとなしいなどと嘘を言うことは当り前のことだが年齢まで嘘を言う例はほとんどないことだった。前の結婚に出戻ったのは、病気になって入院しても家の者も、旦那さえも病院に見舞いに行かないのではなく病気の見舞に行けないほど嫌われてたようだった。追い出されたのではないが追い出すようにされるほど嫌われていたようである。「嫌われ者の女を馬が世話をした」と父親は思い込んでしまった。轢き殺した馬の祟りで大変な女が来たということで神経衰弱のようになった父親は病気になってしまったのだった。「病いは気から」と言われているように迷信深い父親は病気になると衰弱するばかりで病名も医者にわからないままに死んだ。

父親はそんなふうに思ったが金次はそんなことは信じなかった。夫婦の仲はむつまじくそれから女は男の子を生んだ。男の子が生れると、先妻のふたりの男の子のうち年下の弟のほうが家出した。家出をしたというより、いつのまにか姿が見えなくなってしまったのだった。金次が「このごろ、いないけど」と気がついたときに言うと、「あれ、いつから、いなくなったのかねえ、どこかへ行って、それから帰って来ないけど」と、母親の女は言った。家出をしたのだが、すーっと、いなくなってしまったのだった。あとではわかったことだが、その弟は東京で鉄工場の住み込み職工になっていたのだった。そのうち、兄のほうの男の子も家を出てしまった。長男だが勤め先の近くに下宿をして、これも、いつのまにか下宿のほうへ移ってしまったのである。ふたりの男の子が、すーっと、消えるようにいつのまにか家を出てしまったのは金次夫婦がふたりの男の子のことなど考えていなかったからかもしれない。だから、金次の家は女が来てから生れた末の男の子と3人になったのだった。先妻のふたりの男の子には無関心だったが、ふたりのあいだに生れた末の男の子には金次夫婦は「目の中に入れても痛くない」ほど大切にしていた。小学校に入学するようになると家庭教師をやとったり、衣類なども先妻の子とは「王子様と浮浪児」ほどのちがいがあるように立派な服装をしていた。「将来は野球の選手か流行歌手にする」つもりだったから「子供のうちから立派な恰好を」させたのだった。

末の男の子は高校生になる頃は野球は下手だし嫌いになった。声が悪いから歌を唄うのも下手だった。野球も勉強もすぐ飽きてしまうのだった。その頃世の中には自動車が多くなった。末の男の子は自動車を運転することが何よりも好きになった。ほかのことはすぐ飽きてしまうが自動車の運転だけは飽きたりしなかった。末の男の子は東京の私立大学へ入学すると、まず自家用車を買った。「自動車がなければ学校へ行けない」と言いだしたのだった。自動車を買うと、すぐに交通事故を起してしまった。広い国道を凄いスピードを出して居眠りをして追突をしてしまったのだった。不思議なことに両方の自動車は使いものにならないほど大破したがどちらも身体にケガをしなかったのだった。酒をのんで運転したのではなかったが自動車は保険に入っているのですぐに新らしい自動車が買えた。相手の自動車の弁償をしたり、新車を買ったのだが「保険に入っているから損はしなかった」と女は言った。大切なひとり息子のことだから父親の金次が事故の後仕末をしないで女がすべての後仕末をしたのだった。

それから、末の男の子は何回も事故を起したがそのたびに女が一切の後仕末をしていた。どの事故も身体に怪我をしなかったことを、金次はあとで気がついた。

ぼーっと、明るい冬の街の灯を金次は眺めてその不思議さに気がついたのは、いま、60歳の年齢になってからだった。末の男の子はまだ大学生である。記憶を忘れるほど何回も起した自動車事故の後仕末を女はしたが、ついこないだ女が風邪をひいて寝ているときに起った自動車事故の仕末には「あんたが行ってくれ」と女は言ったのだった。末の男の子はゴルフに行った帰りに子供を轢いた。それから、家へ帰る途中——電信柱に衝突して、そこから、20メートルも行かないところで外の自動車と車体がふれて喧嘩になったそうである。そうして警察に行っているが事故の解決をするまで帰れないことになってしまったのだった。女は病気だし、息子の身体も心配になったので金次が出かけて行った。そのとき、女が行かないで金次が行ったのも偶然だったのかもしれない。末の男の子の行っている警察は金次の家からは100キロも離れていた。警察へ行ったが末の男の子は留置されていた。酔って運転したそうである。轢かれた子供は一時、失心状態になったが意識を回復すると怪我もなく、すぐに元気になったが、これはその家族と話し合っておわびの金をいくらかにきめればすむことになっていた。電柱のほうも損害を配電会社と話し合えばすむことになっていた。喧嘩の相手は相手がゴロツキらしいのでこちらが一方的に悪いとは警察でも思っていないようである。金次は警察で話し合って、大体の解決がきまったのでホッとした。夜もおそくなったので近くへ宿でもとって、あした、金銭的の問題の解決をするつもりだった。それとも、今からでも家へ帰って、あした、また、ここへ来ることにしようか、と、金次は警察の廊下に出た。その廊下で、ひょっと、向うの部屋の窓ガラスを眺めたとき金次の眼は、ぐーっと開いた。その曇りガラスには、たてがみを振り乱した馬の首が写っているのだ。思わず金次は後ずさりした。が、ハッと、気がついたのでその曇りガラスの部屋のドアをあけた。そこには家に寝ている筈の女が腰をかけていて、そばに末の男の子もいたのだった。女は風邪をひいて寝ていたが心配になったので出かけてきたのだった。事故の解決より息子の身柄のほうの解決をしていたのだった。女が来ていたことは不思議ではないが、窓に写った女の顔を馬と見まちがえたのは死んだ父親のいつも言っていたこと、それまでは考えもしなかったことを金次は突然、身に感じたのだった。

その事故は解決したがそれから女は金次に対して、ことごとく反抗するようになった。あの警察の曇りガラスの部屋をあけたとき、金次は女に「おまえ来ていたのか、馬が写っていたかと思ったぞ」と、言ったそうである。金次は、馬の影のことなど女には言わないと思っていた。が、女は金次のその言葉を知っていたのだった。おそらく、金次はおどろいていたので無意識のうちにそう言ったのだろう。女はその言葉を知っていた。女も馬のことについては死んだ舅が言っていたことだから知っていた。金次も女もそんなことは信じなかったが、金次がそれを信じてしまったので女は人間が変ったように金次に反抗したのだった。不思議なことに、この2年ばかりまえに土地、家、商売の登記名義を女は自分の名にしてしまったのだった。だから女は金次に反抗すると、「出て行け」と金次に言うことが出来たのだった。それは、いつでも反抗する仕度が女には出来ていたのである。

ぼーっと、霧のように街の灯を眺めて金次は、霧のようにぼーっと過去のことを思いだしていた。つい、こないだ、女と口論して、「出て行け」と金次は女に言われた。自分の家でもないので金次は「ああ、出て行くぞ」と言いかえした。そう言った手前金次は家の外へ出た。家の外にむしろがあったので金次はむしろに腰をおろして、半日もそこですごした。女は家の外へ出るときがあって、そこに金次が坐っていても何も言わなかった。金次の顔を見もしないのである。ありふれた夫婦喧嘩ではなく女は深刻に離婚をきめているようである。「エッヘッへ」と金次は苦笑いをして女の顔を伺ったりしていた。

金次はさっき、女と離婚する決意をきめて家を出て来たのである。ぼーっと町の灯を眺めてぼーっと過去を思いだした。別れることをきめたが金次の足はのろのろとうごきだした。別れるときめた女の家のほうへ金次は歩いているのである。どこへ行くところもないから家へ帰るのだが、金次はそんなことも考えなくうごいているのだった。とぼとぼと犬や猫が自分の家に帰るように、ぼーっと、金次の身体は自分の家へうごいていた。

（「群像」一九六八年三月号）

懐中時計

小沼 丹

十年ばかり前のことだが、或る晩酒に酔って、翌日気が附くと腕時計が紛失していた。腕時計と共に記憶もどこかに落してしまったらしく、事の次第が一向に想い出せない。仕方が無いから、一緒に飲んだ友人の上田友男に電話を掛けた。

——君は昨夜、最后迄僕と一緒だったろう？

——冗談云っちゃ不可《いけ》ないよ、と上田友男が云った。僕は樽平を出ると君と別れて帰ったんだぜ。君はまだどことかへ行こうなんて云ってたがね……。

——ふうん、そうかい？

——どうかしたのか？

——腕時計が失くなっちゃってね……。

電話口で上田友男が、くすん、と鼻を鳴らしたので、僕には彼が嬉しそうな顔をしているのが判った。碁を打っていて、此方の石が死に掛けているのに気附かずにいると、上田友男は、くすん、と鼻を鳴らしてひどく嬉しそうににやにやする癖がある。それを想い出したら、何だか忌忌《いまいま》しくなって、早いところ電話を切ることにした。

——まあ、同情はするよ、と上田友男は当方の気持など忖度《そんたく》しなかった。同情はするが、僕に云わせればだな……。そもそも……。

——そんな話は后で聞く。

それから二、三日して上田友男に会うと、彼はパイプを咥《くわ》えてにやにやしていた。彼はいつもパイプを用いて、巻烟草は殆ど喫《の》まない。彼の上衣のポケットはいつも脹《ふく》らんでいるが、そのなかにはゴムで出来た烟草入れと、パイプ用の七つ道具が入っているのである。

上田友男はパイプを口から離すと、

——時計はあったかい？

と訊いた。

——あるもんか。

彼は、くすん、と鼻を鳴らすと、チョッキのポケットから徐《おもむろ》に懐中時計を取出して、いま何時何分だと云った。僕に教えて呉れた心算《つもり》らしいが、生憎《あいにく》その部屋の壁にちゃんと電気時計が附いている。僕が壁の時計を示すと、上田友男は振返って笑い出した。

——そうか、この部屋には時計があったんだっけ……。

——人生至る所に時計ありさ。

――成程。

それから彼は、時計を紛失したと云うが、それはきっと鼻の下を長くしていたので、よからぬ女性に掠《かす》め取られたに違いない、と失敬なことを云い出した。無論、僕は否定した。

――まあ、それはどっちでもいいや。ところで、君は懐中時計は嫌いかね？

どっちでもいい、と云うのには不服だが、僕には懐中時計云云が気になった。僕は別に時計に格別の関心は無い。しかし、懐中時計は悪くないと思っていた。

理由は知らないが、上田友男は前から懐中時計を使っていた。時間を見るのにも、ちらりと腕時計を覗くのと違って、徐にポケットから取出すと何となく一呼吸置く感じがある。だから、上田友男が懐中時計を取出したりすると、それは見る人に彼が悠揚迫《ゆうようせま》らぬ人物であると錯覚させるのに充分である。

――別に嫌いじゃないがね。

――成程。それで、君はまた時計を買う訳だろう？

――そんなことは考えてないね。何故だい？

上田友男の話に依ると、自分は腕時計の紛失に何ら責任は無い、しかし、一緒に飲んだ晩に時計が失くなったと聞くと満更気にならないことも無い、だから、お前さんが懐中時計が嫌いでなければ譲ってやってもいい、と云うのである。

――その懐中時計か？

――いや、これは駄目だよ。

上田友男の家には、使っていない懐中時計が二つある。二個共彼の亡くなった父君の持物である。彼の父君は軍人だったそうで、一つは恩賜《おんし》の銀時計、もう一つはロンジンの懐中時計である。この裡《うち》、恩賜の時計は譲る訳に行かぬがロンジンなら譲らぬものでもない、ざっとそんな話である。

——しかし、その時計は動くのかね?

——動くよ、と上田友男は心外だと云う顔で口を尖らせた。もう三十年ばかり経つが、いいかい、三十年だぜ……。

三十年経つが、いまに至るも正確無比で一分一秒と狂わないのだそうである。

——まあ、考えて置こう。

——いいかい、と上田友男は尤《もっと》もらしい顔をして云った。一つはっきりさせて置くが、僕は別に君に時計を売附けようとしている訳じゃないんだぜ。飽《あ》く迄好意的な提案なんだからね。そこん所を間違えないで貰いたいな。

僕は、間違えやしないから安心しろ、と答えて置いた。

上田友男は僕の碁の師匠を以て任じていた。僕は別に弟子入りした訳では無いが、彼は三段とか四段とかで、その彼に僕は四子、五子と置く腕前だったから威張られても仕方が無い。その頃、僕は碁に熱中していて、暇があると、ときどき上田友男と碁を打った。その頃、われわれは同じ学校の同じ学部に勤めていて、上田友男は数学が専門であった。

師匠を以て任じている上田友男は、年賀状に――風格のある碁を打つように希望する、と書いて寄越したりした。僕の石を殺して置いて、くすん、と鼻を鳴らす彼の碁が風格あるものとも思えないが、黙っていると、彼はパイプを吹かしながら、僕が如何に下手であるかに就いて諄諄《じゅんじゅん》と説いて長時間に及ぶのである。自然の成行として、僕は彼に会うと先手を打つことになった。

――碁が強いと思って威張るな。

――いや、別に威張って云う訳じゃないがね……。

上田友男は不服そうに口を尖らせる。

時計を紛失して間も無い頃、僕と上田友男は、碁の好きな石川と云う老先生の所へ招ばれて行ったことがある。その席には、石川さんの友人の荒田と云う老人も来ていた。ちょうど庭の藤棚の藤が咲いていて、微風にゆらゆら揺れている。その藤の見える座敷に、碁盤が二面並《なら》べて置いてある。

その一面に向って、僕は初対面の荒田老人と打つことになった。石川さんの判断に依ると二人の腕前は大体互角だろう、と云うことで僕が黒を持った。荒田さんは瘦せて眼鏡を掛けた品の好い老人で、きちんと正座している。一見、たいへん静かな人物に見える。しかし、そう思ったのが間違だったことは間も無く判った。たいへん乱暴な喧嘩碁であった。

のみならず、荒田老人は形勢が悪くなると、突拍子も無い奇声を発するから耳障《みみざわり》でならなかった。ああ、ああ、と黄色い甲高い声をあげる。続いて、

——弱ったな、ああ、弱ったな。

と叫ぶ。知らぬ人が聞いたら、不思議な鳥が啼いたと思うかもしれない。この奇襲には僕も尠《すくな》からず面喰ったが、隣の上田友男も驚いたらしい。三十秒ばかり、荒田老人の顔を見ていた。尤《もっと》も、石川さんは毎度のことらしく、一向に動じなかった。

——弱ることはありますまい。荒田さんともあろう人が弱る筈が無い。

と、隣で澄している。

石が死んだりすると、荒田老人は頭を抱えて、ひゃあ、と叫んだ。しかし、形勢が良くなると歌を歌い出すのである。

——敵は幾万ありとても……。

と、荒田老人が頓狂《とんきょう》な声で歌い出したときには、隣の上田友男は、くすん、と鼻を鳴らしたし、僕はと云えば頓《とみ》に戦意を喪失した。しかし、これも石川さんにはお馴染《なじみ》のことらしかった。

——始りましたね……。それを聞かないと淋しくて不可ません。

とにやにやしている。

その日、荒田老人はこの他に、軍艦マアチとか、荒城の月とか、そのレパアトリイの一端を披露《ひろう》して呉れたが、その場合の相手は石川さんと僕に限られていた。上田友男が相手の場合は専《もっぱ》ら、ひゃあ、を連発したのである。

荒田老人は何でも楽隠居の身分とかで、家が近いから、殆ど毎日のように石川さんの所に碁を打ちに来ていたらしい。

その晩、駅迄の道を歩きながら、われわれは賑かな荒田老人の話をして笑った。話に依ると、上田友男はこの老人が大いに気に入ったらしかった。

——あの、ひゃあ、には参ったね。

——しかし、面白い人だな……。

このとき、僕はロンジンの時計を想い出した。荒田老人も懐中時計を持っていて、帯の間から取出して見たりしたのである。

——あの荒田さんも懐中時計を持っていたな……。

——ところで、君の方の気持は決ったかい？

——一体、幾らで譲る心算なんだい？

——幾らぐらいならいいかね？

そんな話をしていたら駅へ着いたので、われわれは右と左へ別れた。時計の値段は次の機会に話し合うことにしたのである。

果して、十年前のその頃、僕に上田友男の懐中時計を買う意志が本当にあったのか、また、彼に売る意志が本当にあったのか、どうもよく判らない。しかし、われわれが一個の時計を中心にいろいろ論じ合ったのは事実である。

最初の交渉は、一軒の酒場で行われた。先ず、僕の方から、そんな古時計は只で呉れたらどうだ？　と切出したが、彼は問題にしなかった。それは死んだ親父に失礼だ、と云うのが彼の言分であった。僕はそんな言分に一向に権威を認めなかったが、彼は固く自説を守って枉《ま》げなかった。

その結果、われわれは上手いことを思い附いた。双方《そうほう》で最高と最低の値段を云って、互に妥協点迄歩み寄ろうと云うのである。僕と上田友男は酒場のメモ用紙を貰って、互に数字を書入れて交換した。

——ゼロが一つ、足りないんじゃないのかい？

上田友男が口を尖らせた。

——ゼロが一つ多過ぎるな。

と、僕は云った。上田友男は一万円の値を附け、僕は千円と附けたのである。上田友男はロンジンのために弁じた。曰く、我家のロンジンの懐中時計は正確無比の高級品である。今日懐中時計は流行からは見放されているが、その骨董的《こっとうてき》価値は莫大《ばくだい》である。そのような時計を身に着けていると、その所有者迄何やら奥床しく見えるであろう、と。

そこで僕も一席弁じた。

いまどき懐中時計を買おうなんてもの好きは滅多にあるものではない。僕が要らぬと云えば、そのロンジンは恐らく彼の家の抽斗《ひきだし》のなかかどこかに、いつ迄も眠っているであろう。無用の長物であるに過ぎぬ。況《ま》して、僕は実用品として懐中時計を求めるのであるから、その骨董的価値なぞ一文にもならないのである、と。

上田友男はパイプを吹かしながら聴いていたが、軽く咳払した。

——成程。尤もな所もあるね。じゃ、此方は九千円にしよう。

——ふうん、じゃ、公平を期して此方も二千円迄出そう。

それから、二人で乾杯した。

この辺迄は洵《まこと》に円滑に運んだが、その后はなかなか進展しなかった。上田友男が六千円迄譲歩し、僕が四千円と値を附ける迄に、半年は経過していたろう。

この間に、僕は上田友男に肝腎の時計を見せて呉れと頼んだが、彼は決して見せようとしなかった。だから、僕がその時計の存在を疑ったとしても不思議はあるまい。

——ほんとにあるのかい？

——ありますよ、莫迦《ばか》なこと云っちゃ不可《いけ》ないよ。

——じゃ、何故見せないんだい？　買主は品物を見てから買うものだろう。

——此方を信用して貰いたいね。

しかし、或るとき上田友男が酔って話した所に依ると、うっかり僕に時計を見せて、僕が感心して好い時計だと讃《ほ》めたりすると、彼は何かの弾《はず》みで僕に時計を「進呈する」と云い出さぬとも限らない。それが心配だと云うのである。そんな思わせ振りの話を聞くと、僕としても、是非見せて呉れ、と強要せざるを得なくなる。しかし、一度そんな告白をした上田友男は、頑《がん》として僕の要求を受附けなかった。

尤も、僕と上田友男はしょっちゅうロンジンの時計の話をしていた訳では無い。学校に出るのが同じ日は、週に一、二度あるに過ぎなかった。それに、出て来ても都合があって顔を合せないこともある。その程度の所で、時計の交渉をしていたのである。

しかし、半年も経つと、この交渉も一種の遊戯と化した感があって、両方共余り熱が無くなっていたのも事実である。

——好い加減で買っといた方が、いいと思うがね……。

——この辺で売った方がいいぜ。

そんな文句を、今日は好い天気だね、と云う替りに交していたのである。

のみならず、その頃になると双方に支持者が現れて、彼等は勝手なことを云った。上田友男の支持者は、ロンジンの懐中時計なら二万円でいい、と無責任なことを云う。僕の支持者は、そんな古時計は二千円でいい、それ以上一文も払ってはならん、と主張した。その結果、われわれ二人は何となくにやにやして、時計の話は有耶無耶《うやむや》になるのである。

多分その頃だったと思うが、或る日、僕は知合の歯医者に行った。治療が終ってから、石川さんの家が近くなのを想い出して、訪ねてみた。若《も》しかすると、例の賑かな荒田老人が来ているかもしれない、と云う気もした。石川さんの家は、西荻窪の駅から歩いて、五、六分の住宅地にある。

石川さんはちょうど暇だったのだろう、早速碁盤の前に僕を坐らせた。障子が閉め切ってあって、藤棚は見えない。しかし、障子に嵌込《はめこ》んである硝子越しに枯れた芝生が見える。打っていると、石川さんが云った。

――さあて、弱りました。

――荒田さんと云う方、と僕は訊いてみた。相変らずよく見えますか？

――荒田さん？

石川さんは盤から眼を上げて、僕の顔を見た。

――おや、御存知無かったかな……。いや、御存知無い訳だろうな、あの人は先だって、亡くなりましたよ。

僕は驚いた。恐らく、あの突拍子も無い奇声を聞いたときも、これほど驚かなかったかもしれない。石川さんはそれから、荒田さんの話をして呉れたが、その話は忘れてしまった。何の病気か、それも忘れてしまったが、何でも、一日か二日臥て、ころりと死んだのだそうである。内心、荒田老人の、ひゃあ、を聞こうと思っていた僕には、何とも意外と云う他無かった。

――なかなか、面白い人物でした。

石川さんはそう云ってから、

――いや、いい人だったと云った方がいいかな……。

と云い直した。

僕は荒田さんとは一度しか会ったことが無い。しかし、たいへん愉快な印象を受けていたから、その人物が過去形で語られるのを聞くと、何とも妙な気がして淋しかった。

――上田君とはその后やってますか？

——ええ、ときどき……。

——彼は碁も強いが、酒も強いでしょう？

——強いですね。

——何しろ、身体がいいからな。あの碁も、わたしに云わせると体力の碁ですね……。

このとき、僕は面白半分にロンジンの話をした。石川さんは笑って聞いていたが、いとも簡単に結論を下した。四千円と六千円なら、中間をとって五千円にすればいい、と云うのである。それはそうなのだが、そうすると、われわれのロンジンを巡《めぐ》る交渉も、簡単に梟《けり》がついて面白くない、多少そんな気持もあったのだと思う。

僕は石川さんの云った「体力の碁」と云う文句が気に入ったので、それを荒田さんの死と共に上田友男に報告してやろうと思っている裡に、身体を毀して二週間ばかり寝込んでしまった。しかし、たいした病気ではなかったから、癒《なお》ると早速、友人と街へ酒を飲みに出掛けた。ところが、酒場でひょっこり上田友男に会った。

——何だ、病気じゃなかったのか？

——もう癒ったよ。

上田友男は不服らしく、口を尖らせた。

彼の話だと、どうしてそんな話になったのか判らぬが、僕がかなりの病気で当分は酒も飲めない、と聞いたらしい。それで、大いに同情したり心配したりしていたのに、こんな所に現れるとは何事か、と云うのである。それから、本気で心配して損したと云わんばかりに帰って行った。

その後暫くして、僕は上田友男の家に行ったことがある。一遍遊びに来い、と誘われていたので、或る日、出掛けて行った。上田友男の家は千葉県の市川にあった。

昔、叔父が市川に住んでいて、子供の頃、母に連れられて行ったことがある。この叔父は主計大尉で、国府台の連隊に所属していた。ちょび髭《ひげ》を生やした、温和しい人だったと云うことしか憶えていない。それから、叔母に連れられて公園のような所に行ったら、裸の酔っ払いがいて、怱怱《そうそう》に帰って来た。

昔のことだから記憶がはっきりしないが、夕方、桜の散るのを見ていたら、叔父が馬に乗って帰って来た。叔父と一緒に若い兵隊が随《つ》いて来て、玄関先で、叔父の長靴を磨いていた。兵隊が磨いた長靴を玄関に入れると、叔母が出て行って何か云った。

——御苦労さま。

とでも云ったのだろう。

兵隊は直立不動の姿勢で、はっ、と云って敬礼した。殆ど暗くなった戸外を背景に、屋内の電灯に照らされた兵隊の姿が妙に印象に残って、これだけはよく憶えているのである。大分后になって、或る画集を見ていたら、このときの光景が鮮《よみがえ》ったことがあるが、その画が誰のものだったか想い出せない。

この叔父はそれから数年経って、少佐になったと思ったら死んでしまった。叔母も疾《と》うに死んだ。眼の大きな、よく笑う人であった。夫婦に子供が無かったから、この一家の誰も残っていない……。

そんな記憶があるから、市川と聞くと懐しい気がする。しかし、電車に乗って行って見ると、全く知らない町である。

上田友男の書いて呉れた地図を頼りに、賑かな所から静かな住宅地へと歩いて行くと、何だか砂地のような路になって、夾竹桃の生垣《いけがき》を巡《めぐ》らした家がある。生垣に沿って曲ると、正面に二階家があって、その二階の窓に上田友男の上半身が見えた。彼は僕を見ると、笑って点頭《うなず》いた。

——もう来る頃だと思ってたんだ。

玄関先で彼はそう云った。それで二階の窓から偵察していたらしい。

上田友男は僕に書斎を見せて呉れたが、彼の覗いていた窓は書斎の窓だと判った。本棚に落語全集があって、僕は成程と思った。彼は落語が好きで、寄席とか名人会と云った催しにはちょいちょい出掛けていたのである。一度、僕は彼と人形町の寄席に行ったことがあるが、彼は初めから終迄笑い通しであった。

それから、僕等は座敷で碁を打ったのだが、中休《なかやすみ》のとき、上田友男は違棚《ちがいだな》に載せてある一冊の雑誌を持って来た。見ると碁の雑誌である。僕は、ははあ、と思った。僕に見せるために載せて置いたらしい。

——これ、読んだよ。

——そうかい？

——荒田さんって云う人、死んだんだね。

——うん、話さなかったかな？

——これを読む迄、知らなかった。

碁の雑誌に短い文章を書くことになって、石川さんに荒田老人の死を聞いて間も無くだったので、荒田老人のことも入れて書いたのである。しかし、その雑誌を上田友男が毎月読んでいるとは知らなかった。そればかりか、上田友男は本屋でもう一冊買って、石川さんに送ったと云うから驚いた。

——石川さんが読んだら、その后、荒田さんの家の方に差上げて呉れって書いといたよ。

——ふうん……。

何と挨拶していいものか、よく判らぬから僕は黙っていた。しかし、石川さんで想い出したから、僕はこう云った。

——石川さんに依ると、君の碁は体力の碁だそうだ。

上田友男はパイプ片手に口を尖らせた。

——下手な人は、得てして、そんなことを云うもんでね……。

この日、上田友男は、くすん、と鼻を鳴らすことが尠かった。つまり、僕の調子が悪くなかったと云うことである。

しかし、この日は碁なんかいつでも打てると云う上田友男の言葉に従って、まだ明るい裡から飲始めることにした。庭の先の垣根越しに、広い原っぱが見える。原っぱの片隅には桜が咲いていた。

——原っぱがあって、いいな。

——いや、良くないんだ。子供が野球をやると、よく球が飛んで来てね。危くて仕方が無いんだ。

しかし、原っぱが次第に昏《く》れて行くのを見ているのは、悪くなかった。

その席には上田友男の二人の子供も坐っていた。彼の奥さんも、用の無いときは坐っていて、ビイルをきゅっと飲んだ。子供は、上が小学生の男の子で、下は幼稚園に行っている女の子であった。

二人共たいへん神妙に坐っていたが、女の子は親爺に催促されて立上ると、幼稚園で習ったと云う歌を歌った。クイカイ・マニマニとか何とか云う歌である。それを大きな声で歌った。上田友男はパイプを咥《くわ》えて、嬉しそうな顔をしていて、善良な親爺そのものに見えた。奥さんの話だと、家で酒を飲むとき、上田友男は子供に歌を歌わせて好い機嫌になっているのだそうである。

しかし、この善良な親爺にも不満があるらしかった。二人の子供は父親の上田友男が、小学校とか幼稚園に顔を出すのを好まないと云うのである。

——どうも面白くないんだ。君もそう思うだろう?

同意を求められて僕は面喰った。僕の方は、子供の学校に顔を出すことには乗気でない。顔を出したことも無いから、何とも返答の仕様が無いのである。仕方が無いから理由を訊くことにした。

——何故、厭がるのかな?

——いいえね……。

と、上田友男に替って、奥さんが笑いながら説明して呉れた。上田友男の額《ひたい》が禿上ってい て、年寄臭いから、と云うのだそうである。成程、上田友男は当時まだ四十に少し前だったか ら、その年齢にしては額が広過ぎたかもしれない。しかし、年寄臭いは気の毒だろう、そう云ったら上田友男は笑って子供達の方を向いた。

——ほら見ろ、この先生だって年寄臭くないって云ってるじゃないか……。

女の子は父親と僕を交互に見て、

——でもね……。

と、兄を振返った。

——うん。

男の子は点頭いて、二人揃って僕の方を見たのは、つまらん異説を立てる奴だとでも思ったのかもしれない。

この夜、僕は至極愉快な気分で帰途に着いたのだが、残念だったのは、時計のことを悉皆忘れてしまったことである。無論、出掛ける前は、ロンジンの懐中時計を検分する絶好の機会だと思っていた。それが、どう云うものか上田友男の家に行ったら、全然想い出さなかった。上田友男も、時計に就いては何も云わなかった。何故そうなったのか、何とも不思議と云う他無い。

それから暫くして——多分一年ほど経っていたかもしれない。或る日、上田友男が僕を摑まえて頼《たのみ》があると云い出した。

——何だい、改って？

——君はパイプを使うことあるかい？

——うん、うちにいるときは、使うことがあるよ。尤も、持ち歩かないがね……。

——成程。僕のパイプ、知ってるだろう？　二本あるが……。

仔細《しさい》に見たことは無いが、彼の二本のパイプには疾《と》うに馴染である。上田友男の肖像画を描くとしたら、パイプを咥えさせるのを忘れてはなるまい。

しかし、彼の頼なるものを聞いて、僕は尠からず驚いた。愛用する二本のパイプを貰って呉れないか、と云うのである。自分が使っていたものだから、気を悪くされると困るが、良かったら貰って欲しいと云う。

——貰って呉れと云うのなら貰ってもいいが、よく判らないな、何故呉れるんだい？

上田友男は軽く咳払した。

——烟草を止めることにしたんだ。

——ふうん……？

彼の話に依ると、近頃身体の調子が好くないので医者に診て貰ったら、禁烟《きんえん》した方がいいと云われた。それでこの際、きっぱり烟草を止める決心をした。そうすると、身近な所にパイプが転っていたりするのは面白くない。

——それで、君が貰って呉れると有難いと思ってね……。

——じゃ、有難く頂戴するよ。

上田友男は嬉しそうな顔をして、有難う、と云った。それから、二本のパイプに就いて講釈して呉れたが、生憎《あいにく》それは憶えていない。憶えているのは、二本共上等ではないが安物でもない、まああの品だ、と云ったことである。

——しかし、止められるのかね？　直ぐ返して呉れなんて云うんじゃないのかい？

——実際のところ、もう二週間ばかり禁烟してるんだ。

そのとき初めて気が附いたが、上田友男のポケットはいつものように脹らんでいない。それを見たら、少しばかり物足りない気がした。どこが悪いのかと訊くと、血圧が少し高いのだが、別に心配は無いのだと云った。

数日経つと、上田友男は僕に、二本のパイプと、彼のポケットを脹らませていた丸いゴムの烟草入れ、ライタア、七つ道具をそっくり呉れた。パイプは二本共ブライヤアで、一本の方が少し大きかった。成程、よく見ると上等ではないが安物でもない。

——どうも有難う。この調子で懐中時計も呉れたらどうだい？

——そうは行かないよ。

その頃になると、僕等はもうロンジンの時計の話は殆どしなくなっていた。偶《たま》に上田友男に、時計はどうした？　と訊くと彼はくすんと鼻を鳴らしてにやにやした。

――ちゃんと蔵《しま》ってあるよ。しかし、いいかい？　他にも狙っている奴がいるから、買うなら早い方がいいぜ。

しかし、僕の見たところ、狙っている奴なんている筈が無いのである。

その日、僕は上田友男を酒場に誘ったが、彼は酒もなるべく飲まないようにしているのだ、と云って断った。そう云われて気が附いたのだが、暫く上田友男と酒を飲んだ記憶が無い。上田友男と碁を打ったりすると、暗くなったから酒場へ行こう、と云うのが順序であった。ところが、暗くなると上田友男は何とか口実を作って帰って行く。碁も余り打たない。

例えば何人かで話していて、この話の続きは酒場でしようと云うことになる。帰り支度をして、気が附くと、いつの間にか上田友男の姿が見えなくなっている。いつからそうなったのか判らないが、そんなことが何度かあった。理由があるのだろう、と別に気にも留めなかったが、それが健康上の理由とは知らなかったのである。

――早く飲めるようになるんだな……。

――うん、と上田友男は尤もらしい顔をして点頭いた。この秋頃迄には飲めるようになるよ。

ところが、それから間も無く、僕は別の学部に転属になってしまった。その建物はこれ迄いた建物と大分離れた所にある。自然、上田友男と顔を合せることは尠くなった。それに、転属にならなかったとしても、その秋に上田友男と酒場へ行けたとは思えない。酒場へ行くと、われわれの共通の知人に会うことがある。

——上田君、元気ですか?

——ええ、元気のようですよ。

——じゃあ、もう飲んでるかしら?

——いや、酒は止めたとか聞きましたがね……。

酒を止めたと云うと、元気とは云えない筈なのだが——、そんな気がするのである。妙なことに、上田友男と会うことが尠くなったら、僕の碁の熱も少し冷めてしまった。

僕が上田友男に最后に会ったのは、いつだったろうか? どうもよく判らないが、多分六、七年前、学校近くの都電通で会ったときだろうと思う。都電通にある小さな古本屋を覗いてから、通を渡って戻って来ると、ひょっこり上田友男に会った。

——どこへ行くんだい?

——うちへ帰るんだよ。

彼が都電で国電の駅に出るのを、僕は忘れていたのである。二人は停留場の所で立話した。身体はどうだ? と訊くと腎臓が少し悪いと云われていて、月に一度とか、医者に診て貰っているとか云う話であった。尤も、見たところ別に病人らしくなかったし、勤めにも出て来ていたぐらいだからたいしたことは無かったのだろう。

——パイプは使ってるかい？

——使ってる。

と、答えると、上田友男はちょっと得意そうな顔をして云った。

——君には悪いが、今度パイプを買うときは、海泡石の奴を買うからね……。羨《うらやま》しがるなよ。

僕は、昔読んだフィリップの「手紙」のなかに、海泡石のパイプを自慢している箇所があったのを想い出した。想い出したら、少し可笑《おか》しかった。上田友男の云う「今度」がいつのことか判らぬが、新しいパイプを欲しがるのは好い傾向だと思ったから、

——せいぜい、早いところ買って、見せて呉れ。

と希望して置いた。

僕等は灯の点り出した往来で、そんな立話をして別れた。時計の話は一度も出なかったから、懐中時計を巡る交渉も、遂に竜頭蛇尾《りゅうとうだび》に終ったと云う他無い。その后、僕は上田友男に会った記憶が無い。

上田友男には会わず仕舞だったが、彼の奥さんにはその后一度会ったことがある。五年ばかり前、僕の女房が突然死んで、その葬式があった。式が終ったとき、立っている僕の所に黒い服を着た婦人が来て挨拶した。それが、上田友男の奥さんであった。尤も、僕の方は誰だったかしらん、と思っていて、

——上田でございます。

と云われて気が附いたのである。

そのとき、上田友男の奥さんは、主人が来る筈なのだが病気で来られないので自分が替りに来た、と云う意味のことを云った。僕は頭がぼんやりしていたから、上田友男が病気と聞いても実感が無かった。だから、暫くすると、彼が病気だと云うことも忘れてしまった。偶《たま》に共通の知人に会って、彼の名前が出たりすることがある。しかし、二、三日前に学校で会った、と聞いたりするから、どうやら元気でやっているのだろう、と思っていたのである。

……図書館の裏口の所に、大きな辛夷《こぶし》の木があって、毎年春先になると白い花を附ける。去年の或る日、友人とそこを通り掛ったら、

——また、今年も辛夷が咲いたなあ……。

と、友人が云った。僕が冗談に中国の詩人の文句に引掛けて、毎年花は同じだが、一年一年とお前さんの頭は淋しくなるようだね、と感想を述べたら、友人は、莫迦云え、と頭を押えた。多分、その翌日の夕方だったろう、上田友男の所属する学部から電話が掛って来た。何の用事だろう？　と思ったら、それが上田友男の死を知らせる電話であった。

——上田友男先生がお亡くなりになりましたので、お知らせいたします、と女の声が云った。上田先生は本日……。

原稿でも読んでいるらしく話すのを聞きながら、そんなことがあるのだろうか？　と思った。僕は二度ばかり、本当か？　と訊き返した。何とも信じられなかったのである。死因は尿

毒症であった。

この春、図書館の傍を通り掛ったら、辛夷は去年と同じように花を附けていた。小雨が降っていて、いつも学生の坐っているベンチも雨に濡れていた。僕は傘を上げて、辛夷の花を見た。図書館の古びた壁を背景に、花や蕾《つぼみ》が白く浮んで雨に濡れていた。傘を元に戻して、歩き出そうとしたら、

くすん。

と、上田友男が鼻を鳴らすのが聞えた。一体、彼奴は何が可笑しかったのかしらん？　僕はそんなことを考えた。

（「群像」一九六八年六月号）

骨の肉

河野多恵子

年が替っても、女は自分と共に男が置き去りにして往った彼の荷物の処置を思いつくことは出来なかった。

去年の秋、男が去った日の前日か前々日かが、雨であった。四、五日経って、女は自分と男の傘が窓の手摺りに横たわっているのに気がついた。女には、その二本の傘をそこへ置いた覚えは全くないので、男が置いたのかもしれなかった。が、男に去られた狼狽で、女は自分のした事を忘れてしまったのかもしれなかった。拡げてみると、二本の傘は畳まれたまますっかり乾いているようだった。女はそのどちらも丹念に布の折り目を調え、止め紐を廻して金輪をしっかり釦にかけた。が、自分の傘を靴箱の内の傘入れに立てると、男のほうのは、そこに見出した彼のもう一本の傘と一緒に紙で巻いて紐を掛け、押入れに納い込んだ。

女が男の歯ブラシを捨てたのも、その頃ではなかったろうか。女は自分の歯ブラシを取ろうとして、隣り合った男の歯ブラシに眼を止めた。水色の透明の柄の先で、剛い毛が荒っぽく使われて左右に曲り展がっていた。男は嘗つて、ふたりのために特価販売の歯ブラシを色々取り混ぜて六本ほど買ってきたことがあった。女も自分たちの歯ブラシを二、三度買った記憶があった。残されていた歯ブラシが男の買ってきた六本のうちのものかどうかは女には判らなかった。が、それを手にした女は男のその買い物のことを思いだし、毛先の激しい痛み方に強いて捨てやすさばかりを求めて、屑籠に落した。序に、女は男が使い捨てにしていた、三、四枚の安全カミソリの刃も落し入れた。カミソリに挟まれて、男の髭の混った洗い残りの石鹼の固まっていた刃も外して捨てた。が、カミソリは、見ると幾枚か新しい刃の残っていた小函と一緒に男の乾いたタオルに包み、男の下着の引き出しに片附けた。

その引き出しは、女の洋服簞笥の上側の引きだしだった。扉の内にも、嘗つては男の物が一緒に架っていたが、それらは男が出て行く時、手早くまとめて持ち去った。ただ、女はその後、男が用いなくなっていた、グレイのトカゲ皮が所々飴色に色褪せたベルトがそこに残っているのに気がついて、それも男の下着の引き出しに入れておいた。そこに入れるべき男の品物は、まだあるのだった。洗濯屋に出したままの男のワイシャツが二、三枚ある筈で、それも受け取ってきて引き出しに入れてしまおうと思うのだが、女は今もってそれをしていない。男が取りに行ったとは思えないのだが……。洋服簞笥の上に載っていた、中身が入っていたり、入っていなかったりするらしい、男の四つの洋服函は、女は押入れに入れてあった自分の洋服函と置き換えた。

男の枕は、かなりの間そのままになっていた。女は毎夜蒲団を敷く時、一人用のを二人用の袋カバーに入れた男の枕を余りすぎるほど余った袋カバーの口を摑んで先ず放り出し、蒲団を出してしまったあとへ放り込み、朝蒲団を納う時には、また一旦それを放り出すということを数週間続けたあとで、片附けてしまうことを思いついたのだった。カバーは洗い、中身はもう冬になってしまっていた日射しの多少なりとも強い日を択んで陽に当て、また元通りにカバーに納めナイロン袋に入れて、押し入れの男の洋服函の上に載せた。

女には、男が決して戻って来ないということがはっきり判っていた。「もうあなたなどに居てもらわなくてもいい」と女は本音どころではないその言葉を言わずにはいられないような態度を男に幾度も見せられた。そうして、彼女が又それを言わずにはいられなかった時、男は「どうもそうらしいね」と言って、そのまま去ったのだった。女の味わった後悔は苦しいものであった。本音どころではない、あのような言葉を口にしつけるようになった自分のこと、あの日も又それを口にしたばかりに男に乗ぜられた自分のことを、女は激しく後悔した。が、その後悔が苦しいのは、それを顧みるたびに、暫く前からの男の態度とあの日の鮮やかな乗じ方からして、後悔する資格さえない状態に自分が在ったということを告げられるからなのだった。そうして、そういう苦しさは、女に男を追わせる気力を失わせた。

女は男に荷物を引き取ってくれるようにと連絡する気持さえ、もうなかった。「どうでもいいようにしてくれ」という答えが返ってくるに決まっているからだ。実際、男が置き去りにしたのは、男にとってはどうでもいい物かもしれなかった。ふたりの仲が深くなり、女の許で寝泊りすることが永く続くようになりはじめた時、男は必要に応じて少しずつ身の廻りの物を運び込んできたのだった。が、男は殆ど女の許で暮らすようになってからも、自分の下宿は引き払わず、そこには洋服箪笥も机も幾つかの洋服函もスキー道具も寝具も残っている筈であった。女の洋服箪笥にあった当座の衣服は持ち去っているし、それに男の仕事は向上しはじめていたように思われる。女の許に残した古着になど未練はないに違いなかった。

しかし、女のほうでは、それらの処置について全く途方に暮れていた。女は男が使い放しにして往った品物を片附けた後、残された品物を処分する方法をどうしても思いつくことが出来なかった。引き取ってもらうように、男に連絡した時に、「捨ててくれ」と言われるのも、「まだそのままかい？　じゃあ送っておいてもらうかな」などと言われるのも厭であった。が、例え人を介してするにしても、男にそんな連絡をすることが先ず厭であった。かと言って、まだ充分役に立つ、他人の品物を勝手に屑屋に持って行かせたり、捨てたりするのも、厭であった。また、自分と一緒に男が置き去りにした品物をひとに与えるわけにもゆかなかった。

女は、男が去ろうとした時、荷物をすっかり運ばせなかったことを後悔した。その後悔は、一途な後悔だった。

男に彼女とのものではない新しい私生活を想う様子が見えはじめたのは、彼の仕事が向上しはじめるよりも、先であった。女を置き去りにすることに成功した男は公私共に張り切って、衣服もすっかり新調していることであろう。女は男が気にもかけていない古着の荷物と惨めに同病相憐んでいるような、また身の程も知らずに相憐れもうとする荷物に侮蔑されているような気がした。そのために、女は処分の方法を思いつかない荷物に一層やりきれない思いをさせられていた。

女は、洋服箪笥の上の引き出しを塞いでいる男の下着や、押し入れの下段の茶櫃に自分の物と混り合って入っている彼の毛の衣類を取り出して一纏めにしてしまうことを幾度も考えたが、思うだけで熱の出てくるような大儀さを感じる。その茶櫃の上に載っている男のトランクも、上段の女のほうのトランクの上にある、彼女が自分のと置き替えた四つの洋服函も空けて見れば、男の下着や毛の衣類が入りきるだけの余裕はあるかもしれなかった。押入れの上棚に見えている、男のリュックサックとズック鞄も張り切ってはいないから、その二つにも入れられるのではないだろうか。が、女はひとつとして空けてみる気にはなれなかった。女は絶えず、男の残した荷物にのしかかられているような気持であった。

「どうもそうらしい」の一語で、自分と荷物を置き去りにした時の男の爽々しい気持を想うと、女は羨しくてならなかった。女は、自分を途方に暮れさせている男の荷物を処分するには、自分の荷物もこのますっかり置き去りにして、新しい場所に移るのが一番いい方法なのだと心づいた。が、新しい場所に移ったり、そこで何も彼も新しい物を買い調えたりするだけのお金が、女にはなかった。女は、置き去りにしたいと思いながら、そう出来ない、自分の荷物とその場所までが厭になった。

女は、お金のないことが障碍となり得ないような事態が生じることを恃むしかなくなった。男の荷物も、自分の荷物も、その場所も、焼失してほしいと、女は思った。自分も一緒に焼失するようなことになれば、却っていいとも思った。が、女がそれを恃むばかりで、謀ろうとはしなかった。自分も一緒に焼失してもいいとさえ思っている女としては不思議なことだが、子供の頃の冬の夜更けに近火があり、火元の老主人がネルの寝巻の上に手だけを通した丹前を羽織り、消火の水の流れているアスファルトの道路を素足で踏んで人混みの中を拉致されて往った姿が蘇って止まないからであった。

以前よりも、女は却って火に気を配るようになりだした。今もしも自分が失火すれば、放火と思われそうな気がしてならない。殊に外出する時、女は二度も三度も火の元の始末を確めずにはいられなくなった。時間に急かれていればいる程、そうだった。戸口に鍵をかけて、二、三歩往きかけると、急に不安になるのだ。鍵を使ってまた内に入り、電気のコンセント、ガスの栓、みな見廻す。既に水を注いである灰皿を台所のカランの下へ持って行き、吸殻が浮かぶほど更に水を入れる。で、安心して外に出ると、鍵をハンドバッグに入れかけた手が、またしても止まるのだった。女は今しがたの印象を思い返してみずにはいられない。灰皿を手にした時、男が残して往った一袋半のたばこを自分が吸ったことを思いだしたような印象があるのだった。日頃、女は自分の吸いつけ以外のたばこは吸わなかった。たばこが切れた時、男がたばこを持っていても、自分の吸いつけではない彼のたばこで間に合わせるのは物足りなく、女はわざわざ買いに行ったのだった。が、男が去った日であったか、翌日であったか、自分のたばこが切れた時、女は買いに出る気にはなれないほど取り乱していたのである。取り乱しておりながら、男が残した一袋半のたばこに眼が止まった時、助かった、たばこであれば何でもいいと女は思った。そして、男の残したもので女が処分したのは、捨てた歯ブラシと使い古しのカミソリの刃とたばこくらいのものかもしれなかった。女は先ほど、灰皿を手にした時、何も彼もたばこのように焼失してくれることを夢みたような気がした。すると、すっかり火の元の始末が出来ていたのは最初に鍵を掛けた時だったように女には急に思える。今二度目に外に出る時には、失火に見せかけられるような出火のもとをふと作ったのではなかろうかと、気がかりでならなくなる。で、女はハンドバッグに納いかけていた鍵を又しても用いねばならなくなるのであった。

節分が過ぎて、時たま春のような日射しが見られるようになった。女は去年の今頃の丁度そのような日の午後に、男と一緒に外出したことを思いだした。何のために、どこへ行ったものか、女は忘れてしまったけれど、帰途パンを買うのにふたりで立ち寄った店先で、様々の形のパンがみな透明の包装紙を蒸気で曇らせていた様が強く印象に残っているのだった。

女は買ったパンが包まれて差し出されるのを待ちながら、そんなパンの山を眺め直し、それからパンの山の端にあるガラス箱に気がついた。ガラス箱の内では、幾つもの丸ごとのチキンが電気に照らされ、移動しながら焙られている筈だった。パンを受け取ると、女は男を顧みて、そちらへ移って行った。

「買うのかい？」

男が言った。

「ええ。そうしようかと思って」

女は答えた。

「ここのはうまいのかね？」

「さあ、まだ一度もここのは買ったことがないけれど」

ガラス箱の内では、四個ずつ並んで色艶よく焙られているチキンが浮かび上がってきては、逆さに回転して下がって行く。焙られて、首を刎ねた跡も目立たなくなっているチキンどもは並んで上がってくる時、手羽が一斉に両手を持ちあげているように見えた。そうして張り出した胸を連ねて迫ってきてから、逆さに下って消えてゆく時、引き寄せた太い股から覗く二本の足骨が、左右で掌を上にして平伏しながら一同恐縮して退いてゆくように見える。

女は男の言葉を待って、チキンどものそんな動きを見遣っていた。男も眺めているようだったが、揚句に、

「ま、止しとかないか？」

と彼は言った。

「――近頃の鶏《とり》は女性ホルモンで太らせてあるというからね。男はあんまり食べないほうがいいらしい」

頷いて歩きだした女に、彼は言った。

女は、それはアメリカの鶏の話ではないのだろうかと思った。アメリカから男の友人が帰国して、向うでの自炊生活の様子を話したことがあって、女もその場にいたのである。マーケットで小えびの唐揚げを廉く売っているので、よく買ってきては塩を振りかけて食べたというこ

とだった。やはり廉くて、そのうえ半分でも売ってくれるロースト・チキンも始終買ったということだった。そうして、「うまくはないですがね。ホルモン注射で太らせたやつだから」と彼は注射をする手つきをしたのである。女は彼がその時ただホルモンと言ったのか、女性ホルモンと言ったのか確かな記憶はなく、また日本の鶏は今ではそうではないかどうか、はっきり知っているわけではなかったが、女は男がその話を思い違いしているのではないかと思った。が、女は口には出さなかった。日ごろ自分たちがロースト・チキンを食べ足りていないとは決して言えないことにも気づいたからだ。

「そう。じゃあ、牡蠣にする？　殻つきの牡蠣に？」

女は言ってみた。それも決して食べ足りていないとはいえなかったが、

「うん。そのほうがいいな」

と男は今度は同意した。

ふたりはデパートに立ち寄った。パンの透明包みに蒸気が籠るほどの陽気なのに、暖房が手控えられていないらしく、地階の貝類売場で鮑が密着しているガラス張りの水槽の前に立ったとき、女はその涼しげな眺めに呼吸が救われたような気がしたほどであった。横棒に白く霜の結晶したガラス・ケースの中の殻つきの牡蠣を指して、「十ばかり」と女は言う。店員は太短い油紙の袋の中へ、大ぶりの杯を取るような手つきで、言われただけの牡蠣を納めると、後ろの台で包装紙を二枚ほど使って包む。女は受け取りながら、その包みにいつもの嵩のなさを感じた。

女は牡蠣の殻を明けることには、巧みになってしまっていた。はじめのうちは男が明けたものので、女はそれをしている男を眺めているのが好きであった。が、力まかせに殻を壊すばかりの男は、どの中身も助からなくするので、女がひとに訊ねて引き受けるようになったのだった。殻の張りだしているほうを下に、蝶番の部分を手前にして俎の上でしっかり握って外側へ傾ける。どこが閉じ目か判らないほど、暗褐色の色目も波形の凹凸もひとつになった縁の中程に、内殻が一点覗いているのを探し、みつからなければほぼそのあたりに、手許を傷つけないように刃を向うむきにして強くナイフを差し込むと、刃を逆にして小刀を差し直し、刃先で天井を手前へ掻いて柱を切る。と、閉じ目も判らぬほどだった蓋殻が急に緩んで、磯の香がくる。磯の香は立ったが、殻が緩み切らねば、もう一度刃の向きを変えて、天井を逆のほうへ掻けばいいので、女がそうしてみても蓋の外れぬことは先ずなかった。

女はその夜もそのようにして牡蠣の蓋を明けては、冷蔵庫の賽形の氷を均した大皿の上に置いていった。皆そうしたところで、櫛形に切ったレモンを載せて、食卓に持って行った。

「食べてもいいんだよ」

大皿の真中のをひとつ手許の小皿にカタリと取って、レモンを滴らすと、男は言った。

「ええ」

と女は答えたが、手は出さなかった。

「いや、本当に」

果物用のフォークを持ち、片手では今から取りかかろうとする生牡蠣の殻の縁を支えて、男はつけ足した。

「ええ」

女は答えたが、今度も手を出さないことを楽しんだ。

そうして、果物用のフォークを一層華奢に見せている男のしっかりした手が、貝柱を絶ち切ろうとしてフォークを右へ、左へ、傾けるたびに力むのに、女は眺め入った。うまく貝柱が切れたらしい。男は小さな巻貝や洗い残りの藻のついている殻ごと縦に口許へ持ってゆくと、ちょっとフォークであしらって、磯の水々しさと香と味とを一気に啜り込む音を立てた。

「おいしい？」

と女は訊く。男は頷いて、殻を食卓に置くと、その手で大皿の氷の上のをもうひとつ。それが男の手許の小皿に置かれると、女はレモンを滴らしてやった。

男が三つ目を平げて殻をまた食卓に置く頃になって、女は男の捨てた殻をひとつ自分の小皿に運び込んだ。

「こっちを食べてもいいんだよ」

と言って、男は大皿のほうを指したようであった。そのために、女はそうはしないで男の取り残した貝柱をフォークで剝がすことに一層歓びを感じた。フォークの先が漸く白い肉のかけらを得て、女の脣にそれを擦りつけた。女は自分の脣がその肉のかけらをしっかり挟んで離したがらず、舌は一時も早く自分の番になりたがって立ち騒いでいるような気がした。貝柱の部分は心持ち殻が窪んでいて、男がそこに取り残した肉は、まだおしまいにはならなかった。女のフォークはまたそこへ行き、女は先程のかけらをどこかへやってしまった唇と舌とに手許を催促された。そうして、その待ちきれないような催促ぶりは、フォークを持った女の手を激しい張り合いで戦かせもした。で、フォークは一層肉のかけらを剝がしかね、剝げても捕えかね、漸くそれを口許へ運ぶ時にも顫えていた。女はフォークと牡蠣殻とを夫々に持った両手を宙に浮かせたまま、唇と舌とがまた肉のかけらを奪い合うのをじっと味わった。

女はまだ殻を置かなかった。中身が湛えられていたあとに、黒茶色の水々しい筋のついた薄肉が弧を描いて貼り残っている。女はそれをフォークで殺ぐと、大きく殻を傾けて口に移した。磯の水々しさと香と味とを感じ占めるなり、女は今しがたの味わいを奪い合おうとする口中の部分が幾十もあるように感じた。揉み合い方の激しさからすると、そうらしかった。が、女には口中の幾十もの部分が満たされた歓びに一斉にどよめいているようにも感じられた。女は眼の前には、この上ない白さや薄紫薄青さや銀色などの部分が混り合っている内殻の水々しい輝きだけがあった。口中の幾十もの部分が満されて歓びに一斉にどよめいているのは、そこに貼り残っていた黒茶色の筋のついた薄肉を口に入れた時、そのような水々しい輝きがどっと流れ込んだためであるように、女には思われた。

「ああ、おいしい」

と女は息をついて、漸く殻を置いた。

「きみが食べているのは、おいしいところばかりだからね」

と男は言った。

「ほんとうに……」

大きく頷くと、女は男が平げて食卓に置いていた殻を続けて取りあげた。

「ひとつ、やろうかな。それともやらずにおこうかな」

稍〻あって、男が氷の上の牡蠣のことを言いはじめた。

「頂戴よ。ひとつだけでも頂戴よ」

女は肉のかけらがついているだけの殻とフォークを左右の手に持ったまま言った。

「お前なんかは、それで沢山」

女の手の殻を指して、男はそう言い変えた。

「そんなことは言わないで、頂戴よ」

と女は言った。すると、男は早速、氷の上の牡蠣を取りあげ、女の手許の小皿に音立てて置いた。

「ちょっと、食べてごらんよ」

と男は言う。いつもの趣向と違ってきたので、戸惑った女に、男は言った。

「――いつものようには、おいしくないような気がするんだがね。空腹だったから、最初のうちは判らなかったが……」

女は持っていた殻を置くと、男が小皿に載せた牡蠣の身を外して殻から吸った。その冷たい丸ごとの滑めらかな身は、かけらのような肉ばかりに踊りつけていた女の口を一瞬で通過して落ちて往った。

「どう？」

　と男が訊ねる。

「さあ、よく判らないけれど」

　女は答えた。判っているのは、殻に剝かれ残った貝柱や薄肉の夢中にさせる味わいにはとても及ばず、また男が殼ごと口許に持って行き啜り込んだときの小気味よい音が想わせた磯の水々しさと香と味わいにも可成り劣っていたようだということだけであった。が、殻つきの生牡蠣を丸ごと口にする時の女はいつもそうなのだった。殼ごと口許に持って行って男が立てる小気味よい音から想う、磯の水々しさや香や味わいも、可成り遠退いてしまった嘗ての感覚で察しているに過ぎないのである。その夜の牡蠣がいつもの物ほどおいしくないかどうか、女には全く味わい分けることが出来ない。

「ぼくは少しそんな気がするんだがなあ」

　男は言った。女は冬らしくなかった昼間の陽気に心づいた。

「痛んでいたのかしら？」

「いや、痛んでおればすぐに判る。味が全く違うもの」

　男はそこで大皿の牡蠣を一個また取った。

　中身を外すとレモンは滴らさず、殻で受けながらフォークで口に運んで試してみている眼つきになった。

「ぼくの気のせいだったのかな。大丈夫らしいな」

と男は言った。大皿のを一個、女の手許の皿に載せ、手を引きながら自分のほうへも載せた。大皿には、まだ一個残っていた。女は手許の牡蠣を空にすると、序にそれも片附けてしまった。

女は空の牡蠣殻を氷の解けてしまっている大皿に取り集めて流しに運び去った。支度をした時に使ったナイフを洗って、水切り籠に入れる。それも使ったままになっていた爼をとりあげ、カランの水を流して撫でた。と、鋭く、広く掌を刺す。女は水を停め、爼に掌を当てて刺され具合を確めると、布切を押しつけるようにして水気を取り去り、それを男のところへ持って行った。

「ね、ちょっと」

と女は男の手首を取って、爼に掌を置かせた。途端に、男は掌を引っ込めた。

「どうした？　こんなにざらざらしている……」

と男は指先で爼に軽く触れ直しながら言った。

「この上で牡蠣を明けるとこうなるのよ。いつも、こうなのよ。ナイフを強く差し込む時に、殻の下側になったほうの縁が砕けて刺さるのよ」

女は夢みるように言った。いつもそうでありながら、いつものように軽石で擦ってしまうことはしないで、男に示しに来ずにはいられなかったのは、殻つきの牡蠣を食べる時のいつもの趣向が果されきれずに終った物足りなさのせいであった。男は女の手を取って、手首の際を擦りつけた。女は躰のもっと違った部分でそれを味わいたいと気が弾む。

「ね、いいでしょう?」

「こいつは狙だ。血で濡れることもあるわけだ」

と男は言った。

しかし、女が男と一緒に牡蠣を食べたのは、味覚に因んだ趣向としては果されきれずに終った、その夜が最後であった。幾日も経ぬうちに春めいた日が多くなり、生牡蠣の季節ではなくなった。そうして夏を経て、秋となり、ふたたび空気が冷たくなりはじめた時、男はもう去ってしまっていたのである。

今年、春めいた日が多くなりはじめてきた時、女はすっかり痩せてしまっていた。男の荷物は相変らず女の許にあった。男の見えない荷物が、家にいる間じゅう女にのしかかり、お金のために男のそんな煩わしい荷物と共に置き去りにすることの出来ない自分の荷物とその暮らしの場を一層女に厭ませ、そうして寝巻の上に咄嗟に摑んで持ちだした何かを羽織っただけの身なりで深夜に野次馬たちが詰めかけ消火の水の流れている道路を裸で拉致されてゆく自分の姿を女に繁く見せるようになっていた。

そのうち、意識の上でだけ女にのしかかっていた、納ってある男の荷物が女の眼に次第に映るようになりはじめてきた。洋服簞笥の上の引きだしが半透明の物質に変じたように、そこに入っている男の下着を白く映し、靴下らしいものを黒く映している。押し入れの唐紙も処々に紗張りのような小窓が生じて、男のトランクや傘の包みや洋服函やリュックサックや枕の包みなどの形を大まかながらに透して見せる。男がそこだけ使っていた机の引き出しのひとつも、合成樹脂の箱のように透けはじめてきていた。

余程衰弱しているのだな、と女は自分のことを思った。食事をなるだけ沢山摂るようにしなければいけない。太らなくてはいけない。体力をつけなくてはいけない。——女は心づいた。そうしなければ、箪笥の引き出しや唐紙や机の引き出しがガラスのようになってゆくことであろう。更に男のトランクや洋服函もガラス・ケースのようになり、男のリュックサックやズック鞄は枕の包みはセロファン袋のようになっていくことだろう。いや、そうなるのを待つまでもなく、寝巻の上に何かを羽織っただけの身なりで深夜に野次馬が詰めかけ消火の水の流れている道路を裸で拉致されてゆくことになりそうである。食事をなるだけ沢山摂り衰弱から回復しなければ、そうなりそうである、と女は思った。

しかし、それを実行しようと努めてみると、女は碌に食事が摂れなくなっている自分に今更ながら気づかねばならなかった。昔から、良きにしろ、悪しきにしろ、亢奮している時には不思議に食欲の出る癖のある女は、「もうあなたなどには居てもらわなくてもいい」と本音どころではないことを屢こ男に言わされ、或いは鮮やかに男に去られて取り乱しきっていた時分には、亢奮にまかせて意外にたっぷり食事をしたこともあったようだ。が、女は既に亢奮するだけの気力もはずみも失っていて、そのような形でさえ食欲が起こることはなくなっていた。何を前にしても、一口、二口、手をつけると、それ以上には進まなくなるのだった。

もともと、女は娘時代から殆ど太るということはなかった。が、男が身の廻りの物を次第に運び込んでくるようになった頃から、女は僅かながらに太りはじめたものであった。

ふたりは、趣向を兼ねる、骨つき、殻つきの料理を好むようになりだしていた。女は貧しく、男の仕事も去って行く頃になるまで向上した様子はなかったので、そのような料理をあまり間を置かずに前にするためには、ふたりは日頃の食事では随分節約しなければならなかった。そうして、骨つき、殻つきの料理で食事をする時、女が与るのは主に骨ばかり、殻ばかりであったから、結局女は豊かな食事を摂ることは殆どない。それなのに、太りはじめたことは確かであった。

その不思議な現象が少しも不思議でなかったことを、女は思い出す。とろ煮のテールを男が生々した口許で戦ったり、皿を鳴らしたりして、ついているだけの肉を味わい尽したあとの残骸を女は骨《こつ》テールと呼んでいたが、その空の洞ごとに求め得た味わいは、そのたびにこれほどの味覚がこの世にあったのかと言いたい気持に女をさせた。女はまた、一本ずつ与えられる伊勢えびの脚から朱色に巻かれた細い肉が突き出てくるのを見るたびに、溜息がつきたいほどの期待をした。様々の趣向を交えた、それらの骨食、殻食に、女は全身に味感覚が生じたような、全身のあらゆる感覚が味覚に集中して身動きさえしかねるような気持になった。そうして、女は翌朝眼を覚ますと、全身に新しい生気が漲っているような気がした。太らぬほうが不思議であった。

女が男の素振りの変更に気づいて、批難するようになってからも、「もうあなたなどには居てもらわなくてもいい」などと言わずにいられないほどの状態にならぬうちは、ふたりは結構そのような骨つき、殻つきの料理は好み合っていた。そして、そのためか、ふたりの仲がまだそれほどには険悪ではなかったせいか、女はまた少し太りさえした。

あの日、男性は近頃の鶏はあまり食べないほうがいいらしいなどと言って、男は買うのを見合わせさせたが、その後に男のほうでも幾度となくロースト・チキンを買ってきた。ロースト・チキンの合間には、女は以前と同じようにテールのとろ煮を作ったり、近海ものの鯛の頭を買ってきて、あら煮にしたりした。殻つきの牡蠣は季節の関係であの夜が結局最後となったが、夏にはずいぶん鮑を楽しんだものであった。男は鮑の耳も腸も好きで、女に全く与え惜しむのを歓んでいるらしかった。で、女のほうでは大きいばかりの鮑の殻の味わい出の乏しさを激しく味わい楽しんだ。

骨つき、殻つきの料理を前にする時、女は男を決して批難したことがなかった。そんな時に、男が女に気がかりを惹き起こさせたり、思い出させたりすることが、決してないからでもあった。そうして、男は以前よりも一層激しく肉を貪り、女もまた以前よりも更に一途に骨を味わった。ひとつの生き物だったものの対象的に違う夫々の部分に一組の男女が夢中になっておりながら、あまりの味覚に双方同時に溜息を洩らし、夫々の手のものを一旦置かねばならぬほど笑い合ったことさえある。

痩せてしまった女は、自分の味覚が嘗ての骨食、殻食だけを待ち望んでいることに気づきはじめた。荷物と女ばかりでなく、男は女のそんな味覚をも置き去りにしてしまった。が、味覚は置き去りにされたことを今もって知らないようであった。嘗ての骨食、殻食を請んで、他のものを運び入れられると、「違う！」と忽ち拒むのだった。幼い子供と一緒に夫に置き去りにされた母親の気持というものはこうでもあろうか、と女は考えはじめる始末であった。そうして、そのような母親が幼い子供の聞きわけなさを不憫がり、或いは叱り、時にはまた何も判らぬ子供を抱きしめて泣きだすばかりでなく、母子心中を想う場合があるように、女は自分の味覚の聞きわけなさに手古摺らされているうちに、網格子の向うで男が鶏の股肉を貪るところに見とれさせ、平げ終えて手に残った骨を関節のところでちぎって、続けさまに投げ込んでくれて、床に落ちる音をふと聞いたように感じることがあった。もし、本当にそれに与ることが出来る保証があるならば、寝巻の上に何かを羽織っただけの身なりで、深夜に野次馬たちが詰めかけ消火の水が流れているアスファルトの道路を裸で拉致されて行ってもいいと、女は思う。それから、洋服箪笥の上の半透明の引き出しに気がつくと、身を顫わせて、そこを見詰め続けた。机でひとつだけやはり半透明になっている筈の引き出し、あちこちに紗張りの小窓が生じている筈の唐紙——それ等を見廻わす勇気は、女にはとてもなかった。

「これ、燃やしちゃうの？」

と訊いているのは、共同の大きな塵芥焼却器の前での子供の声であるらしかった。

「そうよ」

「頂戴！」

「駄目よ。どうしても燃やさなければいけないの。投げ込んで頂戴。その代り、あとでそんな赤鉛筆よりもっと太いのを買ってあげる。——そう、そう、お利口だわね」

「この洋服函も燃やすんだろ?」

「え? ええ。そうよ」

「手伝ってやろうか?」

「まあ、ありがとう。でも、明けちゃあ駄目よ。内のが散らかると困るのよ。そのまま、燃やしちゃってね」

「うん。ここにあるのはみな燃やしちゃっていいんだね?」

「そうよ。あなた方でちょっと燃やしていてもらえる? うんと運んで来なきゃあいけないの」

「どんどん取っておいでよ」

「嬉しいこと」

「ぼくらは運ぶほうを手伝ってやろうか?」

「お願い出来る?」

「いいとも」

女の耳底で、そんな言葉が幾度も楽しく繰り返されて聞かれていた。爽々しい気持であった。明日、眼を覚ましても、半透明の引き出しや、唐紙に生じた紗張りのような幾つもの小窓や、それらの透けぶりがこれから一層ひどくなってくるのではあるまいかという気がかりに悩まされることはもうないのだった。女はこれほど爽々しい、安らかな気持を味わうのは幾月ぶりのことであろう、と一段と躰を楽にさせた。

　折柄、戸口の扉が叩かれた。

「今日、焼却器をお使いになったのは、お宅でしょう?」

　と言っている。女は自分に手伝ってくれた小学生や中学生たちの跡始末を確めなかったような気がしたが、それもまだ夢の続きであることが判っていたので平気であった。夢が途切れて眼が覚めたりしないように、女は眼を閉じたまま蒲団を頭の上まで引きあげ、一方では戸口へ出て行って扉を明けた。

「あと使う者が困るじゃありませんか。あんなに山になるほどの骨をそのままにしておいたりして。燃え残った物は掃き取ることになっているでしょう。牡蠣殻だけでも、バケツにいっぱいいくらい残っています」

　バケツにいっぱいといえば、男と一緒に味わった牡蠣の何分の一くらいであろうか。が、最後に味わった牡蠣の分にしては余りに大きすぎるではないか。とすると、いつ頃からの分の牡蠣なのであろうか。

　消防車のサイレンが走って行った。続いてまた走って行った。が、女の夢が遠退いたのは、そのサイレンのためというよりは、今夢の中で聞いた言葉であった。男の荷物が焼けたあとから、そんなにどっさりの骨や殻に残るなんて！　「そうだったのか、そうだったのか」と頷く女の耳に消防車のサイレンが激しく打ち鳴らされる鐘も加って迫ってきた。とすると、今夢で告げられたのは、今から起ころうとすることの予言だったのであろうか。鐘が弛むのと同時に、消防車のサイレンが窓の下に唸って到達した。が、女は眼を閉じたまま「そうだったのか、そうだったのか」と頷きながら、或いは燃えはじめているかもしれない蒲団の中に一層深くもぐり込んだ。

（「群像」一九六九年三月号）

蘭を焼く

瀬戸内晴美

　若い篠竹のような薄緑の茎の先端から、三糎ほどの間隔をおいて互い違いについている紫色の花は、紐に繋がれた賑やかな鈴のように見える。佑子の中指くらいの太さの三本の茎は、花の重さに耐えられないのか、それぞれ添え竹を従えて、ありふれた藍色の陶器の鉢植の土から直上に延びていた。ひとつの花の大きさは、スイートピイぐらいだったし、花弁の肉も薄く、紫の色も淡かったが、群生しているせいか、部屋のそのあたりだけ、隠し照明があてられているようにほのかな明るさが滲んでいる。花はひとつずつ開き方の度合いが違っていた。蕾んでいるのは、女の足の指のように見え、半開きは寝起きの女の唇を聯想させた。開ききって、花弁の先が外へ巻きこむほど反りかえっている花肉のなめらかな艶やかさは、女の腋の下や内股のほの暗い白さを想いおこさせる。色のせいか、形のせいか、その花は淫らなほどなまめかしい感じがする。花弁の一枚をよく見ると、スプーンのようにまるい窪みをもった根もとの方は、青味をたたえた薄黄色に滲み、扇型にひろがったあたりは、縁へゆくほど、濃い紫にぼかし染めになっている。花弁の縁は、鋭利な鋏で作ったようなぎざぎざが刻みこまれていて、そのあたりは、紫というより、黒に近い濃さで縁どられていた。蕋は細い金の針を束ねたように、厳しい表情で花芯にしっかりととりついていた。花弁には静脈のような紫の筋が細かく走っている。

茎の丈が、四、五十糎もあるため、その鉢植の花は、飾り棚の上に置いてもおさまらず、テレビの上にも大きすぎ、結局、床にじかに置かれていたため、森戸規一が訪れる時、坐りつけている肘掛椅子の、丁度左肘のあたりに、花が群れ咲いている恰好になった。規一はさっきから、無意識に左手をのばしては、花を指先で突っついたり、花びらを挟んで、指の腹をすりあわせ、撫でさすったりしていたが、遂に八分ほど開いた花をひとつ、萼の根元から指先で捥り採ってしまった。花を栗色のテーブルの上に置いてから、それを捥り採ったことに気づいたらしく、改めて、花をつまみあげ、掌に載せてまじまじと見つめ直す。

規一に、花の名を訊かれても佑子には答えられない。

「蘭じゃない」

「蘭というのはわかるよ。だから何蘭かって訊いてるのだ」

「知らないのよ。それを呉れた人も知らないんですって、訊いてみたんだけど」

ちぇっという表情で、規一はいきなり掌を口に押しあてた。口の中に投げこまれた花を、規一はむしゃむしゃ嚙みはじめる。みるまに規一の顔が渋面に歪んでいくのを見て、規一のコップに氷水を注いでやりながら佑子は訊く。

「どんな味」

「苦い」

途中で吐き出すものと思っていたのに、規一は、くっと、力んだ表情をして、唇をへの字に締めると、嚥み下してしまった。

「毒じゃないかしら。色が鮮かすぎる花は毒があるんですってよ」

規一は佑子の手許からコップを摑みとると、一気に八分ほどの水も嚥んでしまった。それでも、まだ咽喉にひっかかる感じなのか、片手を咽喉仏の上に押しつけ、首をのばし、けえっ、けえっと、咽喉を鳴らした。「消毒」と呟いて、今度はグラスに残っていたブランデーを一滴残さず呑みほしてしまう。目の隅に涙がたまっている。佑子は規一の涙から時計に何度めかの視線を移した。規一の帰りをうながすいつもの時間は、もうとうに過ぎていた。それを告げなければと、佑子が規一の表情をうかがった時、規一は傾けたブランデーグラスの窪みにたまった濃い褐色の液体を、目の高さにあげて、その透明度を計るようにためつすがめつ見つめていた。佑子が口を開こうとするのを防ぐように、規一は、グラスを持った手をすっとおろし、いきなりついだばかりのブランデーを机上の灰皿にあけてしまった。

さっき、水差しの水を汲みに佑子が立った時、洗ってきたばかりなので、クリスタル硝子のその灰皿は、マッチ一本落ちていない。二十三枚の菊の花弁が拡がったとも、太陽が焔をあげているとも見える型のその灰皿は、灰皿にしては重すぎ、置物としては軽すぎた。一点の曇りもない透明な硝子の厚い肉が、夜になると思いがけない灯の反射を見せ、プリズムのように七彩の虹をつくることも、踊る焔がとりまいているように見えることもあった。前衛派の若い彫刻家の個展で、佑子が義理買いしたものだけれど、置いているうちに目に馴染み、ようやくこの頃では、その光りや重さが気にならなくなってきている。注がれたブランデーは、思いがけない場所に落着きを失い、とまどい慌てて、中心のまるい浅い窪みに玉になって身を縮め、盛りあがったが、その勢いの反動で、次の瞬間には二十三枚の花弁の溝にむかって一気に勢いよく走りこんでいった。無色透明だったクリスタルは、たちまち琥珀色に染めあげられると同時に、芳醇な匂いを放って、あたりの空気をゆらめかした。すると、それまで、感じていなかった蘭の匂いが急に鋭く際だち、ふたりの間に流れこんできた。

規一は、酔いのため赤い斑の浮いてきた顔を、ややうつむけたまま、片手をのばし、見もしないで蘭の花をまたひとつ捲り採ると、それを琥珀の花の中心の、黄金の池の中に投げいれた。

「マッチ、すってごらん」

佑子は規一にいわれた通りにする。つづいて規一の目にうながされて、マッチの焔をブランデーに近づけていく。

「もう少し、下げて、もう少し」

規一の声に命令され、佑子の肘がのびきった時、ブランデーの表面にいっせいに焔が走る。ブランデーがさっき走ったときよりも、もっと速く、もっと軽く、焔はクリスタルの花弁の二十三枚の尖端までなめ尽し、紫色の薄絹のような光りを震わせ、しなやかに身を揉みしだく。

風も音楽もない部屋で、透明な紫の焔はめらめらと踊りつづける。紫の照明に染められた全裸に見えるバレリーナたちの、むきたての葱のような無数の手が、闇にひらめいているように見える。やがてそれは大輪の菊でも踊り子の手でもなく、まだ発見されないでいる未知の大惑星のように見えてくる。佑子は立って部屋の灯という灯を消して歩く。暗闇になると、焔はいっそう透明さを増し、色は更に純度を高めた藤紫になる。焔の無数の舌が絶え間もなく揺れ踊っているのに、その色は一点の赤みもまじえない。紫一色の焔はガスの焔の色にやや似ていながら、いっそう冷い感じがする。水に映った藤の花影のようなこの世ならぬ美しさで燃えつづける。

規一の顔にも焔が映えているけれど、それは頬までもとどかないため、闇の中に、黒いマスクをかけたように、鼻から下だけが薄紫の翳を持ち、白く浮び上っている。佑子の顔もそうだった。男と女の顎だけがふたつ、宙に浮いて、深夜ひっそりと花の火葬を見守っている。蘭は、自分と同じ色の焔にとり囲まれながら、身じろぎもしない。無限に長いようにも、この世のありとあらゆる物みながぴたりと停止してしまって、動きの止った映写幕の映像のようにも見える、不思議な時間がすぎ、焔は同じ速さでゆらめきつづけながら、ようやくいっせいに短くなり、ついで、幕を切って落されたようなあっ気なさで、いきなり消えはててしまう。

濃い闇の中に、佑子の重い吐息が流れる。まだ佑子の目の中に、ブランデーの燃える焔が踊りつづけていた。突然、短い音といっしょに、黄色い光りが闇に生れた。マッチの焔をかこった規一の掌が、白く闇の中に写し出される。光りの輪の中に、少くなったブランデーを窪みにためた灰皿があらわれ、その中心の琥珀色の水たまりの中に、蘭の花が、ほとんど投げこまれた時の姿のままに浮んでいるのが見える。

「ほう、蘭は焼けないのか」

規一が感に耐えたような声を出す。佑子が、すぐ部屋の灯をつける。闇のまやかしに逢っているような気がしたからだった。久しぶりにめぐりあったような感じのする蛍光灯のそっけない明るさは、あの紫の焰を見つめていた目には、妙に寒々と白けて映る。その灯に真上から照らされ、やはり、蘭は焼けない姿をさらしていた。ブランデーに浸ったため、花びらの表面のアルコールだけが燃えて、花弁はかえって守られたのだろうなどと、規一が怪しげな推理を下す。まだ茎について息をつづけている花々にくらべると、火刑に逢った花はいくらか縮んだように見えるけれども、色も型も、ほとんど崩れていない。仔細に見ると、それでも濃紫の墨で縁どったような花のへりだけが、ちりちりに焦げていた。

佑子がはじめて蘭を採りあげてみる。蘭は指先に思いがけないぬくもりを伝えてくる。もう一方の手で灰皿に触れて見ると、それはもっとこもった熱さをたたえていた。灯がついた瞬間、佑子はまた時計を見たが、火の燃えていた時間はほとんど一分とたっていなかったことを知る。蘭のぬくさは、血が通っているようで気味が悪い。指先で強くつまんでも、それは型も崩さなかった。

「愕いたねえ。火あぶりにあっても恬としてるんだからね。凄い花だ。まさかこうとは思わなかったよ」

気まぐれな思いつきの結果に、意外な収穫を得て、規一は、目に見えていきいきした表情になった。更にまた何かを企んでいる時のように、目を若々しく輝かせてくる。規一が次に口を開く前に、それを言ってしまわないと、また言いそびれると思い、佑子は指の中の蘭を鼻に近づけながら、規一の顔を見ないで言う。

「そろそろ、もう……」

「わかってる」

規一の苛立たしそうな声が、佑子の声を途中から奪う。規一の帰りをうながすのは、いつも決って佑子の方からだった。掌に入ってしまいそうな小さな目覚時計が、普段は佑子の部屋の壁際の飾り戸棚の上に置いてあったが、規一の来ている時は、その時計はふたりの場所につれて、佑子の手でこまめに移動させられた。今、時計は、ふたりが向きあっているティーテーブルの端に魔法瓶のかげから佑子の方に文字盤を向けている。佑子が、規一に帰りの時間が来ていることを独り言めいて呟く時、それは、こういう形でそこにあったり、次の間のベッドのヘッドボードの上に載っていたり、佑子が髪を搔きあげている鏡台の化粧品の瓶や香水瓶の中に、まぎれこみ顔に置かれていたりした。佑子のうながしを聞くと、「わかってる」と、彼は必ず鸚鵡返しに皆までいわせず答え、視線は佑子に向けたまま、片手を正確にのばし、時計を一摑みにすると、自分の方へ向き直らせてから、す速い一瞥で時間を確め、いっそうまた、話の続きに身をいれたふりをして、声に力をこめるのだった。その時は、時計はふたりの視線から等分に見える位置に、きちんと置き直されていた。

そうなってからの時計の針の進みは、急に歩みを鈍らせ、まるで動くのを怠けているように佑子の目には映ってくる。ところが規一にはそのあたりから、時間が活潑な速脚になり、気忙しげな前かがみで、小走りに動きはじめると見えるらしかった。何か喋るかするかしないと、時間に追いつけないように、規一の態度は落着きなくせわしなくなる。規一が佑子の部屋を訪れるようになりはじめの頃は、入ってくるなり、自分でドアの方へ向き直り、しっかり鍵を掛けた瞬間、和んだ表情になって、まるでもう、永久にこの部屋に居つづけそうな落着きと、気くつろぎを見せた。そのくせ、夜が更け進み、ふたりの時間に溺れきって、佑子がつい時間を忘れきってしまった頃、規一はいきなり唐突に起き上って、「帰る」と、有無を言わさない短さで言い放ち、あっ気に取られたような手速さで、てきぱき身支度をしてしまうのだった。それがいつか一年たち、二年すぎる頃から、規一は、部屋に入って来て後手にドアの鍵を締め、佑子の顔を見るなり、にこりともしないで、

「今日は××時までしかいられないよ」

と、断定的に言いきり、佑子が訊きもしないのに、その理由としてののっぴきならない用事を矢つぎ早に並べたてて説明し、ようやく例の肘掛椅子にほっとしたように腰を落ちつけるのだった。それでいて、自分の宣言した時刻がきても、そんなことを言ったのをまるで忘れきっているかのように、殊更にその時をやり過ごしてしまう。そればかりか、結局は佑子がうながさなければならない深夜のぎりぎりの時間を迎えてしまうのだった。

焼かれた蘭は、ブランデーの匂いと、蘭自身の甘酸っぱい匂いのまざりあったこげ臭さがほ

のかにしていた。佑子が嗅いでいる花を規一がとりあげ、自分の鼻に近づけた。目を閉じ、鼻をくっくっと鳴らしてみて、規一は目をあけないままいった。

「この蘭の焦げ臭い匂い、よく似てるよ」

佑子は咽喉の奥をかすかに鳴らせて笑い、規一のことばの意味を理解したことを示す。

蘭をもとのブランデーの中にもどすと、規一は椅子の上にあぐらを組み直し、背までしゃんと伸して、また呑み直しの態勢を示す。慌しく駈けめぐり、規一を急がせる時間に対して、不貞腐れてみせるように、規一は瓶に残っている酒の一滴まで呑み尽そうという意気ごみを改めて見せはじめる。話し声が、時間の足音を掻き消すとでも思うのか、佑子に無理強いに話させるか、自分からとめどもない話をしはじめるのも、こんな時間だった。

「あの額、また歪んでる」

規一が佑子の頭越しに佑子の背後の壁を見上げて顎を突きあげる。佑子は首をねじ曲げて、彼の見ている壁の方へ目をあげる。亡くなった夫も、夫の友人だった別れた恋人も、絵描きだった関係から、佑子の手許には、絵が多い。そのどれを掛け替えても、規一はちらっと白眼を多くして一瞥するだけで、ほめたこともけなしたこともない。その癖、時折、思いがけない唐突さで右が下っているとか、左が上っているとか言い出すのだった。ほとんど目立たない額の歪みを、佑子が首をかしげて見定めていると
「早く直しなさい、右をあげるんだ」

と、規一の声が神経質に飛んでくる。

「上りすぎた。もう少し下げて。何だ、下りすぎじゃないか。本気で直しなさい。よし、それでいい」

直った額を見つめながら、佑子は、額は最初から歪んでなんかいなかったのではないかと思う。

「思いだした……」

規一が、咽喉元まで出かかっていて、そこにもつれていた記憶の糸口をようやく摑んだというような声を出す。

「蘭の焼けた匂いで、何かひっかかっていたんだけど、匂いのする女のこと思い出したよ」

「お安くない話ね」

佑子の気を迎えるような合の手に、規一はずるそうに、にやっと口許をゆるめながら、股の方へ引きよせたブランデーの瓶の口を勢よく開け、佑子のグラスにとくとくと音をさせて注ぎこんでやり、つづけて自分のグラスにもたっぷり入れると、話の前景気をつけるように、ぐっと咽喉仏を突き出してあおる。

「あれは、去年の、いやもう一昨年になるのかな、ほら、山の始末の件でぼくが岡山へ行った時のことだ」

「あれは一昨年の暮ね」

目を細めて言い、佑子はまたちらと時計を見て、自分もグラスの酒をなめた。そのままグラスを目の高さにあげ、灯に透かして、グラスのつぼまった口にしみついた口紅を、人差指と親指で拭きとろうとする。口紅は佑子の唇の皺までかっきりと写しながら、とても薄く、それでいて執拗にこびりついてなかなかとれない。

「そう、そうだったな、確かに暮のことだ。それもうんと押しつまった……凄く列車が混んでいてね。発車間際になって、空いていた隣の席へあたふた女が駈け込んで来た。女が坐った時にはもう、列車は動いていた」

　規一が造り話や、かまえて嘘をつく時ほど、話はまるで映画に写し撮るように描写が細かくなると、佑子は心にちらと思う。グラスの口紅は紙ナプキンを使うと、あっけないほど簡単にとれた。

「痩せぎすの、首の長いちょっと粋な女だったよ。目尻がきゅっと吊り上ったような、唇の薄い、よくいるじゃないかほら、そんな女」

「ええ、顎も鼻も細い……」

「黒っぽい羽織が肩からずり落ちそうなきゃしゃな女なんだ」

　どこかで読んだような表現、と佑子は聞きながら
「委しいのね」という。

「そのまましばらくお互い知らん顔でいたんだが、横浜を過ぎた時、売子が焼売《シューマイ》を売りに来て、それをぼくが買ったんだ。車内で食べ物なんか買ったことないのに珍しいことだろう。何しろ、あの日は朝から食べそこねて、胃の中がからからだったんだ。すると隣の女も、真似するようにひとつ買った。女がお茶もいっしょに買うのを見て、ぼくの方もお茶を買う。女の席

は通路側だったから、お茶を置くため、肘かけの下のあの小さなテーブルをひきあげようとするが、ひっかかってうまく出ない」

佑子は規一の話を聞く時の癖で、さも熱心に聞いているように、時々、うなずいたり、首をかしげたりしながら物静かにしている。テーブルの上にはベッドに入る前にふたりで食べた夕食の片づけ残しの皿や小鉢が乱雑にちらかっている。刺身皿に残った二きれのまぐろが蛍光灯に醜く染まり、見るからに不味そうに、赤く染った大根のつまにへばりついている。コップの水に浮んだ氷片がとけてしまって、二、三枚の白い花びらのように水の表面に浮いている。どこかから低く、太い絃のひびく音がかすかに聞えてくる。このアパートのどこかに、何とかいう楽団に所属しているセロ弾きが住んでいるのだと聞いているけれど、佑子は彼を見たこともないし、何階のどの部屋にいるのか、今も知らない。ただ時々、規一を帰しそびれたこういう深夜の時間や、ひとり寝の夢の覚めぎわなどに、どこからともなくセロの音が聞えてくることがあった。いつも決ってというわけではない。規一のいる時、それはちょっと気がかりな高い空のあたりを吹いている風音のようななつかしさを持っている。同じセロの音が、ひとりの夜、眠りつけないでいて耳をかすめてくる時は、暗い嵐の森を駈け抜ける大鴉の翅音のように淋しく、佑子は思わず毛布の中に頭からもぐりこんでいく。夫の死後も三年住んでいた家を売り払い、この分譲アパートに移ってから五年になるが、佑子はこのアパートの住人の中でも古顔になっているらしい。分譲だからといって、永住すると決っているわけでもなく、意外なほど、住人の入れ替えが行われていた。

　気のせいか、セロの音が前より大きくなり、それは確かに何かのメロデーをかなでていると聞きわけられるようになった。セロの音を追っている佑子の表情を、規一は自分の話に聞きいっていると思ったのか、いっそう熱をいれて、車中の女の話をつづける。

「ぼくがちょっと乗り出して、テーブルを引っぱってやったら、何ということもなくすっと出るんだ。馬鹿みたいに簡単なんだよ。女は恐縮してお礼をいう。それがきっかけでというわけでもないだろうけれど、ぼくが焼売を食べ終ると女が蜜柑をくれたりする。女は焼売は買ったけれど、あけようともしないで、そのまま手さげ袋の中へ入れてしまったよ。しばらくして、女がすうっと肩と顔をこっちへ寄せてきて、内緒事のように囁くんだ。何といったと思う」

「さあ、わからないわ」

　規一は、得意そうに反り身になって、どういうつもりか、ついと手をのばし、灰皿にたまっているブランデーに中指の先をひたすと、その指を焼鳥の串でも食べるように唇で横ざまにしごいてなめた。佑子も規一に真似て同じことをしながら、上目使いに規一を見る。規一の右手は女の手のように白く、指もきゃしゃで長く美しいのに、小指がくの字を反対に書いたような型に曲っていて、その爪だけが段をうってふくれ上り、茄子色に染っていて不気味だった。規一のその小指の醜悪さは、見る度佑子に反射的な嫌悪感をおこさせて、いつまでも馴れるということがなかった。その小指を見ていると、佑子はまだまだ自分は規一という男の何も知っていないのではないかという、背中がうそ寒いような気持にさせられた。

「女はね」規一はわざと焦らすようにそこでことばを切り、一息いれていった。

「わたし、匂いませんかと、そういったんだよ。ぼくが聞きちがえたかと思って女の顔を見たら、相手は顋をこう、ぐっと衿元にひきつけて、上目使いにこっちを見て笑いかけている。女の身なりや雰囲気から、田舎町のバーのマダムか、呑みやのおかみかなとふんでいたから、そんないい方で誘われているのかなとちょっと思ったね。女はいうんだ。わたし匂うんじゃないかと思って」

佑子が声を出して笑った。規一の女の声色が、彼がよく酔うと真似してみせるゲイボーイの裏声の声色そっくりだったので佑子がふきだしたのだと、規一もわかっているらしく、自分もにやにやしながら調子に乗って女の声色をまだつづける。

「あたし、葱の匂いがしますでしょう。だから、人中に出るのはほんとうに気がひけて嫌なんですのよ。いいえ、食べたんじゃなくて、軀にしみついているんです。軀だけじゃなくて、髪の毛にも、着物にも、何にでもしみついています。うちは乾燥葱をつくるのが商売だもんですからっていうんだよ。乾燥葱って知ってるかい」

「食堂のおすましや、味噌汁に入っているあれでしょ」

「うん、でも乾燥葱が一番使われているのは何だと思う。即席ラーメンなんだってさ」

「へえ、知らなかったわ」

「こっちは乾燥葱なんていわれても、イメージも浮ばなかったよ。うちはかみさんが料理好きで、インスタント食品なんか使ったことないしね」

「お宅、お料理学校に行ってるの」

佑子はつとめてさりげない声を殊更に軽くして訊く。

「週に一回、行ってるよ。もう教師格なんだそうだけど」

規一は佑子に嵌められたと気づき、いきなり割箸を折ったような声の切り方をしてしまう。ふたりの間で、規一の家庭の事や、家族の話は暗黙のうちに禁止の話題になっていたが、いつでもその禁を破るのは規一の方からだったし、破らせるようにしむけるのは佑子の方だった。

「ね、何料理が一番上手なの、中華料理、それともやっぱり日本料理」

そうなると佑子が妙にねっとりと喰い下るのもいつもの例だった。規一は返事もしないでコップの水を呑みかけ、胸もとからコップを卓にもどすと、声を大きくして
「氷をとっておいで」といった。佑子は規一の声にねじを巻かれたような素直な動作で、卓上から硝子の氷入れを取りあげ、台所の方へいった。氷入れの中の氷はすっかり水になって、器の底の方でたゆたっていた。冷蔵庫の氷は凍りすぎ、アルミニュームの製氷皿にセメントのようにしがみついて、なかなかとれなかった。水をかけ、氷をゆるめ、とけて水の中に浮ぶのを待ちながら、佑子は、こんな時間から帰っても、規一は家で、妻とまた酒を呑んだり、お茶を呑んだりするのだろうかと考える。佑子のところでは、時間が惜しいといって、佑子が台所に立つのを厭がり、不味いてんや物ばかりとらせてしまう規一が、氷をとっておいでと佑子に命じるような口調で、妻にあれこれ好物を作らせているのだろうか。南国生れの佑子と、北国の育ちの規一とは味覚の嗜好にずいぶん差があって、最初戸惑ったことを、佑子はふっとなつかしい気持で思いおこした。いつのまにか自分の舌が、すっかり規一の舌に馴らされきってしま

っているのに気づく。キャラメル型の氷は、半分透明で半分白く濁りお菓子のように見える。そのひとつを口の中に投げこみ、佑子は水に泳ぐ氷を両手で掻き集め掬いあげる。どこか遠くを救急車らしいサイレンが走っていくのが聞えてくる。サイレンのあえいでいるような声のうねりに耳を澄ましながら、風が出て来たのかもしれないと佑子は考える。

佑子が氷入れをさげてもどると、規一はポータブルラジオのダイヤルをしきりに廻しながら深夜放送の音楽を探しあてようとしていた。ふいに心に突き刺さるようなクラリネットの音が鋭く部屋の空気をひきさく。規一の膝の上で、ラジオの声はすぐ小さくされ、やがて、空気のつぶやきのようになる。

「あんまりおそくならない方が……」

佑子は最初よりは弱い声でいってみる。規一は妻の料理について返事しなかったように、今度も返事をかえさない。うつむきこんでまだラジオをいじりつづけている。いつのまにかブランデーはもう空になっていた。佑子も黙々と氷をコップにとりわけ、ウイスキーをその上に注ぎかけ、規一の前に置く。一口、呑んでおいて、規一は唐突に立ち上り、もうさっき充分目を通してしまった筈の夕刊を摑みとり、洗面所へ入ってしまう。何だかこの部屋が空中に浮んで漂い流されている方舟のようなものに思われてきて、佑子は心細くなる。ぐずぐずしているけれど、結局、やがて規一は帰っていくだろう。それから自分はこの部屋にいつものようにひとり残る。灯を消し、規一の消し忘れたラジオを消し、規一ののみのこしたコップの酒をのんでしまうか捨てるかして、後片づけもする気力がなくなり、ベッドにもぐりこむだろう。何時間か前、規一の重さできしんだベッドの中には、まだ規一の匂いがほのかに残っている。しかし、残っているのは、もはや匂いのかけらだけだ。私は毛布をひきあげて軀を縮め、何も考えまいとしてひたすら目の中の闇を見つめる。そして私は夢を見るだろう。規一の夢を見たいと思いながら眠っても、規一の夢はめったにあらわれない。よく揺れる超特急。規一の話が夢の中にもよみがえり、それはいつのまにか自分の経験以上の実感となってふくれ上る。規一の話以上に細部が描きこまれリアリティは夢をはみ出て私を巻きこんでしまう。窓辺に私が坐っている。窓枠に置いた白いポリエチレンのお茶入。空気にかすかに葱の匂いがする。隣りの女が細い声で話しつづける。

主人が葱を乾燥する機械を発明しましてね　それでいっそ製造もしようということになって……今は五十人くらいの工員がいます　ええ　ほとんど女なんです　葱を洗って刻むのと袋に入れるのが仕事ですもの　工場はもちろん　住いの方まで……地続きだものですから　葱の匂いが沁みついてしまって　もうとれないいんです　自分じゃわからなくなってますけど

おえらいわね　あなたの御主人ならまだお若いでしょうに

ええ　まだ三十一なんです　二十七の時　発明が成功したんです　造っても造っても追いつきませんのよ　毎日需要がのびるんですもの

競争相手はないんですか

そりゃありますわ　東京にも横浜にも　でも乾燥葱は何といっても関西ですわ　関西の葱は青いですもの　やっぱり葱は青い方が冴えますものね　伊勢は葱がよく育つんですよ

伊勢にお住い
ええ　主人は神戸生れ　私は東京の深川なんですけど　伊勢の土が葱に合うものですから　思いきって移りましたの
伊勢に葱がいいなんて知らなかったわ
わたし　結婚する時　葱臭い女にされるなんて思いもしなかったって主人にいってやりますの
でも　いいじゃありませんか　サラリーマンより面白いし　生き甲斐があるでしょう
ええ　そりゃあね　主人も元は度量器具の会社に勤めて　会計の帳簿づけをしてたんですよ　判で押したような毎日でしたわ　その頃も主人は会社から帰ると　毎晩　一時二時まで勉強してましたわ　でも特許がとれるまで　私　主人が何をつくっているのか　さっぱり知らなかったんです　男って　不思議なところがありますわね
そうね　確に
私　結婚前は手芸品のお店持ちたいって夢を持ってたんです　ミシン会社の宣伝員だったんですよ　ほら　デパートで　ミシン刺繍して見せている人がいるでしょう　あれしていたんです　夜は手芸学校に通って　小ちゃいけどきれいな物ばかり売る可愛らしい手芸のお店　今でも好きですわ
名古屋で女は降りるだろう。私の前に背のびをしてトランクを網棚からおろす女。私の顔の上に女の着物の袖が揺れ、あいた身八つ口からふいに腥い葱の匂いがあふれる。

手洗いから戻った規一が正面から佑子の胸元をみながらいった。

「やっぱり、いいね、そのブローチ」

規一の声に佑子は夢想から呼びさまされる。物想いしている時、佑子は無意識に左手の指で胸につけたブローチをいじる癖がついていた。今も中指の先でブローチの表面を撫でながらつるつるした手触りを愉しんでいたらしい。

「ちょっと見せてごらん」

と、規一がいう。ラジオはモダンジャズから、いつのまにか男の低い声のシャンソンに替っていた。佑子がブラウスからブローチを取り外し規一に渡す。ブローチは丁度佑子の中指と拇指で丸をつくったくらいの大きさの薄い円形で、黒塗りの珍しい漆器製だった。ソ聯の民芸品とかで、心持ち盛り上った表面には、森の中で焚火を囲みながら踊り狂っている流浪の民の一団が、針の先で描いたような細密画で丹念に描き込まれていた。中央で踊る女の頭からひるがえるヴェールの薄さや、女の靴の先のリボンの模様や、男たちの髭の一本々々まで緻密に描き込まれ、人々の表情も一人残らず個性的に描きわけられている。規一は顔に近づけたり、腕をのばして遠くから目を細めてみたりしながらためつすがめつしてみた揚句、満足そうに顋を引いて
「何しろ、高かったからなあ」

といった。佑子の顔を見て
「いくらだったっけ」と訊く。

「一万三千円じゃなかった」

「もっと高かったよ」

規一が言下に否定する。

「そうかしら、あんまりたくさん貰ったので、こんがらかっちゃった」

佑子は逆わない。規一のくれた物の値段は、時がたつほど、ふたりの間では高騰していくのだ。

規一と逢うようになって半年ほどすぎてから、規一はたてつづけに佑子にブローチを買ってきた。デパートの包装紙にくるまれ、晴れがましく金色のリボンで飾られたその小さな包みを、佑子に手渡すと、びっくり箱を渡してしまった子供のような目付をして、佑子に早く開けてみろとうながした。紙包みの中からは艶々した白い紙箱があらわれ、それを開けると、更に中から、白い模造皮に金色のとめ金つきのケースが出てきた。勿体ぶった手応えを伝えてくるケースの蓋を押し開けると、真黒のビロード張りの内側に、ブローチがひとつ麗々しく収まっている。玉虫色に光って見える蝶が翅を大きく拡げていた。光線の具合で、蝶の翅は夢の中の花のような光り方をする。銀製に、七宝をほどこしたものだった。

「メキシコ製だよ。銀だからね」

規一の口調は、子供が自分の玩具の鉄砲を自慢しているような響きがある。

「下さるの、あたしに」

規一の突然の贈物に戸惑わされながら、佑子は蝶の背を指先で撫でてみた。着く筈もない蝶の翅の粉がべとついているように、指先をこすりあわせてみる。

「きみは何だって持っていて、あげる物もないから」

もう、その頃では、規一が設計の仕事をすれば、結構みいりも悪くない腕を持っているのに、仕事に選り好みが強く、こなす量が少いため、暮しは決して楽ではないことがわかってきていて、佑子はそんな贈物を喜ぶ前に、気の毒さで、重荷に感じた。

「安くないんだよ、それ」

また、子供が胸を張るように規一がいう。

「そうでしょうね。とてもいいわ。どうもありがとう」

佑子はビロードの台からブローチを外して服の胸につけながら、いくらくらいだろうと思う。すると、佑子には、ブローチの値段について、見当もつかないのに気づく。自分でブローチなど買ったことは、もうずいぶん長いことなかったのだ。少女の頃、とてもほしかった白い女神の顔のついたカメオや、親友の光子とお揃いで買ったビーズの苺が三つぶら下ったブローチが思い出される。服を着る時、稀にはネックレスくらいつけても、ブローチをつける習慣がなかったことに、佑子は新発見でもしたように愕く。男たちは、ブローチをくれたことがあっただろうか。佑子は夫をはじめ、素速く頭をよぎる過去の男たちの顔を思い浮べてみて、ブローチだけでなく、男たちから、ほとんど贈物なんかされたことがなかったのにも気がつく。佑子はそれを一向に不思議にも思わなかったし、不満に感じたこともなかったようだ。どうしてだろうと佑子は改めて考えてみる。彼等だって、ブローチのひとつくらいくれてもよかった筈ではなかっただろうか。佑子は思いがけないあたたかさに、胸がうるおされてくるのを感じながら、ブローチを取りつける自分の手許に満足そうにじっと目を注いでいる規一の顔に目を移す。自分の組み立てた模型飛行機が、今にも動きだすのを見守っているような純な目つきをした規一の顔を、その時、佑子は美しいと感じる。そして、そう感じたことに、また愕かされる。佑子はこれまで、規一の顔を好きな顔だとは思っていたけれど、美しいなど感じたことがなかったと思う。

「とても、いいわね」

「凄く似合うよ」

規一の声がベッドの中の時のような和んだ響きを持っている。

「高かったでしょう」

言って悪かったかと、佑子はどきっとする。

「うん、メキシコ製だもの」

規一が今まで見せたどの時よりも無邪気な表情になり、顎をあげるので、佑子は安心し、笑いださずにはいられなくなる。

「嬉しいわ。あたし、男の人から贈物なんかあんまりされたことがないわ。今、気がついたの、いつでも、こちらからは贈物するのが好きだったけど……女学校二年の時の夏休みだったわ……」

佑子は急にふきこぼれてくる言葉を押えかねたような調子で、一気に喋りはじめた。

「男の子から物を贈られたことがあったわ。武司ちゃんて、話さなかったかしら。同じ年の中学生、従兄の友だちで、父親どうしが碁友だちだったし、子供の頃からお互いの家へ行ったり来たりして、従兄たちと同じように遊び仲間だったの。でも中学生と女学生になってからは、両方とも急にすましてしまって、小学生の頃のようじゃなくなったし、町で出逢っても、わざと知らん顔したりするようになっていたのよ。その武司ちゃんが、夏休みに東京の叔父さんの所へ遊びに行ってきたからって、久しぶりでやって来て、あたしの顔を玄関でみるなり、おみやげって、一言いって、包みを押しつけ、あっという間に帰ってしまったの。丁度、武司ちゃんと出逢い頭に、姉が友だちとテニスから帰って来て、あたしがポカンと立っているのを見て、何だったの、武司ちゃん、真赤になって、口もきかないで走っていっちゃったわよというもんだから、これもらったって、包みを見せたら、姉たちが、どっと笑いだして、その場で開けさせられてしまった。何だったたと思って。貼り絵。ほら、子供が掌の上や腕に、水で濡らして貼りつけるあれ。それが十枚ばかり出て来たのよ。姉たちはますます、声をあげて、笑いだすし……中学生にもなって、貼り絵をプレゼントに持ってくるなんて、どうかしてるっていうのよ。あたし、何だか情けなくなって、わっと泣き出してしまった」

「その貼り絵、貼ったのかい」

「ええ、その晩ね。花ばかり集めたのや、蝶ばかりなのや、舟とか、鳥とか、いろんなシリーズがあって、一シートずつちがって、とてもきれいだったわ。でも、貼り絵は、やっぱり貼り絵よ、ね」佑子は短く笑った。

「どこへ貼った」と規一が訊く。

「子供の頃したように、唾でなめて、掌や腕によ。とれないものね。あれ、なかなか」

「どうして、結婚しなかったんだい」

「え、武司ちゃんと。だって、それっきりよ。別に……」

「どうしてる、その人」

「お父さんの跡ついで、町でお医者さんになってるわ。可愛らしいお嫁さんもらって、たしか子供も何人か生れて」

「逢わないのかい」

「四、五年前かな、法事に帰った時、町でぱったり逢ったわ。オートバイに乗ってて、とても肥ってて、向うから見つけてオートバイをとめて、ちょっと立話した」

規一が次に買って来たのは、チェッコ製だという緑色の小さな硝子玉が菱型の金色の台にのし餅のようにはめこまれたものだった。三つめは、西ドイツ製だといって、銀色の葉に黄金の薔薇の花がついた小粒だけれど見るからに細工の緻密な上品なものだった。そのどれもが、物々しいケースに入り、金や銀のリボンで花結びに飾られて、規一のポケットから取り出されるのだった。規一がそれらをデパートの売子相手に相談しながら選んでいる図が、佑子にはどうにも想像出来ない。アクセサリー売場の少女に恋でもはじめたかと勘ぐってみても、それらは必ずしもひとつのデパートで買われてきたものでもなかった。規一を迎える時だけ、少女のように胸にブローチを飾り、とうとう佑子は四つめのブローチを持ってきた規一に訊いた。

「ブローチばかり、どうしてそんなに買ってくるの」

「死んだ前の女房がブローチがとても好きだったんだ。棺に入れてやる時、はじめて気がついたんだけれど、キャンディの箱にいっぱいあったよ。可哀そうなような安物ばかりでね」

「きっと、可愛らしい人だったのね」

佑子は、はじめて聞く規一の亡妻のことも、規一が再婚者だったということにも、一向に愕かされないのを不思議に思いながらいった。規一のくれたブローチが十ばかりたまる頃には、それらのほとんどが、どこか壊われていた。緑色のチェッコの硝子玉は菱型のてっぺんが、いつのまにかぬけ落ち、あきれるほど粗雑な細工の金色の爪が、ひしゃげてくっついていた。メキシコの蝶の翅は玉虫色の七宝の一部が欠け落ちて黒ずんで銀の台が醜い肌を見せていた。漆器のソ聯のブローチまで、裏の留め針がぽろりと外れてしまった。はじめは自分の扱いが余程悪いか乱暴なのかと思って、規一にひたかくしにして内緒で修理に出していた佑子は、あまりなもろさに呆れはて、もう遠慮しなくなっていった。あなたはデパートで値切って買物するのかしら。規一は別に、気色ばんだ顔もみせず、うふんと鼻の先で笑う。規一のいう何国製も怪しいものだと思う頃、規一の告げるブローチの値段が、二割か三割は実際より高く佑子に告げられているのも、修理に出すにつれ自然にわかってきていた。そしてその頃から、規一の贈物癖もいつのまにかやんでいた。

規一はまるい漆器のブローチを、浴衣の衿につけようとしている。佑子が規一のために作ってある部屋着がわりの浴衣は、規一の好みで糊が強くしてあるため、ブローチの針が通り難い。規一が持ってきた時の留め針は、とうに壊れたから、今のは佑子がつけ替えたもので、針の留め方が複雑になっている。規一には、その微妙なからくりがわからないらしく、手こずっている。

「留めてあげましょうか」

佑子はいってみる、我ながら気のない声だと思う。

「いいよ」

規一はうるさそうに首を振って答え、そのとたん、留め針がうまく、溝に収まったらしく、ブローチから手を放した。浴衣に取りつけられたソ聯製というブローチは、まるで玩具の勲章のように頼りなく見える。

「雨が降ってきたんじゃないかな」

規一が呟く。耳をたてた日本犬のそんな表情の顔付をいつか見たことがあると佑子は思う。佑子は耳をすませようとしないで、ふわっと立ち上り、窓際へ行く。カーテンを持ちあげ、窓の外に目を凝らす。

空には僅かながら、星が薄くまたたいている。窓硝子に片頬を押しあて、佑子は目の端にようやく入ってくる青い外燈の光りの輪を見る。建物の裏庭の広くもない芝生に、ひょろ高い外燈が一晩中、緑色の灯をつけている。光りの中に雨脚はない。緑色の明りは、灰色の殺風景なブロックの塀にようやく届き、黒い亀裂や、しみの地図や痩せたヒマラヤ杉の葉を浮び上らせている。

「雨じゃないわ」

　佑子は窓の外に目を注いだままいう。背後に、氷のふれあうかすかな気配がしてウイスキーの瓶が卓に置かれる音が、どきっとするほど強く響く。燈りの届かない、佑子の顔の真下に当る芝生の闇。その闇の中にむっくり盛り上って倒れている大きな象の縫いぐるみ。もう一週間も前のある雨の朝、佑子はベランダから何気なく見下した目の下の芝生にそれを見た。四、五歳の幼児くらいもある大きな縫ぐるみは、灰色のビロードで造られていた。デフォルメされた胴は気球のようにふくらんでいて、脚と鼻は不釣合に小さい。象は突き転がされて横倒しに寝ころんでおり、肥りすぎて起き上れないように見えた。一晩中雨に打たれていたため、ビロードはたっぷり雨を吸いこみ、見るからにその胴が重たそうに見える。糸で縫われた象の片目は目尻が下っていて、赤いビロードで縫ってある象の口はめくれあがって口尻が上っているので、横倒しにされた象の顔は泣きながら笑っているように見えた。幼児の玩具にしてはお化けのように大きすぎる象だ。忘れられているのか。捨てられたのか。象は、翌日も、その次の日も、そこにそうして転がったままだった。一階のその部屋主が引越していったのだろうか。あれから象はどうなったのか。佑子は二、三日、象を確めるのを忘れていたことに気づく。カーテンを押しやると、規一の姿がそこに映って、佑子の手が規一の胸を押えていた。硝子の中の規一の手がのび、時計の位置を直している。規一のあくび。唇がくっつく程の真近で見られているとも気づかず、規一の口が醜く押しひろげられている。鋭い規一の犬歯の尖の、肉に喰いこむ痛さが佑子の肌の奥によみがえってくる。カーテンを引きよせ、規一の姿を消してしまうと、硝子に疲れた表情の女の顔だけが滲む。佑子は自分の顔を遠ざけたり近づけたりして眺めながら、老けたつまらない顔だと思う。ふいに背を突かれたような激しい動悸が佑子の胸壁に乱調子に響く。後追いしたり、涙ぐんでだまって見つめ、男を引きとめたりすることが、可憐で似合わしい年齢は、あまりにはるかなものになってしまったという感慨が、胸の動悸にもつれからまった。別れ際のいい女——最初にそれをいったのは誰だったのだろうと佑子は考える。物わかりのいい、さばけた情婦と思われるようになっては、女もお終いだ。佑子は硝子の顔にむかって、思いきり唇を横にひらき、いいっと歯をむいてみる。

「何をしてるんだ、いつまでそこで。おいでよ」

規一の声が呼ぶ。ふりむくと規一が卓上にうつむきこんで、しきりに両手の指先で何かよせあつめている。暖房した部屋の空気で、かちかちに乾きあがった塩をふいた塩昆布を積木のように壁にしたり、屋根にしたりしようと考えているのだ。四角い黒塗りのブリキのような小さな塩昆布は立てたと思ったら、倒れ、載せたと思ったらすぐ崩れる。不可能にきまっていることに、規一は熱中しているふりをして、それを繰りかえしている。

「何ですか、それ、ピラミッドのつもりなの」

「安田講堂だ」

佑子は声も出さないで笑ってしまった。規一は指先で昆布の積木を払い落すと、突然、立ち上り、佑子の髪の毛を柔かく摑んで黙ってうながす。

「もう車がなくなってしまうのに」

一応は口の中で抵抗してみながら、佑子の動作だけは物うそうに、しかし規一の動きにほとんど遅れず、ベッドに移る。

流し雛のように、どちらからともなく並び直してから、ふたりとも黙って、めいめいに天井を仰いでいた。今度の方が、さらに融けあったと佑子は感じながら、自分の中にまだあたたかく息づいているものを逃したくなく呼吸をひそめていた。もう、規一を帰そうと努力するのが億劫になってきた。藁の舟に乗せられて、流れのまにまに流されていく紙雛の身軽さに身も心もゆだねてしまおうと思う。これまでの男たちに比べ、規一がとりわけ愛してくれているとは言い難かったし、言葉や軀で繰り返し誓ってみせるほどには規一の実意を信じているわけでもない。半年ほど前、規一の上衣のポケットから出てきた小さな丸い厚紙。酒場のコースターかと思って何気なく見直したら妊娠早見表が刷られていた。裏返すと、ホテルの名と電話番号が印刷されていて、余白に、下手な鉛筆の字で、「サイコーニタノシカッタワ、マタネ、リエ」と書いてある。そんなものをいれられているとも知らないと見え、規一は人の名刺を佑子に探させながら、自分は電話帳をめくるのに余念がなかった。「見つかったわよ、電話番号、二つあるわ、いいましょうか」佑子は平静な声を規一の背に向ってかけながら、そのまるい厚紙を元通り、規一のポケットに収めた。どこかの若い女の、規一の妻への子供っぽい挑戦に、皮肉な笑いしか浮ばなかった。

「今月、あたしたち、ずいぶん度々逢ったように思うでしょう」

佑子は身じろぎしないままいった。

返事のかわりに規一は手だけのばして煙草をつけ、落着きを示した。

「でも、通算、何時間か知ってる。四十九時間よ。つまり、二昼夜と一時間しか逢っていないわけね」

「馬鹿々々しい。時間の量より質の問題だ」

「あら、苦情いってるつもりじゃないのよ。こうしてあなたが来ている時間って、ずいぶん密度が濃くって、長く感じられるのに、そんなものかって、今愕いたの、それでよく計算したら、一ヵ月に二昼夜なら一年三百六十五日のうち、二十四、五昼夜しか逢っていない割でしょう。それにしては、三年近い間に、あたしたち、まるで十年も暮したように、お互いの過去も何もよく識りあっているんでびっくりしたわ」

吸いつけた煙草を佑子の口にはさんでやりながら、規一も姿勢をかえずにいう。

「ぼくは何も、きみのことなんか知ってると一向に思わないな。だって、都合のいいことしかきみは話さないじゃないか。きみの話すのは、なくなった御主人の久米さんと、一番最後に別れた稲田岳夫のことだけじゃないか。その間の、A、B、C、D……ETCについては、何も喋っちゃいないよ」

「ABCD、ETCだなんて、ありませんよ」

「さあね。そのあたりは、霧の中に曖昧模糊としている」

「でも、あたし、時々、自分の知らなかった頃のあなたの経験の夢を見ることがあってよ。たとえば、あなたのせんの奥さんの治子さんのことなんか」

「へえ、どんな夢」

　規一は小馬鹿にしたような声を出す。

「この間見たのは江の島で金魚を買っていたわ。おかしいのね。あたしと、治子さんが袖の長い膝まで丈のある変なオールドファッションの水泳着着て、道端の土産物売場で、仲よく金魚を買って、ビニールの袋に入れてもらってるのよ。そこへあなたが、経木帽かぶってこれもオールドファッションの水泳着であらわれて、金魚なんかよせっていうの、治子さんがしくしく泣きだすし、あたし困ってあなたなんか、向うへいってってよって、突きとばしてる夢なの」

「残念でした。江の島へいっしょにいって、金魚買った女は、治子じゃなかったよ」

　規一が、にやにやしながらいう。

「だって、治子さんがまるで子供っぽかったって、あなたその話したじゃありませんか」

「だから、あんたは単細胞なんだ。それこそ江の島へ行った女は、ぼくの過去のA、B、C、D、ETCのどの女だっていいわけなんだからね」

「そういえば、そうだけれど……」

「第一、治子が死んだって、どうして信じこめるのかなあ、きみが治子について知っていることといえば、ぼくから聞いた話だけじゃないか。ぼくが、治子は肺病で死んだっていった材料を真に受けて、きみはそう思いこんでる。もしかしたら治子の病気は肺病でなくて、気狂いになって死んだかもしれないし、自殺したかもしれない。ひょっとしたら治子は、死んでなんかいなくて、ぼくを裏切って誰かと駈落してけろりとどこかで生きてるのかもしれない。きみは、男の不実にこりごりしたなんていいながら、ちっともこりてないじゃないか。そんなふうだもの、まるで、いつでも積極的にだまされたがってるとしか思えないよ」

「もういいわ。話さない。あなたは、帰る間際になると、必ず、一度は、あたしを無理にいじめてみなければ気がすまないのよ。よしてよもう。さっきから、帰りたくてうずうずしてるくせに、帰りそびれて、変になってしまって、その鬱憤をあたしにぶっつけてるだけじゃありませんか。きみを残していくのが可哀そうだから、帰りきれないなんて、……いつも……口先ばっかり……いつだって自分の都合だけじゃないの、来たい時来るだけじゃないの、ああ、ああもう結構よ。もう厭。さっさと帰ってちょうだい」

自分の口から思いがけないほど吹きこぼれるようにあふれてくる言葉に、佑子は自分でもびっくりする。佑子が自分の口調にあえいでことばを切ると、規一が答えないので、部屋に静けさがこもり、静けさは金属のように凝り固って部屋の形に固定してしまう。佑子は、金属化した静寂の中に自分も生きながら埋めこまれたように感じ、全身が冷く硬ばってくる。プラスチックの文鎮の中に閉じこめられてしまった小さな竜の落し子を佑子は思い出す。尻尾をぴんと曲げて、大きな頭をふりたてているのが、身をもがいて、逃げようとした瞬間の竜の落し子の悶えのように見え滑稽で痛ましかった。空気が固く、息もし難いような胸苦しさに感じられ、佑子は薄く口をあける。

瞼の中に熱いものがたまってくる。小娘のようでみっともないと、彼女は咽喉へ向って熱いものを呑み下す。昔の男たちとの間の辛い記憶や様々な屈辱の想い出の切れ切れが、目まぐるしく瞼の中をかけめぐり、黒い渦になって真暗な洞穴をつくる。その闇の中から滲み出してくるひとつの型があらわれる。翅を拡げた真黒の蝶。黒焦げの蝶の死骸。どうしてあれを思い出さなかったのか。蘭を焼いたあの時に。やはり、こんな、わけのわからない重苦しい雰囲気にいつの間にか押しこめられて、空気が凝り固るように感じた時だったと、佑子は急によみがえってきた記憶の中の情景を手繰り寄せる。あの夜も規一がやっぱり帰りそびれて、時が、この部屋で、煮つめられ、不透明なゼラチンのようになりかかっていた。

今夜よりもっとつまらない意味もない言い争いをした後で、佑子が泣き顔を洗面所で洗ってきたら、部屋の中にしゅっという音がして、一瞬、硫黄臭い匂いが鼻を打った。規一の手許で焔が上っている。マッチの軸を皿型の灰皿の上に井げたにいくつも積み重ねて、櫓をつくったその上に、規一の最初に持ってきたメキシコ製の蝶のブローチがのせられていた。

悪臭をたてながら燃え上る焔は不気味なほど赤く、中に時々蛇の舌のような形、真緑の燐の焔がまじっている。七宝の端が落ちたといっても佑子は愛用していたブローチだっただけにぞっとして規一の手許をみつめた。

「どうするつもり」

「焼いてみただけさ、銀のブローチを燃やすとどうなるかねえ。見ててごらん」

もう蝶を救いだすには火が廻りすぎている。焔が弱まると、規一は銀行のメモ帳くらいもあるマッチ箱から次のマッチ棒を取り出し、蝶の上にばらまいていく。こもったマッチの匂いを出そうと佑子が窓をあけ放った時、規一は火遊びをやめた。マッチ棒の残骸の中の蝶は、黒焦げになり、何の薬がとけたのか、青黴のような緑青色の亀裂が、刀痕のように片方の翅を斜めに斬っていた。規一が黒焦げの蝶をつまみあげようとして、熱さに、ちっと舌打をし、取り落した。灰皿に落ちた蝶が、陶器をひびかせ堅い金属音をたてた。何かだまされたような気がして、佑子は規一と目を見合わせた。

規一はおそらく、あのブローチの火刑のことなど忘れきっているのだろう。それぞれの経験が自分のもののようにまざりあい、相手だけの経験が、自分のものだったように思う時があると同時に、ふたりでわけもった経験なのに、ひとりが完全に忘れきっていることが少くなかった。佑子は規一との時間のすべてを手繰りよせ、確めたくなってくる。いつのまにか、規一との時間だけが、ひとつひとつ珠に凝り、その他のひとりの時間は、珠をつなぐためだけにある麻糸のように見えてくる。

規一が佑子の軀に触りもしない静かさで、すっとベッドからすべり出していく。佑子はびくっと軀を震わせる。今ならまだ間にあう。今、腕を伸し、規一の胴に手をかければ、規一は戻ってきてくれる。そうあえぎながら、佑子の軀はかえって、反対側の壁をむいて寝返りを打つ。背後で規一がサイドテーブルの上や下をごそごそ探している気配がする。めがねを探しているのだと彼女には読みとれる。めがねは、ロッキングチェアの上にぬぎすてた規一の下着の上に載っていたと、佑子ははっきり思い浮べる。規一は自分でそこへ置いたことを忘れてまだ探している。めがねのありかを教えれば、何でもない会話が生れ、もう一度規一の胴に腕をかけるきっかけも摑めるだろう。佑子が乾ききった口中に唾をためた時、規一が次の間へ歩いていく気配がする。めがねは見つかったのだ。いつかの粉々になった規一のめがねを思い出すのだ。佑子の焦燥でかき乱された胸に、無数のめがねの破片が突き刺さってくる。規一がベッドに入る前にサイドテーブルの下の段にいつも置くめがねが、どうしてかあの夜は下に落ちていたのだった。短いが深い眠りから覚めて、寝すぎてしまったかと、佑子があわてて飛びおき、時間をたしかめようと、ベッドからおりかけた瞬間、よろめいて、軀を支え損い、サイドテーブルが傾いて、水の入ったカットグラスの水差しが落ちかかり、勢よく床に転がった。水差しをとりあげてみたら、水びたしになって、粉々になった規一のめがねがあらわれたのだった。

規一はめずらしく、その夜いつも車を拾う表通りまで佑子に送らせた。外で酒を呑む規一は自分の車はほとんど運転出来ない。分譲アパートの佑子の住居にタクシーを呼び寄せるのも目立つと規一は嫌った。いつも深夜や、夜明けに近い道をひとりで表通りまで歩き、車を拾う。決して佑子にアパートの入口までも送らせせない。その夜だけは、水中で歩く人間のように両手を前に泳がせ、足を交互に雪を踏みしめるように高くあげておぼつかなく部屋を歩いてみた後、はじめて

「これじゃ仕様がないな。手をひいていってくれ」

といった。外に出ると思いがけないほど冴えた月明だった。手をひかれていても、足許がおぼつかないのか、規一の歩みはどこかたどたどしく、佑子が一歩ずつ先になる。

「とんだ、お里沢市だ」

その時、佑子の胸に稲妻に描き出される樹のようにふいに明らかになったものがあった。佑

子は規一が手をほどき、佑子の腕を自分の腕に深くからませるのに従いながら
「稲田岳夫が、別れる年の夏、しきりに泳ぎにいったって話したでしょう」

といった。

「うん、聞いたね。出来てた会社の女と、日曜毎に泳ぎにいったということだろ」

「ええ、そう、あの人が、めがねを波にさらわれたって話もしたかしら」

「いや、聞かない」

「そんなことがあったのよ。会社の海の家で麻雀があるとかって、その時は二晩泊りで出かけたの。勿論、あとでわかったけれど、女とふたりでどこかへいってたんですよ。帰ってきた彼が玄関でいきなり、めがね持ってきてくれ。机の引出しにひとつある筈だってどなったの。めがねなしで、そういう間も、頼りないのね、片手で壁を支えにして立っているのよ。めがねは波にさらわれたっていったわ。彼の行ったという海の家は二時間もかかる所ですもの、あなたよりもっと度の強いあの人が、めがねなしでひとりで帰れるわけないじゃない。どうやって、あの時、うちの玄関までたどりついたのか、今、ようやくわかったわ」

「今まで、どう思ってたんだ」

「どうして帰ってきたんだろうなんて、考えてみもしなかった。あの時、まだ玄関の外には、女が立っていたかもしれないのね」

「当り前じゃないかそんなこと」

「あたしも送ってってあげましょうか、お宅の玄関まで」

「ばかな」

　そんな話声も、思いきって低くささやき声にしなければならないほど、深夜の道は静かで物音があたりにひびき、こだまする。昼間見馴れている家々の様々な表情が、雨戸をおろし、シャッターを閉め、灯を消すと、まるで見知らぬ、とりつく島もないのっぺら棒のひとしなみの表情になっている。大通りに出ると広いアスファルトは月光を浴びて白っぽく光り、広い河のように見える。車が急に少くなる時間にさしかかったらしく、白い川面を蛍のように流れてくる車の数は数えるほどしかない。そのどれにも、客がぐったりとなって乗っていた。規一がいつも立っているという町角にシャトオ風に造った白い小さなレストランが建っていた。ここも灯をすっかり落しているため、旧くなったお菓子のお城のように頼りなげに見える。「ソレント」という名のイタリヤ料理のその店を、独り身の物臭さから利用することの多い佑子は、何度かそこの葡萄酒を推称して、規一を誘ったことがあったが、規一はその度、妙によそよそしい白けた表情になり、にべもなくあそこは嫌だといい切るのだった。レストランの前に、お城に似合わしくないふくれあがった大きなポリバケツが蓋を持ちあげて二つ出してある。規一はいつもこんな場所でひとり車を待つのかと、佑子はまるで外国の見知らぬ町角のように見えるあたりの風景に目を奪われていた。

「そのレストランの右の壁に、白いメニューの板がさげてあるだろう。いくつ料理の数があるか、あててごらん、ぱっと」

　規一がめがねのない目を押し開くようにしていった。

「十七」

「ちがう。二十三だ。数えてごらんよ」

「……ほんとうだわ。あなたは一度も来ないのに」

「きみはここへ始終来てても、そのメニューが何月に一度変るかしらないだろう。三月に一度は変るんだよ」

「今度、いっしょに来ましょうよ。中は感じがいいのよ」

「いやなんだよ、ここは」

規一は、めがねのないせいで、いつもより稚っぽく見える顔に、駄々をこねるようなむきな表情を浮べた。

「ここで、車を待つ間、とても厭なんだ。あの部屋に、ひとりで残っているきみと、家に帰っていく自分。やりきれなくって、何とも陰惨な気分になる。この妙な建物と、この真夜中の道を時時、夢に見てうなされることがある」

佑子は壁に向ったまま、目を開いた。壁に問いかけるように耳を澄ます。全身が一本の鋭敏な触手になったように思う。見ないでも、隣室の規一の動作のすべてが察しられる。目の前の白い壁がスクリーンになり、規一の動きが映し出されるようだ。サイレント映画の画面を見るように、規一の動きは妙にぎくしゃくしながらもよどみなく続く。いつも、帰り際になるとそうするように、彼は必ず、すっかりぬるくなってしまった湯の中に、もう一度入り軀を洗う。そこに佑子がいれば拭きとってやる背を、ひとりで不器用に腕を廻して掻き撫で、まだしめっている背中に、いきなりシャツをかぶってしまうだろう。何度いっても置場所をきめない靴下を、あちこち軀をかがめたり、床に這ったりして探すのに一苦労する。服を着終ったら、出て行くしかない筈だった。

「帰るよ」

自分の動作を自分でうながすようにきっぱりと最後にいう時、規一はいつも佑子の顔を見たことがなかった。隣室から、物音も気配も何ひとつ伝って来なくなった。遠くに湧き起った風の声が、無数の土笛をいっせいに吹き鳴らすような、物悲しいひびきをたてながら次第に打ちよせてくる。それでいて、決して窓ぎわまでは訪れず、いきなり方向を替えて、思いもかけない方角に走り去ってしまう。本気で、規一は怒ってしまったのだろうか。別れも告げず、去ってしまったのだろうか。何度かあった、そういう夜のひとつびとつを佑子は順序もなく思いだそうとする。規一の去った部屋の乱雑さと、まだ残っている温さが目の中にひろがり、それは彼女の四肢のさきまで浸していく。何の契約もない、これという誓いの証しもないふたりの結びつきの儚なさに思い至るのは今にはじまったことではなかったのだ。

佑子はゆっくり身を起し、裸足で絨毯の上に下り立つ。何歩もない隣室との境へ進み、カーテンに手をかけ、目を覗かせた。ひっそりと静まりかえった部屋は、夜が更けるにつれ、青さを増したように見える灯の光りに真上から照らされ、物という物みなが、氷に閉じこめられたように、そこにありながら、手の触れられない感じで静まっていた。洋服を着つけ、帰る身支度のすっかり整った規一が、肘掛椅子に、佑子がかつて見たどの時よりも深く埋りこんだまま、彼もまた、氷の中の人間のように不思議な遠さでそこにまだ居た。灯の光りのせいで顔半分を白っぽく光らせたままうつむきこみ、佑子の気配にふりむきもしない。彼の片手は電気仕掛のように、同じ動作を同じ速度で繰りかえしている。蘭の枝から花を捲り採り、灰皿に置き、また蘭の茎に手を伸す。花から灰皿へ、灰皿から花へ。際限もなく繰り返される規一の動作に、遠い風のうねりが伴奏を送っていた。規一の前のクリスタルの灰皿には、すでに蘭の花がおびただしく捲り採られ、今にも崩れ落ちそうなほど、うず高く盛りあげられていた。

（「群像」一九六九年六月号）

作者紹介

三島由紀夫（みしま・ゆきお）
一九二五～一九七〇　東京生まれ。本名、平岡公《きみ》威《たけ》。一九四七年、東京帝国大学法学部を卒業、大蔵省に入省するも九ヵ月で退職、文筆生活に入る。一九四九年、最初の書き下ろし長編『仮面の告白』で作家としての地位を確立する。一九五四年、『潮騒』で新潮社文学賞、一九五六年、『金閣寺』で読売文学賞、一九六五年、『サド侯爵夫人』で芸術祭賞を受賞。劇作家としても優れた才能を示し、『近代能楽集』『鹿鳴館』などがある。のちナショナリズムに傾斜し、「楯の会」を結成。一九七〇年十一月二十五日、「豊饒の海」第四部「天人五衰」の最終回原稿を書き上げた後、自衛隊市谷駐屯地に至り、決起を呼びかけたが果たさず、総監室で割腹自決した。その命日を「憂国忌」と称する。

太宰 治（だざい・おさむ）
一九〇九～一九四八　青森県生まれ。本名津島修治。旧制青森中学、旧制弘前高校を経て東京帝国大学仏文科除籍。中学時代から文学に親しみ、高校時代からは左翼思想にも関心を示す。一九三〇年の上京後、非合法活動に共感、接近したことなどにより長兄文治に分家除籍され、カフェの女給と鎌倉で心中を図り、女は死亡、自殺幇助罪に問われたが起訴猶予となる。高等学校時代からのなじみの芸妓小山初代と同棲し、習作を続け、井伏鱒二に師事する。一方、兄の勧めで青森警察署に出頭、左翼との関係を絶つ。一九三五年に第一回芥川賞の候補となるが落選。翌年、第一創作集『晩年』を刊行。鎮痛剤パビナール中毒の根治のため精神科に入院したが、その間に初代があやまちを犯し、やがて離別する。一九三九年に石原美知子と結婚し『富嶽百景』を発表したころから、いわゆる中期の安定期に入る。太平洋戦争突入前後からは『駈込み訴え』『新ハムレット』『津軽』『新釈諸国噺』などを発表。戦後はジャーナリズムの脚光を浴び、『ヴィヨンの妻』『斜陽』『人間失格』を書いて無頼派などとよばれた。一九四八年六月十三日、山崎富栄と玉川上水に投身自殺。遺体の上がった六月十九日を「桜桃忌」と称する。

原　民喜（はら・たみき）

一九〇五～一九五一　広島市生まれ。慶応義塾大学英文科卒業。評論家の山本健吉らと親交を結び、文学の修業をする一方で左翼運動に加わるなどした。運動を断念してからは放縦な生活を送ったが、評論家佐々木基一の姉の貞恵との結婚後は身心ともに落ち着き、積極的な創作活動に入った。一九四四年に妻を失ったのち、広島に疎開。そして一九四五年八月六日、被爆する。一九四六年に東京に戻り『三田文学』の編集に携わる。戦後みずからを「原子爆弾の一撃からこの地上に新しく墜落して来た人間」と述べ、亡き妻を偲ぶ『苦しく美しき夏』『死のなかの風景』など『美しき死の岸に』の連作や『夏の花』『廃墟から』『壊滅の序曲』の三部作、『鎮魂歌』『心願の国』などの作品を発表した。一九五一年三月十三日、吉祥寺・西荻窪間で鉄道自殺。

大岡昇平（おおおか・しょうへい）

一九〇九～一九八八　東京生まれ。青山学院中等部から成城第二中学へ転じ、成城高等学校文科へ進む。家庭教師となった小林秀雄を通して河上徹太郎や中原中也、中村光夫らと知り合う。一九三二年、京都帝国大学文学科を卒業。国民新聞社や帝国酸素などに勤めるかたわら、スタンダール研究で知られるようになる。一九四四年に召集、フィリピン戦線に送られ米軍の捕虜となる。一九四五年十二月に復員。戦場と収容所の体験を描いた『俘虜記』や極限状況の人間の実存を追求した『野火』（読売文学賞受賞）などを発表する。他方、スタンダリアンとして恋愛小説にも手を染め、明晰な文体によって恋愛心理をとらえた『武蔵野夫人』や『花影』（毎日出版文化賞、新潮社文学賞受賞）などを発表した。また『中原中也』（野間文芸賞受賞）、『朝の歌』や『在りし日の歌』などの中原中也研究、『富永太郎』などの評伝的な研究でも知られる。歴史小説では『将門記』や『天誅組』『堺港攘夷始末』などを著した。畢生の大作『レイテ戦記』ではフィリピンのレイテ島における戦闘経過を膨大な資料を駆使して克明に再現すると同時に、日本近代そのものの孕む問題を問うた。一九七一年、芸術院会員に選ばれたが「捕虜になった過去」を理由に辞退した。論争家、クラシック音楽愛好家としても知られる。

安岡章太郎（やすおか・しょうたろう）

一九二〇～二〇一三　高知市生まれ。陸軍獣医の父の転勤にともない、朝鮮の京城で小学校に入学後も弘前、東京・青山と転校続きの幼少期を送る。高等学校の受験に再三失敗し、慶応義塾大学文学部予科に入学。在学中の一九四四年に召集され、満ソ国境の孫呉に行くが胸部疾患のため入院、戦死を免れる。戦後は脊椎《せきつい》カリエスに苦しみながら小説を執筆、『三田文学』に「ガラスの靴」などを発表する。一九五三年、「悪い仲間」「陰気な愉しみ」により第二十九回芥川賞を受賞。三浦朱門、吉行淳之介、小島信夫、近藤啓太郎、遠藤周作らと交わり、「第三の新人」とよばれる。一九六〇年、「海辺の光景」で芸術選奨文部大臣賞受賞。この年から翌年にかけて約半年間アメリカ南部に留学。長編『流離譚』で日本文学大賞受賞。また、自伝的エッセイとして『僕の昭和史』がある。一九七六年、芸術院賞を受賞、同年芸術院会員。二〇〇一年に文化功労者。

庄野潤三（しょうの・じゅんぞう）

一九二一～二〇〇九　大阪市生まれ。帝塚山学院の小学部から、旧制住吉中学、大阪外国語学校を経て九州帝国大学文科に学ぶ。大学時代は島尾敏雄、林富士馬らと交わり、同人誌『まほろば』を刊行。一九四三年に大学を繰り上げ卒業のあと、海軍予備学生から少尉に任官。伊豆で終戦を迎え、復員後は教員生活を経て朝日放送に入社。その間に島尾、林らと同人誌『光耀』を創刊。『愛撫』『舞踏』などで注目される。一九五三年に東京支社に転勤し、安岡章太郎、吉行淳之介らいわゆる「第三の新人」の仲間に加わる。一九五五年「プールサイド小景」によって第三十二回芥川賞を受賞。一九五七年にロックフェラー財団の奨学金を得てアメリカに留学、その体験を『ガンビア滞在記』として発表。一九六〇年に『静物』で新潮社文学賞を受賞する。その後、一九六六年に『夕べの雲』で読売文学賞、一九七〇年に

『紺野機業場』で芸術選奨文部大臣賞、一九七一年に『絵合せ』で野間文芸賞、翌年に『明夫と良二』で赤い鳥文学賞、毎日出版文化賞を受賞。一九七三年に芸術院賞受賞。一九七八年、芸術院会員。

吉行淳之介（よしゆき・じゅんのすけ）

一九二四～一九九四　岡山市生まれ。父エイスケは昭和初期の新興芸術派の作家。母あぐりは美容家の草分けとして知られ、妹の理恵は作家、もう一人の妹の和子は女優である。東京帝国大学英文科を中退する前後から同人誌『葦』『世代』『新思潮』に加わり、「星の降る夜の物語」などの散文詩風の小説を書き出す。一九五四年に「驟雨」で第三十一回芥川賞受賞。安岡章太郎、庄野潤三、遠藤周作らとともに「第三の新人」の主軸をなす。性を通して人間存在の意味をさぐりつづけ、一九七〇年に『暗室』で谷崎潤一郎賞、一九七五年に『鞄の中身』で読売文学賞、一九七八年に若い女性と中年男との交渉を描いた『夕暮まで』で野間文芸賞を受賞。この作品から「夕暮れ族」なる流行語も生まれた。一九七九年に芸術院賞受賞。一九八一年、芸術院会員。エッセイ、対談の名手としても知られる。

円地文子（えんち・ふみこ）

一九〇五～一九八六　東京・浅草に国語学者上田万年の次女として生まれる。本名富美。日本女子大学附属高等女学校中退。一九三〇年に『東京日日新聞』の記者円地与四松と結婚、一女をなす。「晩春騒夜」（一九二八）などの戯曲から出発するが、一九三五年の戯曲集『惜春』刊行後は小説に転ずる。一九四五年、空襲で被災、家財道具、蔵書類を焼失。翌年、子宮癌の手術を受ける。一九五三年に発表した「ひもじい月日」で翌年の女流文学者賞を受賞。一九五七年には「家」や夫のために屈従の人生を生きざるをえなかった女の怨念と悲しみを描いた『女坂』で野間文芸賞受賞。また自伝的三部作の『朱を奪うもの』『傷ある翼』『虹と修羅』を発表、谷崎潤一郎賞を受賞した。『なまみこ物語』で女流文学賞受賞、三部作の「狐火」「遊魂」「蛇の声」を収めた『遊魂』で日本文学大賞受賞。平安・江戸文学に造詣が深く、網膜剝離の手術を受けながらも『円地文子訳　源氏物語』十巻を刊行。一九七〇年に日本芸術院会員、一九七九年には文化功労者となり、一九八五年に文化勲章を受章した。

室生犀星（むろお・さいせい）

一八八九〜一九六二　金沢市生まれ。本名照道。旧加賀藩士と女中の間に生まれたが、生後まもなく赤井ハツにもらわれ、その私生児として届けられた。ハツは雨宝院の住職室生真乗の内縁の妻で、犀星はその養嗣子となり、室生姓を名のる。高等小学校を三年で中退し裁判所の給仕となる。上司の趣味であった俳句を詠むようになり、さらに詩を雑誌に投稿しはじめる。二十歳の秋、詩人を志して職を辞す。上京後、居所を転々とするも、うまくゆかず帰郷すること二回。一九一二年以降、北原白秋に詩が認められ、萩原朔太郎と親交を結ぶ。詩集は『抒情小曲集』（一九一八）、「忘春詩集」（一九二二）以下数多い。さらに「幼年時代」「性に眼覚める頃」（ともに一九一九）、「あにいもうと」（一九三四）などで小説家としても認められた。戦後は一九五七年に自分と娘を描いた「杏っ子」で読売文学賞を受賞。一九五九年には王朝ものの『かげろふの日記遺文』で野間文芸賞を受賞した。

島尾敏雄（しまお・としお）

一九一七〜一九八六　横浜市生まれ。「第三の新人」の代表的作家である。父は絹織物貿易商で、幼時はしばしば父母の故郷福島県で過ごす。のちに父母とともに神戸に移り、そこで育つ。兵庫県立第一神戸商業学校から長崎高商（長崎大学の前身）、さらに九州帝国大学法文学部経済科（のちに文科東洋史専攻に再入学）。在学中に庄野潤三と親しくなる。また処女作『幼年記』を私家版で刊行する。一九四三年九月に大学を繰り上げ卒業、海軍予備学生となり、第一期魚雷艇学生として激しい訓練を受ける。その後、第十八震洋隊指揮官として奄美諸島の加計呂麻島に配され、そこで旧家の娘大平ミホと親しくなる。一九四五年八月十三日、特攻命令が下ったが、待機中に十五日の終戦の詔勅に接する。このときの体験はのちに「出発は遂に訪れず」（一九六二）で作品化される。戦後ミホと結婚して家庭を設けるが、みずからの不倫で妻は精神を病むに至り、一九五五年にミホの故郷奄美大島に移住。この間の事情は傑作『死の棘』（一九七七）に結実した。また、奄美での生活は日本列島を「島々の連なり」として捉える視点を与え、「ヤポネシア」という概念の提唱に至った。ほかに「夢の中での日常」「単独旅行者」（ともに一九四八）、「出孤島記」（一九四九）、「贋学生」（一九五〇）などの作品がある。一九八五年『魚雷艇学生』で野間文芸賞受賞。芸術院会員。

倉橋由美子（くらはし・ゆみこ）

一九三五〜二〇〇五　高知県生まれ。明治大学文学科仏文学専攻を経て同大学院中退。一九六〇年、在学時に「パルタイ」を発表、翌年女流文学者賞を受ける。カフカ、サルトルら実存主義的な手法の影響を受け、さらに当時流行の反小説の立場に立って注目された。初期短篇、および長篇小説には『聖少女』（一九六五）、『妖女のように』（一九六六）など、若い女性の生理感覚的イメージが強い。一九六六年から一年間、アメリカのアイオワ州立大学に留学後、『スミヤキストQの冒険』（一九六九）、『ヴァージニア』（一九七〇）、『反悲劇』（一九七一）などの作品を世に問う。一九七一年の『夢の浮橋』以降、『城の中の城』（一九八〇）、『シュンポシオン』（一九八五）、『ポポイ』（一九八七）、『夢の通ひ路』『交歓』（ともに一九八九）、『幻想絵画館』（一九九一）など、いわゆる「桂子さんシリーズ」を発表した。一九八七年『アマノン国往還記』で泉鏡花賞受賞。シルヴァスタイン『ぼくを探しに』、サン＝テグジュペリ『星の王子さま』など児童文学の翻訳も多く手がけた。

正宗白鳥（まさむね・はくちょう）

一八七九〜一九六二　岡山県生まれ。本名忠夫。素封家の長男に生まれたが、幼少期は病弱で死の恐怖からの救いを求める願望が強く、地元のキリスト教講義所や内村鑑三の著書などで聖書を熱心に学ぶ。上京して東京専門学校（早稲田大学の前身）に入学後も内村の講演に通った。一八九七年、十九歳で植村正久の教会で受洗するが四年後に「棄教」する。一方、文学への興味を深め『読売新聞』文学欄の合評会に出たり、歌舞伎に通いつめたりした。一九〇三年、読売新聞社に入社、劇評・美術評・文芸時評・宗教記事等々に健筆を揮うと同時に「寂寞」(一九〇四)など小説執筆に手を染める。一九一〇年に読売新聞社を退社、一九〇七年に発表した「塵埃」や「何処へ」(一九〇八)によって自然主義文学の代表的作家とみなされるようになる。大正末年以降は文芸評論が主となる。一九三六年には小林秀雄とのあいだでトルストイの生涯の評価に始まる「思想と実生活論争」を展開した。一九五〇年、文化勲章受章。臨終の際に植村環牧師(正久の娘)に信仰を告白したことで没後論議を呼んだ。

佐多稲子(さた・いねこ)

一九〇四~一九九八　長崎市生まれ。本名イネ。一九一五年、一家で上京したが父の経済的失敗が続き貧窮のどん底に陥り、小学校を中退してキャラメル工場で働く。以後、多くの職を経験。二十歳で結婚するが夫の親に反対され、心中未遂(のち離婚)。その後、女給として勤めた本郷のカフェで中野重治、堀辰雄らと知り合ったことが人生・文学両面においての転機となる。一九二六年、窪川鶴次郎と結婚(入籍は二九年)、左翼運動に身を投ずる。一九二八年、「キャラメル工場から」を発表、作家生活に入る。一九三二年、日本共産党に入党。日本プロレタリア作家同盟婦人委員として活躍するが、転向して出獄してきた夫・窪川の不倫に直面(この間の夫婦の事情は『くれなゐ』や後年の『灰色の午後』に描かれた)する。また権力との妥協へと流され、戦時中は小説家慰問部隊の一員として満洲、中国、シンガポール、スマトラへ赴く。一九四五年、窪川と離婚。また同年の新日本文学会創設に際しては、戦時中の行動を問われ発起人になることを拒まれたが一九四六年の「婦人民主クラブ」の創設には大きく関わった。一九六四年、日本共産党の思想的・政治的方針を批判して除名されるも一九七〇年から八五年まで「婦人民主クラブ」の委員長を務めた。『女の宿』で女流文学賞、『樹影』で野間文芸賞、『時に佇つ』で川端康成賞を受賞。

森　茉莉(もり・まり)

一九〇三~一九八七　森鷗外の長女として東京に生まれる。父はこの娘を溺愛した。旧制仏英和高等女学校(現・白百合学園高等学校)卒業後、フランス文学者の山田珠樹と結婚、二男を儲ける（長男がフランス文学者の山田𣝣《じゃく》）も一九二七年に離婚。ついで東北帝大教授の佐藤彰の後妻となったがすぐに破綻した。一九三三年ごろより与謝野鉄幹・晶子夫妻の主宰する『冬柏』などに随筆、演劇時評を書くようになる。戦争中は森家に身を寄せていたが、戦後は一人暮らしを始める。長らく無職だったが、生活のため筆で稼ぐことを余儀なくされた。一九五七年、父鷗外の思い出を綴った処女随筆集『父の帽子』で第五回日本エッセイスト・クラブ賞受賞。さらに『靴の音』（一九五八）、『贅沢貧乏』（一九六三）などを発表する。また『恋人たちの森』（一九六一）など小説にも進出、三島由紀夫などから激賞され作家としても認められた。『甘い蜜の部屋』で泉鏡花文学賞、『恋人たちの森』で田村俊子賞受賞。またテレビ批評の「ドッキリチャンネル」（『週刊新潮』連載）でも知られた。

深沢七郎（ふかざわ・しちろう）

一九一四～一九八七　山梨県生まれ。県立日川中学校（現・山梨県立日川高等学校）卒業。上京して薬屋、パン屋などに住み込むが、短期間でやめ、ギターを習う。一九四九年から五四年までジミー・川上の芸名で旅回りのバンドに入る。一九五四年、日劇ミュージック・ホールに桃原青二の名で出演。一九五六年、ホールのプロデューサーの丸尾長顕に勧められて応募した「楢山節考」で『中央公論』新人賞受賞。姥捨伝説に取材した本作は三島由紀夫に激賞されベストセラーとなった。一九五八年には戦国乱世の甲州を舞台にした『笛吹川』を刊行。一九六〇年末、『中央公論』誌上に発表した「風流夢譚」は安保問題の余燼と、皇室を侮辱しているとも受け取れるような内容であったため右翼の憤激を買い、翌年に中央公論社社長宅が襲われ家政婦が刺殺、社長夫人が重傷を負う事件（嶋中事件）に至る。そのため筆を折って三年間各地を放浪した。一九六五年には埼玉県に移住、ラブミー農場と名づけて農業を始め、その後も都内で今川焼き屋を開業するなど多くの話題を提供した。一九八一年、『みちのくの人形たち』で谷崎潤一郎賞を受賞。

小沼 丹（おぬま・たん）

一九一八～一九九六　東京生まれ。本名救《はじめ》。明治学院中・高等部を経て早稲田大学文学部英文科繰上卒業。明治学院高等部在学中から井伏鱒二を愛読、その知遇を得て師事する。大学時代から『早稲田文学』などに作品を発表し、第二次世界大戦後は母校で教鞭をとった。『懐中時計』で読売文学賞受賞、『椋鳥日記』で平林たい子賞受賞。一九八九年、芸術院会員。ほかに『村のエトランジェ』（一九五四）、『白孔雀のいるホテル』（一九五五）、『黒いハンカチ』（一九五八）、『風光る丘』（一九六八）、『銀色の鈴』（一九七一）、『更紗の絵』（一九七二）、『藁屋根』（一九七五）、『小さな手袋』（一九七六）、『埴輪の馬』（一九八六）、『珈琲挽き』（一九九四）などがある。

河野多惠子（こうの・たえこ）

一九二六～二〇一五　大阪市生まれ。大阪府女子専門学校（現・大阪府立大学）卒業。戦後、結核療養生活を経て、丹羽文雄の主宰する『文学者』に一九五一年、『余燼』を発表。「幼児狩り」（一九六一）で注目され、一九六三年の「蟹」により第四十九回芥川賞受賞。谷崎潤一郎を深く尊敬し、マゾヒズム、異常性愛などを通して人間性を追究した作品で知られる。一九九二年、夫の洋画家・市川泰とともに六十六歳で渡米、二〇〇六年に帰国するまでの十四年間、ニューヨークに住んだ。『最後の時』で女流文学賞、『一年の牧歌』で谷崎潤一郎賞、『みいら採り猟奇譚』で野間文芸賞、『後日の話』で毎日芸術賞、『半所有者』で川端康成賞を受賞。また、『不意の声』と評論『谷崎文学と肯定の欲望』で読売文学賞を二度受賞している。一九八四年に芸術院賞受賞。一九八九年、芸術院会員。二〇〇二年、文化功労者、二〇一四年に文化勲章受章。

瀬戸内晴美（せとうち・はるみ）

一九二二～　徳島市生まれ。東京女子大学国語専攻部に在学中に外務省留学生と結婚、北京へ渡る。一九四六年、長女を連れて引き揚げ。その二年後、夫の教え子と恋愛し、京都へ出奔する。恋人と別離、正式に離婚した後、東京へ行き本格的に小説家を目指す。少女小説や童話の執筆で生活を維持する一方で丹羽文雄主宰の同人誌『文学者』に参加。同誌の解散後は『Z』の同人となるが、その主宰者である小田仁二郎と八年にわたる不倫関係に陥る。一九五六年「女子大生・曲愛玲」で新潮同人雑誌賞を受賞するも、受賞後第一作の『花芯』が平野謙による「子宮作家」との批判にさらされ、その後数年間は文芸雑誌からの執筆依頼がなくなり、苦杯をなめる。一九五九年から『文学者』（再刊）に連載した『田村俊子』で第一回田村俊子賞を受賞（同じく伝記小説では北原白秋と三人の妻をめぐる『ここ過ぎて』、岡本かの子、伊藤野枝をそれぞれ描いた『かの子撩乱』『美は乱調にあり』『諧調は偽りなり』などを発表している）。一九六三年、小田との恋愛体験を描いた『夏の終り』で女流文学賞を受賞し、作家としての地位を確立。一九七三年、中尊寺で得度。法名は寂聴。以後仏道を修めながら、旺盛な執筆活動を続け、『源氏物語』の現代語訳もなしとげる。『花に問え』で谷崎潤一郎賞、『場所』で野間文芸賞、『風景』で泉鏡花賞を受賞。一九九七年、文化功労者となる。二〇〇六年、文化勲章受章。二〇一八年、朝日賞受賞。

本書は講談社の文芸誌『群像』〈創刊70周年記念号　群像短篇名作選〉（二〇一六年十月号）を底本として使用しました。

群像短篇名作選《ぐんぞうたんぺんめいさくせん》　1946〜1969

群像編集部《ぐんぞうへんしゅうぶ》・編《へん》

二〇一八年三月九日第一刷発行

発行者——渡瀬昌彦

発行所——株式会社　講談社

東京都文京区音羽2・12・21　〒112-8001

電話　編集（03）5395・3513
販売（03）5395・5817
業務（03）5395・3615

デザイン——菊地信義

印刷——豊国印刷株式会社

製本——株式会社国宝社

本文データ制作——講談社デジタル製作

定価はカバーに表示してあります。

ISBN978-4-06-290372-1

講談社
文芸文庫

石牟礼道子

西南役伝説

解説=赤坂憲雄　年譜=渡辺京二

西南戦争の戦場となった九州中南部で当時の噂や風説を知る古老の声に耳を傾け、庶民のしたたかな眼差しとこの国の「根」の在処を探った、石牟礼文学の代表作。

978-4-06-290371-4　いR2

モーム　行方昭夫 訳

報いられたもの／働き手

解説=行方昭夫　年譜=行方昭夫

初演時〝世界に誇りうる英国演劇の傑作〟と評された「報いられたもの」と、最後の喜劇「働き手」。〝自らの魂の満足のため〟に書いた、円熟期モームの名作戯曲。

978-4-06-290370-7　モB2

群像編集部・編

群像短篇名作選 1946～1969

敗戦直後に創刊された文芸誌『群像』。その歩みは、「戦後文学」の軌跡にほかならない。七十年余を彩った傑作を三分冊に。第一弾は復興から高度成長期まで。

978-4-06-290372-1　くK1